世纪小说馆

纯素笔触 悲悯情怀 叩问人性 直面现实

『朱颜』里自有一份贴心的光泽。

这份光泽融合了诗意盎然的文字因而莹润，

加入了细腻浪漫的设计因而温情，凸显了锐利深刻的本相因而动人。

朱颜记

Zhuyanji

付秀莹/著

21 二十一世纪出版社
21st Century Publishing House
全国百佳出版社

图书在版编目（CIP）数据

朱颜记/付秀莹著 . -- 南昌：二十一世纪出版社 , 2011.11(2022.4重印)
（21世纪小说馆）
ISBN 978-7-5391-7036-7

Ⅰ . ①朱… Ⅱ . ①付… Ⅲ . ①长篇小说 – 中国 – 当代
Ⅳ . ① I247.5

中国版本图书馆 CIP 数据核字 (2011) 第 227705 号

朱颜记

付秀莹 / 著

策　　划	张　明	
责任编辑	文　欢	
出版发行	二十一世纪出版社	
	（江西省南昌市子安路 75 号　330009）	
	www.21cccc.com　cc21@163.net	
出 版 人	张秋林	
经　　销	新华书店	
印　　刷	北京金康利印刷有限公司	
版　　次	2012 年 4 月第 1 版　2022 年 4 月第 3 次印刷	
开　　本	700mm×1000mm 1/16	
印　　张	20	
字　　数	240 千	
书　　号	ISBN 978-7-5391-7036-7	
定　　价	30.00 元	

赣版权登字—04—2011—696

如发现印装质量问题，请寄本社图书发行公司调换 0791-86524997

出版前言

　　这是一个令人激动、亢奋又无奈、伤感，一个"神马都是浮云"、令人无法把握和逆料的信息娱乐化时代；一个挟带着无以伦比的超能力量，真正以迅雷不及掩耳之势便能瞬间瓦解和改变所需要的一切，令人百感交集却又身不由己，连真实的人生都能被摇晃的前所未有的浮躁时代。

　　所幸还有小说——这个文学门类中最坚不可摧的艺术形式，依然用它对人生悲悯的宽容和抚慰，让人的心灵还能保有一丝清澈和真诚。虽然文学板块在信息浪潮的强烈冲击下，不可遏制地发生着巨大的变化，但文学的真正重心和意义却是无法逆转的。

　　小说是叙事的艺术，要有真实的情感和人生感悟。它所要传达的永远是应该直达内心的深刻的思想性，只有这样，小说才会具有永恒的生命力。

　　新世纪的文学发展至今，已整整是第十个年头。面对纷繁复杂、剧烈变化的当下时代，小说家们无疑遭遇了前所未有的文学创作挑战。怎样挖掘和表现当下社会情状下的真实生活和思想，是他们所面临和思考的。带着这样的使命和情感，我们策划出版"21世纪小说馆"系列。

启动"小说馆"，力图囊括当下具有广泛影响力及切合当下市场因素的新锐作家和重要作家的代表作品，以当下风格、当下气派和文学价值观上的当下立场，来展示历史进程、社会变迁、当下生存与现实画景，尤其是表现思想的表情、真实的人性、人民对生活的自己的理解和安排。

挂一漏万，偏颇缺失也在所难免。但在当下的市场经济和社会转型下，这项文学工程将尤其警惕审美趣味的走低、语言的粗陋及想象力、原创力的匮乏，而特别倡导当代作家对社会责任的承担、对现实敏锐大胆的把握、对人精神深处犀利而透彻的挖掘、对当下国人复杂而多彩生活的表现、对未来乐观而坚韧的希望、以及对优美汉语言的精心重铸、传承启后。

如此，这方"馆"将会是欣欣向荣的中国文学事业的一个缩影，是生机勃勃的转型期中国小说界的一件雅事盛事，其文学价值和社会意义，相信只会随时间的推移而日益彰显。

静下心来，用一颗善感的心去阅读它们，去感受当下世相人生的脉动，则每颗心灵必多一份丰沛润泽。观照别人的人生心性，享受不可多得的愉悦，这或许是生命发酵的催化剂，生命便得以多出了酿造人生的时间。

是为前言。

目录

朱颜记

一

四月的一个午后，滕雨第一次来到沈家。

撳了门铃，早有一个小童过来开门，弯着腰，在前面引路。院子里寂寂的，阳光照下来，把花木的影子印在青砖地上。过了第一道月亮门，小童躬身退下，一个妇人走过来，朝滕雨道了个万福，带着她向内院去。四下里静悄悄的，抬眼看见廊上挂着鸟笼子，有一只金丝雀，正用尖嘴梳理着羽毛，间或啼叫两声。穿过几道回廊，眼前是一个雅致的院落，一个丫头迎出来，半低着头，挽住滕雨，上了台阶，紧走两步，打起帘子，请滕雨进屋。滕雨在门口立住，定了定神，这才看清屋内的陈设，心想，未免有些脂粉气了。脸上却是不露声色，在椅子上端坐下来，看了一眼丫头递过来的茶，并不接，问道，老爷在休息？丫头忙说，回姑娘的话，老爷出去办事。临走时吩咐了，姑娘来了，尽管把这里当做自己的家。等老爷晚上回府，再来看望姑娘。滕雨把手摆一摆，笑道，好吧。我乏了。歇一会儿。你们也辛苦了——先下去吧。

阳光透过帘子照进来，淡淡的，东一点，西一点，在墙上微微颤动。滕雨歪在榻上，半闭着眼，只觉得周身无力。这一路，舟车劳顿，她是真累了。早就听母亲说起过，沈家是这一带的诗书望族，同滕家素有旧谊，算得上通家之好。可是如今，滕家是早就败落了。这么多年，勉力撑着一个空架子，而今父亲滕梁效辞世，滕家也就真正走到了尽头。临行前，母亲再三叮咛，到了沈家，凡事要懂规矩，不比在家里，处处要谨言慎行才是。滕雨知道，自己此番进城，绝不是普通的走亲访友。她是滕家的独女，母亲宁可孤身终老，也要把她送往沈家。母亲的意思，她如何不懂？

傍晚时分，丫头来报，说老爷回来了。滕雨赶忙过去拜见。只见这正屋的气派，到底不同，处处透出一股轩昂威严。沈老爷正在桌前喝茶，见了滕雨，自然免不了一番嘘寒问暖。滕雨依礼拜毕，沈老爷命她坐下，问她一些家中近况，滕雨都一一答了。说到父亲的辞世，强自忍着，仍是哽咽难言。沈老爷极力宽慰，方才渐渐止住。忖度自己初次登门，该克制一些才是，因笑道，伯父的气色倒是越发好了——言犹未了，只听门外一阵笑声，滕姑娘在哪里？帘栊一挑，进来一位少妇，穿一袭绿地暗花旗袍，外罩一件乳白镂空短衫，头发是烫过的，波浪汹涌，一直从背后倾泻下去，同旗袍的花色缠绕在一起。只听沈老爷说，雨儿，见过三姨娘。滕雨正待开口，早被三姨娘一把扶住，携了手，把她上上下下仔细打量一番，转身同老爷笑道，早听说滕家小姐模样齐整，今日一见，果然是神仙般的人物。复又携着她的手，问她几岁，读过哪些书，在府里可住得惯，滕雨也一一答了。三姨娘又转身同老爷说道，这回好了，滕姑娘来了，平日里闷了，我们娘儿俩也好说说话。沈老爷也笑道，今天难得都凑齐了。吩咐下去，准备一席精致些的饭菜，为滕姑娘洗尘。滕雨的手一直被三姨娘携着，也不好中途抽出，只好任由她握着。三姨娘无名指上的钻戒，硬硬地硌着她。滕雨感觉手心里微微出了细汗。叙了一些家常，沈老爷问旁边的下人，少爷呢？怎么不见过来？下人忙回道，少爷一早出去了。沈老爷皱皱眉头，正欲细问，三姨娘忙说，报馆一早来电话，说是公事。老爷不必牵挂。沈老爷转向滕雨说，我记得，儒儿跟你同年，儒儿三月，你是九月。三姨娘从旁笑道，老爷好记性。少爷是三月初三。沈老爷闻言，又把眉头皱一皱，沉吟道，三月初三。三姨娘说，这日子好，吉祥。沈老爷拿茶杯盖子轻轻拨动着浮茶，半晌，展颜道，我这个儿子，他母亲去世早，我对他，是太宠惯了一些——还请滕姑娘不要见笑。滕雨看到，三姨娘的脸上紧了一下，很快就又松弛下来，因笑道，伯父哪里话？素闻沈少爷才气过人，这一回，我倒要多多请教才是。沈老爷摆摆手，正待说话，三姨娘问旁边的下人，老爷的雪梨羹可好了没有？又转身对着滕雨道，这两天，夜间老爷有些咳嗽——沈老爷笑道，小疾而已，并无大碍。三姨娘说，只怕是受了凉。还是当心一些才好。

滕雨坐在一旁，看这夫妇二人言来语去，似有不尽的恩爱，也婉转劝道，春寒未退，伯父还须静心珍养，才不辜负三姨娘一片苦心。三姨娘闻听此言，不禁黯然道，滕姑娘这番话，倒教我——沈老爷忙笑道，遵命就是了——当着雨儿，何必如此？辞色之间，极尽缠绵。滕雨从旁看着，越发想念起自己的父母，不禁心下凄然，又不好稍有流露，仍强作欢颜。几个人说笑一回，饭菜都一一摆好了。这时候，有下人报，少爷回来了。话音未落，一个青年匆匆进来。滕雨抬头看时，不觉呆了一下。沈少爷沈介儒看到座中的滕雨，也不禁一怔。待给老爷和三姨娘请过安，沈老爷命两个人厮见，饮酒，叙些家常。滕雨注意到，沈少爷似乎一直心神不定，只管低了头，一杯一杯地饮酒。倒是三姨娘，格外地殷勤活泼，不时地说一两句俏皮话，把沈老爷惹得纵声大笑。趁着席间欢腾，滕雨这才仔细打量了一下沈少爷。怎么说呢，这位沈少爷，她是早有耳闻的。自小，父亲就常常在她面前提起，说是沈家少爷如何好相貌，好人才，曾一度，父亲是要收了这沈少爷作义子的，后来说是属相有悖，也就只得按下此念不提。如今一见之下，这沈少爷果然是器宇不凡。今天沈少爷穿了西装，卡其色，带着暗的细格子，方才已经把外套脱去，只穿一件雪白的衬衣，外面是一件短款西装马甲，显得格外有一种洒脱风度。

沈老爷今天精神很好，同儿子谈着时局，说着说着就激动起来，转身吩咐下人拿烟。三姨娘从旁劝道，老爷还是忍一忍吧。咳嗽还没有大好——沈老爷摆摆手，说，生年不满百，哪里有那么多清规戒律？三姨娘素日最知道老爷的脾气，也就收起嗔怨，命下人把雪茄装好，亲自递给老爷。沈老爷喜欢烟斗，且只嗜雪茄。他把烟接过来，冲着滕雨微微一笑，说，当年，你父亲也是一个有名的瘾君子。且极善饮。醉酒后即兴写字，元气淋漓，人称醉书。沈老爷慢慢吸了一口烟，叹道，你父亲，奇才哪。滕雨喉中不由一阵酸楚，眼圈就红了。三姨娘赶忙笑道，老爷，光顾说话了，尝尝这道蒸乳鸽，是你最喜欢的。复又转身对滕雨说，这些菜粗陋，也不知道是否合滕姑娘的口味。待会夜里要是饿了，只管告诉我，我让他们给你做些点心。滕雨赶忙谦让一番，道过谢，拣着离自己最近的两样小菜吃了几口，又赶忙接过三姨娘递过来的汤，拿小匙慢慢喝了，小心不弄出一点声响。这边几个人有说有笑，一团热闹，相形之下，饭桌上的沈少爷越发显得沉默。滕雨发现，整整一餐饭下来，他几乎都不曾动筷子，只是低头喝酒。正暗自纳罕，只听沈老爷又问起了报馆的事，沈少爷一一答了。父子两个人说话，三姨娘就侧过身，同滕雨说些家常。三姨娘夸滕雨一头好发，黑压压，又浓又密；又夸滕雨好肤色，粉白脂红。夸着夸着就发起了感慨，说年轻好啊，年轻的光景，怎么样都是好的。滕雨被她夸得浑身不自在，心想，这个三姨娘，看上去，也不过三十来岁，或者，还要更年少一些。倒在她面前卖起老了。算起来，沈老爷今年总也有五十多了吧，竟然有如此娇美的如夫人。滕雨忽然想起母亲。母亲年轻的时候，也是当地有名的美人。而今年岁渐老，却还是风韵不减。而父亲，也是一个风流倜傥的人物。父亲同母亲，可称得上一对璧人。正胡思乱想，只听沈老爷应声去接电话，方才省过来，一心一意应付三姨娘的攀谈。

四月的天气，在北方，夜间究竟还是有一些凉意。滕雨在院子里立了一时，看着远远近近的灯火，同天边的星映在一处。是弯的下弦月，淡淡地印在深青色的夜空上，倒有些缥缈了。院子里种了一丛竹，衬了月色，在地上画出参差的影子。微风过处，发出簌簌的声响，有一种说不尽的萧索。滕雨把双肩抱住，叹了一声。随身的丫头远远地立着，这时候慢慢走过来，劝她进屋歇了。滕雨打量了这丫头一眼，却发现不是下午的那一个，正欲询问，只听那丫头扑哧一笑，说，姑娘，我叫奴儿，专门拨过来服侍姑娘的。滕雨点头沉吟道，奴儿——丫头说，怎么，姑娘觉得这名字不好？滕雨说，这名字，谁给起的？奴儿说，是太太。滕雨说，既是太太给起的名字，那么你在这府里也有年头了。你几岁？奴儿笑道，我说的太太，是三姨娘。我今年十六岁。在这府里，也有五年多了。滕雨心里一惊，却原来是三姨娘的丫头。幸亏自己没有说出些什么。因笑道，奴儿，这名字好。

二

在沈府这几日，滕雨大多都是在自己屋子里。偶尔，也到院子里走一走，立一立。有时候，三姨娘派丫头过来，请她去前面坐，无非是说说话，或者是做女工，也下下棋，弹弹古筝，每一回，滕雨都格外地肯敷衍。滕雨知道，这三姨娘烟花出身，习得一身的好功夫，在当年，也是名动一时的人物，十分了得。据传，梁老爷为了她，投掷了大把的银子，还同一位权要发生了龃龉，这在一向深谙行止进退的梁老爷，简直是不可思议的事情。三姨娘呢，也确非等闲之辈，虽是青楼出身，言行间却自有一种不俗。知情识趣，一直是老爷眼前的得意人儿。在梁府，阖宅上下，口碑甚好。虽是姨太太，却简直同太太一般有威仪。这阵子，滕雨同三姨娘常在一处，眼见得三姨娘的为人处事，内心里不由得暗暗叹服。还有一样，当了外人，三姨娘对老爷格外体贴恭顺，从不曾恃宠生骄，令老爷在人前难堪。相反地，却是越发地做小伏低，给够了夫君脸面。有时候，看着三姨娘那温婉的模样儿，滕雨不免想，这一对老夫少妻，在闺帏之间，也不知道会是何等光景。

这一向，沈少爷沈介儒似乎格外忙碌，在府里，整日里不见人影。偶尔碰上，也是匆匆而过，一脸的行色。对于这位沈少爷，滕雨格外留了一份心。梁少爷是梁家的独子，只有一个姐姐，早已经出了阁，远嫁他乡，难得回来一趟。因此上，在沈府，沈少爷简直就是霸王一样的人物。上上下下，都小心翼翼地捧着，生怕一不下心，令他受了半分委屈。据说，梁少爷曾出过洋，回来以后，先是在京城的一所大学任教，后来，因为学潮的缘故，被老爷迫着，递了辞呈，在家休闲了些时日，而今又到一家报馆做事。报馆比不得大学，事务繁杂，倒较往日里更忙了些。

　　初来的时候，三姨娘都派人请滕雨到前面用饭。沈家的规矩大，凡老爷在家，那排场更是不同。滕雨虽也是世家出身，然而小城古廓，怎比得这京城繁华府第？几餐饭下来，滕雨就有些筋疲力尽。还有一条，坐在沈家的餐桌前，满眼满耳，都是温柔富贵，琴瑟和谐，父慈子孝，下人们垂手侍立，厅堂里的灯火，点染出一派盛世良时的光景，令滕雨不由得顿起身世之感。眼前的金莼玉粒，也如鲠在喉了。后来，有一回滕雨受了风寒，三姨娘就派厨房单独预备精致些的饭菜，送往后院。待身体好转，滕雨也就恰好找了个由头，不再去前面厅堂，独自在住处用饭了。三姨娘虽也极力劝挽，说这成什么了，知道的，是姑娘身体不适，又喜欢清静，不知道的，反倒以为沈家不通情理，不懂得待人之道了。滕雨看她虽说得恳切，辞色间却也略有几分容让，便道，老爷公事繁忙，这一向又为了外面的事动了肝气，三姨娘只管安心服侍老爷，我们做晚辈的，旁的帮扶不得，自顾还是有余的。按说我应当同三姨娘一道多分担些，可是天性愚钝，三姨娘又是这样疼我，怕分担不成，反倒添乱。求三姨娘容我慢慢学来，待通晓些事理，再献丑罢。三姨娘见她如此说，也就勉强依了。心想这姑娘倒乖觉懂事，在自家骨肉之间，夹了个外人，深浅冷热都不是，如此，倒也好了。

　　有一回，吃罢晚饭，滕雨在院子里闲坐。五月底的天气，已然有些热了。院子里的西府海棠，一树的繁花，粉粉白白，开得正盛。院子的高墙上方，是苍蓝的天。仿佛是一口深井，倒悬在头顶。夜风拂过葡萄架上的新叶，沙沙的碎响，如同窃窃的私语。奴儿不在眼前，被三姨娘遣去买药了。听说，三姨娘近来身体欠安，问起来，说是妇人家的私疾，滕雨究竟年轻脸嫩，也就不好深问。都知道沈老爷是个风流人物，一生中阅尽了春色，最是没有长性，偏就这位三姨娘，这么多年以来，一直独擅专宠，倒真令人叹服。正胡思乱想，只见角门处人影一闪，以为是奴儿回来了，待细看时，却是少爷，不由得心下一惊。正欲开口，只见沈少爷漫步走过来，笑道，姑娘好雅兴。滕雨看他穿一件鸽灰色长袍，飘飘洒洒，在夜色中，又自有一番风致，因笑道，少爷今日如何得闲了？沈少爷在她面前立定，笑道，我这等俗人，整日里，满脑子的猥务，比不得姑娘，清雅优游，见笑了。滕雨说，少爷倒是笑话我了。两个人说了会子闲话，忽然就沉默下来。月亮慢慢升上来，斜斜地挂在天边。这样好的月色，倒令人生出几分不安来。滕雨垂下头，拿手揉搓着自己的衣角。她后悔自己今天穿了这件月白色闪缎旗袍，这种色泽，在月光下，不免显得太寒素了一些。脸上也未曾施粉黛，灯前月下，还是该添些颜色才好。然而又一想，这种月白色，同沈少爷的鸽灰色长袍，倒是匹配得很。心里这样想着，脸上就不由得一热。这时候门一响，是奴儿回来了。沈少爷又少立了一时，便告辞了。滕雨坐在原地，呆了半晌，听见奴儿叫，才懒懒地起身，回屋里去。

这几日，三姨娘身体不适，少爷又不在家，滕雨就到前面走动得多些。三姨娘在卧房里独自开饭，老爷在家，滕雨就只有留在厅堂里作陪。这一天，偌大的饭桌上，只有老爷和滕雨两人。滕雨看着满桌子盘盏，又遥遥地看一眼对面的沈老爷，心里不免悬悬的，生怕说错了一句。沈老爷倒是谈笑风生，嘱滕雨吃菜，一面同她谈一谈诗文。滕雨素知沈老爷饱读诗书，言语间，便格外地谨慎谦恭。滕雨忖度沈老爷的喜好，只拣他深爱的词句巧妙应对，不疾不徐，不卑不亢，直把沈老爷听得频频颔首。一餐饭下来，滕雨的背上早已经出了一层细汗。饭后，老爷意犹未尽，还要赏茶。滕雨也只有耐心陪着。沈老爷坐在太师椅上，端起茶杯，慢慢地啜茶。因同滕雨谈起了茶道，幸亏滕雨于此略解一些，一一应答着，十分地相得。地下远远地立着几个下人，看老爷难得的好兴致，不由得暗暗称奇。过来递茶续水，一口一个小姐，辞色之间，那一番殷勤小心，又与前不同了。

午觉起来，滕雨梳洗一番，兀自坐在窗前发呆。窗上糊了烟蓝的薄纱，经了日光的映射，迷迷蒙蒙，仿佛是一抹雾霭，浮在半空中。窗外是一丛美人蕉，高高下下开着花，耀人眼目。滕雨对着窗上影影绰绰的花叶入神地看了一会儿，忽然，一个影子兜上心来，心里无端地一跳。一连几天，滕雨都没有见到沈少爷。远兜近转问起来，只听奴儿说，是去南方出公差了。滕雨暗想，却原来是外出了。那么，那一个黄昏，他是来这里辞行的了？此念一出，心里不由地荡漾了一下。当然，也或者是闲极无聊，一时兴起，到后院里散心闲步，也未可知。心里毛躁，只觉得口渴，叫奴儿，却不在。滕雨忽然间就恼了。她把手边的一本书忽的一下掷过去，桌上的一个藤编的花插就骨碌碌滚下来，乱纷纷撒了满地的花瓣。

黄昏时分，滕雨去前面三姨娘房里请安，奴儿也在，正端了一个托盘，服侍三姨娘吃药。见滕雨进来，奴儿脸上不由一紧，也就笑了，说姑娘来了？滕雨只作听不见，一脸的关切，直坐到三姨娘的身旁来，殷殷地问过寒暖，径自从奴儿手中把托盘接过来，亲自服侍三姨娘服药。三姨娘直说使不得，使不得，这一点小疾，怎么好劳姑娘芳驾？又骂奴儿没有眼色，嘴馋骨头懒。滕雨端着药碗，只是不肯放手，笑道，三姨娘如此，就是见外了。奴儿从旁立着，看着两个人言来语去，一时不知该如何是好。吃完药，滕雨服侍三姨娘休息，自己则坐在一旁，同她闲闲地说会子话。三姨娘的这间卧房在前院的东侧，后面是一个小小的花园，花木扶疏，别有韵致。滕雨细看屋内陈设，是典型的古中国的气派，地上铺着朱红的漆布，金漆几案，一色的美人榻，梳妆台，雕花黄梨木大床，垂着轻薄的罗帐，大红绫子的靠垫，窗帘也是一色的绫子，仿佛用了整幅的尺寸，披垂下来，有一种惊人的华丽。窗前横摆了一架古筝，乌沉沉的朱色。地下立着一只唐三彩的仕女，衣纹流畅，一派雍容。滕雨看着这卧房，只觉满眼辉煌，俗却俗得妙。不由得看了一眼床上的三姨娘。三姨娘半倚在床头，穿着家常的衣裳，一头卷发散下来，也不施粉黛，一脸病容，却比平日里的严妆华服更添了几分娇俏可爱。滕雨暗想，这沈老爷，也真是有艳福的人了。正胡乱想着，只听得门外有脚步声，奴儿一路小跑进来，说少爷回来了。一语未了，只见少爷沈介儒早已大踏步走进来，口里一迭声地问道，怎么，身上又不好了？一眼看见滕雨坐在房中，便忽地住了口，立在屋子中间，一时有些僵了。滕雨赶忙起身寒暄道，少爷回来了，一面吩咐奴儿上茶。沈介儒在椅子上坐定了，端上奴儿递过来的茶水，神情方才慢慢松弛下来。同滕雨说一些闲话，又问起三姨娘的病。滕雨偷眼看了一下床上的三姨娘，只见她微阖着双眼，只管躺着。滕雨心想，方才还有说有笑的，这又是唱的哪一出？只好代她一一答了。沈少爷却并不深问，只是闲闲地一两句，便同她说起了一些南方的风物，以及沿途的见闻，直把一旁的奴儿听得啧啧称奇。滕雨心想，这也是奇了。方才还急吼吼地闯进来，如今，倒顾左右而言他了。说了一会子话，滕雨看床上的三姨娘并不曾睁开眼，也就告辞出来，回后院去了。

　　掌灯时分，奴儿过来请她，说是少爷外出回来，要在前面设宴接风。滕雨在屋里梳妆台前延宕了一时，换了几番衣裳，终觉不如意，她立在衣橱前，看着满眼的金翠辉煌，只没有一件是今晚能够上身的。踌躇半晌，勉强挑了一袭宝蓝色薄缎旗袍，一色的缎带，把一头长发束起来，配了同色的鞋子，脸上只淡淡地上了一点妆，似有若无。奴儿又过来催请，她这才赶忙来到前面。一进屋子，却发现一桌人的眼光哗啦一下看过来，她深知自己长了一副好身材，穿上旗袍，越现出致命的凹凸，此刻，在众人面前，她却深悔自己的招摇。也只有强自镇定，慢慢地走到桌前，同众人寒暄。三姨娘也在座。一袭水红色旗袍，戴一副同色的耳环，显然经过了精心地妆饰，竟一扫之前的病容，一双眼睛，顾盼生辉。滕雨暗想，这就怪了。转眼之间，判若两人。席间，大家推杯换盏，气氛格外热闹。滕雨注意到，三姨娘一心敷衍着老爷，也不忘了照顾到少爷和滕雨，尤其是对滕雨，格外又多了一分殷勤周至。沈少爷倒照例是淡淡的，自顾把手中的酒杯慢慢晃来晃去，绛红色的葡萄酒在里面动荡飞溅，衬了灯光，亮晶晶的动人。饭后，大家喝茶，叙了些闲话，沈老爷兴致很好，提议月末请客，众人都问缘由，老爷笑而不答。追问得紧了，方才慢慢说了。却原来沈少爷新近要赴一个新职，难得的肥差。这其间，少爷的才华自不待言，却也少不得做父亲的从中多方周旋。谋划既久，如今一朝遂愿，自然要庆贺一番。众人都说好，三姨娘显得尤其热烈。或许是因为喝了酒，她的脸上有动人的红晕。滕雨心想，三姨娘这病，看样子竟是大好了。

晚上，滕雨正坐在屋里看书，听见外面传来一阵箫声。夜色空明，箫声迤逦而来，仿佛溪水流淌。滕雨听了一时，简直痴了过去。不由得放下书本，循声而去。在小花园的假山后面，一个人正握箫吹奏，仔细看时，却是沈少爷。滕雨正欲悄悄离开，沈少爷却已经看见了她，就只好立在原地，看他朝这边走过来。此时，月亮已经上了中天。地上影影绰绰的，是葳蕤的花木。滕雨忽然感到一阵心跳，只听沈少爷问道，还没有睡？滕雨说，没有，听见箫声，就忍不住过来看看。不想竟是少爷。沈少爷含笑看着她，并不说话。滕雨见他这般情状，想这算怎么回事，孤男寡女，半夜深更，在这小花园里相对而立，默默不语，倘若给人看了去，又不知会说出些什么来，便道，不早了，我回去了。正欲转身，只见沈少爷仍是立在原地，定定地看着她。滕雨的喉头忽然就干燥得厉害，想说些什么，却是一句都说不出来。夜色中，沈少爷的眼睛闪闪发亮。滕雨心想，这人，也不知道是怎么了。就想不作理会，转身便走。沈少爷却过来横在她面前，依然是不说话。滕雨心头怦怦跳着，不知道他会做出什么举止。正待开口，那沈少爷却忽然捉住了她的手，口里喃喃地叫道，姐姐——滕雨一时就乱了阵脚，整个人就慌了，也不知道反抗，只任由他握着自己的手。正无措间，一个东西自花丛里一跃而起，两个人都吓了一跳，却是一只猫，蹲在一块嶙峋的石头上，远远地看着他们，一双眼睛闪着幽幽的绿光。滕雨趁机把手抽出来，转身跑开了，只把沈少爷一个人孤零零地扔在原地。

　　回到屋里，滕雨一颗心犹自狂跳不止。夜已经很深了。月亮透过窗子照进来，把花叶的影子模模糊糊印在窗纱上。滕雨看着那微微颤动的影子，心里如同沸水一般，起伏不休。当初，来沈家之前，母亲携着她的手，左右叮咛。虽不曾把话说破，可是滕雨是何等聪慧的人儿，母亲反复提及沈家少爷沈介儒，心下就渐渐明白了老人家的一片苦心。只是，碍着女儿家的脸面，含糊敷衍着。其实，滕雨何尝不想终身有靠，尤其是在父亲辞世之后，母女二人独力支撑门户，其间的种种炎凉冷暖，早令她备尝艰辛。这沈家少爷，听说倒是一表人才。只是，眼见为实，她不想贸然把自己的终身托付出去，倘若遇人不淑，在这样的宅第，只有含恨忍垢终生了。因此上，在沈府的这些日子，滕雨处处留意，把沈家少爷的种种行止，全看在眼里，记在心间。同沈家少爷，在一处的时日不多，耳朵里却也听了不少他的逸闻趣事。下人们的嘴巴，总是喜欢议论主人家的长短。关于这沈少爷，由于是府上的独子，人又生得好相貌，下人们，尤其是丫头们，就格外地喜欢品头论足。其中，奴儿最是热心，说起少爷，总有不尽的谈资。从奴儿口中，滕雨知道，这沈少爷虽说留过洋，读过书，见过不少世面，却从不曾在外面孟浪。恋爱也是闹过的，却是那女同学的单恋。关于这一节，奴儿她们每讲起来，都是津津有味。据说，那女同学也是名门出身，人也漂亮大方，是京城交际场上的风云人物，为其颠倒的裙下臣子大不乏人，却偏对沈少爷情有独钟，只这一点，便格外地令奴儿她们自得。滕雨听着这一段凰求凤的传奇，脸上不动声色，心下却暗想，这沈少爷，倒是难得。

三

正是新夏。园子里花木葱茏，散发出醉人的气息。沈府宾客盈门，一派欢腾。沈老爷偕三姨娘在门前迎立。三姨娘穿一袭酒红色薄缎旗袍，七分袖，雪白的腕子上，戴一只酒红色玛瑙手镯，同色的指甲油，同色的唇膏，同色的皮鞋，偏配了一对黑色蜘蛛状耳坠，谈笑间花枝乱颤，同一头微卷的黑发相映成趣。沈老爷则穿一件黑绸长袍，上面是一闪一闪的篆体的福字，戴一顶黑色凉帽，滚着酒红色绸缎阔边。滕雨从旁看着，暗想，这夫妇二人，倒是琴瑟和谐。客人们陆续到齐，入座，一片寒暄谦让。滕雨细看座中，却不见沈少爷。沈少爷是今天的主角，不见得就缺席了？正疑惑间，只见沈少爷沈介儒阔步走来，抱拳当胸，同客人们高声打着招呼，笑语朗朗。沈少爷今天穿一身绛红色西装，同色系暗花衬衣，黑色丝绸领带。滕雨想，这一家人的出客行头，一定都是三姨娘的眼光了。滕雨低头看了一眼自己的藕荷色薄缎旗袍，上面开着一朵一朵阴戚戚的小花，雅致倒是雅致的，可是同这喜洋洋的红色比起来，到底还是太清淡了些。任是再眼拙的客人，也会一眼便看出这其间关系的亲疏远近了。这样想着，心里便生出篱下之叹，脸上却始终是笑着。席间，大家推杯换盏，夸沈少爷前程无量，沈老爷教子有方，都交口称赞沈家德隆福厚，门庭光耀。沈老爷虽极力谦虚着，却也是一脸的喜色。三姨娘更是笑靥迎人，将众人敷衍得滴水不漏。酒至半酣，滕雨悄悄溜出来，到外面透一透气。

　　阳光正好。微风习习，小花园里花影摇动。下人们端着盘盏，在庭院里穿梭般来来去去。滕雨在树荫里立了一时，信步朝园子深处走去。太阳光从枝叶的缝隙里漏下来，落在身上，闪闪烁烁。看见假山，滕雨不由得呆了一呆。她想起了那一个月夜，心里轻轻荡漾了一下。她不能确定，那个晚上，沈少爷是不是一时的兴起。那样的夜晚，那样的月色，那样的箫声，良辰美景，玉人迟来，斯情斯境，是不是正好上演一幕才子佳人的好戏？这些天，她一直避免同沈少爷单独见面，偶尔见了，在人前，也始终是淡淡的。沈少爷呢，却是同样的谈笑风生，不见神色有异。滕雨见了，心里不免恨恨的，想这沈介儒，果然是少爷脾气，不论在人前如何端正，也脱不了纨绔习性，风流自赏，在情场上，想必是放诞惯了的。朝云暮雨，在他，不过是最平常不过的事情。想到此处，滕雨不由得一阵黯然。园子的角落里，有一个小亭子，生着一架藤萝，牵牵绊绊，把半个亭子遮蔽得严严实实。滕雨在亭子边立了一时，看见两株梧桐间架着一绳秋千，便坐上去，微微荡着。蝉鸣如雨，落了她一头一脸。阵风吹过，花瓣飘零。滕雨迎着阳光闭了闭眼。藤萝枝叶茂盛，在风中微微战栗着。滕雨想起奴儿说的话。奴儿说，这个藤萝架下，曾经死过人。究竟是什么人，奴儿没有说。只说是女人。滕雨看着层层叠叠的藤萝架，想，女人。在这缠缠绕绕的藤萝架，倒是得其所了。藤萝在风中微微战栗，枝叶轻拂，仿佛在诉说着无尽的秘密。滕雨对着那藤萝发了一会子呆，见有人朝这边走来，逆着太阳光，影影绰绰，看不真切。待走至眼前了，才认清了，是沈少爷。此时，沈少爷脱去外套，只穿了一件衬衣，说不出的洒脱无拘。见了滕雨，并不说话，只是微笑着看她。滕雨想，这算怎么回事。只有含笑道，怎么，酒喝多了？话一出口，就后悔了。想自己这般话语，显见得有些太亲厚。正想掩饰，只听沈少爷微微一笑，道，没有。酒不醉人，人自醉。滕雨听他这样说，倒一时不知如何是好。正踌躇间，见沈少爷攀了一枝藤叶，把鼻子凑上去，专心地嗅着。沈少爷本就生得高大，而今临花吟哦，倒有一种奇异的伤怀之美。滕雨不由掩口笑道，原来少爷也是风花雪月之人。沈少爷道，人生一世，除却不得已的俗务，总要有些闲心，才不枉这无边风月。滕雨笑道，此言极是。只是见少爷整日里公务缠身，少有闲情。沈少爷叹道，外人只道我春风得意，天下之大，识儒者几何？滕雨见他神情黯然，不由得心中一动。正欲开口劝解，只见远远地过来一个丫头，便笑道，一定是来寻你的。主角不在，好戏如何收场？沈少爷恨道，今天，我偏就任性一回，又如何？待那丫头走至跟前，便挥手说，就说我头疼，回房休息一时。待会便过去。滕雨看着丫头的背影，笑道，这谎扯得不高明。说不定，待会还有人来催请。沈少爷道，管他？且清闲一时再作打算。一时间，两个人又都无话。远远近近，都是蝉声。滕雨看着那藤萝架，忽而问道，这藤萝架下，听说有过故事？沈少爷叹一声，正待开口，只见三姨娘风摆杨柳一般走过来，老远便笑道，找了半晌，却原来是躲在这里了——滕雨赶忙陪笑道，在这里透口气，不想遇上了少爷——三姨娘一口剪断她的话，笑道，介儒最怕热闹，躲出来一时，有姑娘伴着说说话，倒也极好。复又转身对沈少爷说，也不带扇子，这园子里飞虫多，当心挨咬。滕雨立在一旁，一时不知道该如何是好。沈少爷说，三姨娘且先去，若老爷问起来，烦劳替我敷衍一时。三姨娘扑哧一声笑道，可说好了，我只管一时，可管不了一世。等你歇够了，回来应个卯，是正经。要是惹老爷发了脾气，就不好了。一面说，一面回头对着滕雨道，好人难当，我向是这样，两头落不是。沈少爷直个劲儿地道谢，三姨娘横了他一眼，自顾走了。滕雨笑道，怎么样？我会算命。算准了会有人来。沈少爷也笑道，原来是个女巫。滕雨嗔道，你才是女巫。沈少爷说，我倒情愿是个女巫，可惜，做不成。只有做男巫了。男巫预言，待会说不定还有人来。我们不如就到后院里躲过此劫。

烛光摇曳，滕雨歪在榻上想心事。奴儿端来一碗银耳羹，说是三姨娘说今天的菜品多油腻，特意吩咐厨房炖了银耳羹，给姑娘清胃火。滕雨起身，慢慢喝着银耳羹，心想这三姨娘果真是仔细之人，难怪这么多年以来，老爷一直爱若珍宝。因又想起园子里三姨娘在少爷面前的种种情态，难为她一片母慈之心。只是临了那一眼，满脸嗔怨，似又有无限意味。吃完银耳羹，奴儿服侍她洗脸漱口，上床安歇。她躺在黑影里，左右辗转，不能入睡，想起沈少爷的一些话，一颗心无端地乱跳起来。

这几日，三姨娘为了老爷的缘故，天天去庙里进香。据三姨娘讲，老爷八字弱，今年又是打两个春，因此上，须格外地当心。三姨娘素日里喜欢烧香拜佛，遇到此事，更是不肯马虎半分。老爷呢，虽则嘴上说无妨，也不强拦着，这种事，都是宁愿信其有，三姨娘疼他，这一份心思，他如何不懂？这一日，午觉起来，不见奴儿。喊了两声，仍是没有应答。滕雨心下纳罕，便懒懒地梳洗了，到前面去给老爷请安。转过小花园，只见一只绣花鞋飞过来，不偏不倚，正好落在她的眼前。滕雨正在疑惑，奴儿踮着一只脚，一蹦一蹦地过来，头发毛毛的，满脸红晕，口里叫道，不许耍赖——这算什么——抬头看见滕雨，一下子便呆住了，只是金鸡独立着，也忘了去捡地上的鞋子。滕雨的脸腾地就红了，转身便走。屋里传来老爷的声音，奴儿，奴儿——是哪一个？滕雨见状，知道势不能躲了，便笑道，到底是小孩子——弯腰把地上的鞋子捡起来，递给奴儿，奴儿赶忙接过来，穿好，正待开口，滕雨朝她摆一摆手，说，天热，我去园子里凉快一会。等老爷醒了，我再过来请安。

藤萝架下花叶婆娑。滕雨坐在那里，想着方才的事。四下里寂寂的，阳光晒在地上，煌煌地热。滕雨只觉得心中嘈杂得厉害。怎么可能！沈老爷是这样一个端正的人，又饱读诗书，竟然同一个丫头！这丫头还是三姨娘的人。怎么说，也是忌讳。或者，屋里那一个，不是老爷？可她分明听见了他的声音，不是老爷，又是谁！滕雨伸手摘下一片藤叶，捏在手里不停地揉搓着，那叶子渐渐地变了颜色，弄了一手的黑绿的汁液。滕雨望着藤萝架发了一会子呆，远远地看见奴儿过来，心里一惊，忙收敛了心思，候她到跟前。这奴儿已经重新梳洗过，脸上也照例是笑眯眯的，说是老爷已经午觉起来了，请滕雨过去。滕雨看她一脸的风平浪静，心下暗自惊诧，这丫头，在这沈府，想来已经百炼成钢了。

老爷在书房里，正端着一杯茶，眯着眼睛，欣赏对面墙上的一幅字。滕雨忙上前请安，老爷命她坐下，问了一些闲话，因说起了少爷。外面最近不太平，凡人都是明哲保身，少爷却一意孤行，偏要在这风口浪尖上逞一时之快。我也是读书之人，非是不念民族大义，然而沈家几代单传，万一有半点闪失，如何对得住列祖列宗？滕雨见他言词恳切，便婉转劝慰，百般譬解，方才慢慢好些。因又说道，儒儿的婚配，也是我日夜悬念的大事。倘若真有贤达的内助，做父亲的也好歇一歇心。滕雨低头，只是不语。暗想，看来，今天老爷倒是放下架子，同自己说一些体己话儿了。只是这样的话题，实在不好应对。正尴尬间，瞥见奴儿在门旁一闪，不见了。抬头看老爷，却是气定神闲。心想，沈府这是非之地，看来不能久留。这奴儿，便是三姨娘派来笼络老爷的人，也未可知。一念及此，抬头看老爷神情，见面色红润，双目炯炯，看上去十分地精神焕发。又说了会子话，滕雨便告退，回房休息。奴儿早把茶水预备好，小几上，还另摆了几色点心。滕雨喝茶，看奴儿出出进进，心下便轻叹了一声。这奴儿生得小巧玲珑，眉目间，自有一段风流，同三姨娘相比，环肥燕瘦，各得其妙。况且，这奴儿年方二八，正是豆蔻年华，朝气逼人。滕雨不免想，有此二人，这沈老爷，也可慰人生晚景了。

四

一连几日下雨。滕雨终日待在屋里，闲来看看书，弹弹琴。偶尔，也到前面去走走。这些天，沈少爷难得在家。三姨娘呢，最热心张罗牌局。常来的牌友中，有一个鞠太太，一个封掌柜。鞠太太也算大家闺秀，嫁给了一个军阀，倒也有过一段恩爱，后来那军阀在外面有了外室，除了新年祭祀，长年不回来看一眼。这些年，鞠太太独守空闺，百无聊赖，将一套麻将术研习得日益精进，常常被三姨娘请过来搭牌局。封掌柜是京城老字号绸缎庄的掌柜，人生得斯文，善裁缝，沈府上下的衣裳，都是经了他的一双巧手的。说起来，三姨娘同这封掌柜，也算是旧相识了。当年在烟花巷的时候，封掌柜就是三姨娘的御用裁缝。而今，更是视如左右臂膀，割舍不得。关于这麻将，滕雨也是通的。然而，她自忖待字闺中的姑娘，轻易不肯露面，只偶尔在旁观看一时，也从不多言。这一天，几个人在小厅里打牌。外面下着雨，屋子里点着明晃晃的电灯。奴儿殷勤地端茶送水，间或，也立在三姨娘身后，窃窃地说上几句，三姨娘就笑骂道，好了，还是让我一个人清静些罢。鞠太太今天手气不好，一脸的严霜，出牌间隙，又提起了小公馆的事。大概天下女人都是一样，逢这种事，便骂世风不好，骂外面的狐狸精媚，骂来骂去，独骂不到负心的男人头上。众人也听惯了，随声附和两句，也不好深劝。鞠太太骂累了，便艳羡三姨娘。说三姨娘命好，遇上了好姻缘。三姨娘微微笑着，任她艳羡。滕雨从旁看着，暗想，这鞠太太大概年轻时也是个美人，而今四十不到，就已经沦落成一个悲戚的怨妇了。自己又不知保养，痴肥拙笨，一双眉毛之间，是一个深刻的川字。同三姨娘比起来，简直是天上地下。正走神间，只听三姨娘锐叫一声，和了。灯光照下来，几只手来回搓动，麻将牌互相撞击，发出清脆的声响。鞠太太一面洗牌，一面说，前天倒是有电话来，说是那小杂种病了，狐狸精呢，回了娘家，期期艾艾半晌，原来是想请我过去帮忙照料一下。吓！素日里生死不问，这会子倒想起我来了。三姨娘听她说得啰嗦，又体谅她输了牌，只有勉力敷衍着，待到说话停顿的当口，便截断她道，今天我请客——大家想吃什么，尽管让奴儿去买了来。牌桌上登时一片雀跃。三姨娘把奴儿叫到跟前，仔细叮嘱了几句，奴儿便领命去了。这边，大家也都乏了。便停下来，到厅里的沙发上，喝茶，聊天，候着奴儿回来。滕雨注意到，封掌柜牌风极好，宠辱不惊，也不多话，只是偶尔适时地插上一句。而且，这封掌柜简直就是一个衣裳架子，什么衣裳穿在身上，都是说不出的熨帖得体。绸缎庄的掌柜，自然喜欢穿绸缎。今天他穿了一件竹青色薄绸长袍，有隐隐的竹叶，零零落落，行动处，满眼清新之风。三姨牌场得意，兴致格外地好。老爷这几天外出，三姨娘心无旁骛，又是女主人，极力张罗着。滕雨从旁坐了一时，就悄悄出来，回后院去。

　　一出门，却见沈少爷立在小花园的藤萝架下，便想撤着脚走开。不想沈少爷却道，怎么，看打牌累了？滕雨心下一惊，想这个人，分明背对着她，难不成后面长着眼睛？也只好笑道，看他们玩得热闹，少爷怎么不去打两圈？沈少爷转过身来，道，也想去凑趣，只是难有那份闲心。滕雨笑道，看来，这闲心，也要因时因地因人而变。沈少爷道，当然，情随境变，自古皆然。比如这藤萝——正说着，滕雨看见奴儿抱着一堆东西回来，远远地冲他们笑一笑，进了小厅，便道，我且过去一时。沈少爷说，三姨娘今天赢了？滕雨说，可不是，赢了个盆丰钵满。沈少爷笑道，难怪。两个人都往小厅里去。半路上，沈少爷被一个下人叫住，说有电话。沈少爷自去听电话。滕雨立在廊下，踌躇了一时，拿不定是等他回来，还是一个人独去。此时，雨早已经停了。空气里湿漉漉的，弥散着植物汁水的青涩气息。奴儿跑出来，叫道，姑娘，都叫你呢。新鲜的提子，还有西柚，甜得很。

　　客人都散去了。厅里一片狼藉。奴儿正忙着把麻将桌收拾清楚，麻将一个一个被扔进盒子里，发出清脆的撞击声。另有一个丫头正在把窗子打开，换些新鲜的空气。一地的瓜子壳子，还有水果的皮核，门口的踩毯上，印着几个歪歪扭扭的湿脚印。一个丫头边扫边说，三姨娘今天赢了，说不定晚饭的时候还有赏钱。奴儿呸了一口，光知道领赏，连如何让她高兴都不懂。三姨娘三姨娘，她平生顶恨人喊她三姨娘。那丫头道，可不是三姨娘，那该喊作什么？奴儿手里捏着两个色子，啪的一声扔进麻将盒子里，道，喊什么？太太啊。那丫头挂着笤帚，把下巴颏支在上面，道，也是。如今，那两个都没了，在这府里头，她可不就是太太？奴儿把手指放在唇上，嘘了一声，恨道，小声些！隔墙有耳，给人听了去，仔细你的皮！滕雨在窗外呆了一呆，赶忙撤脚走了。心里却想，那两个，说的是哪两个？滕雨曾隐约听人说起过，沈太太，也就是沈少爷的生母，早在多年以前就过世了。那么奴儿她们口中所说的那两个，大约该是沈老爷的姨太太了。正胡乱想着，见人影一晃，有丫头出来倒杂物，滕雨急忙往边上一闪，避开了。

时令过了立秋，一早一晚，已经有了微微的凉意。园子里，一些花已经败了，而另一些，却正是盛期。紫藤架看上去依然繁茂，只有细心的人，才发现，先前的碧绿，而今间或夹杂着苍黄，已经露出了衰意。阵风吹过，有黄叶成阵地落下来，落在人的头上，肩上，发出簌簌的响声。滕雨踏着落叶，到前面给老爷请安。季节交替，上了年纪的人，往往最是易感。近来，沈老爷受了风寒，卧床休养。沈府上下，一派忙乱。难免有人来探病，老爷的卧房，还要兼作客厅，三姨娘督着下人们重新布置了一番，新添了几只沙发，茶几，深栗色，庄重大方，同床榻的色调十分地和谐。又在床前横了一只屏风，也是栗色雕花，典雅沉静。三姨娘的意思，老爷卧榻，恐有女客来访，多有不便，如此，彼此都可有所预备。屏风后面，放了一张小床，是三姨娘夜间睡的。这些天，三姨娘不用下人，亲自日夜在老爷床前服侍，端茶送药，极尽勤苦。来访的客人，多是老爷的故交，见此情状，都感叹不已。沈老爷自己，更是深感安慰。安慰之余，不免有几分得意。当年，自己力排众议，决意迎娶这个女人，如今看来，真是英明之举。偶感风寒，本无大碍，心情舒畅，病已经先自好了七分。剩下那三分，病人宁愿仍旧抱着，有点借此生骄，挟以自重的意思。三姨娘谙尽了风尘，这点心思，她如何不懂？也只有由着他，越发比先前殷勤周到。滕雨进来的时候，三姨娘正在给老爷喂橘子水，见了滕雨，笑道，姑娘过来了？因请她坐下，自己掏出手帕，把老爷嘴边的汁液轻轻拭一拭。滕雨看老爷的半个脑袋被三姨娘揽在怀里，心里尴尬了一下，只听老爷口中含着橘子水，含混道，给雨儿看茶。三姨娘就唤丫头，一面笑道，老爷就算病了，脑子也是清醒的，不像我，一忙就糊涂。滕雨赶忙道，三姨娘这阵子累坏了——自家人，哪里有那么多的礼节？话一出口，脸上就红了。自知失言，正待把话岔开去，只听三姨娘笑道，我就说了，滕姑娘不是外人，如此，倒见外了。滕雨脸上笑着，心里却是暗骂自己说话鲁莽。正窘着，只听门口的丫头问候，少爷来了。沈少爷走进房来，冲滕雨点头问好，便在老爷榻前的椅子上侧身坐下，探问病情。三姨娘已经把枕头拍一拍松，令老爷的脑袋恢复原位，又把被子拉一拉，紧一紧。那半碗橘子水，交给丫头端走。老爷也早已经端正了容颜，同儿子谈一些外面的局势。三姨娘陪滕雨坐着，请她尝一尝新做的栗子羹。她自己呢，则拿一把小夹子，一个一个把榛子夹破，剥开，把果仁放进旁边的一只小碗里。见滕雨看，笑着拿下巴朝老爷的方向点一点，说，老爷爱吃榛子。按说这活儿就该丫头们做了，可一样的手，偏说是别人剥得不干净，我亲手剥的便吃得喜欢。滕雨看她一脸的嗔怨，暗想，夫妇之间的事情，冷暖自知。何必把它们一一摆出来示人？况且，自己终究是晚辈，这样的话题，也不好应对。因笑道，这榛子倒整齐，仁也饱满。三姨娘道，都是让人挑过的——老爷这一向，胃口倒还好。正说着，听见外面丫头报，客人来了。众人都赶忙停下来，准备迎客。

　　滕雨在屋里歪着看书。一屋子的秋阳，慢慢黯淡下去了。也不见奴儿。想必是在前面帮忙做事。今天这客人非同寻常，原是老爷多年的老友，又是同乡，更有一条，如今仕途通达，是京城翻手为云覆手为雨的人物。沈府少不得要留饭，老爷亲自抱病作陪，在厅里摆家宴款待。三姨娘也陪侍了一时，见二人谈起当年跌宕欢场的旧事，深恐自己在侧多有不便，就含笑告退了。过了一会，又差人来请沈少爷。滕雨从旁看了，只有对这三姨娘的处事越发叹服。想倘若没有妻儿在眼前，沈老爷不知又轻松几何。滕雨看了一会子书，看来看去，却只是一个字也看不到心里去。

沈少爷这些日子，越发变得陌生了。尤其是在人前，彬彬有礼，客套得令人心里发寒。比如今天，在老爷房里，他那一脸的端正，简直陌路人一般。然而，不如此，又能如何呢？滕雨忽然想起那一回，三姨娘生病，少爷急冲冲闯进来的情状。虽说是名分上的母子，但终究是隔了一层血缘，年纪又是这样相近，如此不避讳，也似有不妥。还有那三姨娘，当了人，那淡淡的样子，也不知道，倘若那天只有他们两个，又会是何等光景？就在这一转念间，种种情景涌上心来，越发烦乱得紧。

夜里，忽然就下起雨来了。滕雨躺在枕上，听着那雨点子细细地打在窗子上，猛然想起院子里还晾着衣裳，是新做的一袭披肩，洗洗浮色，还没有上身，可别淋坏了。就赶忙叫奴儿，却不见人影，就只好自己穿衣起来。秋天的雨，并不大，细细地飘下来，落在花木上，簌簌地响。滕雨把披肩收起来，正待回屋，只听见角门处门环轻叩的声音，豁朗朗，像是有人敲门，又像是微风过处门环相击。正疑惑间，传来一声低低的轻笑。滕雨一惊，便鬼使神差一般，朝那角门走去。门前有一个廊檐，正可以遮雨。隔了门，有人在檐下说话。女人说，这些天，老爷病着，竟日里陪侍，也分不出身来。偏又遇上一个没良心的——男人道，天地良心！这些日子，几番求见，只是不理人——滕雨整个人便呆在那里。分明是三姨娘！那语调，那声口，不是她又是谁！那男人的声音，听起来耳熟，却一时分辨不出。正怔忡间，只听得那廊檐下的两个人，一个柔声哽咽，一个软下声调，赌咒发誓。细雨蒙蒙，门环乱碰起来，细碎而激烈，间杂着女人的呻吟和男人的喘息。滕雨在雨中呆了半晌，逃也似的奔回屋里去。坐在床上，心神未定，才发现肩头已经被细雨洇潮了。想着方才听到的那一场，心里不由得怦怦乱跳。想三姨娘素日里最是细致谨严，今天，竟然把好事做在了自家的檐下，这二人间的郎情妾意，可见非一日之厚了。只是那男人，究竟是谁呢？少爷的声音，她是听得出来的。想到此处，滕雨也吓了一跳。自己怎么会无端地想到少爷。一面骂自己，一面又有一种说不出的宽慰。雨打在窗子上，淅淅沥沥。滕雨坐在黑影里，也不开灯，只是呆呆地坐着。两只手十指交挽，紧紧地绞着，直到两个臂膀都酸麻了。

次日起来，正在梳洗，奴儿挑帘栊进来，看见滕雨，笑道，昨晚老爷陪客，喝多了酒，醉得厉害，旁的人放心不下，太太说我还心细些，睡觉也警醒，就留我服侍老爷了。滕雨看她一脸的倦容，却掩不住两颊的朝霞，忽然就想起那一天，那一只从老爷屋里飞出的绣花鞋，心里蓦地就跳了一下。脸上却笑道，那辛苦你了。这边也没有什么事，瞅空就到床上歪一歪罢。奴儿笑道，谢姑娘心疼。只是，老爷一早起来就发了一通脾气，把茶杯摔了个粉碎。滕雨忙问为何，奴儿低声道，听说，少爷昨晚一夜未归，在外面玩了通宵。老爷再四审问，也只说是陪朋友喝酒。当即要找人家对质，少爷又不肯。可不是就圆不了谎了？滕雨点头道，噢。奴儿说，少爷决不是一个荒唐的人。也不知道为何，这一回，也不分辩。只管受着。老爷呢，也奇了，向来是在这些事上不闻不问的，这一回，却动了这样大的肝火。奴儿只管絮絮地说着，滕雨心中却隐约明白了几分。因笑道，这披肩，昨晚淋了些雨，你今天再洗一回吧。奴儿道，昨晚竟忘了收了，真是该死。这种料子，也就封掌柜的铺子里才有。淋了雨，怪可惜了的。太太说了，天凉换季，过几天，她亲自到铺子里挑布料，请封掌柜到府里来，把秋装量裁好。滕雨心里一跳，笑道，封掌柜好手艺。奴儿说，可不是。我家太太穿衣裳仔细，这么多年，就只认一个封掌柜。滕雨倚着门框，看奴儿把那件披肩在水里洗了，抖一抖，重新晾上。无数的水珠子顺着光滑的料子滚下来，哩哩啦啦落在地上，把一只觅食的麻雀吓了一跳，扑棱棱飞走了。

园子里湿润润的，到处弥散着植物和雨水的气息。藤萝架上，叶子已经枯黄了，经了雨水，变作黯败的褐色。放眼望去，满目秋意。滕雨在藤萝架下立了一时，心头忽然漫上一重很深的悲凉。

五

中秋节，府里请了堂戏。老爷是个戏迷，三姨娘呢，更是深谙此道。兴致好的时候，妆扮起来，水袖一甩，那身段，那嗓音，那眼神，顾盼之间，简直不让梨园。这几日，府上热闹，滕雨也不得不在人前应酬一时。三姨娘携着她的手，一一地为客人们介绍，然后，复携了她的手，依旧把她送回座位。滕雨从旁看着三姨娘同沈老爷夫妇立在一处，笑容可掬，夫唱妇随，心中忽然就烦乱起来。正左右看时，瞥见封掌柜坐在一张藤椅上，翘着腿，手里端着一只酒杯，并不喝，只慢慢摇晃着，虽戴着墨镜，一双眼睛，却一眨不眨地追着三姨娘。滕雨的一颗心里忽悠一下，跳个不止，一面想起那秋夜的细雨，门环相击的激烈细碎，心头顿时湿漉漉的，脸上也蓦地滚烫起来。

晚饭时分，滕雨趁乱，悄悄溜出来。园子里，远远近近，灯光点点。空气里，流荡着脂粉的味道，香水的芬芳，淡淡的酒香，夹杂着花木的气息。几个戏子，还没有来得及卸妆，满脸的油彩，拖着水袖，追打起来，嘴里叫着，辨不出戏里戏外，让人感到莫名的心惊。

这个季节，正是菊花的好时光。园子的西南角，专门辟有一个花圃，用一带篱笆隔了，很见风致。滕雨记得，前几天，那几株白菊已经含苞了，经了这雨水，想必也该盛开了吧。一只蛾子飞过来，绕着她，嘤嘤嗡嗡地飞。这蛾子，一定是被滕雨的鲜艳衣裳吸引了。滕雨把手挥一挥，去看那白菊。远远地，看见藤萝架下，有一个人。滕雨怕同人搭讪，便绕开去。

月亮昏黄。唱戏的锣鼓穿越夜色，婉转而来，在这寂静的夜里，显得格外清越动人。锣鼓阵阵，燕语莺声，分明是三姨娘。滕雨仿佛看到三姨娘在辉煌的灯火里，朝着众人回眸一笑。座中，沈老爷微阖双目，一脸的陶醉。沈少爷斜倚在一个廊柱上，看着戏台上的某个虚空处，若有所思。封掌柜靠在藤椅上，一双眼睛，紧紧地追逐着台上的佳人儿。滕雨慢慢把茶杯端起来，凑到唇边，啜了一口，却发现茶早已经冷了。

六

秋天过去了。冬天来了。

下了一场雪，新年便在眼前了。沈府上下，到处是欢腾的年味。因为是老爷的本命年，今年新岁，就格外地隆重铺张。三姨娘亲自张罗着，督着下人们里里外外布置了，全是明艳的红色。老爷的卧房，更是红字当头。大红的窗幔，大红的床帏，大红的漆金台布，大红的羊毛地毯，仿古的宫廷风味的吊灯，纷垂着大红的流苏，暖红的灯光流泻出来，把屋子点染得温柔富贵。沈老爷一身大红团花绸缎长袍，外罩深红织锦马褂，上面绣着隐隐的淡金的飞龙。沈老爷肖龙。凡一应细小用具，也都是一色的朱红。就连下人们，也都新置了衣裳，进进出出，红影幢幢，说不出的喜庆祥瑞。滕雨自己，也依着三姨娘的意思，新做了旗袍。私心里，滕雨还是更偏好素净的颜色。只是这一回，她还是没有由着自己的性子，选了一种洋红色缎料，裁了一件中式小袄，卸肩，掐腰儿，同色的盘丝搭扣儿，精巧可爱，仿佛一朵朵含苞的腊梅。窄窄的小立领，滚了细细的黑边。下面是一件玫瑰红长裙，同色绣花鞋，同色帕子，通身上下，一派古典风致。滕雨立在梳妆台前，把镜子里的人细细端详半晌，轻轻叹了一口气。直到今天她才发现，原来，红颜色，于自己，似乎倒是更相宜的。她原是担心红色太艳了，自己的年纪，压它不住。正顾盼间，听见有人在身后拍手笑道，姑娘穿这衣裳，简直是再好不过了。她猛吃一惊，待回头看时，见奴儿立在门口，不禁有些难为情，因笑道，我试一下，这新衣裳，倒很合身。奴儿说，封掌柜是谁？京城里出了名的金剪子，这么些年，何时曾错过分毫？滕雨笑道，可不是。一面慢慢把衣裳脱下来，令奴儿叠好，收起来。奴儿一面收拾，一面絮絮地说起封掌柜的种种逸事，见滕雨听得饶有兴致，便越发有声有色起来。

午后，冬日的阳光照下来，柔柔暖暖，把屋子染成一片金黄。滕雨坐在桌前，捧一只小小的手炉，一面漫不经心地翻看一本书。周身暖烘烘的，便有了倦意。恍惚间，看见沈少爷立在门口，却不过来，只是倚在门框上，朝她看。她低头看时，发现自己只穿了贴身的亵衣，水红色抹胸，同色睡裤，一头长发披垂下来，散在胸前。她心下一慌，把脸就飞红了。心想，怎么回事，这等样子，怎么好见人？正羞恼间，见沈少爷已经走过来，坐在她身旁，一双眼睛似嗔似怨。滕雨见他这般光景，暗想，这人少爷脾气，想必是在风月场上得意惯了，自己这般处境，一定要处处当心才是。一念及此，正待正色相告，只见沈少爷早已经一把她揽在怀里，说不尽的柔情缠绵。滕雨想极力挣脱，却是动弹不得，想喊，也喊不出，心里又羞又恨，照着那双手便咬了一口，只听得哎呀一声，便醒了。阳光照过来，绸缎一般，把她包裹得严严实实。手炉里的炭火已经慢慢黯淡下去了，一股淡淡的檀香，在屋子里弥漫开来。滕雨茫然地看着四周，一时不知身在何方。书桌上，供着一盏水仙，亭亭的，花朵淡黄，开得正好。水仙的香气同手炉的檀香缠绕在一起，令人醺醺然。滕雨对着那水仙看了半晌，想起方才的梦，心里越发地没意思起来。

这些日子，沈少爷倒是得闲了，常常待在书房里，轻易不出来。只有在吃饭的时候，才能够见到他。滕雨发现，沈少爷更加沉默了。神色落寞，一脸的萧索。问奴儿，只说是身体不适，正在吃中药调理。滕雨正待深问，却见奴儿的神情淡淡的，待说不说的样子，就把话止住了。想自己终究是外人，有些时候，还是谨言慎行才是。这一向，老爷倒是越发精神好了。常常有客人来。他们坐在客厅里，喝茶，聊天，时时纵声笑起来，十分爽朗。相形之下，倒是三姨娘，显得有那么一些憔悴。想必是这阵子忙年，太操劳了，也未可知。然而，在人前，仍旧是勉力支撑着，偕同老爷，迎来送往，八面玲珑，从不曾失了分寸和礼节。

腊月二十三，小年。按照民间的说法，是祭灶的日子。这一天，要把灶王爷送上天。灶王爷司人间厨事，一年下来，烟熏火燎，极尽辛苦。这一天，人们须得买来一种吃食，叫做糖瓜，黏而甜，为了把灶王爷的嘴巴粘住，令他在天庭上说不出人间的坏话。一大早，府里上下就忙碌起来。厨房那边，灯火通明，人影幢幢，越发平添了几分繁华。三姨娘亲自督着，摆供，祭拜，恭送灶王爷升天，吩咐下人们把厨房洒扫清爽，只待年三十那天，重新把灶王爷迎请回来。三姨娘虽然年纪轻，行事却十分老派，种种规矩，繁文缛节，都是精熟之极。只这一点，就令沈老爷格外地满意。下人们呢，多有上岁数的老人儿，在京城大户人家辗转多年，见多识广，如今见这三姨娘凡事周至妥帖，巨细无遗，心下不由得越生出几分敬服之意。

滕雨早已经起来了，歪在榻上想心事。前几日，母亲有书信来，嘱她在京安心过年，勿以还乡为念。母舅不日将接她返乡小住，阔别多年，如今已近人生晚景，正可借此兄妹团聚。滕雨思忖着母亲言语间的深意，只有把回乡的念头暂且按住。奴儿进来，端了一碟糖瓜请她品尝。她拈了一颗，刚放进嘴里，却即刻被粘住了。

数九的天气，在北方，格外寒冷。阳光却是十分地好，明晃晃地照下来，给人一种虚假的温暖。午觉起来，滕雨因想起了手帕的绣样儿，去前面找三姨娘。穿过园子，快到三姨娘卧房的时候，却见一个小厮立在廊下，晒着太阳昏昏欲睡。听见脚步声，激灵一下醒过来。滕雨见他神色有异，心下纳罕。又见他模样陌生，见了她，也不知问候，不似这府上的下人，正疑惑间，只听见卧房里传来三姨娘的笑声。这时候一个丫头出来，手里拿着一件羊毛大氅，见了滕雨，忙低头问好。滕雨道，这么急三火四的，是要去哪里？那个丫头说，姑娘不知道，老爷一早出门往夏家贺寿，穿得单薄，三姨娘怕老爷受寒，特为使人把这大氅送了去。滕雨眼见得那丫头远去，心想，这个三姨娘，倒真是心细如发。自己还是凡事谨慎些，省得惹上一身的是非，不好做人。转身便回后院去了。

正月里，常有来府上拜年的客人，整日里宴请不断。滕雨照例须得陪着，穿着出客的衣裳，时时端着一副笑脸。几日下来，就有些筋疲力尽。沈少爷也是一脸倦容，勉力撑着。老爷呢，一则是上了岁数，到底是精力不够，又加上日日肉林酒池，忘了节制，咳嗽的旧疾复发，绵延不愈。有不甚要紧的客人，就只有请三姨娘出面陪着。这三姨娘果然是久经欢场磨砺的人物，迎来送往，应酬功夫十分了得。

元宵节这天，阖府上下张灯结彩。大红的灯笼，在寒冽的空气里摇曳，显得格外喜庆祥瑞。偏就下了一场雪，虽不甚大，皑皑的雪色，映着幢幢红灯，越发平添了无尽的年味。滕雨望着檐下的灯笼，八月十五云遮月，正月十五雪打灯。看来这民谚是对的。因想起去岁中秋节的事情，心里一时乱纷纷的，左右纠缠不清。正胡思乱想，听见有脚步声，以为是奴儿，便道，这雪可小些了？不见回话，抬眼一看，竟是沈少爷。滕雨赶忙起身迎候，沈少爷说，这样好的雪天，姑娘如何不喜欢？滕雨一时有些窘迫，因唤奴儿沏茶，不见应声，正欲亲自去弄，却被沈少爷拦住了。沈少爷立在地上，左右环视屋内的摆设，不由得点头赞叹。因见案上设了纸笔，便凝神片刻，挥毫写下一阕词：

> 华灯影绰，恰逢春夜雪。自古有此情此景，好时节。
> 谢长天人世，如卿恩惠于我。遣词吟歌，无以表心结。惟
> 余柔情缱绻，从头说。

滕雨从旁观看，见墨色淋漓，笔意天真，自有清俊之气，又细品词间意味，似句句皆有所指，悬了多时的一颗心，不由得如五雷轰擎，一时怔住，竟说不出一句来。

奴儿进来的时候，滕雨竟然没有发觉。奴儿俯身看那纸上的字，滕雨一阵心跳，待要劈手夺过来，却猛然想到，这个丫头，原是不识字，由她看好了。不想奴儿看了半晌，叫道，沈少爷来过了？滕雨一惊，心想，这丫头，果然伶俐，八成是见得多了，认得沈少爷的字。正不知该如何搪塞，见奴儿却不似要等待答案，自顾说下去，便听她啰嗦。原来是封掌柜的绸缎庄失了火。众说纷纭，一说是夜间店铺里灯笼翻覆，伙计一时马虎。一说是夜贼盗窃不成，纵火以泄怨愤。一说是绸缎庄树大招风，惹来祸端。滕雨听着，心里惊跳不止。想那封掌柜素日里为人低调，绝不是张扬跋扈的人物，又极乐善好施，竟然会招人忌恨，有此一劫。奴儿只顾啰嗦，见滕雨默然不语，便悄声道，我只是刚才听来的。待会见了太太，只当不知道罢。

　　滕雨对着那阕词看了半晌，想起沈少爷的种种举止，心里仿佛落满了细密的绒毛，乱纷纷痒梭梭，喧闹得紧。也不知道这沈少爷究竟是何心意，几番撩拨，无意却似有心，有情却似无情，令人费尽思量。自己在这沈府，虽礼遇周全，究竟是寄人篱下。时时处处，须得格外谨严。所幸在沈少爷面前，一向端庄得体，从来不曾失了闺中淑仪，心下既觉安慰，又略有一些遗憾。然而，终究还是安慰。滕雨慢慢把字卷起来，收好，想起奴儿刚才已经看见了这字，只是被封掌柜的事搅扰，并没有细究。倘若事后想起来，只怕是免不了胡乱猜测。因又想起那一只飞来的绣花鞋，心里越发烦乱起来。

七

　　这些日子，沈府一片忙乱。

　　三姨娘病了。

　　三姨娘一向在府里操持惯了，做事爽利，又知道体恤下情，因此上，阖府上下，都对她十分敬畏。如今，一朝病倒，上上下下一时都乱了阵脚。人们呢，先前或者慑于三姨娘的威仪，或者顾念三姨娘的恩泽，都是陪了十二分的小心，勤勤恳恳做事。而今看她病得不轻，都道是凶多吉少，一面心下暗自叹惋，一面又不免流露出懈怠之意。沈老爷更是如失左右臂膀，忧心如焚。请了京城里最好的医生，来给三姨娘治病，却总是不见起色。沈老爷日夜长吁短叹。

　　这一向，滕雨一直在三姨娘房里服侍。虽则有奴儿和众多贴身丫头，更有老爷从旁督查，滕雨却是始终不离左右。有下人们来禀报请示，老爷烦乱，又不惯这些琐细之事，就只有滕雨斟酌轻重缓急，发号施令。渐渐地，府里一应事务，下人们都来请滕雨的示下。滕雨呢，自忖天资颖慧，读过一些书，于人情事理也算通达，况且，此前亲见三姨娘持家之风，一点一滴，都暗自记在心间，如今一朝得用，果然游刃有余。

沈少爷一直不曾露面。滕雨心中疑惑，几番张口，又咽回去了。老爷不在的时候，偶尔听奴儿说起封掌柜绸缎庄的事，也是闪烁其词，不闻其详。只说是已经警力介入，正在全力缉捕案犯。滕雨也不好深问，仍是悉心服侍病人。

正是春寒料峭的季节。下午的阳光照过来，有些辉煌，又有些黯败。大红绫子的窗帘半开着，屋子里弥漫着浓郁的药味。三姨娘半闭着眼睛，躺在床上。这些天，她一直这样躺着，怔怔地，粒米不进，只偶尔把送到嘴边的药汤喝下去。不曾睁眼看人，也不曾说过一句。滕雨从旁看着，心下暗自叹息。想当初，三姨娘是何等活泼漂亮的一个人物，而今，病成这般模样，怎不令人心酸。沈老爷究竟是上了年纪的人，这一向操劳，又逢春寒未退，受了风凉，竟然也病倒了。滕雨派奴儿专意照料，自己则更加忙乱了。

天气一天天回暖，三姨娘的病也渐渐好转了。虽说是依然虚弱，毕竟，已经开始慢慢进食。沈老爷呢，心里欢喜，自家的病也先自好了一多半。每日里，来三姨娘房里坐一坐，夫妇两个，说一说家常。逢这个时候，滕雨总是借故出来。三姨娘这一场病，来得蹊跷。她虽不敢妄加揣测，然而，察言观色，心中也明白了八九分。这些天，奴儿也得了闲，照例是在滕雨房里听吩咐。滕雨呢，也早已经搬回自己屋子。只是白天到三姨娘房里，陪她说话。

有一回，傍晚，滕雨进得门来，看见三姨娘正在睡觉，旁边的丫头也在打瞌睡，头一点一点，挣扎得厉害。便悄悄地转身欲走。却听见三姨娘说，雨儿，既来了，就坐会儿罢。滕雨忙说，三姨娘醒着呢？还以为是睡着了。因在一旁的杌子上坐下来。那个丫头早一个激灵醒过来，慌忙去沏茶，被三姨娘叫住了，说，快把茶端来，你且出去。我要同滕姑娘说说话。

…………

大红绫子的窗幔半开着，一缕斜阳照过来，在旁边的古筝上投下绯红的暗影。三姨娘半卧在床上，神情疲惫，脸上的光影半明半暗，看上去，令人感到一种莫名的神秘，以及沧桑。半晌，她叹了一口气，道，这些话，我藏在心里好些年了。如今说出来，真是痛快——你不会笑我吧？她轻轻一笑，冲滕雨摆一摆手，叹道，你当然会笑——我这样一个女人！

第二天，早上，刚刚起来，就见奴儿慌慌张张地跑进来，说，大事不好了！滕姑娘，太太她——太太她——滕雨的心一沉，手里的一面镜子啪的一声，掉在地上，摔碎了。碎片在清冽的晨光中，闪烁不定。

八

三姨娘死了。

沈府治大丧。遍请京城各界名流，气势浩大，极尽哀荣。

百日之后，沈老爷另娶。新人是怡春院的红妓，人称四姨娘。

沈少爷沈介儒离家出走。此后，音讯皆无。

毕竟是秋天了。天空高远，让人不由得生出几分渺茫的神往。滕雨坐在火车上，托着腮，看着远方出神。身旁的座位上，是一个小女孩，大约是第一次坐火车，眼睛里充满了好奇。

妈妈，火车跑得快吗？

很快。

跑得远吗?

很远。

小女孩笑了,露出可爱的豁牙儿。

滕雨轻轻叹一口气。

汽笛长鸣。大片的原野,树木,村落,都被一一抛在身后,越来越远。

越来越远。

八

花事了

　　同路由认识，也是在一个秋天。那时候，你刚刚从一场感情的浩劫中挣扎出来，来北京，读博。你喜欢这个城市，喜欢宁静的校园。你想在这里重新开始。你整天泡在图书馆里，像一个疯子。同屋的温小棉夸张地瞪大眼睛，说，丰佩，你是不是一个修女啊丰佩。你不说话，笑。是的。温小棉说得没错。你就是一个修女。在经历了感情的炼狱之后，你心如枯井。你不相信男人。任何。你把伤口深深地埋藏起来。你只以微笑示人。在众人面前，你是一个多么明媚的女人啊。笑容璀璨，干净，像阳光，刹那间便把世界照亮了。可是，路由一下子就洞穿了你。他看出了你的明媚背后，缠缠绕绕挥之不去的忧伤。路由说，丰佩，知道吗，是你的忧伤打动了我。你感到有一股温热的潮水涌上心头，迅速进逼你的鼻腔和眼底。你掩饰地扭过头去，看窗外华灯下的京城，那些川流不息的车，还有人，在夜的河流中倏忽来去。城市像一个断断续续的梦，悬浮在灯火阑珊处，零乱，荒诞，有一种不真实的幻觉。

被温小棉拉到那个酒会的时候，已经迟到了。一进门，你便后悔了。一屋子的灯红酒绿，衣香鬓影。看得出，这是一个比较正式的酒会。男士们都着西装，女士们，则多是晚礼服。你低头看了看自己的牛仔裤，帆布鞋，还有那件珠灰色棉布衬衣，知道是穿错了。心想管它！错便错了。反倒镇定下来。温小棉携着你的手，向众人介绍。她的声音像风，在喧嚣的河流上吹过。大厅里忽然安静下来。一屋子的目光看向你，你感到有些无措，却依旧微笑着，一一点头，致意。一屋子的人，你一个都不认识。除了温小棉。温小棉是作家。今天这个酒会，大约都是文人骚客。对文人，尤其是，对作家，你总是怀有特别的好奇心。这些整天活在虚构世界的人，在日常生活中，究竟有几分真实？

温小棉真是个人来疯。她属于那种本色演员，随处都是舞台，胜任剧情要求的各种角色。你不演戏，真是亏了。你曾经笑她。温小棉也笑，人生如戏——戏里戏外，谁能分得明白？

温小棉是那种第一眼美女，气焰嚣张得厉害。待要真的深究起来，五官倒是极平常的，最致命的，是她的风姿。是谁说过，姿态之美，胜过容颜之美。这话说的是温小棉。温小棉最是懂得，如何把那惊心动魄的凹凸秀出来，千回百转，一唱三叹。温小棉端着一杯红酒，袅袅地走过来，关照你吃点东西。今天的点心不错，有你最爱的黑森林，还有龙眼，很新鲜。温小棉穿一袭落日红小礼服，传统旗袍的改良版，前面包得严严的，是良家妇女的范式，后背却几乎全裸出来，蜜色的，透明的，腰窝深深地陷下去，在灯光下闪着绸缎的光泽，叫人惊艳。你忍不住在她耳边说，好个妖精！温小棉笑，我等着吃唐僧肉呢。

正说着话，温小棉忽然拿手肘碰一碰你。你还来不及反应，一个男人已经走到面前，端着酒杯，向你们颔首。温小棉仿佛一条河流，在一瞬间便生动起来，活泼泼的，眼波荡漾，嗓音柔软，向那个人频频举杯。你心里笑了一下。这才认真打量眼前的男人。驼色休闲西装，高大挺拔，有一点温文尔雅，气场却极大。他站在那里，同温小棉说着话，微笑。他的牙齿可真好。显然，他们是很熟络的朋友了。你礼貌地立在一旁，打算稍候片刻，悄悄地走开。不料，那人却忽然转过头来，问，这位是——问的是温小棉，眼睛却看着你。温小棉妩媚地笑起来，有点撒娇的意味。丰佩啊，真是贵人多忘事——那人也不分辩，冲你举起酒杯，说，路由。认识你很高兴。你们碰了杯。两只酒杯相碰的刹那，撞击声清脆可爱。

那是你和路由的第一次见面。

后来，你一遍一遍回忆起那个夜晚的片鳞只爪，却总是一片恍惚。仿佛是醉酒的人，醒来后的四顾茫然。又仿佛是一个巨大的梦，梦里梦外，不知身在何处。是的，那是一个恍惚的夜晚。恍惚的灯光，恍惚的音乐，恍惚的人声，恍惚的衣影。温小棉的笑声，从遥远的地方传来，若隐若现。路由的声音很低，仿若耳语。红酒好滋味，在高脚杯里荡漾，飞溅，你惊讶于那样一种动人的殷红，红得热烈，红得几乎都要破了。后来，路由不止一次跟你说起那个夜晚。丰佩，你知道吗？那天晚上，一见到你，就恍惚了。你心里跳了一下。恍惚。在那个夜晚，你们彼此的感觉是如此相似。那一瞬，你忽然警觉了。恍惚。这种恍惚的感觉，像爱情。

爱情。怎么说呢，你不是不相信爱情。在这个世界上，还有比爱情更美好的事物吗？爱情是甘美的浆汁，却剧毒。只有勇敢的人，才能够把它一饮而尽。你承认，你不是一个勇敢的人。在曾经的那一场情感中，你元气大伤。你把自己的心包裹起来，用厚厚的铠甲，来抵挡尘世间纷飞的明枪暗箭。当然，你也感到孤独。不是寂寞。是孤独。没有人能够相信，你喜欢与孤独共处，你享受孤独。孤独像一条河流，外表温顺，只有沉溺其中的人，才能够懂得它的汹涌和动荡，你不是温小棉。温小棉说，她害怕孤独。温小棉有各色各样的男人。温小棉是女王，他们是她的裙下臣子。温小棉的卓绝之处在于，她爱他们，他爱他们中的每一个。她是他们的母亲，姐姐，情人，妹妹，女儿。她在每一个角色中胜任愉快，如鱼在水中。温小棉常常笑称，她爱天下所有的哥哥。至少，真实。你却常常为她担着一份心事。你担心，她会在如此错综复杂的关系中受到伤害。然而，你错了。温小棉非但小说厉害，在风月场上，也确有过人之处。温小棉是一个很牛B的女人。有时候，面对温小棉，你会忽然痛恨自己。痛恨自己的世俗，虚伪，装腔作势。你不得不承认，在某种意义上，温小棉是你的替身——至少，是无数替身之一种。她代替你，挣脱掉层层枷锁，精神的，肉体的，在滚滚红尘中纵身一跳，飞蛾扑火，粉身碎骨，都由它去了。

和路由第一次约会，也是缘于温小棉。有一回，大约是那个酒会之后的一个月吧，温小棉忽然对你说，丰佩，路由约你了吧。你一愣，路由？那一段时间，你正忙着准备外语考试，昏天黑地。路由。你几乎忘记了这个名字。就是那天酒会上的钻石男啊。温小棉说，我警告你啊，别漫不经心。前几天，他朝我要了你的手机号。你笑，这么好的钻石，你怎么自己不收服了？温小棉说，你别激我啊，激起我的斗志，我非把这颗钻石装兜里不可——到时候，你可别哭。

读博一年级，最要命的就是外语。好在本科四年，英语专业，也算是你的当行本色了。那个目光灼人的大胡子外教，从来不掩饰对你的欣赏，密斯丰密斯丰，是悦耳的男中音。温小棉坏坏地说，蜜蜂蜜蜂，我看他就是一只大蜜蜂，想钻进你这朵花心里去采蜜。洋人嘛，好是好，可是太生猛。只怕是——你把一块巧克力掷过去，仍没有堵住温小棉的嘴。

回到寝室的时候，手机响了。你的心突的一跳。却是商场的提示电话。一个甜美的声音告诉你，某品牌的手袋最近有了新款，款款深情，一定有一款为你而生。挂掉电话，你才蓦然觉察出自己的惆怅。为什么惆怅呢？你在对什么暗怀期待？

秋天的阳光，像金粒子，在窗前跳荡。梧桐宽大的叶子，经了日光的照射，变作耀眼的金红。一个红裙的女孩子从楼下走过，长发共裙袂齐飞，在秋风中，格外有一种寥落之美。你看着那远去的身影，蓦然想起了当年的自己。当年，那青春飞扬的岁月，如花如锦。那些跳荡和尖啸，鲜衣和怒马，轻狂和青涩，都远去了。而今，你是一个二十九岁的女人。二十九。青春的尾巴稍纵即逝。你忽然感到一种前所未有的慌乱，还有恐惧。其实，来北京之前，你是抱着近乎悲壮的雄心，或者，叫做野心也好。你站在这所著名的大学校园里，仰望夜空，你对自己说，丰佩，这是你的再生之地。秋风满怀。内心澄澈。虫鸣零零落落，在某个瞬间交织成一片。一只萤火虫飞过来，幽微的光芒，在深蓝的夜色中，像一个温暖的隐喻。

然而，正如温小棉所说，你这样一个女人，怎么能够免去情爱的纠结呢？或许，二十九岁，正是一个女人的盛期。浆汁饱满，花叶葱茏。即便素面布裙，也会散发出一种独有的气息。总有男人向你示爱，以各种各样的方式。你却一笑了之，一如既往地波澜不惊。最有意思的是，你的师弟，一个山东男孩子，高大威猛，在你面前，却是一个羞涩的小男生。他帮你修电脑，买书，跑邮局，鞍前马后，他愿意做一切，为你。你坦然接受着这一切，却并不说破。有时候，看着他从阳光下走过来，笑着，满脸的汗水，你的心忽然就感到了微疼。你暗暗骂自己的自私。你吃过感情的苦。你不该这样对他。当一个人赤膊上阵的时候，如果不是铜头铁臂，怎么能够免于刀光剑影的伤害？而你，躲在厚厚的盔甲后面，残忍地试验着寒冷的刀锋。不对等。你们不对等。然而，这个世界上，有对等的爱情吗？你轻轻吁出一口气，咬着嘴唇。直到感觉有咸的汁液慢慢沁出。

你开始给师弟介绍女孩子。一个接着一个。你指点他如何穿衣服，如何约会，如何追女孩。耐心的，细致的，家常的，亲切的——完全是师姐的口吻。你故意不去理会他的眼神。你是一个狠心的人。

还有，那个大胡子外教。公正地说，他是一个帅气的男人，五官倒在其次，那漂亮的大胡子，令他格外有一种男子气概。他喜欢你。这是学院公开的秘密。而且，大胡子外教是单身。是众多女博士的梦中人。大胡子外教叫威廉，中文名字叫魏冷。你不喜欢魏冷这个名字。你喜欢叫他William，用地道的美音。你的口语很好，音色纯美。有时候，你也会赴威廉的约。校园里，有的是幽静的咖啡馆，最宜于情人。可是，你从来不去威廉的单身公寓。你有自己的底线。做一个有底线的人，是一件好事。它让人内心安宁。

然而，真的安宁吗？那些失眠的夜晚，你像一匹野马，在绮丽的幻想里疯狂地奔跑，奔跑。山重，水复，柳暗之后，是花明。一些东西像有毒的蘑菇，在雨夜里潜滋暗长，也妩媚，也危险，带着蛊惑的气息和微腥的味道。你在幽暗的夜色中独自流浪，暗自芬芳，却分明触摸到了它的肥美多汁。无数次，洗澡的时候，看着镜子里那个被水汽萦绕的人，脂红粉白，如微雨中的花瓣。你能够听见它们在暗夜里盛开的呢喃和尖叫。

　　路由来电话的那一天，是个周末。温小棉照例不在。你靠在床头，抱着一本书，昏昏欲睡。陌生号码。你没有接。电话响了两遍。第三遍的时候，你摁了接听键。路由在电话那端说，怎么不接电话——我路由——你刹那间便恍惚了。路由在电话里说了什么，说了多久，你都不记得了。你只记住了一句话。周六晚七点，绿岛见。

　　后来，你不止一次向他抱怨，他不容置疑的语气，完全没有初次约会的百般迂回和小心试探。他笑，傻瓜，这叫策略。你的心突地一跳。策略。如此说来，他早早跟温小棉要了你的号码，却迟迟按兵不动，也是策略之一种了。你暗笑自己的敏感。而更多的，是自责。怎么会这样呢，像个傻瓜。甚至都没有矜持一下，哪怕是稍微示意也好。你却任由他挂掉电话，听他说，不见不散啊。嘟嘟的忙音在空气中跳荡。你握着话筒，手心里湿漉漉的，全是汗。一沓稿纸散落在书桌上，慌乱，仓促，喘息甫定。一只苹果刚削了一半，拖着长的裙袂，躺在盘子里，像一幅被随意涂抹的静物。

　　在后来的很多年里，有多少回，你祈祷时光机器飞速地旋转，倒流，在多年前的那个周末定格。阳光从窗子里照过来，穿越窗台上那丛茂盛的绿萝，筛下不规则的斑点。你仰起脸，让其中一片落在眼睛深处。水在杯子里，静止不动。你握着话筒，镇定地说，抱歉，不巧。我有约了。

　　这是真的。前一个晚上，大胡子外教约你吃饭，就在周六，晚七点，绿岛。有时候，你不得不相信，冥冥中，或许真的有一种叫做命运的东西，强硬地左右着你的人生轨迹。你是这样的一个人，外表柔弱，内心刚硬。你可以抗拒很多。可是，你无法抗拒命运。

绿岛是一家西餐厅，环境幽雅。你在侍者的导引下向深处走去。落地窗的位置，你看见路由向你颔首微笑。你穿了一件纯黑毛衣，酒红薄呢短裙，黑色软牛皮短靴，黑色风衣，脖子上绕一条酒红色丝巾。那一晚，你化了淡妆，酒红色唇彩，淡淡地打了胭脂。你不知道，灯光下的你，是多么动人。路由站起来，伸手示意，请你入座。侍者殷勤地接过你的风衣，为你送来柠檬水。灯光迷离，钢琴声缓缓流淌，像小溪，把世间的灰尘一一洗净。你慢慢喝着柠檬水，内心里有一种前所未有的安宁。路由在对面看着你。侍者布菜。菜品丰富。琳琳琅琅摆满了桌面。藤编的花插里是一枝百合，香水百合，在灯光下幽幽地绽放。后来，你一点都记不起那晚吃了什么。只记得，你们仿佛吃得很少，大多数时候，你们沉默。餐厅宁静。侍者远远地站着，等候吩咐。对面，是一个小的壁炉，烧得正好，金红的心子，勾着淡蓝的边，热烈，恣意，在这个深秋的夜晚，让人感到一种甜蜜的暖意。你在这种暖意中慢慢放松，沉陷。你喜欢这种沉陷。盔甲太重了。这些年，你穿着满身的盔甲，左冲右突，你累了，身心俱疲。那一晚，你喝了很多酒。你喜欢那种放松的感觉。也不仅仅是放松。是恣意，还有不羁。你是那样一个矜持的女人，紧绷，内敛，生涩，像一枚七月摘下的苹果，一把等待调试的小提琴。路由端着酒杯，看着你。他不劝你，喝，或者不喝。他不说话。他的眼睛深处有一种东西，跳跃的，明亮的，转瞬间便消逝了。柠檬片在水中呼吸，像饱满的唇，准备说出新鲜动人的语言。葡萄酒，一定是葡萄托付给秋天的梦，清澈的，晶莹的，不染世间的一粒尘埃。

依然是沉默。你忽然就在那种沉默里警惕了。这不正常。你想找一些话题。你不停地说。说了很多。你都不知道自己在说什么。秋风乍起，把整齐的世界吹得凌乱。壁炉里火焰跳跃，像金色的舌头，一些东西在上面隐秘地生长，滚动。那一个夜晚，你几乎说尽了千言万语。然后，你沉默了。然后，你哭了。你也不知道怎么一回事，你居然哭了。在一个陌生人面前，在一个陌生男人面前，刹那间，你竟忽然控制不住自己的眼泪。你慢慢地喝酒。泪水是一场暴雨，无声地倾泻。仿佛，郁积多年的河流，忽然找到了奔流的出口。路由看着你，像看着一个转瞬间任性的孩子。显然，这出乎他的意料。他不说话，看着你。纸巾一张一张递过来，被泪水浸透，洁白的，柔软的，像风雨中哀伤的百合，落花委地，零落成泥。这么多年，你一直以为，你已经修炼得金刚不坏，百毒不侵。你从来不在人前哭泣，你只在夜的深渊中独自沉沦，用倒流的泪水，一一洗净时间的灰尘。可是，那一晚，那一瞬，你今生的泪水飞溅，你所有的伤痛汹涌而来。你听见一些经年的东西在泪水中轰然倒塌，尘土飞扬起来，把你的来路慢慢湮没。

不知道过了多久，尘埃落定，海晏河清。你从梦中抬起头来，蓦然发现自己躺在路由的怀里。

后来，你无数次重新回到那个夜晚，试图打捞起那个夜晚的一些消息，红酒，百合，深秋的风，壁炉里热烈的火焰，还有，沉默。金沙沉陷般的沉默。你只记得这些。你根本不记得，那一个夜晚，你化作了一条人鱼，在夜的河流中游弋，飞翔。春汛动荡，水草柔媚如丝，你在汹涌的浪潮中隐没，喧嚣的涛声混合着你的尖叫，那个夜晚，是情欲的乱世。

温小棉照常地忙。忙着写作，约会，敷衍各种各样的男人和粉丝。温小棉有很多粉丝。他们买她的书，追捧她，被她虚构的故事骗得晕头转向。他们在微博里赞美她,对着她的照片想入非非。温小棉的照片很漂亮。当然,温小棉的小说也漂亮。你一直认为,温小棉根本不必读博。要知道,学术和创作,它们完全是两回事。小说是作家的白日梦。而那些学术黑话,怎么能试图做出梦的解析?温小棉也常常大呼上当,悔不该当初。可温小棉总能把自己劝开。温小棉的好处在于,不钻牛角尖。而你的坏处是,太爱钻牛角尖。这不是你说的。这是路由对你的评价。

　　你是在后来才知道,路由是一家文化公司的老总。那时候,路由还住在望京。房子是租来的,一居室,有些局促。路由的意思,先凑合住,迟早是要换大房子的。换就换大房,一步到位。路由说这话的时候看着窗外,一只大雁正从天空飞过。我可不愿意像老顾那样,在北京搬上十三次家。老顾是路由的朋友。老顾搬家的故事,成为大家的一个笑谈。据说,老顾搬家的队伍越来越壮大。先是老顾,后来是老顾和老婆,再后来是老顾和老婆和女儿,再后来是老顾、老顾老婆、老顾女儿,还有一只猫。老顾喜欢猫。每一次,大家想象着老顾带领着浩浩荡荡的队伍,在北京的大街上施施然穿过,都禁不住要笑。可是,路由不笑。从来不。路由最喜给你讲的,便是他的奋斗史。穷小子出身,没有多少文化,从穷乡僻壤一头撞进繁华京城,什么没有经历过?一路攻城略地厮杀过来,总有几段惊心动魄的故事,直让人听得一时悲凉,一时沸腾。路由的脸隐在灯影里,你看不清他的表情。可是,你分明感觉到,他的手心里湿漉漉的,全是凉的汗。在那一瞬,你忽然对眼前这个男人心生疼惜。你抱住他的头,把它揽在自己怀里,像一个母亲。有时候,你不得不承认,女人的母性,是一种本能,它会在刹那间勃发,比情欲更让人血脉贲张。

　　秋天是北京最好的季节。这是真的。晴朗的日子里,天空高远，极目眺望，让人有一种温柔的眩晕。而大地，是饱满的果实，又绚烂，又寂静，不动声色，而汁水充盈。你喜欢秋天。那是你生命中最好的季节。

读博的生活，怎么说呢，跟想象中还是不同的。忽然就有了大把的时间。自己喜欢的学校，喜欢的专业，还有，喜欢的人，都在这里了。上帝怎么可以如此眷顾一个人呢？有时候，你不免暗自庆幸当初的选择。或许，北京真的是你的福地。正如人一样，城市也是有气质的。这个城市，大气，包容，是大海，可以纳百川。你喜欢北京的气质。有时候，你站在过街天桥上，俯身看着大街上浩荡的河流，车的河流，人的河流，灯光的河流，灿烂的，斑斓的，像一个真实的梦幻。高大的建筑物兀自沉默着，把变形的影子投在墨蓝的天空背景上。你扶着栏杆，静静地看着脚下的夜晚，长久地看着。有小贩过来兜揽生意，你微笑着同他砍价，也不怎么认真。风钻进你的长衬衣里，跟路由一模一样的长衬衫。你抱着那个笑眯眯的小兔子，慢慢从天桥上走下来。是个胖兔子，红裤绿袄，笑得没心没肺。

深秋的北京是风情万种的。郊外，旷野寥廓，大片大片的草木，金黄，金红，暗金，深褐，错杂在一起，斑斓极了。湖水明净，是大地的秋波。风轻轻掠过，脸上的绒毛微微颤抖，毛茸茸的痒。一只野鸟在湖边徘徊，头颈低垂，线条忧伤动人。大胡子外教拿着相机，兴奋得像个孩子。他时而奔跑，时而趴下，相机在他手中仿佛有了生命，他携着它，在光与影的变幻中一起历险，时时发出天真的惊叫。看着大胡子那亮晶晶的眼睛，牛仔裤上的草屑和尘土，鞋带松了，泥巴令那只黑色的耐克面目全非。你觉得这位英国的绅士，真是可爱极了。你自然也成为他镜头里的主角。你笑着，长发飞扬，红晕满面。秋天的太阳柔软醇厚，像酒，为你镀上一层金色的光晕。大胡子忽然跑过来，在你的额头上轻轻一吻。你没有反抗，也没有逃跑。为什么不呢？这个可爱的人，他就是一个孩子。不是吗？

不远处，温小棉正在同一个韩国留学生调笑。那男孩子生得眉眼清俊，肤色白皙，说话动辄脸红，眉梢眼间，有那么一点女儿态度。温小棉是何许人，哪里肯放过他。端着一杯冰淇淋，一小口一小口慢慢吃着。她把那薄薄的木片在唇齿间细细地吮吸着，眼睛却一眨不眨地看着对面的人，一直看到他的眼睛里去。那男孩子究竟年纪轻，哪里经见过这样的阵势，早把一张脸飞红了，眼睛躲闪不及，慌乱间一眼撞见那红唇，像是被烫着了一般。待要挣扎着坐起来，早被温小棉轻轻擒住，把尖尖的食指点住了他的下巴颏，逼他用蹩脚的汉语，结结巴巴地谈对她新书的感受。那男孩子哪里招架得了？只好胡乱说了。温小棉歪着头，一面吃冰淇淋，一面认真听着，也不知听到了什么，纵声大笑起来。草地上两只灰肚喜鹊，吃了一惊，扑棱棱飞走了。只留下细细的羽毛，若有若无，在金色的秋阳里活泼泼地游动。你忽然有些不忍，正待走过去解围，却见那边已经安静下来。那男孩子半跪着，正伏在温小棉身上，帮她一下一下地往眼睛里吹气。温小棉嘴里轻轻叫着，说轻点，轻点你！酱紫怎么能吹出来？

秋游有一个节目是摘栗子。你不知道，在京郊，还有这样大片的栗子树。那是你第一次看见栗子树。树林茂密，偶尔有几点阳光漏进来，跳跃着，散落一地的碎金子。大家都走散了。温小棉和那个男孩子也早已不见踪影。只有大胡子忠诚地陪着你，不离左右。这一回郊游，他收获最大。那个帆布大背包装得鼓鼓囊囊，都是他的宝贝。鹅卵石。鸟蛋。一大束芦苇，飞着白花。一只风干的大葫芦，色泽金黄，像美人颈，有着美好的曲线。你嘲笑他。他便笑，Take autumn home.把秋天带回家。你看着他那部华美的大胡子，还有大胡子里流溢出来的笑容，在那一瞬，你忽然觉得，这个大胡子的英国人，他是一个真正的诗人。

　　那时候，望京还没有这几年热闹。北京简直是一个大工地。到处是建设中的大楼。脚手架矗立着，高得让人心惊。成群的农民工，带着黄色的安全帽，蹲在马路牙子上吃馒头。他们盯着来往的行人，眼睛深处意味复杂。夏天的午后，他们就那样在马路一旁躺着，伸手伸脚，满不在乎地睡觉。罐头瓶子充作水杯，在边上随便扔着。颜色暧昧的毛巾，此时搭在眼睛上，遮住日光，也遮住外面世界的喧嚣。嘴巴微微张开着，脸色黝黑，是憨厚的乡下人的相貌。他们在梦里，该是回到故乡的田野了吧。或者，是梦见了老家的女人，还有孩子——忽然间，他们咧嘴笑了。路由的住所旁边，就有这样一个工地。也不知道为了什么，那几年中，大楼一直没有建起来。周末，去路由那里，那个工地是你的必经之路。

　　应该说，路由是一个勤奋的人。在北京，多的是路由这样的外省青年。他们从最底层干起，尝尽艰辛，一步一步，努力向前冲。他们的人生理想，是在这个城市扎下根，发芽，开花，结果，绿树成荫。路由不止一次跟你说，丰佩，我一定要努力，一定。你揉着他的头发，说当然，你已经很努力了。你这话不是安慰，是事实。路由的手机永远繁忙。路由对着电话，以各种各样的语调和神情，跟人家说话。有时候，你看着路由兢兢业业的样子，心里某个地方会有一种细细的疼。

　　你们很少外出。路由忙。而你，是因为心疼，心疼他的人，心疼他的钱。你们很少去大商场购物，去饭店吃饭，去喝咖啡，去旅游。到了这个年纪，除净了青春的火气，你早已经没有了那种小女孩的虚荣心。大多数时候，你们会在家里，在路由那个局促的一居室。你为他洗衣服，擦地，收拾房间。你穿着家常的衣裳，头发挽起来，到楼下的菜场买菜，为了一把葱，跟人家讨价还价。立在鱼贩子身旁，看人家杀鱼，等人家把鱼子从主顾们的鱼肚子里掏出来，留给你。路由喜欢鱼子。菜场真是让人归顺生活的地方。蔬菜，粮食，水果。排骨在利刃下快乐地尖叫。母鸡卧在笼子里，等待着被某个人从尘世救赎。豆腐是洁白的。而花生油金黄。你拎着篮子在人群中穿梭，忽然发现，你无比热爱这充满人间烟火的俗世，你比以往任何一个时刻，都眷恋这如岩浆般沸腾的火辣辣的生活。

你从小娇生惯养，不谙厨艺。可是，在路由那个阳台改造的小厨房里，你脱胎换骨，习得一身好功夫。路由在书桌前写东西。你扎着围裙，在厨房里煎炸烹煮，像一个真正的主妇。抽油烟机訇訇响着。葱花在热油中噼啪爆裂，一滴油飞起来，溅到你的手背上。你把手背放到嘴边，飞快地吮一吮。

灯光下，你们默默吃饭。清蒸鱼的香气在狭小的空间里流荡。窗帘低垂，挡住了世间的灰尘。这是你们的世界。温暖，妥帖，安宁，却暗流涌动。你喜欢这样的夜晚。

你从来没有问过，路由是不是喜欢。你想，路由一定是喜欢的。怎么能不喜欢呢？那些美好的夜晚，那些夜晚中最令人心醉的段落，那些华彩的章节，那些你愿意用一生来回味的旖旎情致。怎么能不喜欢呢？

那一阵子，你和温小棉几乎很少碰面。你在的时候，她不在。她在的时候，你却不在。只有在学院的活动中，你们才难得一见。短信也很少有。你们之间，有那么一点君子之交淡如水的意思。那一回，学院里有个会议。一进小礼堂，一眼看见温小棉立在门旁听电话。温小棉换了发型，妩媚的大卷，随意散在肩上。偏留了齐眉的刘海，有一种小女孩的稚气。温小棉看见你，冲你挥挥手。你站在一旁，等她收线。

窗外，是一个小园子，叫做来园，种了许多竹子。深褐色的叶子，在风中瑟瑟抖动，格外生出一种萧索的意味来。池塘里的水，已经瘦了。再没有当日荷叶田田的胜景。一只麻雀，在午后的阳光里流连，自得其乐。温小棉走过来，研究地看着你的脸。怎么样？你不知道她指的是什么，只有含糊地说，还好。温小棉忽然叹口气，说，那就好。你问，你呢？温小棉笑，绯闻缠身啊。你也笑，你就不能从此金盆洗手，做个良家妇女？温小棉笑起来，这个——太难了。主席台上的麦克风清了清嗓子，会议马上就开始了。

吃饭的时候，你才知道，温小棉正陷入一场"日志门"。温小棉在博客里写日志。本来，都是一些无关痛痒的东西。有话则短，无话则长。写下来的，全不是要紧的。因为在博客里公开，多少就有一些表演的成分。既是表演，便一定会有观众。温小棉是当红女作家，观众的好奇心便会更大。观众需要在温小棉的博客日志里了解她的生活，哪怕是生活的碎片。居然就有好事者发现了蛛丝马迹。温小棉用意识流的方法，在日志里记述了她的种种小纠结，小闲事，小忧伤，小甜蜜。温小棉的文字性感柔媚，饱满多汁，一时跟帖无数。有网友进行了文本细读与分析，把温小棉的私生活撩起神秘一角，让人浮想联翩。似乎，每一句话都是一个故事的隐喻，每一个标点，都有深意存焉。一时舆论大哗。

是自助式西餐。你端着盘子到处寻觅温小棉的身影。大胡子外教坐在南边的角落里，远远地冲你招手。你摇摇头，用微笑婉拒了。可你很快发现，大胡子外教对面，分明坐着温小棉。

记住，毁满天下的时候，正是誉满天下的时候。温小棉刀法娴熟地切割着一块牛排，优雅地叉起来，小心翼翼地送进嘴里。

牛排不错。她评判道。举起酒杯，说，多大点事儿啊，来，干。大胡子外教去取水果了。温小棉偏过头，看着你的脸，你，还好吗？你默默啜了一口红酒，说还好——老样子。温小棉说，恋爱中的女人啊，你不该如此忧郁。你扑哧笑了，谁忧郁了？温小棉说，忧郁怎么了，忧郁是一种高贵的情绪——我倒是想忧郁——温小棉从大胡子的盘子里夹了一块木瓜，说，多吃这个，宝贝。大胡子问，为什么？温小棉笑起来，治疗忧郁啊。

　　小酒吧很特别，一幢小木屋，独自立在水边。灯光明明灭灭，跌进水里，一湖的碎金烂银。有人正从桥上走下来，唱着一支不成调的歌，温柔的，低沉的，忽然间，不知道为了什么，就不唱了。立在水边，默默地看水。大胡子外教看着那人的背影，说他一定是失爱了。失爱。大胡子外教的汉语不错。白兰地加了冰，有一种特别的味道。爱情是什么呢？仿佛舌尖上的那一点毒。温小棉的手机放在桌子上，不停地震动，旋转。她偶尔拿起来，漫不经心地看一眼，就又放下了。大胡子外教端着杯子，也不怎么喝，不停地朝那手机看。温小棉用英语骂了一句粗话，起身去洗手间。

　　大胡子外教说，密斯丰，没什么事情吧？透过酒杯，他的大胡子像原始森林，茂盛而湿润。你一惊，没有啊。哦，那就好。那就好。他笑了。他的笑容像春天的白玉兰，在黑色的原始森林中瞬间绽放。温小棉回来了，已经仔细补过妆。她一面拿起手袋，一面说，抱歉，我有点事，失陪了。然后把嘴附在你耳朵边，说亲，放松点。

　　博士楼在校园的西南角，被一片小树林隔绝开来，安静极了。你一个人躺在黑影里，睡不着。不知道是什么夜鸟，嘎的叫一声，沉默半响，又叫一声。路由没有信息来。一直没有。你也没有说话的欲望。有几次，你把写好的短信慢慢删掉，一个字一个字地，像鱼在水面上艰难地吞吐。

那一阵子，路由特别的忙。他的公司正处于上升期，在业界声名鹊起。永远加班，永远有忙不完的业务和应酬。多少回，他向你抱怨，抱怨忙，累，乱。常恨此身非我有，何日忘却营营。感叹功名利禄如过眼浮云，而人生苦短。然而，你还是从他的口气里听出了得意，听出了青云直上纵马长街的快意。你笑，你不说破他。你只是轻拍着他的背，抚慰他。你怎么不知道，在多年的卧薪尝胆之后，此时的事业顺达，多么令他豪情万丈。男人是需要战场的。男人，有哪一个男人不喜欢叱咤风云，在人生的战场上所向披靡？累，当然累。然而精神是好的。你喜欢看路由雄心勃勃的样子，谈起工作，谈起他心爱的事业，那种胸藏乾坤的神态，倒不像那个温雅斯文的路由了。当然了，路由不是书生。骨子里就不是。然而，从一开始，你怎么就莫名其妙地认定，路由就是那个郁郁不得志的读书人，有了你的红袖添香，之后，便是一马平川的锦绣好前程？或者，完全是另外一种。历尽千难万险，英雄末路。而彼时彼境，你是否还将用你的似水柔情，细心收拾破碎的江山，在这场悲剧中出演完美的女主角？不知道。你真的不知道。人生无法预设，生命中没有假如。更重要的是，路由身上的某种气息让你怦然心动。工作中的路由，有一种霸气，杀伐决断，一剑封喉。你喜欢这种霸气。你看着他在电脑前忙碌。他的背影坚毅，冷峻，像岩石，让人觉得安全，又让人有一点望而生畏。你把热牛奶递给他，隔着袅袅的热气，有那么一个片刻，你看不清他的表情。他在他的世界中行走。你看着他，咫尺之近，天涯以远。你忽然感到一种莫名的恐慌。是恐慌，不是孤独。你不害怕孤独。在之前的许多年里，你曾经那么热爱孤独，享受孤独。你熟悉它，就像熟悉一个多年的老友。你为什么感到恐慌呢？没有道理。真的是没有道理。女人是莫名其妙的动物。你想起了路由的话。那一次，你跟路由吵了架。忘了是因为什么。好像是一件小事，小得，怎么说呢，在后来想起的时候，觉得不值一提，觉得荒唐可笑。然而，在当时，在特定的语境之下，却是一个无法逾越的关隘。路由看着你满脸的泪痕，说，女人真是莫名其妙的动物。路由叹口气，把你揽住。夜晚的路由，是骁勇善战的将军。你总是在每一个溃不成军的夜晚，泪流满面。你没有办法。你无法克制自己。那些甜蜜而动荡的夜晚啊。

事情是从什么时候发生变化的呢？你说不好。爱情这件事，怎么说呢，是一件让人无可奈何的事。空幻，脆弱，缥缈，不可琢磨。在某种程度上，它是一种命运。而命运，谁能够对命运指手画脚呢？

路由越发的忙了。他的事业越做越大，应酬越来越多。他像一个空中飞人，往返于各个城市之间。你们见面的时间越来越少。三天，五天，一周，甚至，一个月。然而还好。小别之后，你们依然热烈。暗夜中，路由的呼吸在枕边起伏。钟表克丁克丁走着，是时间的飞箭。它究竟能够洞穿什么？阳台上晾着新洗的衣裳，长长短短的，在窗帘上映出参差的影子。屋子里还残留着鸡汤的香味，夹杂着浴液的植物气息。床头柜上是凌乱的纸巾。红酒杯没有洗，在落地灯下伶仃地立着。是一只。你们早已经习惯了共用一只酒杯。而睡前的小酌，也是你们难以割舍的嗜好了。你睁着眼睛，盯着虚空中的某个地方。夜晚宁静，空明，清澈，你却分明看到有一些东西，已经悄悄潜入你们的生活。

你想着温小棉的话。丰佩，你这个傻女人。温小棉说这话的时候，已经喝多了酒。丰佩，凡事，都怕看破。要看破，丰佩。看破，放下，随缘，自在。你懂吗丰佩——看来，温小棉是真的醉了。温小棉从来不哭。温小棉只有在喝醉酒的时候，才会大哭，掏心掏肺的，直着嗓子，像个孩子。其实，私心里，你更喜欢醉酒的温小棉。温小棉的妆乱了，铅华被泪水洗尽。温小棉的眼神清澈，可以映照出世界的影子。酒后的温小棉显得脆弱，无助，彷徨，像街头迷路的小女孩。温小棉，她浑身都是伤口，只有在酒中沉溺，才能够感觉到疼痛。你心疼她。这是真的。温小棉一手托腮，一手拿酒杯，一面喝酒，一面流泪。你心疼这个时候的温小棉。在这个世界上，除了爱情，还会有什么，能够让一个女人如此哀伤？温小棉不说话，只是喝酒，流泪。你不问。一句都不问。有很多事情，是不能问的。有很多时候，是不可说的。在事物的真相面前，语言是多么贫乏，无力，苍白。它永远言不及义。

温小棉是多么厉害的女人啊。温小棉在人生的戏台上手挥目送，长袖善舞，翻覆之间，足以颠倒众生，令风云变色。而她自己，则站在舞台一侧，坐看风生水起。在小说中，温小棉躲在虚构的世界里，世事洞明，人情练达。她把天下的坏事做尽，把世上的好人做绝。她踏遍荆棘，阅遍群芳。她谙尽人间的甘苦。她知道一切。温小棉仿佛一个女巫，她站在云端，偶一开口，就说出了全部的秘密。温小棉是一只精灵。可是究竟为什么，她闪转腾挪，也最终逃不脱命运的流矢？

有一天黄昏，你去学校图书馆还书。夕阳已经坠下去了。西天上，还有最后一抹晚霞，把大楼的玻璃幕墙映得流光溢彩。校园里很寂静，到处是鸟鸣。也不知道，怎么会有那么多的禽鸟，在这个古老的校园里栖息。凌霜园里是一片柿子树，此时都已经落尽了叶子，显出萧索的气象。树梢颤动，有隐约的风声。广播里，一个女孩子在娓娓地说话，她的嗓音很好听。清越的回声在空气中摩擦，碰撞，有一种空灵的味道，也听不清楚她在说什么。该是本科的小孩子吧，新鲜的容貌，兴奋的喘息，甚至，连停顿都是紧绷的，懵懂，羞涩，却是跃跃欲试，试探这世界的深浅。一颗心毛茸茸的，颤动，不安，像春天的花苞。像一幅素笺，干净的，空白的——即便有，也是底子上浮动的影子，淡淡的，缥缈的，几乎做不得真的——什么都可以有，什么都还来得及。

来来往往的，随处可见亲密的情侣。大学校园，真的是爱情的温床。转过体育馆，网球场旁的草地上，你看见了师弟。没错，是师弟。他背对着你，正低头跟一个女孩子说话。那女孩子短发，人中稍稍有一点短，显得稚气。俏丽倒是俏丽的。玫瑰红的风衣，在风中一曳一曳。师弟专心地埋头说话。黑夹克下露出白色的棉衫，牛仔裤很紧，绷出一双有力的长腿。不知道说到了什么，那女孩子低头一笑。你忽然记起来，一直以来，师弟是喜欢长发的。红风衣下摆宽大，在风中飘曳，莫名其妙地，你想到了旗帜。你这是怎么了？

此时，你才恍然惊觉，已经很久没有师弟的短信了。在相当长一段时间里，师弟的短信是你手机的常客。也没有别的，只是闲聊。他说，吃饭了吗？他说，在做什么？他说天真冷，多穿衣服啊。他说，传达室有一包糖炒栗子，热的，下楼的时候别忘了取。他说，在书店看到了你要的那本书，什么时候拿给你吧。他说，下雨了。女孩子般的小噜苏。一直以来，你已经习惯了这种小噜苏，琐屑，温暖，无害，安全。如果说，你和路由的爱情是熊熊燃烧的篝火，而这些短信，该是红泥小火炉。是酒足饭饱后，可口的甜点。你享受着舌尖上那一点芬芳，惬意，安然。你从来没有问过，这芬芳究竟来自何处。它不是风中任意绽放的花朵，它来自一个男孩子的内心，是内心的花园里酿造的隐秘的果实。

那抹最后的晚霞渐渐消逝了。暮色四合。空气中有一种植物汁液的气息，湿湿地扑在脸上。天空是深蓝的。月亮又细又弯，暗黄的，胆怯的，有一点怕寒。你近乎恐惧地看着它，仿佛一不留神，它就在那深蓝的背景上融化了，消失了，再也找不到了。文学院周围的草地上，已经亮起了地灯，萤火虫的造型，星星点点的，就在你的脚边。

那一年的第一场雪，是在圣诞节前夜。

雪真大啊。你坐在窗前，看着雪花纷纷落落，天地间白茫茫一片，干净极了。路由还没有回来。他说临时有应酬，一个重要的客户。你没有开灯。透过窗子，皎洁的雪色映进来，圣诞树上的小饰物发出暗淡的光泽。那是你精心挑选的圣诞树。还有那个红袍的圣诞老人，他的笑容在昏暗的光线中显得神秘莫测。这一向，路由的应酬格外多。你从来不追问他的行踪，像大多数女人那样。从来不。你不愿意把自己变成一个怨妇。你只是微笑，说好，好的。你不要任何解释。你是一个那么自尊的人，还有你的教养，任何与此相悖的事情，都不可能发生。路由是一个事业心重的人。而你，喜欢男人在事业上勇猛精进。

本来，你们说好要一起过圣诞的。路由嘲笑你，说中国人过的哪门子圣诞！你也不争辩，只是笑。在你，圣诞节，无非是寻个名目欢聚罢了。更何况，这圣诞节是有典故的。这是你们之间的一个秘密，闺帷间的小秘密。你知道，路由也知道。你们之间心有灵犀。其实，怎么说呢，一直以来，你和路由，是那么甜美的一对儿。无数个如火如荼的夜晚，你们把自己的灵与肉，馈赠给彼此，体恤，理解，怜惜，珍摄。你们在爱的深渊中坠落，沉醉于那种死亡般的极致，浓黑的光亮，破碎的完整，痛楚的甜蜜。你们像贪玩的孩子，有多么狭仄就有多么辽阔，有多么荒芜就有多么丰美。那些夜晚华美丰詹，熠熠生辉，它是你们的。它不属于这个世界。

　　有短信不停地进来，都是祝福短信。美丽的语言千篇一律，连纷飞的雪花都是相同的形状。简单，快捷，方便，这是现代人表达感情的方式。没有路由的消息。

　　饭菜已经冰冷了。鱼在盘子躺着，保持着受难时的姿势。芥兰熬尽了青春，老了容颜。汤在盆里，酒在杯中。醉虾已经睡着了。米饭心灰意冷。

　　窗外的雪，还在下着。大片大片的，如同受伤的鸟抖落的羽毛，有一种不可言说的凄美和决绝。寂静包围着你，雪一样的冰凉，雪一样的惬意，雪一样的柔情千种。多年以后，你一次又一次回到当初，回到那个大雪纷飞的圣诞之夜，你忽然对一切心生感激。生活是诚实的，它不会说谎。你只有诚实地看着它的眼睛，才能够从中看到某种真相。你觉得释然。那一种紧绷之后的松弛，仿佛彻夜狂欢后才能够拥有的宁静，还有疲惫，惬意的疲惫。或许，你和路由的爱情，注定要在那个寂静的雪夜走向终结。

　　不为什么。什么也不为。

　　后来，你从来没有提起过那个圣诞之夜。路由也没有。就是这样。

　　你在那个寂静的雪夜枯坐。想了很多。又仿佛，什么也没有想。清晨醒来的时候，雪已经停了。你拉开窗帘，早晨的阳光莽撞地扑进来，映射着雪色，一下子刺痛了你的眼睛。

　　学院里的圣诞party总是具有狂欢节的味道。而化装舞会，是其中最激动人心的段落。差不多，狂欢的大多是freshmen，他们热情如火，打算把整个世界点燃。你在一群狂欢的人群中自斟自饮。周围的一切渐渐退潮，化作遥远的背景。这辽阔的世界，只剩下了你，一个人。音乐狂野奔放，你在这喧闹的河流里纵情游弋。你不知道，你天生是舞场上的皇后。你裙袂飞扬，两颊如酡，目光如醉。你的长发仿佛一匹黑色的绸缎，不，是火焰，黑色的火焰，在音乐的长风中愤怒地燃烧。高跟鞋被你甩掉，你赤着脚。到处是带着面具的假面人，端着别人的酒杯，浇自己的块垒。你对他们不屑一顾。你愿意以真实面目示人。你热爱真实，丑陋的真实，胜过美丽的谎言。掌声，口哨声，喊声，笑声，像黑色的风暴，把你渐渐淹没。巨大的眩晕中，灯光迷乱，人影幢幢，世界飞快地旋转，旋转。身体仿佛羽化一般，在纷乱的幻象中飞翔。前所未有的快乐。前所未有的忧伤。你在瞬间挣脱那根红色的丝带，从尘世逃逸。天阔云闲，你的笑声在天际回荡。

　　不知道过了多久，你从黑咖啡的香气中抬起头来，惊讶地发现大胡子外教坐在对面，正专注地看着你。他扬手吩咐侍者把你的苏打水撤掉，换上蜂蜜牛奶。你看着他的蓝眼睛，说，William，我，是不是很失态？No，威廉说，Tonight is yours。萨克斯隐约传来，牛奶的热气扑上你的脸。你恍惚记得，你喝了很多酒，红酒。从那一个的秋夜，你便不可遏止地爱上了红酒。你爱它。它是你生活的一部分。在无数个孤独的夜晚，或者清晨，你与红酒相对，自斟自饮。自斟自饮。这个词真好。又柔软，又坚硬。暗藏了因与果的隐喻。密斯丰，你还好吗？你笑了一下，说好，很好。威廉说，可是，你不快乐。你笑起来，不用担心，William。威廉耸一耸肩。蜂蜜牛奶的香甜在舌尖弥漫，带着一点涩，丝丝缕缕，渗入心底。有电话进来，是路由。你在哪？路由的声音听上去还算平静。我在哪？我也不知道我在哪。呵呵。丰佩——路由在电话那端克制地叫道，丰佩——你又喝了酒吧，你看看你现在成了什么样子！一个女人，半夜里——你把手机轻轻放在桌子上，任路由在电话里说。威廉紧张地看着你的脸色，他不知道发生了什么。你慢慢喝光了你的牛奶，冲他一笑，我想再来一杯，would you mind?

那一年的冬天格外寒冷。一场又一场大雪，把白天和夜晚覆盖了。学院里主办一个国际学术会议，阵势很大，你既是主办方的工作人员，又是被邀请与会的青年学者，会议的一应琐事之外，你还要提交主题发言。说是发言，其实相当于一篇论文，中英文两个版本。你忙得焦头烂额。那一阵子，你基本上住在学校。偶尔，也会接到路由的短信，或者电话。路由似乎更忙了。你们两个，仿佛两只飞速旋转的陀螺，却有各自的中心。即便偶然相碰，也不过是一个趔趄过后，又回复到先前的平衡。有时候，你会有瞬间的恍惚，你和他，那个叫路由的男人，你们真的曾经相爱吗？

温小棉也忙。她的日志门事件不但没有渐渐平息，反倒有愈演愈烈之势。有了网络的推波助澜，温小棉越发火了。总有各种各样的出版商来找她。写什么内容且不论，只温小棉这三个字，便是一个耀眼的标签。没办法，市场认这个。温小棉倒是镇定得很，宠辱不惊的样子，照例是写作，约会。同出版商谈起银子来，却是另一付铁嘴钢牙。

那一阵子，温小棉正忙着她的新书发布会。新书的名字叫做，舞蹈，或者暧昧。依然是温小棉式的风格，有点标题党的意思。单这名字，便让人浮想联翩。新书发布会阵容豪华。在京各大媒体几乎全部到场。主流的，非主流的，各路大牌评论家也都前来助阵。官方的，民间的，传统的，先锋的，著名作家文化界大腕也都来捧场。你看着温小棉笑盈盈地往来应酬，心里不禁惊讶于这个小女子的神通广大。发布会结束后，是出版方宴请。你站在门旁，准备跟温小棉打声招呼便离开。你手头还有一摊子事要做。你用目光在人群里寻找。你看见温小棉正跟一个人说话，把手拢在唇边，很私密的样子。你看着那人的背影，本白色毛衣，烟灰色羊毛外套搭在臂弯里。路由！你看见温小棉朝你招手，路由慢慢转过头来，看着你，脸上的笑容还没有来得及收敛。

觥筹交错。温小棉像一只燕子，在她的春天里停停落落。飞到哪里，都是烂漫的春光。你默默地喝酒。你是典型的学院派。在这样繁华动人的场合，第一次，你感到了自己的格格不入。路由在同人家寒暄。朗声笑着，有着强烈的感染力。路由的头发洁净蓬松，鬓角整齐，光溜溜的下巴，不留一点胡茬。容光焕发。这个词跳到你的脑子里，刺痛了你的心。然而，你却微笑起来，偏过脑袋，看容光焕发的路由把杯子里的酒一饮而尽。旁边的餐桌上爆发出一阵笑声。温小棉正逼着一对人喝交杯酒。被逼的人都是半推半就，在众人的哄笑声中，倒真像一对羞涩的新人了。多吃点菜。不知什么时候，路由已经为你夹了几只基围虾。你喜欢吃虾。谢谢。你的声音平静，内心里却是千军万马。这样的场景，已经多久没有了？

那一年，你真正见识了北京的冬天。到处是冰雪。寒风在城市里跑来跑去，呼啸着，带着尖利的哨音。赭红色的隔离板被吹得吱嘎作响。里面，是仿佛永远也无法竣工的工地。多少次，你从这狼藉的工地上穿过。去路由那儿。你不喜欢那种赭红色，那暗沉的色调，窒闷而阴郁，总让你想起凝固的血。你小心翼翼地从隔离板下面走过。路灯或许是坏了，周围一片漆黑。你的后背渐渐漫上一层凉意。你加快了脚步。冷风吹彻这个寒夜，一点点洞穿你。你从来没有像今天这样强烈地感到，穿过工地的这一条小路，是如此漫长。你渴望尽快走过这一片工地，到达小区门口。你猜想，这个时刻，晚上，九点半，传达室的老伯一定还没有休息。你渴望看到那一扇窗子里透出的温暖的灯光。

　　灾难是在瞬间降临的。就像爱情。

　　你感到一片乌云滚滚而来，压在你的头顶。你想呼喊，喊路由。可是，你却被一片巨大的黑暗吞噬了。

　　路由去停车。

　　小区很老了，没有停车场。路由不得不把车停在附近的小广场上。如果是往常，你会一直坐在他身旁。等他把车停好，一起下来。

　　可是，那一个冬夜，不比往常。

　　其实，宴会中途的时候，你便想悄悄离开。有的是捧场凑趣的人——温小棉应该不会介意吧。刚走到门口，却见路由匆匆出来，已经穿上了他的外套。要走吗？你点头。我送你。不用。谢谢。小佩，我们好好谈谈吧。

　　谈谈。谈什么呢。你正在犹豫，路由已经很熟练地把车开过来，为你拉开车门。

　　夜色中的京城一掠而过。华灯闪烁，仿佛一天的星星跌落下来，点缀着荒冷的人间。车里放着一首英文歌，《Speak softly love》，深情婉转，是你喜欢的旋律。你在这旋律中慢慢沉陷。往事如烟。胸中似有千言万语，却一句都说不出来。路由也沉默。空气仿佛凝滞了。你甚至能够感觉到时间缓慢爬过的痕迹。路由专注地开车。灯光透过车窗打在他的脸上，跳跃不定。空调温暖宜人，让人昏昏欲睡。

　　当路由说到了的时候，你才蓦然发现，已经到了望京。你不知道，路由为什么要带你来他的住所。你在瞬间有一种莫名的恼火。事先，他并没有征求你的意见。也许，仅仅是谈谈。你劝慰自己。也好。你的一些东西，一些零碎用品，还在这里。你想，或许，你应该把它们收拾清楚，带走。你下了车，有一些负气的意思。

我很快就来。路由说。

路由骗了你。

我很快就来。后来，你耳边一遍一遍地响起路由的这句话。

那个寒冷的冬夜，当隔离板突然砸向你的时候，一个起夜的农民工听到响声，跑过来，奋力撑起那倒塌的铁板。你瘫软在地上。是个木讷的中年人，却结实，只穿着秋衣秋裤。在随后赶来的路由的质问声中，由于紧张，还有寒冷，瑟瑟发抖。路由一定是误会了。你曾经多少次向他抱怨过，工地旁那些农民工，意味复杂的眼睛。路由愤怒地揪住那个人，两个男人打起来。工棚里跑出来几个农民工。他们看到的场景是，一个衣冠楚楚的城里人，在欺负自己的同伴。他们的血沸腾了。或许，他们只是想教训一下猖狂的城里人，给他一点颜色看。没有老子们的流血流汗，哪里有兔崽子们的好日子！可是，他们万万想不到，城里人那么脆弱，像瓷人，一碰，就碎了。

路由走了。再也没有回来。

路由骗了你。

你从丽江休假回来才知道，温小棉出国了。

大胡子外教把一本书稿交给你。是温小棉的新书稿。淡的咖啡色，毛边。名字叫做《若只如初见》。扉页是副题：致亲爱的岁月。

夜深了。你还在灯下，读温小棉的信。

丰佩：

　　当你读到这封信的时候，我已经在千万里之外，尽情享受加州的阳光了。

　　我的时间不多了。（这是蹩脚的小说家惯用的一个恶俗的桥段，呵呵。）

　　所有你想知道的，都在这本书里。在你离京的这段日子里，我用两个月，六十个日日夜夜，用文字，走完了我的一生。至少，是一生中最亲爱的岁月。

　　你知道，我是那样一个贪心的人。我热爱生命。热爱男人。热爱名利。热爱爱情。我轰轰烈烈地活过。我从来不曾后悔。

　　请原谅我。原谅路由。原谅一切。原谅这个世界。

　　永别了。

小棉匆笔

2011年3月10日

荆钗记

九菊

九菊其实在家排行老大。我一直不明白她爹娘为什么非要把她喊做九菊。

那时候，九菊和我家是邻居。房子挨着房子，连成一片。到了秋天，玉米棒子铺天盖地，金黄耀眼，好像就要燃烧起来了。九菊坐在满眼的金黄里，噼里啪啦地捻玉米。一边捻，一边拿眼睛找着满房子乱跑的国国。国国是九菊弟弟，刚会走路。我凑过去，说九菊，晚上看电影去。九菊想了想，说不去，还有活哩。这时候国国哇的一声哭起来，九菊娘的骂就从院子里呼啦啦飞上树梢，在风里荡来荡去。九菊，想摔死你兄弟呀。我吓得一吐舌头，跑了。

九菊娘人胖，矮，像村头场地上的碌碡。这话不是我说的，是九菊爹说的。九菊爹说这话的时候刚刚跟九菊娘吵完嘴，一边倒背着手往外走，一边嘴里嘟嘟囔囔地骂，个碌碡。九菊爹脸上的表情很强烈，嗓门却很低，我是从他的口型上来判断他骂的内容的。九菊爹生得瘦，而且干枯，和九菊娘站在一起形成鲜明对比。九菊爹怕九菊娘，这一点，庄上的人都知道。没事的时候，人们跟九菊爹开玩笑，说还是老槐叔福气，夜夜有个厚垫子。九菊爹叫老槐，这时候就眯眯笑着，一点也不恼，仿佛还很受用的样子。如果恰巧九菊娘走过来，大家就更来劲了，一递一声地喊。通常是一个人喊，众人附和。老槐叔——厚垫子。老槐叔——厚垫子。九菊娘就狠狠地吐一口唾沫，骂道，不是人养的。九菊爹觑着老婆的脸色，一迭声地说地里的草都长疯了，我得去看看。就撒着脚跑了。假如过来的是九菊，人们就不说话了，只是盯着九菊看。九菊背着一只草筐，觉出街上的空气不寻常，就更低了头，飞快地往家走。

九菊十岁。也许是十一岁。已经很有几分样子了。

我第一次发现九菊的不平常是一个夏天的傍晚。那天，我和香香几个人玩跳格子，老远看见九菊跑过来，追着前面的一头猪崽。九菊的胸脯像两只活泼的鸽子，在背心里不安分地跳来跳去。夕阳把绯红的霞光泼下来，奔跑的九菊就慢慢融化在乡村的黄昏里了。后来我老是想起这个场景，想起九菊在晚霞里奔跑的样子。晚上回家以后，等娘睡着了，我偷偷起来，仔细察看了自己的胸脯。它们平坦，空旷，毫无起色。我很失望，心里对九菊起了薄薄的嫉妒。

九菊总是忙，有做不完的事。做饭，缝补浆洗，喂鸡鸭猪羊，带弟妹——国国以后，九菊娘又生了个闺女，叫欣欣。九菊的活计基本上在家里。地里的庄稼活儿，有九菊爹和九菊大伯，自然用不着她。九菊大伯是光棍，一辈子没娶，跟着弟弟一家过。九菊大伯很能干，是种庄稼的一把好手，人又节俭，很多事情，倒是做哥哥的替弟弟当着家。只是碍着弟弟的户主身份，哥哥在家里就有了几分屈抑。比如，春耕的时候，哥哥在饭桌上说，今年南坡的棉花地里点上几垄甜瓜吧，孩子们都爱吃——省得买了。弟弟咬着筷子想一回，说算了，还是种高粱，高粱米煮饭，高粱穗子扎笤帚。做哥哥的就不吭声了，闷头喝粥。

九菊娘是不做家务的。九菊娘身体不好，据说是虚病。虚病的意思就是不是实病。头痛，感冒，发烧，这些都是有名字的。我们这个地方，把叫不上名字的莫名其妙的病叫做虚病。虚病，大都跟神灵鬼怪有关。九菊娘的病，据说是有一回夜里回家晚了，正好是一个农历十五——按照民间的说法，农历初一、十五，人间都不大干净的——结果带上灾了。回来就闹了一夜，又唱又跳，说着莫名其妙的话，把一家人吓得要死。后来就请了神符，挂在堂屋的墙上。九菊娘从此就有了事做，要么闭眼歪在炕上，要么跪在地上烧香。

乡下的生活是寡淡的，我们却偏能从中咂摸出一种滋味来。耍骨头节，打四角，唱戏，最常玩的是娶媳妇。九菊生得好看，我们都喜欢让她做新媳妇。在喇叭唢呐声中，新媳妇顶着红盖头，推着一辆棉花秸秆做成的自行车，羞羞答答走在弯曲的乡间小路上。筵席之后，就是入洞房，这是我们最热切的时刻。新娘新郎对脸坐在炕上，窘迫，慌乱，手足无措，我们在旁边看着，装作闹洞房的人，咋咋呼呼地喊着，心里有一种模模糊糊的兴奋。有一回新娘九菊把当做盖头的红围巾掀起来，对着闹哄哄的人群，很沉着地说，你们，先出去。

春日的阳光照下来，懒洋洋的，院子就在这阳光里恍惚了。我们几个用口水把窗纸濡湿，捅破，往屋里偷看——九菊躺在炕上，对在一旁呆坐的山子说，来呀。山子一脸茫然，九菊就急了，一把把山子拉过去，山子坐在九菊的腿上，看着她，很无辜的样子。九菊轻蔑地撇了撇嘴，还新郎呢，笨枣。山子委屈地哭了——山子五岁，睡觉时还老摸他娘的奶。

我们在窗户外面哗地一下笑出来。

是该上学的年龄了。我背着娘用碎布头缝成的书包上学去，九菊在旁边站着，看着我，还有我的书包，怀里抱着欣欣，国国在她脚边蹒跚着转来转去，一不小心，跌倒了。

晚上，听见九菊娘在院子里骂，念书，也不掂量自己是不是那块料。九菊的哭声很低，一抽一噎，像是嗓子里憋着东西。

在乡下，女人们分为两种。闺女和媳妇。嫁人，似乎是做女人的一道门槛。做闺女时，大都是一个样子，羞涩，矜持，保守得近乎执拗。穿着特制的背心，窄而紧，把蓬勃的胸脯束得平坦空旷。倘若谁挺着高高的胸脯在街上走过，老人们就像看见了瘟神，连连说，丑，丑死了。回到家，爹娘也不给好脸色，觉得闺女的胸脯给自己丢了人。一旦嫁了人，做了媳妇，先是拘谨几日，慢慢就放开了。人们开着热辣辣的玩笑，有的还动手动脚，都是无妨的。夏天，天热，媳妇们就索性在家光了膀子。男人们，辈分大的，串门的时候就格外谨慎，通常在院子里咳上几声，算是招呼的意思，屋里的女人就赶紧披了衣服，或者避一下。辈分小的，就自在多了，少不了嘴上手上都占了便宜。按说，有九菊大伯在家，九菊娘就该穿衣谨慎些。大伯哥和弟妹，原是很奇特的一对矛盾。可是九菊娘不。麦子一泛黄，天刚刚热起来，九菊娘就开始光膀子了。九菊娘胖，而且白，一对布袋奶在胸前晃来晃去，晃得九菊大伯睁不开眼。

那时候，露天电影是最吸引人的事物。镇上的放映队挨着村子串，总要一个月左右才能轮上一回。放电影前几天，消息就传开了，什么片子，哪天放，几点。地点却是不变的，在村子中央的场地上。这几天，村子里的空气都不一样了，热切，黏稠，蠢蠢欲动，夹杂着一种隐秘的渴望和莫名其妙的心神不宁。到了那一天，人们早早吃过晚饭，搬了板凳去占位子。一块大的白布挂在两根木桩上，风一吹，就微微皱了，画面上的人也就皱起来，变了形。放映机的光打在白布上，无数个灰粒子在光里快乐地舞蹈着。忽然，银幕上出现了小孩子的一只手，就有人喊，小混蛋，放下。旁边是老灶头的货车子，空气里弥漫着一股爆米花的焦香和芝麻糖的甜腻。

银幕上的故事扣人心弦。少林寺的小和尚和俊俏的牧羊女四目相对，空气里仿佛有什么东西发酵了，浓得化不开。我憋着尿，心里像有一根羽毛掠过，毛茸茸地痒。人们都探着脖子，眼睛一眨不眨地盯着银幕。旁边墙根传来哗哗的解手声，我再也忍不住了，转身就往家跑。

解完手，我一身轻松，心里惦记着那个俊俏的牧羊女，就心急火燎地往场地跑。月亮很大，很白，有着一圈毛茸茸的光晕。街上到处都像流淌着白花花的水银，风吹过来，村庄在这水银里一漾一漾，像一场梦。刚收完秋，玉米秸子被垛成一堆一堆，黑黢黢的，散发着庄稼和青草的气息。我忽然听见玉米秸子里面窸窸窣窣的声音，细碎，激烈，不可开交。我停下脚步。月光下，玉米秸子微微颤动着，仿佛风吹过水面，一波未平，一波又起。这时候，一阵歌声传来，场地上的电影正如火如荼，我撒腿向歌声跑去。

小学校在村子的最西头。是一个大院子，有着两排平房。一排是教室，一排是老师的办公室。院子里种着白杨，高大，挺拔，就算是操场了。九菊常常带着国国和欣欣来院子里玩。夏天，蝉声热烈，雨点一样落下来，把满院子的树影砸得零零落落。九菊坐在一捆青草上。国国和欣欣正把尿和成泥巴。教室里，我们的读书声参差不齐，笨拙，却认真。矮矮的土墙外面，是大片的庄稼地，经了太阳的薰烤，蒸腾着一片淡淡的青雾，教人恍惚。这时候，九菊的神情就有些辽远了。

　　九菊大伯是车把式，常年住队里的牲口房。九菊大伯待牲口亲、耐心、细致，把牲口们伺候得服服帖帖，人们都说，这老树，是把牲口当成自家孩子了。九菊大伯是在后来才住牲口房的。先前，他住家里。大伯子哥，在弟媳妇面前本就多有不便，何况在一个屋檐下。一口锅里搅马勺，难免有勺子碰着锅沿的时候。有一回，中午，九菊大伯去地里捉棉花虫，走了半路又折回来，他忘了戴草帽。一进门就呆住了。炕上，两个人正缠作一团，听见动静就停下来。大家都没料到，都傻了。做哥哥的逃也似的跑出院子，身后，爆发出一阵锐利的哭声。

　　那时候的乡下，一般人家，都是一家大小挤在一张炕上。生养又稠。孩子多，大人们就少有闲情。后来，有一阵子，大点的孩子都聚到一起睡——谁家有空余的房间，就搬到谁家去住。我们也学着大孩子的样子，到香香家去。香香娘把那间盛杂物的小西屋腾出来，打扫干净。大人们帮我们抱着铺盖卷，口中唠叨着，脸上的欢喜却是藏也藏不住。

　　现在想来，那是我最早住集体宿舍的日子。后来，在一个宿舍到另一个宿舍的迁徙中，我总是想起香香家那间小西屋。

　　冬夜漫长。我，香香，小多，躲在被窝里，讲鬼故事。这些故事都是从燕奶奶那里听来的。周围很静，我们自己吓自己。缩在被子里，能听见彼此的心跳。灯光在地上投下暗黑的影子，摇摇晃晃，变化着形状。在我们眼里，每一个变化都是一个阴谋。我憋着尿，肚子生疼，不敢下去。

　　后来九菊来了。九菊是偶尔来。国国和欣欣离不开。在家里，九菊就是九菊娘的角色。九菊来了就不一样了。九菊给我们讲别的故事，讲男人和女人。九菊考我们，娃娃是打哪来的？我们都不屑，打哪来，还不是燕奶奶从大河套里捡回来的。大人们说，村子里所有的孩子都是燕奶奶从大河套里捡回来的。九菊神秘地笑了，说，傻。娃娃是从娘肚子里生出来的。我们都不信，说骗人。九菊就撇撇嘴巴，很不屑的样子，不反驳，也不急于解释，只是慢条斯理地纳鞋底——九菊一向是这样，手头永远有忙不完的活计。我们都被这神态镇住了，就哑了声，小心翼翼地等九菊开口。九菊把针尖往头发上蹭一下，又蹭一下，半晌，才说，娃娃是从娘肚子里生出来的。男人和女人，睡一觉，女人肚子里就有娃娃了。我们听得入神，接下来就心惊肉跳。怎么可能？九菊说，不信，去问你爹和你娘。我们缩在被窝里，手心里都捏出了一把汗。男人和女人，睡一觉，就有娃娃了，这太——有意思了。香香说，我和臭旦天天在一条炕上，挨着睡，我的肚子里会有娃娃吗？我说，背不住。小多说，香香，晚上你还摸臭旦的小雀子不？臭旦是香香的弟弟，两岁半，雪团似的胖小子。九菊纳着鞋底子，哧啦一声笑了，说傻，跟你们，真说不清。

那时候，车把式是很让人眼热的差事。打着喂牲口的旗号，马房里，总有嫩生生的玉米，滚圆的红薯，带着枝叶的湿漉漉的鲜花生。九菊大伯把它们藏在筐里，上面盖上薄薄的一层青草，遮人耳目。远远地，九菊就教着国国和欣欣喊，看，大伯来了。猜猜，大伯筐筐有啥好吃头。九菊娘看见了，就呸地吐一口，说，吃货。九菊立刻就噤了声，低头给欣欣擦嘴角亮晶晶的口水。大伯走到近前了，刚要从筐里拿东西，九菊却把身子一转，走了。只剩下欣欣含混不清地叫，大伯……吃……

冬天，地里没有了庄稼，牲口们也就闲下来了。这时候，马房是最吸引人的地方。九菊大伯把炉火生得旺旺的，坐在炕头上编筐。荆条子是从河套里割来的，柔韧，结实，在九菊大伯的怀里跳跃着。屋子里弥漫着熟花生的焦香，夹杂着一股淡淡的谷草的腥气。九菊坐在一个草墩子上，不停地把炉口四周的花生挪动着位置。国国在马房门口看两只狗打架。欣欣眼巴巴地盯着姐姐飞快挪动的手，嘴角黑黑的。九菊大伯编一会筐，就停下来，看着草墩子上的九菊。阳光透过窗棂子，斜斜地照进来，给屋子敷上一层薄薄的金粉。九菊侧身坐在那里，整个人就罩上了一圈亮亮的光晕。她脸上的绒毛也成了淡淡的金色，毛茸茸的。耳垂是粉红的，给日光一照，简直要透明了。九菊大伯看一会九菊，编一会筐；编一会筐，看一会九菊。一不小心，就让荆条子把手扎破了。

流言是慢慢传开的。说是九菊大伯和九菊娘。人们都不大相信。怎么可能。九菊娘疯疯癫癫的，恐怕连九菊爹，也奈何不了她。有人说，再湿的柴禾，也架不住火烧。三十多岁的光棍汉，正是一把烈火呢。大伯哥和弟媳妇，这关系本身就颇耐人寻味，有了这种流言，就更给人们添了茶余饭后的谈资。人们不停地争辩着，胜负倒是不论，似乎专为了求得旁人更有力的凭证。就有人说了，看见他们钻柴禾垛了。还有人说，不是柴禾垛，是村北的破土窑。人们就又争论起来，赤头红脸的，样子极认真。

我们都因此不理九菊。用大人们的话说，上梁不正下梁歪。有什么样的娘，就有什么样的闺女。九菊也有自知之明。软的硬的钉子碰过几回，就沉默了。只是照常的忙。脸上，却分明多了一种说不出的忧伤。

有一回，傍晚，还在吃晚饭，就听见九菊娘的骂声从半空中噼里啪啦落下来，瓢泼一般，把整个村庄都淹没了。这种骂法，是很厉害的，不特指某个人，却实在是骂了整个村子。人们都沉默，仿佛多日来一直在等这场骂，等当事人站出来，把舌头上夹缠不清的东西理出个头绪。人们都说，这女人，不疯。

九菊大伯本就是个寡言的人，经了这事，话更少了。回家也少。多是在马房里，或者地里，即便在街上走过，也是低了头，匆匆的样子。在弟弟面前，就更添了几分屈抑和小心。只是拼命地干活，一个人，简直要把整个家都给勉力撑起来了。九菊爹人懒，还有那么一点缺心眼，这时候也落得轻闲，做起了甩手掌柜。

过了麦天，我就上三年级了。我们还是在香香家的小西屋睡。其间，忘了是什么原因，我们一度搬回家住。躺在自家炕上，听父母有一句没一句扯着闲篇，竟然有些陌生了。现在想来，那种由陌生带来的不适，或许就是叫做成长吧。后来，我们终于又搬回了我们的小西屋。

九菊有时候也来。来了也不怎么说话，听我们赌天发誓地吵，就宽厚地笑一下。

日子一天天滑过去，像风，刮过就刮过了，没有一丝痕迹。

有一回，是个夏天，大概是暑假吧，我没上学，坐在院子的丝瓜架下编小辫。那时候村子里的女孩子都编这个。把麦莛用水浸湿了，拿一块塑料布齐齐整整裹起来，夹在腋下。抽一根，再抽一根。麦莛和麦莛缠绕起来，小辫越来越长，一直蜿蜒到膝盖上。这些小辫一圈一圈围起来，缝在一起，就做成了一只草帽。可我们不在乎草帽。我们热衷于编小辫的过程。我们享受这个过程。天很热。丝瓜架上的花开得正好，挤挤挨挨，跌跌撞撞。一只小瓜悄悄从叶子里探出脑袋，怯生生的，淡绿色的瓜皮上生着一层薄薄的白绒毛。我忽然感到心烦意乱，站起身往外走。

中午的村庄很安静。我在九菊家门口望了望，看不见九菊的影子。我就去马房。晚上村子里放电影，我想问问是什么电影。九菊肯定知道。这种消息，九菊一向是很灵通的。马房在村东，用玉米秸秆编了篱笆围起来，算是院子。周围是庄稼地。老远，我看见国国和欣欣在院子里玩，一个在篱笆里，一个在篱笆外。看见我，就叫起来，九菊。他们不喊我，喊九菊。我往屋里走，一阵牲口和庄稼的气息呼啦一下扑上人的脸，热烘烘的。九菊大伯从里屋出来，满脸汗水，说妮妮，你找九菊吧。九菊不在。我望了一眼里屋，黑洞洞的，什么也看不清。九菊。国国和欣欣在院子里喊。我朝外面看去，一院子的阳光，蝉鸣，没有九菊。九菊大伯站在我面前，汗水像一条条小溪，正顺着他厚实的胸肌淌下来。他的胸脯上生着一片黑黑的汗毛，打着卷，很茂盛。我转身跑出马房。九菊大伯在后面喊，妮妮，我让九菊去找你，啊。国国和欣欣一齐喊，九菊。

其实，直到现在，我也不知道，九菊和九菊大伯是不是真的有过。九菊娘对九菊的仇恨，也似乎无从解释。可是，后来，我一直记得那天。一院子的阳光，蝉鸣。中午的庄稼地蒸腾着新鲜的汁水的气息。我沿着绿草蔓延的小道仓皇出逃，逃离热烘烘的马房，还有懵懂迷茫的童年岁月。

那天以后，没来由地，和九菊真的生分起来。

其时，我年级渐长，功课也渐渐重了。我早已经搬出了香香家的小西屋。而香香，去邻县的一个纸箱厂做工了。小多，则到邻村的姐姐家，帮着带孩子。九菊娘的病又厉害了。据说常常光着身子跑到街上，嘴里喊着九菊大伯的名字。九菊爹只得找人把她捆在床上。九菊大伯人越发委顿，真像一截毫无生机的老树了。九菊似乎更忙了，里里外外，难得闲暇。童年的伙伴，仿佛天上的云彩，刚才还热热闹闹的一处，风一吹，说散就都散了。

我小学毕业，考上了县里的中学，住宿，难得探一次家。后来，省城。京城。不知从什么时候，那个村子，村子里的人和事，离我越来越远了。只听说，九菊很早就定了亲，嫁人，男方在很远的一个村子，老，而且，盲。九菊的美丽，男人是注定终生都无法看到了。

后来，我再也没有见过九菊。

翠缺

天色暗下来了。

翠缺坐在自家的院子里，看着墙篱笆上的丝瓜架发呆。丝瓜架是春上她帮着娘搭的。这会儿花开得正稠，你不让我，我不让你，泼辣得很。鸡们疯了一天，早早歇了。猪吃饱了，在圈里懒懒地躺着，偶尔百无聊赖地哼两声。翠缺把蒲扇往大腿上拍一拍，赶走涎皮赖脸的蚊子们。

缺，早睡啊，赶明儿好有精神。

村西头老坷垃家孙子要过满月，娘去帮着捏饺子。娘是出门前冲着翠缺说这话的。当时翠缺正端着一盆泔水走到猪食槽前，猪听到了动静，吱吱叫着，翠缺不理它，哗啦一下把泔水倒进去，猪拿鼻子试探了一下，还是吱吱叫着。馋货。翠缺骂道。她从糠篓子里抓了一把糠扔进去，猪这才把嘴埋进食槽里，哼哧哼哧吃起来，两只大耳朵时不时满足地扇两下。翠缺听见了娘的话，她没吭声，只管站在食槽前，瞅着猪吃食。猪把表面那层糠吃完了，又抬起头冲着翠缺哼哼。惯的你。翠缺拿食勺照着猪头就是两下子，猪委屈地叫起来。

天慢慢就黑透了。

不知什么时候腾起一层薄薄的雾气，院子里菜畦啊丝瓜架啊鸡笼子啊都没有了轮廓，浸在湿润润的雾气里。翠缺摸了一把胳膊上鼓起的包，拿指甲慢慢地掐着，心里烦得很。

前天娘赶集回来很高兴，说是村里的家具厂又招人了。

这回就招俩。缺，试试去，风吹不着日晒不着，一个月八百块呢。

娘伸出两个指头比划了一下。那些出去盖房子的汉们家，又能挣多少？

翠缺埋头慢慢地喝粥，没说话。爹把饭碗一推，从兜里掏出烟荷包，慢条斯理地卷烟筒子。听缺的吧。爹把烟筒子叼在嘴上，两手在兜里摸索火柴。没个当爹的样子。娘把碗洗得咣啷啷响，缺，你倒是说句话。

家具厂在村南头，很气派。周围是玉米地，绿生生的一眼望不到边。

翠缺走到屋门口的时候迟疑了一下，大战隔着帘子一眼就看见了她。

进屋坐，翠缺。

翠缺不坐，在沙发边上勾头站着。

坐嘛。大战看着细密的汗珠顺着她的脸慢慢淌下来，一直淌进窄窄的衣领里，他使劲咽了口唾沫。

俺来厂里，给俺派啥活儿？翠缺冷不丁一问，大战一下子结巴起来。铰……海绵，就铰那个海绵吧。

太阳毒花花的，把玉米地烤出一片绿蒙蒙的雾气，空气里蒸腾着一股子青涩的气味。翠缺跳过一条垄沟，拐进村子。铰海绵是省力气的活儿，往日里都是大战媳妇铰，后来大战媳妇怀孩子，歇了，就让大战丈母娘铰。肥水不流外人田，还能帮闺女盯女婿的梢。女人怀孩子，最难熬的是男人。这个道理，谁都懂。

村委会门口，老袁家的油条摊子早已经摆出来了。老袁媳妇乍着油汪汪的手，冲人们打招呼，吃馃子吃馃子。这地方的人管油条叫馃子。可以拿钱买，也可以拿麦子换。村里人都喜欢拿麦子换，麦子是自家地里产的，总归比直接用钱少些心疼。翠缺看着几根饱满的馃子被老袁媳妇飞快地夹出来，搁到一只乌黑的铁筛子里沥油，一股焦香味一浪一浪直往她鼻孔里钻。她这才觉着肚子有点饿了。

回到家的时候娘已经把饭做好了。看见她回来就赶紧掀锅盖，一边朝屋里喊，吃饭。翠缺没接娘递过来的馒头，只是闷头喝粥。缺，说好了？翠缺没说话。娘摸得透闺女的脾气，不说话就是点头的意思。钱，还是那个数？爹瞪了娘一眼。娘就有些讪讪的。缺啊，到时候，咱置个好嫁妆。

铰海绵这活儿，忙起来，也就是一阵子，只要供足了缝纫的，就可以慢下来喘口气了。翠缺刚开始使不惯大剪子。这种大剪子比普通的大上好几号，尖长，刃薄，快得很。一天下来，翠缺的手就磨出了明晃晃的水泡。大战踱过来，嘴里丝丝吸着冷气。

疼不？

翠缺不吭声，低头铰海绵。大战嘴里停止了吸气，站在旁边看着她铰。翠缺被看得有点不自在。铰海绵的摊子在院子的廊檐底下。大战丈母娘回去了，大战说让她回去歇歇。风吹过来，慢悠悠地。蝉鸣像雨一样，一阵又一阵，密密的，洒的满院子都是。

渴不？

大战不走，眼睛像长了钩子。电话，大战电话。楼上有人喊。大战应着，转身走了。翠缺一下子把汗津津的大剪子扔在一边。

好像也是个夏天。玉米地正高。翠缺几岁？记不得了。晌午了，娘歪在炕上打盹，翠缺躺在旁边，装睡。晌午晌，老鬼涨。晌午错，老鬼过。娘警告过她，大晌午的，甭出去疯，有老鬼哩。翠缺躺了一会儿，偷偷地爬起来，光着脚，溜出院子。街上静得很。白花花的阳光像雨点子，噼里啪啦溅进翠缺的眼睛里，她不由得闭了闭眼。不睡啊翠缺。翠缺吓了一跳，回头见是大战懒洋洋地走过来，光着膀子，大裤衩子松松垮垮地挂在肚脐下面。翠缺看了一眼那只肚脐，牛眼似的，冲她瞪着。她笑起来。你笑什么？大战被笑得莫名其妙。牛眼。翠缺指着他的肚子，你肚子上长牛眼了。大战也笑起来。笑着笑着，他忽然不笑了。说你吃甜秫秸不，我去给你尝甜秫秸。

　　玉米有一人多高，正吐缨子。大战拉着翠缺的手，顺着垄沟往深处钻。大战哥，吃甜秫秸。大战不说话，只是往里钻。玉米叶子哗啦哗啦地响，把翠缺的脸和胳膊划得生疼。翠缺站住，不肯走了。吃甜秫秸。大战说，想吃不？想。我这儿藏着一根。大战的大裤衩轰隆一下掉在脚脖子上。吃不？甜得很。翠缺好奇地看着那根直挺挺的"甜秫秸"，心里有点害怕。大战把她的小脑袋按下来。大战的手很有力气，她有点不高兴，使劲别开了。尝一尝嘛。大战有点着急。她想，娘也没告诉过她，这样的甜秫秸能不能吃。她伸出舌头，轻轻地尝了一下。大战啊了一声，浑身哆嗦起来，像打摆子。她真的害怕了。转身想跑，被大战一把抱住了。懵懵懂懂中，她感觉那根秫秸像刀一样刺入她的身体，她感到自己被劈开了。

　　后来的事，翠缺都记不太清了。可是翠缺根本没把这事放在心里。小孩子，好了伤疤，就忘了疼。总有好玩的事情盛满她的心。挖知了猴等蝉蜕，捉喇叭虫喂鸡，去河套里采野菌子……

　　一直到了很多年以后，她才慢慢回过味来。大战这狗日的。她再也听不得大战这名字。在村子里碰上大战，她都只当没看见。没人的时候，大战就叫她。她朝地上狠狠呸一口，对着蹭过来的黑狗骂道，滚，不叫唤还不知道你是四条腿的。

　　吃过饭，翠缺洗衣裳。娘在一旁坐着，一五一十地数票子。缺，一千？翠缺不吭声，使劲地拧着她的花布衫。娘又数了一遍，缺，涨了？翠缺把衣裳啪啪地抖开，涨了还不好？看着娘发愣，顿了顿，说给二翠汇点钱吧，前天打电话来，说要交书费哩。

　　二翠是翠缺妹子，在县中学上高三。翠缺心里很是羡慕二翠。小妮子本事大，就凭着手里那支笔，一点一横，一撇一捺，硬是从村子里考到县里。明年，就要考大学了。翠缺也想上大学，可是翠缺不能。翠缺是老大。娘说，供两个，咱供不起。其实，翠缺也并不见得多想上大学，她只是一心想离开村子，离开大战，离开玉米地。越大，越想离开。可是她知道，她离不开。二翠一考上大学，她就更离不开了。娘已经开始为她在村子里琢磨婆家了。

翠缺晾好衣裳，搬个板凳坐在影壁前面，瞅着满墙的爬山虎发呆。

今天快下班的时候，大战捏着一个纸包走过来，翠缺低头铰海绵，只当没看见。给。大战把纸包递过来。翠缺拿眼睛瞄了一下，猜出应该是钱。正犹豫该不该接，大战把纸包放在她手边，转身就走。走了几步，又回过身子，说翠缺，我……见翠缺还是低头忙着，就说早回吧，天黑了。翠缺是在快拐进村子的时候才打开那个纸包的。她数了一遍，又数了一遍。多了二百，原先说好是八百的。快收秋了。空气里流荡着庄稼成熟的气息。翠缺看着黑黢黢的玉米地，感觉心里某个地方被使劲戳了一下，疼痛像一根细细的线，渐渐扯遍了全身，扯得她的两只手腕都酸麻了。她在心里骂自己，贱，离了这狗日的，能饿死人？

这几年，大战是发了。大战是个脑瓜活络的人，一个人跑南方打工，硬是把人家的手艺学回来，在村子里办起了家具厂。邻近几个村子，都有人在端大战的这只饭碗。大战的名气就响起来。村里人都说，看人家大战，能人哩。有闺女的人家，心里都惦记着大战。翠缺娘也不例外。有一次娘又提起来，说大战这孩子，本事大，跟了他，一辈子享不尽的福。当时翠缺一下子就恼了，说天下男人死绝了，也不会看一眼那堆臭狗屎。娘给她噎得半天说不出话，心想这闺女，八成是癔症了。

大战娶媳妇，排场闹得很大。那时候大战的二层小楼已经盖起来，在周围平房的簇拥下，显得相当霸气。大战娶的是邻村的媳妇，一下子把本村的闺女们都得罪光了。大家对新媳妇横挑鼻子竖挑眼，都把人家贬到了泥巴里了。翠缺心里也不是个滋味，有那么一点酸，又有那么一点苦，还有那么一点疼。翠缺这时候才明白，那堆臭狗屎，被别人捡到自家粪筐里了。

　　大战的厂子招工，翠缺不是没有动过心，谁跟钱有仇？爹是老实人，只知道土里刨食，又供个学生，日子就紧巴得很。连喜桃都在厂里挣工资了。喜桃跟翠缺，好得跟一个人似的。逢集上，喜桃拿出她的工资，给娘买了缎子袄面，给爹买了两瓶酒，把爹娘喜欢得到处说，我家桃子买的，净瞎花钱。喜桃还给自己买了一条连衣裙，水红色，上面有一波一波的水纹样的影子，那水纹浅浅的，乍看有，再看又没有，整个裙子就显得水阴阴的，雾蒙蒙的，穿在身上，人显得特别的媚气。翠缺一下子就看呆了，仿佛不认识眼前这个娇俏的喜桃了。那天晚上翠缺没有睡好，翻过来，倒过去，脑子里老是晃着那条裙子。她想，这裙子穿在自己身上，该是啥样子？

　　那一天，翠缺在地里打棉花杈子，远远看见喜桃像一片云彩一样从厂子里飘出来，风钻进她的裙子，像涨满了的翅膀，水红的翅膀。翠缺的心忽然疼了一下，这裙子是用大战的钱买的，就是大战买的，也就是大战买了送给喜桃的。她知道自己没道理，可她还是忍不住要这么想。今年棉花长势不错，棉花桃子一嘟噜一嘟噜，直打人的腿。翠缺一把揪下一颗青桃子，骂道，这生桃子，咋就死不开窍？

　　八月十五说到就到了。村子里，这是个大节气，正赶上收秋，这个节就过得又忙碌又喜庆。厂里发了一百块钱，算是过节费，大家都喜洋洋的，干起活来格外卖力气。翠缺的海绵早已经铰完了，她磨磨蹭蹭地走到最后面。中午大战过来说，翠缺你下班晚点走。见翠缺不吭声，又说，有事。

　　毕竟是中秋的天气了，天一下子变短了。夜色像鸟的翅膀，一扑扇一扑扇，慢慢地把院子都铺满了。人们都走了，院子里就显得空旷起来。雾气漫上来，湿漉漉的，直扑人的脸。

这是你的。大战把一个纸包递过来。见翠缺不动，说过节费。

我领过了。

那这是奖金。

翠缺不再说话。

还有，这盒月饼，城里商场买的，好吃。

起风了。翠缺的裙子飞了起来。裙子是湖蓝的，这时候就是夜的颜色了。大战说翠缺，翠缺不吭声。大战说翠缺，翠缺还是不吭声。大战一把把她揽在怀里，大战的喘息和汗味一起向她袭来，翠缺的呼吸一下子乱了章法。

翠缺，甜秣秸，想尝不？

下露水了，有一滴正砸在翠缺的眼睛里。

翠缺。大战的声音慢慢地软下去，身子也慢慢地软下去。翠缺，你……

翠缺看着那把大剪子在大战的胸前颤悠了几下，终于不动了。她轻轻叹了口气。天已经完全黑透了。月亮慢慢地爬上来，亮得很，只是不怎么圆。明天，就是八月十五了。都说十五的月亮十六圆哩。翠缺想。

大青媳妇

算起来，也是二十年前的事了。

那时候，住在村子最东头。出门便是庄稼地，眼界开阔得很。夏天的夜晚，饭后，在家门口的大柳树下纳凉。大人们说着不着边际的闲话，东家长，西家短。小孩子们追逐着，锐声叫着，一会儿工夫，又不知谁跟谁赌了气，吵翻了脸。月光洒下来，满满地铺了一地，被我们这些小孩子们踩得七零八落。慢慢地，风凉了，薄薄的雾气升腾起来，带着庄稼汁水的青涩气息。这时候大青会吹起悠扬的笛子，惹得不知名的小虫子都唧唧叫起来，同他应和着。

大青是我们的邻家。年龄比我长，我叫他大青哥。大青从来就没有见过爹的模样，大青娘一手把他拉扯大。听人说，大青娘是外路人，当年跟着她爹流落到这个村子，就留下来。后来爹得急症死了，撇下她一个人过。再后来就不知怎地肚子大了起来，村里人很是议论了一阵子，也就慢慢淡了。大青生得丑，而且，长到十来岁的时候，忽然就再也不肯长了，直到后来，永远是小孩子的样子。村里人都说，挺俊个闺女，看大青娘这命。

大青媳妇来的时候才十六岁。没有人知道她确切的名字。只听送她来的那个人说，叫什么琴。大家也不深究，都叫她作大青媳妇。

我们这个地方，但凡光景过得去的人家，都一定要娶本地媳妇。若不是实在没法子的，是不肯轻易把外路人娶进门的。我们管本地以外的人，叫做外路人，尤其特指外地女人。据说大青媳妇是从四川那边过来的，山里人家，很穷。能到平原来给人做媳妇，是她们最好的出路了。

那些日子，大青家很是热闹了一阵子。正赶上腊月，村里人都闲了，聚到大青家来，看新媳妇。大青娘喜滋滋的，端个簸箕来回转着，让人们抓里面的炒花生。大青媳妇在炕头上，勾着头，很别扭地盘腿坐着。水红棉袄，茶绿裤子，鞋子新崭崭的，摆在身后的窗台上。人很温润，嫩生生的，跟我们这边人的粗糙比起来，这姑娘就有一种天然的水色了。她坐在那里，有点生硬，两只手不停地绞来绞去，偶尔飞快地看一眼地上的人们，又慌忙把头勾下。人们嘎巴嘎巴地剥着炒花生，地上满是裂开来的壳子，厚厚一层，踩上去嚓嚓响。大青在这响声中跑来跑去，兴奋得像个孩子。

本来这样就算过门了——难得女方不挑剔，繁文缛节能省则省了。可是大青娘不同意。大青娘是个极要脸面的人，说就大青一个儿子，怎么也得好好办一办。娘私下里跟爹说，大青娘怕是想起了自己的陈年旧事呢。

我们这个地方，管红白喜事都叫过事儿，过红事儿，或者过白事儿。过事儿那天是腊月二十九，第二天便是小年了。天冷得很，细细的雪粒子打在脸上，砸得人生疼。天是冷的，可是空气里蒸腾着一股暖洋洋的喜气，酵母似的，在寒冽的腊月里慢慢涨满。大青媳妇坐在我家北屋的炕上，等着大青来迎娶。按说，新媳妇是应该在娘家上轿的，可是大青媳妇不同。他婶你可怜她，就当你嫁个闺女吧。大青娘说这话的时候眼圈忽地红了。鞭炮声很稠，把窗格子糊的纸震得簌簌响。大青媳妇脸红红的，还是那么勾着头，安静地坐着，任院子里的唢呐吹得春光烂漫。我们挤在人丛里，看着她，心里羡慕得要死，第一次觉着，是女孩子真好啊，那种矜持，羞涩，安详，甚至，高贵。所有的人都盯着她看，议论着她的打扮——发式，衣裳，神态……那时候就想，什么时候，自己也有这一天呢。

晚上照例是闹洞房。娘不让我去。她说，闺女家家的，别什么都凑热闹。我那个时候，偏是喜欢凑热闹的年龄。趁娘不注意，我还是溜了。新婚三天无大小。在乡村，尤其是在二十多年前的乡村，这恐怕是人们最大的娱乐了。他们让新媳妇点烟，然后又故意一口气把火苗吹灭。他们让新郎新娘贴面站着，把他们的身体使劲往一起挤压。后来他们把新郎轰出去，专心对付羞恼交加的新媳妇。大青娘一趟一趟地过来，给人们撒烟，撒了一圈又一圈，求他们手下留情。可他们哪里肯。他们把忧心忡忡的婆婆请出去，关上房门。这时候我才慢慢发现新房里都是男人。他们把新媳妇一步步紧逼着，一直退到炕沿前。被逼的人不由自主倒下来。就有人压上去，在她身上一起一伏。人们哄笑起来。又有人压上去。这时候我听见新媳妇的叫声。你别走——她在叫我，我听出她的声音里带着明显的哭腔。这时候人们才发现了我，有一个就跳下炕来，说小孩子家，快出去玩。我扭头看了一眼被压在炕上的新媳妇，站着没动。给你一块糖——快回家吧。我看着那块糖，它在灯光下闪闪发亮，我不由得咽了下口水。走到院子里的时候，身后爆发出一阵哄笑，是那种男人们的哄笑。夜风很冷，我的身子不由自主地凛了一下，竟有些抖了。

　　接下来就是过年了。我们这里过年，是很隆重的。人们劳作了一年，仿佛专等享用这几日的安闲富足。穿新衣，放鞭炮，上一顿下一顿的饺子，我几乎淹没在这没有边际的快乐里了。有一天夜里，被尿憋醒了，听见娘和爹在小声说话。娘说，还是自己裤腰子不紧，才让黑蛋钻了空子。这种事，女人不肯，男人再怎么，也是做不成的。爹沉默了一会，说黑蛋这小子，倒便宜了他。你眼热了？瞎说个啥。爹的声音有些怒气，我是替大青冤得慌。我迷迷糊糊地起来撒尿，又很快睡过去了。白天我实在玩得太疯了。

　　出了正月，就是二月二了。我们这里的风俗，农历二月初二，新媳妇是要给亲戚本家的小孩子送新鞋子的。这鞋子都是新媳妇亲手做，打袼褙，纳底子，上鞋面，全是一个人忙，是不小的工程呢。送鞋子，就有了显示女红功夫的意思。大青家独门独户，没有亲戚本家，也就给我们家几个孩子各做了鞋子。用大青娘的话，远亲不如近邻嘛。送给我的是一双方口搭袢鞋，红地碎花的条绒鞋面，雪白的鞋边，针脚密实的底子，漂亮得很。后来我想，大青媳妇一个正月都没出门，原来是忙着做鞋子啊。是他们一家三口送过来的。大青娘说，他婶子，让孩子们凑合着瞎穿吧，也不成个样子。新媳妇便红着脸，把包袱递过来，那样子好像真的拿不出手似的。只有大青很自豪地笑着，跟在新媳妇后面，努力做出大男人的样子。

春天说来就来了。这个时候的村子，才从慵懒昏沉的冬闲里慢慢苏醒过来。阳光照下来，柔软，明亮，开阔。也有风，微微拂过人的脸，心里便痒痒的。一场雨过后，田间地头的野菜冒出来了，绿生生，一片一片。马生菜，灰灰菜，扫帚苗，荠菜……大青媳妇挎只柳条篮子，后面紧跟着兴高采烈的大青。天很蓝，很高，大青媳妇的红衣裳在绿色的庄稼背景上很醒目，她把篮子紧紧卡在腰间，每迈一步，篮子就跟着扭一下。风把她的头发吹乱了些，她抬起一只手，把它们轻轻掭到耳边。旁边麦地里薅草的人见了，心里恨恨地骂一句，大青这尜子，娘的。

有时候，大青媳妇也过来，送一碗荠菜馅的饺子，或者一盘凉拌马生菜。我们的筷子总是又狠又准，不等大青媳妇离开，碗盘就见了底。这个时候娘的脸色就很难看。几辈子没吃过东西！等大青媳妇走了，娘便骂。也不知道是骂谁，许是骂我们，可我们分明已经把碗一推，跑开了。

大青家的院子里树多，马蜂窝多，地上的蚂蚁窝也多。我总爱去他家院子里玩。更主要的是，大青家院子里有一个秋千，架在两棵大槐树之间。这是大青媳妇做的。我喜欢坐在秋千上，轻轻荡起来，越荡越高，越荡越高。满院子的阳光都摇晃起来，树叶的影子碎了一地。大青媳妇坐在草墩子上，一下一下地纳鞋底。绳子在她的手里一拉一拽，这漫无边际的光阴也被她拉长了。她偶尔抬头看看秋千上的小人儿，嘴里连说，低一点，低一点。细的飞尘在阳光里跳跃，金粒子一般。墙角的丝瓜架下面，几丛小花开得正好。肥绿的叶子，小而厚。花瓣细碎，单看不怎么起眼，多了，挤挤挨挨的，就简直算得上繁华了。这是大青媳妇养的，叫做掐不死。这花生命力极旺，掐一段，随便在土里一插，就泼辣辣地活了。大青媳妇也给我掐了几枝，养在一个很大的罐头瓶里。偶尔，大青媳妇停下来，把针尖在头发上蹭一蹭，却并不继续，只是看着某个地方出神。这个时候大青走过来，跟她说了句什么，她就让他蹲下来，把头伏在她的腿上。她从头上拿下一个黑色的发卡，像根直棍似的那种。她把膝盖上的脑袋扶正，迎着光亮，开始掏耳朵。她掏得很仔细，轻轻地，试探性地。那个脑袋还是夸张地叫起来，她就很温柔地拍拍他的脸。那脑袋渐渐安静下来，很舒服地闭上眼睛。一院子的阳光，树影。蝉声稠密，盛大，忽然在某个瞬间沉默下来，周围一片寂静，时光仿佛停滞了。一只芦花鸡走过来，很诧异地看了他们一眼，走开了，细细的尘土里便留下几朵盛开的爪子印，很好看。

后来我老是想起掏耳朵的这个场景。怎么说，温暖，闲散，亲切，一种暖老温贫的味道。在那一刹那，岁月静好，现世安稳，地老天荒，怎么说都不为过。

逢集的时候，大青媳妇和大青就相跟着去镇上赶集。通常是大青媳妇在前面慢慢地走，大青在后面跟着，一路拿细细的鞭子抽着陀螺。陀螺飞快地转着，一会儿就跑到前面去了。有人看见了就说，大青，光顾着贪玩，看把媳妇给丢了。这个时候大青媳妇的脸是红的。那人就越发来劲。大青，你小子别瞎折腾，省着点力气。早晨的阳光洒下来，金线一般，把他们罩住。地上是一大一小的两个影子，随着踩出的步点一伸一缩，一长一短。回来的时候，往往是大青在前边跑着，乍着两只手，嘴里嚼着油炸鬼，咔嚓咔嚓。大青媳妇走在后面，提着一捆干粉，一张铁锨，或者几只梨子。夕阳正慢慢地把天边的云彩染红，天色一点一点暗下来。黄昏降临了。

　　大青娘是一个极爽利的女人。算起来，当时也不过四十岁，短发，齐齐地拢到耳后，用两个黑卡子卡住。淡蓝布衫，黑裤子，再旧，也是整洁的。或许是因了当年那桩旧事，大青娘在村子里一直很低伏，对谁都是温绵的，但骨子里那种清傲是掩不住的。娘就不止一次地说，抬头娘们低头汉，看她那头，都抬上天了。也难怪，娘是明媒正娶，对大青娘这样历史暧昧的女人，心有芥蒂是正常的。虽然是近邻，她们却很少串门，至于在油盐米面、针头线脑上互通有无，或者挤在炕头上说说体己的私房话，就更是百年不遇的事情了。大青娘对大青很溺爱，有时候简直是娇纵了。但大青似乎很怕她，知道什么时候不能胡闹，什么时候该看娘的脸色。对媳妇，大青娘是很有婆婆的威严的。她坐在那里，只一个眼色，大青媳妇就把用凉水浸过的湿毛巾递过来，一直递到她手掌心里——天热，刚从织布机上下来，一身一脸的汗。大青娘对小两口管得很紧，吃饭，穿衣，甚至，睡觉。关于这后一样是后来才慢慢传开的。据说，大青娘常常听儿子的房。听房是我们这里的土话。夜里，促狭鬼们潜入人家的院子，在夫妻的窗根底下偷听。到第二天，关于这家夫妻的闺房密语就传扬开来，经了人们嘴巴的加工，更加活色生香了。听房的大都是小辈分的年轻人，听的对象往往是新婚夫妇，或者是常年两地分居的人家。比如说，村北的起桩，在县城的毛巾厂上班，每个周六回来。关于他同媳妇的艳情段子在村子里流传最广。晚上，大青娘搬个麦秸编的草墩子，坐在东屋的窗根下面。东屋是大青他们的新房，北屋是正房，留给了大青娘。乡村的夜晚，寂静，空明，无边无际。慢慢地，从新房里传出声响，吱扭吱扭，嘎吱嘎吱，大青娘就闭眼听着。过一会儿，见没有停下来的意思，就很响地咳嗽一声。东屋里立刻安静下来。

　　只有一样大青娘不怎么管。大青媳妇到我家来串门。

初夏的时候，去田里采上一堆青麦穗子，煮熟了，在手掌心里搓，吹掉麦壳子，就剩下嫩嫩的麦仁了。这时节的麦仁很好吃，饱满，清香，带着一股青涩的后味儿。大青媳妇也学着我们的样子搓，搓着搓着，忽然就叫起来，麦芒扎了手。大青跳起来，一惊一乍地跑出去喊他娘。我们倒都笑了。爹蹲在暗影里，自始至终不说话。就在大青媳妇从他身边走过的时候，他忽然伸出一只手来，上面摊了满满一掌心胖胖的麦仁。搓麦穗，得用巧劲儿。爹淡淡地说。

下露水了。雾气慢慢升腾起来，湿润润的。院子里的东西都渐渐没有了轮廓。菜畦，鸡笼子，手推车，树木，影影绰绰的，模糊成一片。隔壁传来大青娘的说话声，很低，但分明含着怒气。我歪在草苫子上，眼皮开始打架了。娘收拾着零落的家什，板凳，草墩子，蒲扇，砰砰乒乓，响得很。当天夜里，我是被一阵争执声惊醒的，懵懵懂懂中，知道爹娘吵架了，至于在吵什么，为什么吵，我是懒得去弄清楚的。

有一天吃饭的时候，娘说，这媳妇，待不住的。我们都一惊。看她那双眼睛——娘顿了顿，停下了。

日子一天天滑过去，一点声息都没有。人们吃饭，睡觉，劳作，生老病死。我也上学了，渐渐懂了些世事。听见村里人讲荤话，也知道扭头避开去。大青媳妇的肚子却始终是平平的，不见任何起色。就有人说她是盐碱地，没良心，寸草不生。也有人说是大青不行，大青媳妇至今还是姑娘。村里人，对这种事总是怀着极大的热心的。大街上，大青媳妇背着柳条筐远远地走来，腰身有收有放。有人说，到底怎么回事，一试便知道。其他人就起哄，谁敢上，试试。

不知从哪一天开始，流言就像六月田垄里的蒿子草，悄悄蔓延开来。说是大青媳妇和村南劁猪的乱耕靠上了。靠上是我们这里的土话，就是相好的意思。人们都说怎么可能。乱耕，劁猪的乱耕，村子里的老光棍，丑，邋遢，劁猪倒是一把好手。方圆几十里，原是出了名的。自家的猪该劁了，就把他请到家来。他不坐，也不看主人递过来的带嘴儿的烟卷，只是在猪圈前站着，打量里面的猪。猪也看着他，天真而愚蠢。看一会儿，他蹭地一下跳到猪炕上，摁住，只一下，手里就多了一样东西，又蹭地跳上来，拿手指擦拭着刀上的血迹。猪这时候才委屈地嚎叫起来，也不过两嗓子的事。女人打了水端过来，让他洗手，想了想，又拿来猪胰子。这猪胰子砸的肥皂好用，搓得圆圆的，光滑，去油污。乱耕洗完手，这才接住男人递过来的烟，点燃，深深地吸上一口。这时候的乱耕是最男人的。

有人说，看见大青媳妇和乱耕钻玉米地了。中秋前后的玉米地，一人多高，密实，繁茂，叫做青纱帐的，什么都能遮挡得住。玉米地是村子里野鸳鸯们的天堂。把近旁青壮的秸秆踢倒，咔嚓咔嚓，便是一片空地。也有干脆在垄沟里的，任肥厚的草叶汁水把激情染绿。

娘似乎很得意，怎么样——我说过的——娘说这话的时候正猫腰摘西红柿。连着下了两场雨，西红柿都红透了。爹不说话，只是把剜勺子在磨刀石上磨得霍霍响。

不见大青媳妇已经有些日子了。听说大青娘让她待在家里，寸步不离，防贼似的。只是在黄昏的时候，偶尔看见她在自家房顶上乘凉——其时已经立秋了，一早一晚，早已没有了夏日的暑热，尤其是夜晚，竟很有些凉意了。村野里，雾气大，露水重，大青媳妇的身影在夜色中模糊成一片。

乱耕的日子也艰难起来。往日里，乱耕一向是被称作“先生”的。人们说，猪闹食了，请先生来治一下。治一下就是劁一下的意思。虽然不给钱，但酬报是少不了的。乡下人朴直，一把蔬菜，几只鸡蛋，甚至一筐湿漉漉的带着泥土的花生，都能把人们的心意表达得透彻真诚，饱含人情味。乱耕是滋润的。乱耕的滋润来自于人们对他的手艺的敬意。可是，事情一下子就不一样了。乱耕竟然和大青媳妇有了那么一腿，多年的好口碑忽喇一下子，塌方了。娘的乱耕。男人们心里都愤愤的，凭啥？女人们则很激动，又有点恼火。觉得受了大青媳妇的骗。不是吗？那么一个外路来的小媳妇，一说话就脸红的小母鸡崽——真想不出。

下过第一场雪，就是冬天了。冬天的乡村是安详的。阳光很淡，薄薄地敷在地上。人们靠在墙根底下，袖了手，缩着双肩，不停地皱一皱鼻子，一张嘴，面前是一团白白的哈气。这时候的乡村生活空虚，荒芜，百无聊赖。人们总要找点乐趣，让日子有些滋味。有人就说起大青媳妇。

前些天，大青媳妇跑了，和乱耕。那天大青娘赶集回来，家里没人。栅栏门虚掩着，院子里很静，一只鸡在门口踱来踱去，满腹心事的样子，脖子上一圈翎毛一抖一抖。大青娘放下手里的东西，喊大青。她其实是喊大青媳妇。喊大青就是喊大青媳妇，她一向喊惯了的。没有人答应。她想肯定在四奶奶家织布。四奶奶家有一架织布机，从收秋以后，她就开始教大青媳妇织布了。织布是磨人的活儿，她原想着把大青媳妇的心思磨平，磨糙。大青媳妇倒也坐得住，牛角梭一去一回，哗拉哗啦，响得有板有眼。大青娘是在吃完晚饭的时候才感觉事情有点不对。大青媳妇还没回来。四奶奶说她今天就没见大青媳妇的人影。停电了。蜡烛的火苗一跳一跳，大青娘的脸有点闪烁不定。她再没想到，大青媳妇会跟人私奔。大青蹲在一旁，木着一张小脸，那样子仿佛是被抢走了心爱玩具的孩子，想闹，觑着娘的脸色，又不敢。

那些日子，娘的话格外的多。无非是感叹人心莫测。说得最多的，左不过还是那句话：怎么样——我早说过的——

村子里，什么话都有。有人说，一朵鲜花插在牛粪上，难为人家。有人说，嫁鸡随鸡，嫁狗随狗，嫁个碌碡骨碌着走。再怎么，也要守住女人的本分。也有人撇撇嘴角说，跟乱耕——哼。有人就接话茬，不跟乱耕，难不成跟你？人们都嘎嘎笑起来。地上两只麻雀正在觅食，忽然受了惊，扑棱一下，飞走了。

大青媳妇回来，是一年后的事情了。大青媳妇是一个人回来的。乱耕死了。他给雇主家拉脚的时候，马惊了。对于马，乱耕永远没有对付猪的得心应手，况且是惊马。他被狂奔的马拖了足有二里地，生生拖死了。人们都说，可怜，要不是鬼迷了腔子，怎么会？

经了媳妇私奔那件事，大青娘在炕上躺了两个月。再勉力起来的时候，像秋霜打过的茄子，精神明显地不济了。她看着大青媳妇屋里屋外地忙碌，后面跟着屁颠屁颠的大青，知道自己的时代已经过去了。自己老了，而大青永远这么小，不这样，又如何呢？

好马不吃回头草——这媳妇——娘把两个玉米棒狠狠地往一起搓着，金黄的玉米粒哗啦哗啦掉进面前的簸箩里。一个外路人，口音都不对，在外面，活不成。爹吸了口烟，慢悠悠地叹了口气。

大青媳妇比先前更加沉默了。伺候婆婆，照顾大青，下地干活，样样都离不开。有一回，看见她背着一个满满的喷雾器从街上走过。给棉田喷药都是赶在正午最热的时候，据说这样效果最好。太阳很大，白花花的铺天盖地。大青媳妇弯着腰，汗水把额前的头发湿透了。有水从喷雾器的缝隙里溢出来，嘀嗒嘀嗒，在细细的尘土里腾起淡淡的烟雾，一股浓烈的药味便弥漫开来。

那时候我已经考上了县里的中学，住校，村子里的人和事，仿佛离自己越来越远了。只听说大青娘死了，大青媳妇按照村里的风俗，独力支撑，操办了一切。在坟上，大青媳妇哭得死去活来，任谁都劝不住。眼窝浅的女人们都陪着流了泪。娘说，这媳妇，是在哭自己哩。

乡村就是这么一种很矛盾的地方，在伦理人情上，似乎是极严正的，然而又似乎极淡薄。大伯子哥见了弟媳妇，连多看一眼都是无礼；而小辈分的男人，可以跟女人们任意调笑，甚至动手动脚。见了街上的小孩子，一把拦住，逼着叫爹，那孩子没法，就甜甜地叫了。做娘的也不恼，只是笑。男人就过去搂住女人，说，昨个黑夜里你好厉害，整死我了。人们就嘎嘎笑起来。

那时候，村里人都喜欢玩一种纸牌，这种纸牌又细又长，也是赌输赢的。说是赌博，其实更类似于一种游戏。二分，五分，多不过一毛，玩上一天，也见不出什么胜负。在单调的乡村，不过消磨时光罢了。大青娘死后，家里更空落了。那时候大青媳妇已经搬到正房，就把东厢房腾出来，专门供人们玩牌。按规矩，赢家是要给主人家"油钱"的，多少随意，算是场地费。大青媳妇从来不玩，照样家里家外地忙，只派大青从旁守着。

不知道从什么时候开始，常常去的就只剩下男人们了。男人们玩推牌九，下的赌注很大，几局下来，能输得人尿裤子。人们说，大青媳妇跟赢了的男人睡觉，让大青放哨。情场赌场双得意，赢家自然心花怒放，出手大方，比"油钱"可观多了。男人们都私下里说，先前都说女人嘛，黑了灯，都一样的。哪成想，隔了十万八千里哩。大青媳妇，那是风里的旗，浪里的鱼。天生是男人身上的肉哩。

村里的女人们都恨得咬碎了牙。骂她骚，浪，贱，人人都能上的大破船。可是暗地里都琢磨，这媳妇，咋就把自家男人迷成那个死样子。骂过了，也没法子，只有把自家的篱笆扎紧，把男人的钱袋子捏牢。

大青媳妇眼见着越来越滋润起来。每逢集必赶，吃的，穿的，用的，玩的，手头宽绰得很。她托人从城里给大青买了一辆二四的女式车，明黄色，漂亮极了。那时候的乡村，谁见过这么洋气的玩意？她自己呢，本就天生的美人胚子，加上会收拾，更有风韵了。那阵子，镇上刚刚兴起一种叫做乔其纱的料子，又轻又薄，穿在身上，风一吹，忽溜溜乱颤。大青媳妇最先穿了一件，西瓜红，水水的，像要滴出汁来。里面的文胸若隐若现——她大概是村子里第一个穿文胸的人。西瓜红的小衫，领子窄窄的，有两条飘带，在胸前掠来掠去，把男人们的魂儿都掠走了。

大青照常的快乐，或者说，比以前更快乐了。傍晚的街上，暮色还没有笼罩下来，绯红的云霞把村子照亮，大青骑着明黄的单车呼啸而过，大青媳妇见了，在后面慌得直喊，慢着点——毛手毛脚的，看不摔了你。

后来，大青媳妇的名声渐渐大了。方圆几十里，没有人不知道她。常有外村的男人来找她，甚至，还有城里的干部。听说出手很大，超出了人们的想象力。大青家的房子又翻盖了，一排五间青砖瓦房，气派得很。大青被送到城里医院治疗了，医生说要接骨，能再长上几公分。

这媳妇——大青倒沾了她的光。娘说这话的时候口气模糊，不知道是赞美，还是嘲讽。

中考过后，我去了更远的省城念高中。高中生活是紧张而忙碌的。我专心对付着繁重的功课，回家更少了。寒假的时候，终日守在炉子旁边，捧着书，昏昏欲睡。一天，娘似乎无意地说，大青媳妇，出事了。

我们那个地方，男人们最在乎的，就是面子了。死要面子活受罪，大概说的就是这个意思。当然，也不独是我们那个地方。大凡男人，在女人面前，尤其是在喜欢的女人面前，想不讲面子都难。有一回，两个男人在大青媳妇屋里撞上了。这种事，原是极忌讳的。大家心知肚明，一眼睁，一眼闭，揣着明白装糊涂罢了。可是偏偏撞上了。而且，撞上的偏偏是两个头脸人物，一个是城里的干部，一个是村里的村长。一个城里的震山虎，一个是当地的地头蛇。狭路相逢，相持不下，言语冲撞起来，就动手了。结果出了人命。大青媳妇自然脱不了干系，被带走了。大青在后面哭得撕心裂肺，直着嗓子，更像个小孩子了。

日子一天天过去，平静，缓慢，没有一丝波澜。冬天的乡村是凝滞的，苍白，单调，缺乏色彩。大青媳妇，慢慢地被光阴流走了，越来越远。有时候，人们偶尔也提起，说，大青媳妇，那个外路人。

一恍惚，二十年了。再回村子的时候，也早已经物是人非了。大青媳妇，还有大青，也不知道，后来究竟怎样了。

到如今，碰上办喜事的人家，莫名其妙地，会一下子想起那个红袄绿裤的小媳妇，勾了头，局促地坐在那里。鞭炮，唢呐，雪粒子，蒸腾的喜气。仿佛一场梦。有些情景已经模糊了，然而有些，依然清晰，像真的一样。

旧院

一

　　村子里的人都知道，旧院指的是我姥姥家的大院子。为什么叫旧院呢，这个问题，我一直没有想过。当然，也许有一天，我想了，可是没有想明白。甚至，也可能问了大人，一定是没有得到满意的答案。我歪着头，发了一会呆，很快就忘记了。是啊，有那么多有趣的事情，爬树，掏蚂蚁窝，粘知了，逮喇叭虫。这些，是我童年岁月里的好光阴，明亮而跳跃。我忘不了。

　　旧院是一座方正的院子，在村子的东头。院子里有一棵枣树，很老了。巨大的树冠几乎覆盖了半个房顶。春天，枣花开了，雪白的一树，很繁华了。到了秋天，累累的果实，在茂密的枝叶间，藏也藏不住。我们这些小孩子，简直馋得很，吮着指头，仰着脸，眼巴巴地看着表哥攀上树枝，摘了枣子，往下扔。我们锐叫着，追着满院子乱跑的枣子，笑。每年秋天，姥姥总要做醉枣，装在陶罐里，拿黄泥把口封严。过年的时候，这是我们最爱的零嘴了。

　　姥姥是一个很爽利的老太太。年轻的时候，大概也是个美人。端庄的五官，神态安详，眼睛深处，纯净，清澈，也有饱经世事的沧桑。头发向后面拢去，一丝不苟，在脑后梳成一只光滑的髻。在我的记忆里，似乎，她一直就是这种发式。姥姥一生，共生养了九个儿女，其中，有三个，夭折了。留下六个女儿。我的母亲，是老二。

　　谁会相信呢，姥姥这样一个人，竟然会嫁给姥爷。并且，一生为他吃苦。说起来，姥爷祖上原是有些根基的，在乡间，也算是大户人家。后来，到了姥爷的父亲这一辈，就败落了。姥爷的母亲，我不大记得了。在姥姥的描述里，是一个刁钻的婆婆，专门同儿媳妇过不去。姥爷是家里的独子，幼年丧父。寡母把独子视为命，视为自己一世艰辛的见证。儿子是她的私有物，谁都不允许分享，即便是儿媳妇。有坚硬强势的母亲，往往有软弱温绵的儿子。在姥爷身上，有一种典型的纨绔气质。当然，我不是说姥爷是吃喝嫖赌的纨绔子弟——以当时的家境，也当不起这个字眼了。我是说，气质，姥爷身上有一种气质，怎么说，闲散，落拓，乐天，也懦弱，却是温良的。在他母亲面前，永远是诺诺的。而对姥姥，却有一种近乎骄横的依赖。里里外外，全凭了姥姥的独力支撑。姥爷则从旁冷眼看着，袖着手，偶尔从衣兜里摸出一把炒南瓜子，或者是花生，嘎巴嘎巴剥着，悠闲自在。老一辈的说法，不孝有三，无后为大。姥姥生养了九个儿女，竟没有给翟家留下一点香火，真是大不孝了。只为这一条，姥姥在翟家就须做小伏低。作为一个女人，她欠他们。姥姥日夜辛劳，带着六个女儿，不，是五个——大女儿，也就是我的大姨，被寄养在姨姥姥家。姨姥姥是姥姥的姐姐，嫁给了一位军人，膝下荒凉，就把我大姨要了过去，做女儿。姨姥姥家境殷实，把大姨爱如掌上明珠。虽如此，后来，大姨成人之后，始终对这件事耿耿于怀。甚至，有一回，她来看望姥姥，言语间争执起来，大姨说，我早就知道你不喜欢我，那么多姊妹，单单把我送了人。姥姥一时气结，哭了。她再没想到，有一天，自己的女儿会这样指责自己。当然，这是多年以后的事情了。

那时候，还有生产队。生产队，我一直对这个词怀有深厚的感情。在乡村生活过的人，那一代，有谁不知道生产队呢？人们在一起劳动，男人和女人，他们一边劳动，一边说笑。阳光照下来，田野上一片明亮，不知道谁说了什么，人们都笑起来。一个男人跑出人群，后面，一个女人在追，笑骂着，把一把青草掷过去，也不怎么认真。我坐在地头的树底下，饶有兴味地看着这一切。那时，我几岁？总之，那时，在我小小的心里，劳动，这个词，是世界上最美好的事情了。它包含了很多，温暖，欢乐，有一种世俗的喜悦和欢腾。如果，劳动这个词有颜色的话，我想，它一定是金色的，明亮，坦荡，热烈，像田野上空的太阳，有时候，你不得不把眼睛微微眯起来，它的明亮里有一种甜蜜的东西，让人莫名地忧伤。

我很记得，村子中央，有一棵老槐树，经了多年的风雨，很沧桑了。树上挂了一口钟，生满了暗红的铁锈。上工的时候，队长就把钟敲响了。当当的钟声，沉郁，苍凉，把小小的村庄都洞穿了。人们陆续从家里出来，聚到树下，听候队长派活。男人们吸着旱烟，女人们拿着纳了一半的鞋底子。若是夏天，也有人胳膊底下夹着一束麦秸秆，手里飞快地编小辫。水点子顺着麦秸淌下来，哩哩啦啦洒了一路。村子里骤然热闹起来。说话声，笑声，咳嗽声，乱哄哄的，半晌也静不下来。我姥姥带着女儿们，也在这里面。这些女儿当中，只有小姨上过学，念到了六年级，在当时，很难得了。有人重重咳嗽一声，清清嗓子，人群渐渐安静下来。生产队长开始派活了。

　　生产队，是记工分的。姥姥是个性格刚强的女人，时时处处都不甘人后。多年以后，人们说起来，都唏嘘道，干起活来，不要命呢。我至今也不明白，姥姥那样一个秀气的身子，怎么能够扛起那么重的生活重担。姥爷呢，则永远是悠闲的，袖着手，置身事外。我姥爷最喜欢的事情，是扛上他那支心爱的猎枪，去打野物。我们这地方，没有山，一马平川的大平原。有河套。河套里面，又是另一番世界。成片的树林，沙滩，野草疯长，不知名的野花，星星点点，绚烂极了。夏天的清晨，刚下过雨，我们相约着去河套里拾菌子。在我们的方言里，这菌子有一个很奇崛的名字，带着儿化音，很好听。我到现在都不知道是哪两个字。这种野菌子肥大，白嫩，采回来，仔细洗净沙子，清炒，有一种肉香，是那个年代难得的美味。河套里，还有荆条子，人们用锋利的刀割了，背回家，编筐。青黄不接的时候，人们也去河套里挖扫帚苗，摘蒺藜。村里的果园子也在河套。大片的苹果树，梨树，一眼望不到头。秋天，分果子的时候，通往河套的村路上，人欢马叫，一片欢腾。对于我姥爷来说，河套的魅力在于那片茂密的树林。常常，我姥爷背着猎枪，在河套的树林里转悠，一待就是大半天。黄昏的天光从树叶深处漏下来，偶尔，有一只雀子叫起来，跟着一片喧嚣。忽然就静下来。四下里寂寂的，光阴仿佛停滞了。我姥爷抬头看一看树巅，眼神茫然。他在想什么？我说过，我姥爷的身上，有一种纨绔气质。这是真的。弯弯的村路上，一个男人慢慢走着，肩上扛着猎枪，枪的尾部，一只野兔晃来晃去，有时候，或者是一只野鸡。这是他的猎物。夕阳照在他的身上，把他的影子拉得很虚，很长。

　　通常情况下，我姥姥对我姥爷的猎物不表达态度。几个女儿倒围上来，七嘴八舌地叫着，知道这两天的生活会有所改善。姥爷把东西往地下一扔，舀水洗手，矜持地沉默着。这沉默里有炫耀，也有示威，全是孩子气的。在这个家庭中，以姥姥为首，姥爷除外，全是女将。姥爷这个唯一的男人，在性别上就很有优越感。姥姥比姥爷大。姥爷的角色，倒更像一个孩子，懒散，顽劣，有时候也会使性子，耍赖皮。对此，姥姥总是十分的容让。当然，也生气。有一回，也忘了因为什么，姥姥发了脾气，把一只瓦盆摔个粉碎。姥爷呆在当地，觑着姥姥的脸色，终于没有发作。

二

在我的记忆里，旧院，总是喧哗的。我的几个姨们，像一朵朵鲜花，有的正在盛期，有的，含苞欲放。她们正处在一生中最光华的岁月。她们白天下地干活，晚上，回到家，凑在一处，在灯下绣鞋垫。谁不知道鞋垫呢？可是，你一定不知道，鞋垫这样东西，在我们这个地方，被赋予了超越实用价值的审美性和情感性。姑娘们绣的鞋垫，尤其如此。我们这个地方，男女订亲以后，女方是要给男方绣鞋垫的。一则是表情达意的方式，二则呢，也有显示女红功夫的意思。为此，女孩子在很早的时候，就开始跟在姐姐们后面，细细揣摩鞋垫的事情了。花样，颜色，针法。她们从旁仔细观察着，暗暗记在心底——比如，是鸳鸯戏水呢，还是燕双飞？是纯色呢，还是杂色？是剪绒呢，还是十字绣？她们看着，比较着，一面在心里反复思量。这是天大的事。她们把一生的梦想和隐秘的心事，都托付给这小小的鞋垫了。直到现在，我依然记得，在旧院，一群姑娘坐在一处，绣鞋垫。阳光静静地照着，偶尔也有微风，一朵枣花落下来，沾在发梢，或者鬓角，悄无声息。也不知道谁说了什么，几个人就吃吃笑了。一院子的树影。两只麻雀在地上寻寻觅觅。母鸡红着一张脸，咕咕叫着，骄傲而慌乱。

　　姥姥家女儿多，因此，旧院成了村子里姑娘们的根据地。她们喜欢扎在一堆，说悄悄话。谁刚刚相看了一个，谁订亲了，谁的婆家今年正月里要摆席，谁的女婿生得排场，出手也大方。我们这个地方，只要订了亲，就称女婿了。谁谁的女婿，说起来，比对象这个词更多了几分昵近和家常。女婿们，在没过事之前，总是遭打劫的目标。方言中，过事就是结婚的意思。这地方的人喜欢就近，再远，也出不了邻近的几个村子。有时候，在路上碰上一个小伙子，只要有人喊一声那姑娘的名字，小伙子就得乖乖地束手就擒。姑娘家，免了烟酒，左不过押着那个慌乱的女婿，去村子里的供销社买些零食，水果糖，花生米，也有黑枣（一种枣子，黑褐色，甜而黏，有极小的核），这东西我已经多年没吃到了。大家捧着缴获的战利品，跑进旧院，吃着，评判着。逢这个时候，我就格外高兴，在人群里钻来钻去，横竖不肯离开半步。

　　我说过，旧院只有小姨上过学，在姑娘们当中，算是有文化的人了。小姨生得好看，为人也温厚，在村子里，很得人缘。那时候，村子里老是开会。各种各样的会，叫得上名目的，叫不上名目的，大的，小的。每次开会，总有我小姨。开会的时候，小姨总带上我。我现在依然记得，大队部的一间屋子，墙上挂满了奖状和锦旗，让人眼花缭乱，木头的长椅，斑驳的绿漆，我依在小姨身旁，开会。讲话的人是大队干部，叫做老权的。我看着他的嘴，一张一合，很用力，可是，我听不懂。我心想，他在说什么呢？忽然，从他嘴里蹦出一个词，他说，起码，我们要——我心里一闪，骑马。这回我听懂了。我一下子来了兴趣。骑马。这事情有趣。我等着他的下文，他却再也不提骑马的事了。可能是他忘了。我失望极了。下午的阳光从窗子里照过来，细细的飞尘，在明亮的光束里活泼泼地游动。我把头歪在小姨身上，我困了。后来，直到现在，一提起开会，我就会想到那间屋子，挂满了锦旗和奖状，木头的长椅，阳光里的飞尘，还有，骑马。真的。起码，我只要一看见这个词，就会想起另一个词，骑马。这真是没有办法的事。

在乡下生活过的人，一定知道露天电影。那时候，公社里有放映队，农闲时节，就下来，挨着村子放。早在几天前，消息就已经传开了。放什么电影，好看不好看，有没有副片。副片的意思，就是在正式放电影之前的小片，比如，科教片，宣传片，总之，副片往往枯燥，无趣，远远不及正片的动人心魄。我们都憎恨副片。然而，憎恨里也有希望，因为，我们知道，副片之后，正片就会如期而至。有时候，禁不住电影的吸引，我们也会跑到邻村，先睹为快。小姨抱着我，把我放在一段矮墙上，前面，是黑压压的人群，密密的脑袋，在遥远的银幕前晃来晃去。轮到在自己村子放的时候，就从容多了。然而也慌乱。早早地吃过饭，姑娘们呼朋引伴，去占地方。远远的，在村子的场地上，一面白的幕布已经悬挂起来了。正反两面，摆满了各种各样的板凳，高高低低。性急的孩子们坐在板凳上，维护着自己的地盘。小姨她们挤在一条长凳上，说着闲话，吃吃笑着，偶尔，你推我一下，我捶你一拳。一股淡淡的雪花膏的香味弥漫开来，很好闻。后排，不知什么时候，就有了一群小伙子。他们说话，哄笑，接人物的台词，怪声怪气，有时，吹一声口哨，响亮，佻达，让人脸红心跳。姑娘群中，就有人轻轻骂一句，然而也就笑了。空气里有一种东西在慢慢发酵，变得黏稠，甜味中，带着微酸。我坐在小凳子上，第一次，我感觉到，男女之间，竟然有那样一种莫名的东西，微妙，紧缩，兴奋，不可言说，却有一种蚀骨的力量。其实，我全不懂。然而，当时，我以为，我是懂得了。

有一个姑娘，同小姨极要好，叫做英罗的。英罗的父亲在县城的药厂上班。因此，英罗家里就常常有一些新鲜的东西。比如，《大众电影》。这真是一本漂亮的杂志。彩色的插页，那些演员，神仙一般的人物，他们的衣着，气质，神情，让人迷恋，让人神往。《大众电影》在姑娘们中间传来传去，她们争论着，赞叹着，那样子既艳羡，又虔诚。英罗到底是有见识的。对于那些电影演员，她顶熟悉。谁多大了，谁演了什么角色，谁和谁，正在闹恋爱，这些，她都知道。英罗讲这些的时候，她平凡的脸上有一种动人的光芒。我喜欢这个时候的英罗。

英罗很早就订了亲。婆家在旁边的村子，叫阎村。人们见了英罗，都开玩笑，叫她阎村的。有时候，小姨她们闹起来，就说，英罗，去你家阎村噢，赖在我们这里，算什么。英罗就恼了。把一张脸挂下来，谁都不理。英罗的女婿，我一直没有见过。只是听人说，家境很好，人却有那么一点呆。究竟怎么个呆法，我就不知道了。

三

我一直没有说我的四姨。怎么说呢，在姥姥家，四姨是一个伤疤，大家小心翼翼，轻易不去碰触。在旧院，四姨是一个忌讳。

如果你对乡村还算熟悉，那一定知道乡村里的戏班子。在乡间，总有人迷恋唱戏，收几个徒弟，吹拉弹唱，排练一番，一个戏班子就诞生了。乡间的习俗，逢丧事，但凡家境过得去的人家，丧主总要请戏班子唱上几天。期间，酒饭是少不了的，此外，还有酬金。在当时，算是可观的收入了。然而，当四姨闹着要去学戏的时候，姥姥坚决不依。姥姥的看法，唱戏是下九流的行当。戏子，更是为朴直本分的庄户人家所不齿。四姨一个好端端的闺女，怎么能够入了这一行。四姨哭，闹，撒泼，绝食。姥姥只是不理。小孩子，示一示威罢了。况且，在这几个女儿中，四姨的孝顺乖巧，向是出了名的。按照姥姥的盘算，是想把这个四女儿留在身边，养老送终。可是，姥姥再想不到，四姨会喝了农药。当终于救过来的时候，四姨睁开眼，头一句话就是，我要唱戏。姥姥长叹一声，泪流满面。

农闲的时候，晚上，村南老来祥家的矮墙里，就会传来咿咿啊啊的戏声。这是老来祥在教戏。据说，老来祥的父亲是地方上有名的旦角儿，人送绰号小梅兰芳。唱起梅兰芳的段子来，简直出神入化，名动一时。后来，小梅兰芳因情自尽，身后，落下一片唏嘘，人们都说，这是颠倒了，错把戏台当作人间了。论起来，老来祥也算是有家世的了。自小，老来祥就迷恋唱戏。一个男孩子，说话，走路，却全是女儿态度。人家的一句玩笑，就飞红了脸。就连笑，也是兰花手指掩了口，娇羞得很了。为此，村子里的人，尤其是男人们，常常拿他调笑。老来祥一直未娶。谁愿意把自己女儿嫁给这样一个人呢。公正地讲，老来祥人生得周正，标致倒是标致的。穿了家常的衣服，举手投足，也自有一种倜傥的风姿。但是，却从来没有听说过，有关他的风流韵事。因此，对于老来祥的态度，村人们是含糊的。感叹，也宽容。这样的一个人，你能拿他怎么样呢。

有时候，我也跟着四姨去学戏。老来祥坐在太师椅上，怀里抱着胡琴，微闭着眼睛，唱一句，四姨学一句。四姨站在地下，拿着姿势，唱到委婉处，看不见的水袖就甩起来，眉目之间，顾盼生情。灯光照下来，把她的影子映在墙上，一招一式，生动得很。我看得呆了。眼前这个四姨，忽然就陌生了。这个唱戏的四姨，不是我平日里熟悉的四姨了。平日里，四姨是羞涩的，内向，寡言，近于木讷。而且，四姨也算不得好看。四姨的鼻子扁了一些。四姨的脸庞也宽了一些。女孩子，总是瓜子脸，才来得俊俏，我见犹怜。可是，唱戏的四姨，就不一样了。就有了一种特别的光彩。真的。后来，直到现在，我还记得四姨唱戏的样子。痴迷，沉醉，灯光下，她的眼睛里水波跳荡，流淌着金子。

四姨天生是块唱戏的材料。扮相甜美，嗓子又好，在台上，只一个亮相，不待开口，台下就轰动了。老来祥微闭双眼，把胡琴拉得如行云流水。四姨轻启朱唇，慢吐莺声，台下霎时风雷一片。我姥姥坐在家里，拣豆子。我姥姥拒绝去看四姨唱戏。可是，她却无法阻挡四姨的声音。四姨的声音像细细的游丝，一点点蜿蜒而来，飞进旧院，飞进姥姥的耳朵里，飞进姥姥的心里。姥姥拣豆子的动作明显慢下来，慢下来，凝住，嘴里骂一句，这死妮子——长长地叹一口气。

流言是慢慢传开的。说是四姨跟老来祥。这怎么可能。村里人都说，按辈分，老来祥当是叔叔辈，虽说早出了五服，可再怎么，人家是水滴滴的黄花闺女，嫩瓜秧一般，老来祥一个老光棍——也有人说，唱戏，能唱出什么好来？戏文里，才子佳人，演惯了，就弄假成真了。有人就唱道，假作真时真亦假——人们就笑起来。

那些天，旧院出奇的安静。我姥姥照常下地，忙家务，脸上却是淡淡的，什么也看不出来。自己养的闺女，自己怎么不知道呢。她早该想到的。自从唱戏之后，四姨就不一样了。原是说这四姑娘性子木一些，调教一下，也好。可是，谁想得到这一层。其时，老来祥，总有五十岁了吧，或者，四十九，唱了一辈子戏，谙尽了风月——四姑娘又是这样的年纪——怎么就想不到呢。姥姥很知道，一个女人，最不能在这上面有闲话。姥姥家里，旧院，出嫁的，待嫁的，全是女儿家。这种闲话，尤其具有杀伤力。我姥姥坐在院子里，手里的棒子一起一落，把豆秸砸得飒飒响。四姨躲在屋子里，只是沉默。

这个冬天，四姨再没有去唱戏。腊月，四姨出嫁了。嫁到河对岸的一个村子。四姨父，我是见过一面的。个子矮一些，跟高挑的四姨站在一起，尤其显得矮小。人却老实。姥姥说，人老实，这是顶要紧的一条。出嫁那天，是腊月初九。雪后初晴，格外的冷。四姨穿着大红的喜袄，勾了头，坐在炕上。响器班子站在院子里，卖力地吹打。新女婿早被人涂了一脸的黑鞋油，像包公，嘿嘿笑着，只露出白的牙齿。陪送的人再三劝道，走吧——不早了，路远。四姨这才慢慢站起来。院子里，唢呐更热烈了。四姨推着披红挂绿的自行车，一步一步，走出旧院。四姨化着严妆，那一刻，我看不清她的表情。四姨在想什么呢？戏里戏外，天上人间。四姨再不会想到，这一点小小的挫折，跟后来漫长的人生磨难相比，不值一提。真的，不值一提。

后来，我总是想起四姨唱戏的样子。那是她生命中盛开的花朵，娇娆，芬芳，迷人，也危险。作为一个女孩子，从那时候开始，我就隐隐地认识到，美好的，总是短暂的。我开始害怕看姑娘们出嫁。而在此前，我是那么热衷于看热闹，挤在人群里，心神激荡。相比之下，我喜欢那些绣鞋垫的日子。描画着，憧憬着，然而，都在远处。我喜欢这样的感觉。

旧院又平静下来。我姥姥立在院子里，看着满地的鞭炮的碎屑，空气里还有硫磺的刺鼻的味道，雪地上，乱七八糟的脚印，一道道车辙，交错着，纠结着，终是出了旧院。姥姥把胸中的一口气慢慢吐出来，长长的，在眼前缠成一团白雾，也就一点一点散了。

姥爷是照常地无所事事。田地里，难得见他的影子。他多是扛着猎枪，在河套的树林子里消磨光阴。家里的事情，他懒得管。他只知道，即便天塌下来，有姥姥顶着。他放心得很。经了四姨的事，姥姥的脾气渐渐大了。这么多年，她是受够了。男人，都是遮风挡雨的大树，可是，在旧院，姥爷却先自缩起来，把她这柔软的性子，生生地百炼成钢。是谁说的，一个家里，如果男人不是男人，女人，也就不是女人了。这是真的。先前，姥姥是一个多么温柔的女子，在娘家，虽小门小户，却也是娇养得很，大门不出，二门不迈，见了人，不待开口，先自飞红了脸。说起这些，谁会相信呢。姥姥大闹一场。她坐在炕上，哭，只觉得委屈得不行。四姑娘的事，要不是姥姥做事果决，怎么能够这么干净爽利。是她，把这杯苦酒，自斟自饮了，还不露一丝痕迹。她知道，这种事，在女方，最是张扬不得。尤其是，旧院一大群女儿家，人们的嘴巴不济，张口闭口，不经意间，就伤了这个，带了那个。她知道其中的厉害。她必得把这一口气，咽回肚子里。也有好事的人来探口气，既然事已至此，不如顺水推舟——老来祥人还不错。姥姥心里冷笑一声，怎么可能。不要说年纪辈分不对，把一对活生生的例子摆在眼皮子底下，这后半生，可怎么做人？姥姥脸上不动声色，暗地里却托了人，把男方家底都一一摸清，自忖闺女过去受不了委屈，就下了决心。这其中的坎坷煎熬，能跟谁讲？姥姥坐在炕上，哭道，聘了这几个闺女，哪一个不是我，一应的琐事揽下来，日夜撑着——要他这个男人做什么？

后来，我常想，可能是从那一回，姥姥才铁了心要招一个上门女婿，以壮门户。

四

现在，我得说一说我的母亲。我说过，我母亲排行老二。可是，在旧院，母亲却是老大的角色。大姨被寄养在姨姥姥家，再没有回来。母亲人长得俊俏，在姐妹中，很是出类。又做得一手好针线，甚至，比姥姥的功夫还胜一筹。人也伶俐，很能替姥姥分忧。几个妹妹，都是在母亲的背上长大的。母亲没念过书。对人情世故的判断，全凭了天生的悟性。起初，姥姥是立意要把母亲留在身边的。那时候，在乡下，上门女婿，是很丢脸的事情。想想看，有谁愿意把儿子养大，白白地送给别人呢？就只有找那些外路人。外路人，就是外地人的意思。山里人，娶不起亲，又向往平原上的好光景，做上门女婿，是一条不错的出路。也有本地人。兄弟多，家境窘迫，父母往往就把牙咬一咬，舍了脸面，把儿子送给人家做女婿。我父亲就是这样到了旧院。

我父亲也是本村人。家里兄弟五个，日子的艰难是可以想见的。我的奶奶是一个小脚女人，好吃懒做，没有什么心肝。不讨男人喜欢，在婆婆跟前受了一辈子的气。可是却会刁难媳妇。她漫长的一生，是一部丰富的婆媳战争史。其中，我的母亲，是最为曲折的一章。父亲到了旧院，自然是处处恭谨，这样的情势，他也不得不把自己刚烈的性子屈抑了。好在，父亲和母亲，相处还颇融洽。姥姥的意思，是想让父亲改姓，随着翟家。父亲哪里肯。我说过，父亲是一个性格刚硬的男人。改姓，在他看来，简直是辱没门楣的事情，是一种耻辱，是对宗族的叛逆和玷污。大丈夫行不更名，坐不改姓。这是一个不能妥协的立场。可是，姥姥自有她的逻辑。既然是上门女婿，父亲就是翟家的人。翟家的人，自然要姓翟。这是一个不容争议的问题。矛盾就是这样，从一开始就播下了种子。旧院，迎新的气氛尚未散去，一场战争，已经风雷在耳了。双方僵持，对峙，在其间，最为犯难的，是我的母亲。母亲比父亲小五岁。新婚的喜悦还未及细细品味，漫长的煎熬就已经开始了。能怎么样呢，一面，是自己的男人，一面，是自己的母亲。母亲坐在院子里，看着一朵枣花慢慢落下来，落在印着红喜字的脸盆里，在水面上悠悠转着。母亲的眼泪淌了一脸。在旧院，姥姥是说一不二的人物。如今，在女婿面前，竟是碰了壁。她恼火得很。然而，女婿毕竟是女婿，虽说是上门，终究不比儿子，可以当面锣对面鼓，直来直来。姥姥病了。姥姥的病是虚病。这地方，管莫名其妙的病叫做虚病。据说是被什么东西附了体，病人身不由己。那时候，家家户户都有纺车。你见过纺车吗？在乡村，怎么能没有纺车呢？农闲的时候，或者晚上，女人们盘腿坐在草墩子上，纺棉花。一只手摇着纺车的把手，另一只手捏着棉条子。纺车嗡嗡唱着，长长的棉线就从棉条子里慢慢扯出来，扯出来，缠绕在锭子上，半天工夫，就出落成一只丰满的线穗子。女人们拿这线穗子搓绳，织布，一家人的衣裳鞋袜，就从一架纺车上来。姥姥是纺线的高手，我母亲她们姊妹的纺艺，都是姥姥手把手教出来的。姥姥病了以后，不再下地，家务也不理，只是坐在纺车前，整日整夜地纺线。姥姥嘴上叼着烟袋，手摇纺车，唱戏。一家人都心惊肉跳，不知如何是好。我母亲跪在一旁，流泪。姥姥微闭着双目，不看母亲一眼。父亲在屋里坐着，对着墙，一脸的铁青。其他的人，谁敢劝？姥爷是这样一个人，醉心于河套里的树林子。家里的这场混战，他是懒得问。几个姨们都年幼，只知道一味担心着姥姥。有谁懂得母亲的苦楚？那一年，母亲十九岁。姥姥逼着母亲同父亲离婚，其时，母亲已经有了身孕。多年以后，母亲临终前的那段日子，不知为什么，总是提起这段旧事。母亲叹口气，说，你姥姥，可真会逼人，可真会——后来，我常常想，姥姥的强硬，父亲的固执，当年，十九岁的母亲，是怎样在这种处境中左右为难，进退失据。或许，也正是从那个时候开始，母亲一生的病痛黯然生成，这病痛，令母亲饱尝煎熬，最终让她撒手尘世。

　　改姓的风暴还没有平息，母亲临产，大姐出世了。这对姥姥无疑是一个更加沉重的打击。姥姥一生养育了六个女儿，她绝不希望看见下一代再有女婴降临旧院。姥姥招了上门女婿，原是想替翟家接续香火的。如今，改姓不成，又生了女孩，姥姥的病症越发重了。月子里，母亲终日以泪洗面，她觉得欠了姥姥。在这个家，在旧院，她没有颜面。姥姥让大姐称她奶奶。她是把大姐当成了孙女。由于父亲的坚持，最终还是没有改姓。日子似乎就这样过下去了。然而，有时候，世间的事就是如此难料。母亲又生下了二姐。姥姥的病又犯了一回。比先前更甚。那时候，大姐不过两岁多，在院子里跌跌撞撞地走着，走着，一不小心，就摔倒了。姥姥在纺线，唱戏，不孝儿在眼前心肝欲碎——母亲躺在炕上，看着二姐皱巴巴的小脸，只有流泪。父亲也更加沉默了。在旧院，轻易不说一句。

两年以后，当我出世的时候，姥姥已经彻底绝望。她决定让父亲和母亲走。或许，她早已经萌生了此意，只是碍于脸面，无法出口。父亲和母亲离开了旧院，带着三个女儿。也就是说，姥姥招了上门女婿，现在，又不要了。父亲和母亲一时找不到住处，就借了人家一间房，暂且栖身。后来，直到现在，我都无法想象，我的父母亲，两个年轻人，带着三个孩子，如何凭着一双手，白手起家。也正是从那时候开始，父亲和姥姥的关系降到了冰点。我说过，我的奶奶是这样一个人，懒惰，自私，少心没肺。面对自己儿子的困厄，非但没有母慈之心，竟是袖手旁观。兄弟们，也都担心父亲回来分割微薄的家产，齐了心要冷落他们。父亲和母亲，至此，尝尽了人情的冷暖，世态的炎凉。贫贱夫妻百事哀。这话是真的。父亲和母亲，在我儿时的记忆里，常常是硝烟弥漫。有时候，从外面疯玩回来，看见家门口挤满了人，有的在看，有的在劝，知道是父母又吵了架。母亲的呜咽一阵阵传来，夹杂着父亲粗重的喘气声。一颗小小的心就立刻缩紧了。

那时候，父亲是生产队长。我没有说，父亲读过高小，识文断字，打得一手好算盘，在乡间，算是知识分子了。父亲原是二队，到了旧院，就跟了姥姥所在的一队。那时候，生产队长是有一定权力的。派活，是这种权力体现之一种。派什么样的活，轻与重，忙与闲，工分的多与少，这里面颇有说法。据说，父亲常常给姥姥她们派重活。拉粪车，砍秸子，钻高高的庄稼地薅草。姥姥和几个姨，就只有默默受了。母亲知道了，自然要跟父亲闹。经了艰难岁月的碾磨，比起当年，父亲的脾气越发烈了。对母亲，他全忘了是年幼他五岁的妻子，一点都不懂得容让。多年以后，当母亲缠绵病榻，父亲长年细心服侍的时候，我不知道，父亲内心深处，是否有过深深的悔恨。那样健康活泼的一个女人，硬是生生落下了一身的病痛。也许是有过，可是，从来不曾听他说起。那时候，常常，半夜里，被姐姐推醒，说是母亲不见了。母亲不见了。乡村的夜，寂静，深远，姐姐打着灯笼，我跟在后面，满村子找母亲。灯光一漾一漾，映出我们的影子。母亲，你在哪里？我的一颗小小的心充满了忧惧，竟然忘记了哭泣。母亲和父亲吵了架，跑了。从一开始，母亲就夹在姥姥和父亲中间，历尽了煎熬。强硬的姥姥，暴烈的父亲，婆婆一家的歧视和轻侮，贫困的日子。母亲不知该如何面对。她只有逃离。有时候，我们会在深深的玉米地里找到母亲，她披散着头发，满脸泪痕，露水把她的鞋子打湿了，走起路来，吱吱响。有时候，满村子找，也找不着，母亲是去了几十里之外的大姨家。这个时候，我的四姨把我叫过去，让我去找父亲，央他去接母亲。至今，我还记得，黄昏，父亲在田野里放羊，我立在一旁，低声哀求，我想娘了。微凉的风从田野深处吹过，吹干了我脸上的泪痕，紧绷绷的，涩而疼。夕阳慢慢地从树梢上掉下去了，野地里渐渐升腾起薄薄的雾霭。父亲的脸一点一点模糊了。半晌，是一声长长的叹息。

现在想来，那时候，大姨家，是母亲的一个避风港了。大姨是一个心直口快的人，嘴巴向来不饶人。我母亲坐在灶边，只是低头垂泪。我大姨立在当地，冲着我说，小春子，你回吧。你娘就在这里——不回去了。早晚有一天，她得让你们气死。这话是说给父亲听的。我扭头看看父亲，他闷头吸烟，一张脸在烟雾中阴晴不定。

直到现在，回到老家，看见父亲孤独的背影，在老屋的院子慢慢地踟蹰，我总是忍不住要流泪。我的父亲母亲，他们走过了那么艰难的岁月，有淡淡的喜悦，更多的，是漫无边际的伤悲。而如今，母亲去了，只留下父亲一人。所有的喜悦，怨恨，还有伤悲，都不算了，都不算了。

我不知道，我的父亲和母亲，他们之间，是怎样的一回事。他们一定互相怨恨过，世事是如此的艰难，他们，有过抗争，也有过妥协，他们软弱无力，然而，终究是坚忍。他们一生，生养了三个女儿，无子。那时候，在乡村，叫做绝户。很小的时候，我就知道这个字眼的含义。它后面包含的种种，歧视，凌辱，哀伤，无奈，我全懂。为此，我的父亲和母亲，受够了煎熬。可是，他们爱过吗？我很记得，有时候，早晨醒来，听见有人在院子里说话。我知道，是我的父亲和母亲。母亲在灶边坐着，烧火，父亲吸着烟，他们说着闲话。有点漫不经心，甚至，有点索然。我在枕上听着，半闭着眼睛，心里却荡起一种温情。我喜欢这样的早晨。也有时候，我歪在母亲身旁，睡午觉。父亲走过来，俯下身，看看我，转而逗母亲说话。母亲阖着眼，只是不理，父亲把手指在母亲下颌上挑一下，母亲就恼了，佯骂一句，父亲觉出了无趣，微笑了。这个时候，我紧闭着眼睛，装睡，心里却是充满了喜悦。多么好，我的父亲和母亲，至少在那一刻，他们恩爱着。直到现在，我所理解的爱情，也不过如此了。

大概我上小学的时候，是我们家最好的时光。那时候，我的

　　父亲是生产队的会计，号称财神爷的，在当时的乡村，这是一个很荣耀的职位。而且实惠。新屋已经盖起来了。母亲素来喜欢干净，把里里外外收拾得整洁清爽。八仙桌子，靠背椅，大衣柜，带抽屉的梳妆台，都有了。我母亲坐在炕沿上，和三婶子说着闲话。我父亲伏在桌上，噼噼啪啪地拨算盘。我和小伙伴在院子里跳房子，笑着，叫着，鼻尖上都是汗，有些声嘶力竭了。姐姐们挤在里间，咬耳朵，已经是有秘密的年龄了。阳光从窗子里照过来，慢慢爬上墙，把相框上的玻璃照得闪闪烁烁。相框里，都是我们一家的照片。大姐的最多，也有小姨的，还有表哥。那是他们的年代，就连在照片里，都是笑着的，一脸的意气风发。算起来，那时父亲不过三十多岁，掌握着一个队的财权，算是事业的巅峰了。平心而论，父亲是个美男子，剑眉朗目，周正而端方。到了这个年龄，更平添了成熟男性的风度。我猜想，村里的女人们，都暗暗喜欢他。就连三婶子，正和母亲说着话，看见父亲走过来，就有些言不及义了，讷讷的，有时候，像少女一般，竟然红了脸。那时候，我母亲也不过三十出头，正是好年华，穿着暗格的对襟布衫，一笑，露出一口耀眼的牙齿。我的父亲和母亲，在离开旧院之后，迎来了他们一生中最好的岁月。三个女儿尚未长成，他们自己呢，青枝碧叶的年华，在自己的屋檐下，过自己的小日子。从前的困厄，如同一场旧梦，都过去了，他们不愿意去想了。未来的日子，谁知道呢——终究还很遥远，遥不可及。他们来不及去想。他们再想不到，磨难，已经在未来的某处，静静地潜伏着，窥伺。仅仅在几年以后，母亲的病痛来袭，初现端倪，生活全然变了模样。全变了。

　　在这段日子里，我依然常常往旧院去。我的父亲和姥姥，依然有龃龉，但是却好多了。怎么说，孩子们都渐渐大了；还有，我的父亲，那几年，也算是有头脸的人物。大姨家的表哥，是旧院的常客。表哥是大姨的儿子，人生得好，文秀，单薄，白皙，一点也没有乡下孩子的粗野和鲁莽。为此，表哥深得姥姥的疼爱，她常常把他带在身边，拾花生，摘棉花，起红薯。表哥和小姨同年，两个孩子在一起，常常是，小姨处处让着表哥。表哥也确是招人疼爱。他总是安静地待在大人身边，从不惹祸生事。他也懂得体贴。对姥姥，对我的母亲，感情尤其深厚。有一度，我的母亲差点就想把表哥收养过来，做儿子。我现在依然记得，在我们家最好的时候，表哥来了，我母亲给他做手擀面，烙饼。那时候，白面，是很珍贵的稀罕物。表哥歪在炕上，我跪在一旁，把他的一头黑发揉来揉去，趁他不注意，我把它们编成小辫，一条一条。我格格地笑出声来了。后来，表哥去了部队，当兵，提干。常常有信来。我母亲坐在炕沿上，听父亲念信：大姨，姨父，你们好……这时候，我母亲的眼睛深处闪着泪光。我母亲，是把表哥当做儿子了。直到现在，隔壁的玉嫂，还老是提起来，新婚的时候，表哥常常到她的新房，也不闹，就坐着，安静地坐着，一坐就是半宿。这个孩子，就是不一般呢。看看，果然。玉嫂说这些的时候，眼神柔软，她是想起了她的好年华。如花似锦。现在，都过去了。

我一直不肯承认，在我的童年岁月，表哥的存在，对我，是一种安慰。真的。对表哥，我怀有一种静静的情感，美好，无邪，它在我的内心深处，珍藏着。我始终不肯相信，在我未来漫长的岁月中，我所喜欢的男人，竟或多或少有表哥的影子。在潜意识里，我是把表哥——这个我童年生活里唯一的异性，当作了理想男子的标杆。父亲不算。父亲是另外一回事。

五

那时候，五姨已经到了谈婚论嫁的年纪。姊妹中，五姨算不得最好看，却是最能吃苦的一个。五姨也是孝顺的。她顺从了姥姥的心意，招了上门女婿，留在了旧院。多少年过去了，我还记得他们结婚时候的情景。五姨穿着枣红条绒布衫，海蓝色裤子，脖子上，是一条粉底金点的纱巾。她半低着头，在人群里羞涩地笑着。新女婿是外路人，跟着母亲嫁过来，下面又有了众多的兄妹。自然是不一样的。如今，来到旧院，就是另一个家了。我在旁边看着他，他长得算得高大，然而清瘦，眼睛不大，却很明亮。一看就知道，是一个精明的人。姥姥教着我，让我喊舅。这是一个陌生的字眼。从小到大，在旧院，我没有喊过。舅很爽快地应着，揽过我，摸摸我的小辫子。我高兴起来。从此，我有舅了。

对这个舅，我姥姥显然汲取了我父亲的教训，凡事都觑一觑他的脸色，很小心了。她不再逼他改姓，由他姓刘，吃着翟家的饭。然而，孩子必得姓翟。同我父亲比起来，我舅，是一个通达的人物。在乡间，尤其是那时候的乡间，很难得了。我舅大概早已经把这些看破了，他微笑着，在旧院里出出进进，自如得很。我舅在人事上也圆通，家里家外，敷衍得风雨不透。甥男孙女的去了，总是笑着，热络地揽过来，让人说不出的温暖受用。在我的记忆里，我舅，真的同这旧院融合在一起了。这是他的家呢。街坊邻里，我舅更是打理得风调雨顺。村子里，翟家本就是个大姓，院房庞大，枝干错杂，其间的深与浅，薄与厚，近与疏，都容不得走错半步。在乡村，看似平和的外表，其内里的错综复杂的脉系，委实是根深蒂固，牵一发而动全身。对于外来人，尤其如此。然而，这难不倒我舅。真的。现在想来，在这方面，我舅是有很高的禀赋的。自从我舅来了之后，旧院里，所有的内政外交，全是他了。我姥姥暗自松了一口长气，夜深人静的时候，竟悄悄流了眼泪。她是真的喜悦，这喜悦里，又有着难以言说的忧伤。这些年，她是受够了。如今好了。然而——然而什么呢，黑暗中，我姥姥不好意思地微笑了。还能怎样，如今，她该知足了。我姥爷也高兴。这一回，他是彻底没有了后顾之忧，可以安心把自己隐在河套的树林子里，不问世事。再不用听姥姥的唠叨和抱怨。在旧院，他是心宽体胖的老爷子，从容，笃定，闲适得很了。人们都说，什么人，什么命。看人家大井。大井是我姥爷的名字。

五姨却不开心。怎么说呢，对男人，五姨是满意的。我舅是这样一个人，聪明，风趣，最知道如何讨女人欢喜。五姨却烦恼得很。五姨的新房，在东屋。姥姥依然按照老派的规矩，住着北屋，正房。新婚，因为是上门女婿，自然人们的目标是新女婿。至于新娘，自家的闺女，总不至于放下脸来胡闹。因此，五姨的新房就清静多了。新婚燕尔，夜里，小两口关了门，自然少不得夫妇之礼。有一回，是个月夜，五姨灭了灯，却发现窗棂上映出姥姥的影子。她在往屋里看。五姨的一颗心乱跳起来，像惊了的马车。这怎么可能。一个母亲，在自己女儿的新房外偷窥。这怎么可能。她想干什么？五姨一夜未眠。自此，她就经了心。这是真的。她想。老天，这竟是真的。五姨同姥姥的芥蒂，大概就是从那个月夜开始埋下了种子。白天，她注意观察姥姥的言谈举止，却什么都看不出来。姥姥，还是那个爽利的老太太，在旧院，她温和，敏锐，也威严。她是一家之主。可是，她是为什么呢？有时候，五姨就想，是不是自己看错了，或者，只不过是一场梦？然而，那个月夜，窗棂上清晰的影子，至今想来，她还心有余悸。她忘不了。五姨把头埋在被子里，无声地哭泣。她是她的母亲，她怎么能够这样。这辈子，她都无法原谅她。她不原谅。很快，五姨临产，生下了一个男孩。我姥姥趴在炕上，看着这个降临在旧院的第一个男婴，翟家的后代，她的眼睛里闪着泪光。这是翟家的香火啊。五姨躺在那里，耷着眼皮，待看不看的，脸上始终是淡淡的。姥姥问话，也有一句没一句。姥姥想，五丫头这是乏了——这么大一个胖小子。

孩子满月的时候，照例要摆酒。孩子的亲奶奶，我舅的母亲，也过来看望。姥姥嘴上不说，内心里，对我舅的母亲，对刘家人，是很忌讳的。等客人散尽，我姥姥来到东屋，对五姨说，既然是进了翟家的门，刘家的人，红白喜事，就不往来了吧。这样清爽。五姨仄着身子，给孩子喂奶，半晌，扔了一句，这我管不了。姥姥再想不到，自己的闺女会这样同自己说话。她呆在那里，一时气结。刚要发作，觉得闺女刚出月子，弄不好伤了身子，回了奶，就不好了。

孩子一日日长大了，五姨的脾气也一日日古怪了。有时候，看着女儿的背影，姥姥想，这是怎么了？简直莫名其妙。为了刘家的事，姥姥没少跟五姨闹。比如说，孩子回家来，手里举着一串糖葫芦，问谁给的，孩子说，奶奶给的，或者说，是叔叔。姥姥就颇不高兴。觉得自己的孙子，平白地吃刘家的东西，她委屈得不行。凭什么？这一来二去，怎么说得清。五姨却不作理会。她知道姥姥的心病。她偏要让她疼。她恨她。可是，她是她的母亲。能怎么样呢，她只能把这恨埋在心里，跟谁都不能提起。跟我舅，不能。跟姊妹，也不能——她跟姥姥，原是母女，可如今，却是婆媳。跟外人，更不能。这是家丑。夜里，五姨看着黑暗中的屋顶，把一腔怨恨紧紧咬住。孩子的脑袋拱在怀里，毛茸茸的。耳畔，是我舅的鼾声。

偶尔，我的三姨和四姨，回到旧院，凑在一处，说着说着，就说起了各自的婆婆。五姨从旁听着，心里是又羡又妒。多好。

所有的女人，都能在人前说说婆婆的是非，唯独她不能。有些事情，她只能藏在心底，让它慢慢变得坚硬，像刀子，一点一点切割她的心。

六

那时候，小姨正在忙于相亲。作为家里最小的女儿，小姨活泼，美丽，又有文化，是旧院最亮眼的一朵花。那时的乡村，风气已经渐渐开化。男女青年，经人介绍，也可以在一起说说话了。有一回，我记得，小姨带上了我。

是个春天的夜晚，月亮在天边挂着，又大又白。小姨和那个青年，一前一后，在村路上慢慢走着。我跟在小姨身旁，心里充满了隐隐的激荡。两旁，是青青的麦田。夜风从村庄深处吹过来，带着庄稼微腥的涩味，夹杂着青草温凉的气息。不知名的小虫子鸣叫着，夜晚的乡村，寂静，清明。小姨和那个青年，就这样走着，几乎不说话。偶尔，青年问一句，小姨就低声答了，就又沉默。我走在旁边，却被这沉默深深感动了。我觉得，这沉默里面，所有的微妙的情感，喜欢，羞涩，紧张，不安，萌动的爱意，欲言又止的试探，小心翼翼的猜测——都在里面里了。多年以后，我依然记得，那个春风沉醉的夜晚，庄稼的气息，虫鸣，月亮在天上，静静地走。一对男女青年，一前一后，甜蜜地沉默。一个孩子，她懵懂，迷茫，还来不及经历世事，然而，她却亲眼见证了一场爱情。那个青年，后来成了我的小姨父。多年以后，有一回，我偶尔提起此事，小姨茫然地看着我，是吗——我怎么不记得了——其时，小姨已经儿女成行，成了一个地道的乡村妇人，正在为女儿的婚事操劳。年轻时代的那个春天的夜晚，她努力想了想，竟是真的记不起来了。

　　在旧院，小姨是老闺女，仗着姥姥的疼爱，有时候，就难免有些任性。然而，小姨终归是个乖顺的姑娘，即便任性，也是女孩家的任性，带着一种孩子气。旧院里向来是女人的天下，小姨一向是惯了的。穿衣裳，也少有避讳。可是，现在不同了。旧院里多了我舅。虽然叫舅，却是外人。而且，是一个年轻男人。这让小姨颇不习惯。有一回，是个夏天，小姨从地里回来，一身的汗，就把房门关了，冲凉。冲完，把耳朵贴在门上听了听，院子里静悄悄的，小姨想都没想，就把门打开，端起一盆水就泼出去。只听哎呀一声，是我舅。门里门外，两个人都愣在那里。小姨只穿了一件花短裤，小小的胸衣，雪样的肌肤，在昏暗的屋子里，格外醒目。那个时候，即便聪敏如我舅，也呆了。小姨捂住脸，尖叫一声，把门咣当关上。

　　那回以后，小姨和我舅，再不像从前那么自然了。从前，他们一起吃饭，下地干活，一起说笑，偶尔，我舅还开开小姨的玩笑。问她最近相亲的事，什么时候把自己嫁出去。赶紧嫁啊，我还等着吃你婆家的酒席呢。小姨就笑，说，怎么，多嫌我了？我就不嫁，这辈子都不离开旧院。这样的嘴仗，是常常有的。姥姥从旁听着，也只是笑。可是，那个黄昏以后，再也没有这样的嘴仗了。小姨和我舅，忽然就变得客气起来，陪着小心，像陌生人。晚上，乘凉的时候，只要有我舅在院子里，小姨就搬个凳子，走到南墙根，丝瓜架底下，抱着戏匣子，听广播。或者，躲在屋子里，关了门，悄悄的，也不知道在做什么。也有时候，英罗她们来，几个姑娘挤在一处，叽叽咕咕地说着，说着说着就笑起来。小姨也跟着笑，只是，比先前安静多了。那时候，五姨正在怀孕，她腆着笨重的肚子，坐在藤椅上，慢慢摇着，冷眼观察着这一切。其实，从那个黄昏，那个黄昏的一声尖叫，她就留了意。她是过来人，也年轻过，她懂。更要紧的是，小姨是她的妹妹。她这个妹妹，年轻，美丽，活泼，惹人喜欢。没错，她是她的妹妹。然而，她也是女人。而她的丈夫，我舅，是男人。她怎么不知道自己的男人？五姨晃着躺椅，一只手在隆起的肚子上轻轻地抚摸着。院子里的苦瓜正在开花，香气浮动。夜晚的雾气一蓬一蓬的，直扑她的脸。在旧院，在这个家，她是一日日沉默下来。她在这沉默里慢慢思忖。她是后悔了。当初，悔不该答应留在旧院。她怨恨。她不怨恨别人，她怨恨姥姥。是姥姥一手定下了她的婚事。这么多年，在这个家里，在旧院，姥姥说一不二。可是，现在不同了。五姨把一只手抚一抚自己的肚子，另一只手把嘴巴握住，让一个长长的哈欠慢慢打出来，眼睛里就有了一层薄泪。一天的繁星，霎时模糊了。

那一年，小姨出嫁了。小姨父就是那个月夜的青年。

我是一直到后来才知道，此前，小姨其实已经心有所属。那个人家在邻村。对于小姨的这段爱情，我一直深感好奇。他们是如何认识的？是在深夜的电影幕布前，还是在春日赶集的村路上？平日里，小姨和他，如何见面，如何联系？或许，很多时候，小姨自告奋勇地去邻村赶集，私心里，其实是怀着不为人知的小秘密。可以想象，走在青草蔓延的小路上，风吹过来，拂上一个姑娘发烫的脸庞，甜蜜，胆怯，慌乱，然而强自镇定。对面的村庄隐隐在望了，她的心跳了起来。我不知道，这段爱情为什么无疾而终了。也许，是那个邻村的人薄情，或者怯懦——要想娶到旧院的老闺女，姥姥这一关，是一定要过的。也许，是姥姥。姥姥的意思，是要把小姨留在村子里，守着。总之，后来，有了那个月夜。后来，小姨嫁给了小姨父。

你知道压车吗？我们这地方，办喜事的时候，女方的嫁妆车上，是要有小孩子压车的。这小孩子一般是娘家人，或者是至亲。嫁妆车在娶亲队伍前面，先到，男方须得给喜钱，压车的小孩子才肯下来。这个时候，往往是腊月的清晨，天边刚刚泛出一丝微明的曙光。如果时候还早，或许能够看到淡淡的月牙的影子。小孩子坐在车上，接过男方递过来的红包，摸一摸厚薄——这是行前大人们反复叮嘱过的，如果薄，就不下车。也有的孩子，又冷又困，只要有红包，外加上一把糖果，就懵懵懂懂地被抱下来。周围看热闹的人都笑了。他们呵一呵手，开始卸嫁妆了。

　　在我的童年岁月里，因为是家里最小的孩子，压车的机会就格外多。最不能忘记的，就是给小姨压车。这地方的风俗，姑娘出嫁前的晚上，村里同龄的姑娘们要来家里，吃酒席，然后，留宿，陪伴新嫁娘度过姑娘时代的最后一个夜晚。其实，哪里睡得着？姑娘们挤在一处，对着满屋子的嫁妆，评头论足。那个时候，英罗还没有出嫁。她的婚期，也在那一年，比小姨稍晚。她们说着，笑着，偶尔就闹起来，你推我一下，我搡你一把。旧院里灯火通明，人们进进出出，忙碌，一脸喜色。有时候往这边的窗子望一望，并不轻易过来。这个夜晚，即便是做父母的，也不便过多打扰。这是姑娘们的夜晚。这个夜晚，是一个分界，一个里程的转折。此后，为人妇，为人母，人生的种种境遇，喜悦或者艰辛，幸或者不幸，都由它去了。由它去了。小姨坐在炕沿上，两条腿耷下来，把脚后跟轻轻地磕着，一下，又一下。她的半边脸隐在灯影里，有些看不真切。她在想什么？或许，她是想起了那条青草蔓延的村路。也或许，是那个月夜，到处都是虫鸣。她扭头望了望院子里的灯火，心里不知什么地方就细细地疼了一下。这些日子，她算是看出了，五姨的很多话锋，很多的脸色，竟都是为着她的。从什么时候开始，这个家，这个旧院，就不一样了？二十多年了，她在这里出生，一点一点长大。这是她的家。在这里，她自在，坦然，为所欲为。可是，事情忽然就不一样了。五姨对她，竟是很客气了，这客气里有疏远，陌生，也有暗暗的敌意——这是小姨不愿意承认的。我舅，也忽然间不肯说笑了，凝着一张脸，端着架子，即便说一句，也是讪讪的，很不自在了。就连我姥姥，也是小心觑着小姨的颜色，留意着她的一举一动。有一回，小姨起夜，蹲了半晌，从茅房出来，听见门吱呀一响，一个人影一闪，进了北屋。小姨吓了一跳，正待回屋，听见北屋姥姥的咳嗽声，压抑的，然而却剧烈。小姨心里就一凛，呆在了当院。直到这一刻，她才算懂了。她想起了那个黄昏，那一声尖叫。原来如此。小姨把双臂抱在胸前，慢慢地摩挲着。夏夜的风，竟然很凉，她感觉一粒粒的小东西在裸露的皮肤上簌簌地生出来。她抚摸着它们，静静地打了个寒战。屋子里，有谁笑起来，她吃了一惊，方才回过神来。一屋子的嫁妆，在灯光下闪闪发亮。她这才知道，自己与它们，是息息相关的。今晚，她是这场戏的主角。还有明天。明天，会是什么样子——谁知道呢。

一大早，我就被哄起来，准备压车。大人们围过来，摸摸我的辫子，把我的围巾紧一紧，叮嘱着。左不过还是那些话：红包少了，别下来。吃饭的时候，看着旁人，该端碗的时候端碗，该撂箸的时候撂箸。要看人的脸色。要懂规矩。我母亲特意把我叫到一旁，嘱我把红包放进棉袄的内兜里。我舅站在车前，指挥着人们搬嫁妆，一面大声同人指点着，一一评说着。我舅的神色，全然是旧院的主人。如今，他把小姨嫁出去，他要让人知道，这些嫁妆的品质，价格，他托人去订做，也亲自去挑选。为了翟家聘姑娘，他费了很多心血。我的五姨，身子不便，把一只手扶着腰，一手托着肚子。静静地看着这一切。脸上淡淡的，始终看不出什么。

那一天的事，现在想来，已经很模糊了。只是依稀记得，我被人抱下来，手里紧紧握着一个红包，立在晨风中，等小姨。天色渐渐明亮了，披红挂绿的队伍迤逦而来，和着高亢的唢呐，在冬日的村路上格外鲜明。小姨在众人的簇拥下，推着车，慢慢走着，走着，一直走进她未来的悠长岁月。

七

旧院是真的安静下来了。阳光静静地晒着，把枣树的枯枝画在地上，一笔一笔，很分明的样子。西墙上，挂着红薯的藤蔓，黑褐色，已经干透了。一只羊正在努力地拿嘴巴够着，却够不着。姥姥坐在门槛上，看了一会羊，又抬头看了一会天。太阳光照过来，像金子，有几粒溅进她的她眼睛里了。她眯起眼，不知怎么，就渐渐有了泪光。她疑心是自己打了呵欠，拿手背擦一擦，自己倒先笑了。这回好了。六个女儿，全都嫁了。有时候，她自己都不明白，这是怎么一回事。分明地，刚才，还热热闹闹的一处，说着，笑着，闹着，也气恼，把牙恨得痒痒的——怎么这一眨眼，就全散了。只留下这个院子，这个旧院，寂寂的，让人空落落的疼。村里的姑娘们也都不来了。英罗，也出嫁了，嫁到了阎村。我蹲在地上，拿一根树枝，百无聊赖地画着，天知道我在画什么。

门吱呀开了，我舅和五姨回来了。姥姥似乎吃了一惊，慢慢从门槛上立起来。她是忘记了。这个家，这个旧院，还有她的五姑娘，她的上门女婿，半个儿子——岂止是半个，她是要拿他做一个儿子呢。姥姥看了一眼五姨的肚子，已经很笨了。她掐着手指，暗暗算了一下日子，快了，也就是月底月初的事了。

五姨的第一个儿子降生以后，皆大欢喜。我的父亲却始终郁郁的。怎么说呢，其实，从一开始，对于我舅的入赘旧院，父亲一直耿耿于怀。当初，他也曾是旧院的东床。他本是立意要在旧院成家立业，终其一生的。然而，他竟然还是走了，他不肯承认，其实是被逐出门。因为无子。父亲是一个极要脸面的人。这件事，一直是他心头的暗伤，是他的人生的耻辱。他和我姥姥日后的一切恩怨纠葛，自此开始。多年以来，父亲和姥姥互不理睬。即便是当街碰上，走个面对面，也是视而不见。想来是多么令人难堪，我母亲夹在这样一种关系之间，左右为难。

连襟之间，或者妯娌之间，往往是不动声色的对手，其间的较量，往往是从最初开始。这种较量微妙，隐蔽，却动人心魄。父亲同我舅，这两个男人，他们之间的较量，几乎贯穿了漫长的后半生。父亲和我舅，这两个旧院的女婿，他们之间的恩恩怨怨，都和旧院有关。连襟两个之中，相对我舅，父亲是显见的失败者。父亲恨我舅，恨我姥姥，恨那个哇哇哭叫的新生儿。总之，父亲恨旧院。当年，他还是一个青涩的年轻人，一切才刚刚开始，是旧院，把他对生活的美好期待，揉碎了。父亲恨恨地想。可是，他的期待是什么？公正地讲，离开旧院之后，他的日子倒渐渐好了。苦倒也是吃了不少。想到这里，父亲摇摇头，叹了口气。然而，他还是怨恨。这些年，他和母亲，闹了多少回，他是记不清了。为了什么，左右离不开旧院。我说过，我舅这个人，聪敏，精明，处事圆通。他随自己母亲再嫁，小小年纪，就已经历了很多世事。他敏感，对于人与人之间的关系，他往往能够一眼看破。父亲的心思，他怎么不懂？一进旧院，他看到的，都是笑脸，是欢喜，是对于未来顶门立户的男主人的暗暗的期盼。除了父亲。记得，我舅和五姨成亲那天，父亲去得很迟。母亲几番延请，求他，逼他，软硬兼施，费尽了口舌。后来，父亲是去了。喝多了酒，把酒盅摔碎了，说了很多莫名的醉话。我母亲从旁急得直跺脚，只是哭。我舅把母亲劝开，自己在父亲身边坐下来，父亲满上一盅，他干一盅。也不说话。众人都看呆了。

姥姥过来，正待开口劝阻，我舅仰头把一盅酒一饮而尽，说，兄弟给哥赔罪，赔罪了。

自此，我舅同父亲很热络地来往，称兄道弟，闲来喝两盅小酒，叙叙家常，简直亲厚得很。我父亲就不好把脸挂下来，自己本又好酒，也就半推半就地敷衍着。村子里，谁不知道，我舅和父亲，旧院的这一对连襟，好得像兄弟。我姥姥看在眼里，嘴上不说，暗地里却更是佩服我舅的大度和通达。相比之下，父亲就显出那么一点狭隘，固执，不招人喜欢。其实，父亲是这样一个人，心肠软，耳根子也软，见不得人家的一点好处，听不得一句好话，眼窝子又浅，一个大男人，常常是，心头一热，眼圈先湿了。我舅这样上赶着同他交好，尤其是，人前人后，给了他足够的面子。这让父亲安慰。有时候，接过我舅递过来的烟卷，刚叼在嘴上，一朵橘红的火苗就凑过来，替他点燃了。他慢慢吸上一口，长长地吐出来。看着淡蓝色的烟雾在面前徐徐升起，很惬意了。

那时候，父亲是生产队的会计。我说过，那些年，是我们家的盛世。我至今还常常记起，父亲坐在八仙桌前，噼噼啪啪拨算盘。太阳光从窗格子里照过来，父亲身上，有一层毛茸茸的金色的光晕。黑褐色的算盘珠子闪转腾挪，一线流光在上面闪闪烁烁。偶尔，父亲抬起头来，同旁边的母亲说上一句，就又埋下头去，继续算账。账本是一种很挺括的纸张，上面有红的蓝的格线，密密麻麻的，有很长一段时期，我的作业本就是这样的账本纸订成的。这让我在伙伴们中间很是骄傲。现在想来，这样的作业本并不好，主要是线条太乱，远不及白纸的干净清爽。可是，在当时，账本纸代表了一种特权。幼小的我，竟也知道特权带来的虚荣了。那时候，生产队里常常吃犒劳，吃犒劳的地点，就在我们家。所谓的吃犒劳，其实就是少数人的犒劳，生产队长，会计，有时候还有仓库保管员。我记得，生产副队长是一位妇女，叫做然婶的。算起来，当时，然婶总也有三十出头了。三十多岁，在女人一生中，该是最好的年华。像初秋的庄稼，饱满，结实，丰饶，汁水充盈，浑身上下，洋溢着成熟女性的风韵。仔细想来，然婶算不得好看，但却是生动的。性格又活泼，人又能干，在生产队里，很惹男人们喜欢。我不知道，对于然婶，父亲心里有什么想法。可是，看得出来，然婶是很喜欢同父亲在一起的。往往，只要有父亲在，然婶的笑声就格外清脆，神情也格外娇柔，不经意地，就飞红了脸。很妩媚了。生产队长是魁叔，一个五大三粗的汉子，喜欢喝酒，大声说话，走起路来，震得地面咚咚响。人们都说，魁叔和然婶。男女共事，难免有闲话，在乡村，尤其如此。有人说，看见他们钻庄稼地了。也有人说，就在河套的树林子里。男人把女人抵在树上，把一树的雀子都惊飞了。说话的人眨一眨眼睛，坏坏地笑了。逢这个时候，我父亲总是很沉默，专心忙着手头的事，一言不发。我母亲却饶有兴致的样子，孜孜地追问着，发出一声声惊叹。这惊叹里有谴责，惋惜，但更多的，还有安慰和满足，甚至是薄薄的嫉妒和愤恨。

吃犒劳的时候，我家的厨房就热闹起来。然婶拉风箱，我母亲在灶前弯着腰，照料着锅里的烙饼。两个人有说有笑，配合默契，简直是一对姐妹了。有时候，母亲就把声音低下来，俯在然婶的耳朵边，悄悄地说些体己话，说着说着，就吃吃笑了。男人们在北屋，喝酒，吸烟，吹牛，偶尔，也说一说队上的公务。说着说着就跑了题。不知说到什么，他们笑起来。那是男人的笑声，粗犷，爽朗，却又意味深长。我在地下把一只陀螺抽得团团转。陀螺是魁叔给我做的，染成鲜艳的红色。我的眼里只有陀螺，我还顾不上别的。饭菜端上来了。烙饼，烀茄子。全都是油汪汪的。生产队库房里，有的是成瓮的花生油。后来，我再也没有吃到过那么美味的饭菜。通常，第二天，我总是被母亲派往旧院，给姥姥送剩下的饭菜。姥姥把饭菜收下，把空碗递给我，一边叮嘱着，路上小心，别摔了。我也不知道，是别摔了我，还是别摔了碗。总之，姥姥说这话的时候，神情慈祥。后来，我常常想，也许，是从那时候开始，姥姥把对父亲的芥蒂，慢慢消融了。她开始以一种新的眼光，来打量这个被自己逐出门庭的女婿。姥姥看了一眼炸茄子，厚厚的一层油，已经凝住了。饼是千层饼，点着密密的芝麻粒。姥姥眯起眼睛看了一会，轻轻叹了一口气。当年，也是尝够了独力支撑的苦楚，一心要如何如何——仔细想来，当年，自己或许是过分了一些。

　　五姨生第二个儿子的时候，我已经是上了二年级。家丁兴旺，姥姥自然很高兴。就连母亲，也是兴高采烈的，同人闲聊的时候，说着说着，就说起了新生的婴儿。大胖小子，哭起来，嗓门响得很呢。那样子，仿佛是自己生了儿子。姥姥照例是忙里忙外。看着一院子的尿片子，花花绿绿的，晒满了铁丝，纺车架，柴禾垛，甚至柳筐的弯背上，大模大样的，都是。姥姥就微笑了。谁想得到呢。自己竟是有孙子的命。两个孙子，生龙活虎的，把这旧院多年的阴气，全给冲散了。姥姥承认，她喜欢男孩。对这两个孙子，她真想把自己的心掏出来，喂给他们吃。生养了这么多女儿，她是真的麻木了。当然，跟表哥比起来，还是不一样的。怎么说，表哥也是外人。乡间有一句俗话，外甥狗，外甥狗，吃了就走。现在想来，这话是真的。小时候，对这个大外孙，自己是多么疼爱。可是，现在，人家当兵，提干，出息了，一年里，能回来几趟？孙子就不同。姓翟，走到天边，都是翟家的根苗。再远，也是走不出这旧院的。姥姥笑了。天是格外的好。姥姥抬起眼，看着旧院上方那一片湛蓝的天，有一缕云彩，拖着长长的尾巴，悠悠掠过。这辈子她最得意的事，就是把五丫头留在身边。起先，心里还有一点忐忑，生怕蹈了我母亲的旧辙。这回，姥姥是彻底放了心。她把手捏一捏尿片子，太阳真好，只这一会，差不多就要干了。

阳光照过来，铺了半张炕。五姨倚在被垛上，喂奶。屋子里有一股暖烘烘的味道，奶香夹杂着尿腥，让人昏昏欲睡。墙上，挂满了花花绿绿的锁钱。这地方，生了孩子，人家都要送锁钱。用红绳系了钱，坠了各色各样的玩物，女孩子，往往是花啊朵啊，小鹿啊，凤凰啊，男孩呢，则是老虎，狮子，马或者小熊。锁送过来，都要在孩子的脖子上戴一戴，吉祥，避邪。然后就挂在炕墙上。锁越多，孩子的命越好。五姨抬眼看了看锁钱，层层叠叠的，让人眼花缭乱。锁钱不少。这一回，比老大那时候更多。乡间的人，眼皮都活得很呢。两个儿子，就是旧院的两只胆，两条梁。我舅人缘又好，又有手艺——我舅是很好的厨子，不知道跟谁学的，也许是无师自通，做得一手好饭菜。乡间，婚丧嫁娶，过满月，待干亲，谁家置办酒席，都少不得请我舅帮忙。对于其间的繁规缛节，什么开席茶，安席饭，扫席面，七大碟子八大碗，几荤几素，几深几浅，我舅都懂。在乡村，手艺人受人敬重。可别小看了这手艺，大凡办酒席的，都是人生中的大事。一则是好坏，二则是奢俭。这其中的文章，就难念了。逢这个时候，就只有倚仗我舅。我舅这差事不错。好酒好菜侍候着，最后，还少不得两条好烟带回来。钱倒是不收的。可是，也承了不薄的人情。受惠的人家，总念着什么时候把欠下的这份情还上。比如说，有一回，我姥姥病了，也不是什么大病，就是受了风寒。左邻右舍都来看望。拿不拿东西倒在其次，要的就是这份敬重。再比如说，我舅生了儿子，这送锁钱的，竟是络绎不绝。五姨看着满墙的锁，心里是百种滋味。有点甜，有点酸，又有点苦。说不清。真说不清。透过窗子，我姥姥的影子投过来，一伸一缩，正在晾尿片子。五姨闭了闭眼。怎么说呢，对我姥姥，自从那回事以后，五姨心里就有了结。这个结是个死结，一辈子，她都没有再打开。其间，她也努力过。怎么说也是自己的母亲，骨肉血亲，能怎样呢。可是，没用。她看着姥姥为两个孩子操劳，她也心疼，姥姥是一年一年老了。然而，也还是怨恨。姥姥是真心疼爱这两个孩子。她把老大尿尿，一只手端着，一只手拨弄着孩子的小雀子，嘴里嘘着哨子，孩子冷不防尿出来了，尿了她一手，她倒呵呵笑了。也有时候，她把孩子的小脚放在嘴里，含着，孩子怕痒，格格地笑。五姨冷眼看着这一切，不知怎么，心里却是恼得很。八辈子没见过儿子。五姨恨恨地想。心里有个地方就疼了一下。还有我舅。饭桌上，我舅坦然接过姥姥递过来的饭碗，对姥姥，竟是连让也不让一下。当初，我舅是多么的恭顺有礼，说话，做事，全是晚辈的样子。这些年，谁把他惯成了这副德行。当真是没见过儿子。姥姥又给我舅添了一回饭，那神情，殷勤，近乎谄媚了。五姨吃着吃着，当的把碗一放，回了东屋。

　　院子里寂寂的。蝉声热烈，阳光爬上窗子，静静地盛开。五姨看了一眼怀里的孩子，毛茸茸的小脑袋，把她的胸脯扎得直痒痒。她觉出自己是出了汗。一生气就出汗，她知道自己的毛病。方才，也许自己是太不讲理了。一边是母亲，一边是丈夫，再怎么，都是至亲的人。她也不知道，自己怎么就生了那么大的气。可是，她看不得这个。自小，姥姥，在她的眼里，是多么威严的一个人物。在旧院，姥姥就是王。她敏锐，决断，果敢，在任何事上，都有一种慑人的气势。她是旧院的主心骨。是这女儿国里的男人。姥爷不算。从很小的时候，姥爷在这个家，在旧院，就是可有可无的角色。他跟她们，是不相干的。相比之下，在女婿面前，姥爷倒是保持了一个长辈应有的威严。当然，姥爷向是只顾自己的人。在他眼里，没有旁的人。五姨伸手把孩子鼻尖上的汗揩去，在衣襟上擦了，看着炕角的一个包袱，发呆。那是我的几个姨送来的，孩子的棉袄。这地方有个风俗，姨的裤，姑的袄。新添了孩子，都得按这规矩，送裤或者送袄。我的几个姨，都送了袄。她们是把自己当作孩子的姑姑了。倒不全是一个称呼。姐妹们，回到旧院，显见得拘谨了。见了面，也没有了往日里的亲密无间，说话，做事，总是觑着她的脸色，很生分了。乡间有句话，媳妇越做越大，闺女越做越小。看来，大家是把她当作旧院的媳妇了。既是媳妇，就势必不那么同心同德。而且，姥姥的养老送终，也是五姨的事情。这样一来，就不一样了。有时候，姐妹们回来，说着说着，就说起了各自的婆婆。在乡间，这是女人们永恒的话题。婆婆的刁蛮，昏聩，自己的隐忍，或者机智。正说到有趣处，却忽然缄了口。五姨把孩子往怀里紧一紧，也沉默了。她怎么不知道，在众人眼里，自己的角色变了。她和姥姥，是母女，但更是婆媳。这很微妙，也很尴尬。她恨这种关系。有时候，她就想，她这一生，总也不会有津津有味向人宣讲婆婆的不是的时候了。而且，在村子里，因为是本村的闺女，也几乎少有人同她玩笑。再不像别的媳妇，孩子都老大了，还总是忆起当年的历险。大都是新婚的时候，被谁轻薄了去，被谁差点占了便宜，被谁熬了几个通宵，硬是把个铁打的汉子熬倒了。数说起这些的时候，她们的眼睛闪闪发亮，脸上却是红的。她们是想起了自己的好时候。人的一生，谁没有好时候？可是，五姨记起来的，却总是东屋里的压抑和拘谨，还有，夜晚，窗子上那个模糊的影子。即便是现在，男人们，大都是本家，在她面前，总是一本正经，说话做事，深浅都不是。五姨叹一口气。她自问不是一个轻浮的人，然而，看见别的媳妇被男人们任意地玩笑着，脸上讪讪的，心里却觉出了无味。这算什么，闺女不是闺女，媳妇不是媳妇。当初，她可再也想不到，在自家门口做媳妇的难堪。相形之下，我舅倒是自在得很。我舅人灵活，又风趣，本院的年轻媳妇们，少不得同他调笑起来，不觉就忘了形。逢这个时候，我舅总是涎着一张脸，很受用的样子。五姨心里就恨一声，几天都不给他好脸子。

关于我舅和桂桂的事，我是后来从大人们的只言片语中听来的。桂桂是本家的一个媳妇，女婿长年在外，把她一个人扔在家里。说起来，桂桂算不得漂亮，尤其是同五姨相比。可是，天下就有这样一种女人，她们天生是男人身上的肋骨。她们迷人。我很记得，当年的桂桂，穿着家常的小棉袄，胸脯鼓鼓的，腰是腰，屁股是屁股。她看人的时候，眼睛微微眯起来，眼风一飘，很风情了。村子里，有多少男人为她睡不着觉？他们有事没事就往桂桂院子钻，近不得身，哪怕看一眼也好。桂桂却向来是落落大方的，给男人们倒水，递烟，从来不厚此薄彼。女人们都恨得咬碎了牙。却又抓不到什么，也只好把这怨恨藏在心里，暗地里，却把自家的男人盯紧，把自家的篱笆扎牢。五姨是一个细心人。有一回，夜里，看见我舅的身上有抓痕。一看就是女人的指甲，起着檩子，鲜明得很。五姨看了一眼自己剪得秃秃的手指，心里咚地跳了一下。自此，她就留了意。对于我舅，五姨向是放心的。在自家门口，谅他也不敢。可是，这一回，五姨再想不到，我舅就是在翟家的门口，在翟家院里，同翟家的媳妇勾搭上了。五姨看着枕边这个男人，他打着鼾，不疾不徐。月亮从窗格子里漫过来，照着五姨腮边的泪水。有好几回，她恨不能把这个男人撕碎了。她想把他揪起来，唾到他的脸上，质问他。她想站到房上，骂那个不要脸的小妖精，让一村子的人都知道他们的丑事。可是，她不能。五姨看了一眼两个儿子，他们睡得正熟。北屋里传来姥姥的咳嗽声。五姨心头涌起一重很深的怨恨。她不能。在别人，这正是女人撒泼的时候，也趁机把男人枝枝权权的歪心思整一整。可是，她不能。我舅是旧院的上门女婿，却在门外面偷了腥。只这一条，就会要了我姥姥的命。姥姥是一个极要脸面的人。还有我舅，很可能，因为这个，在旧院，在人前，再也抬不起头。五姨一夜辗转，早上起来的时候，脸上已是平静如水，心里却暗暗拿定了主意。她照常吃饭，干活，逗孩子。在人前，对我舅，只有比先前更体贴殷勤。背后，却不肯多看他一眼。村子里，多的是百无聊赖的闲人。他们原希望能看一场轰轰烈烈的好戏，可是，却失望了。五姨针插不入，水泼不进，闲话和流言，只有到旧院门前而止。我舅是个聪明人，什么看不出？对五姨，又愧疚，又感激，他知道，从此，他欠了她。好在来日方长，漫漫的一生，且容他慢慢还来吧。

八

那时候，村子里已经渐渐有了不一样的气息。新鲜，诱惑，蠢蠢欲动。田地都分到了各家各户，再也没有了生产队。生产队。或许没有人知道，我，一个乡村长大的女孩子，对这个词怀有怎样的一种情感。直到现在，多年后的今天，在城市，在北京，某一个黄昏，或者清晨，我会忽然想起这个词，想起这个词的深处所包含的一切。欢腾，明亮，喜悦，淳朴。总之，乡村生活的珍贵的记忆，都有了。而今，人们都忙忙碌碌，为了生活奔波。一切都是向前的，人们匆匆赶路，停不下来。再不像从前。从前，人们悠闲，从容，袖了手，在冬日的太阳底下，静静地晒着。或者是夏天，夜晚，搬了小凳，到村东的大树下纳凉。老人们摇着蒲扇，又讲起了古。戏匣子里，正在说评书。庄稼的气息在空气中流荡，让人沉醉。然而，现在，一切都变了。人们躁动，不安，心里给自己定下一个目标，然后，用几个月，几年，甚至，半生，去追逐。有时候，他们什么也没有得到，除了一日日的衰老。有时候，他们得到了一些，可是，依然不快乐。付出了那么多，得到的，却永远是这么少。他们不满足。他们的不快乐源于他们的不满足。然而似乎，他们总没有满足的时候。不像从前。那时候，他们平和，简单，也快乐，也满足。这是为什么呢？他们甚至没有时间停下来，认真想一想。人世是变了。有一回，我父亲叹道。其时，我已经离开村子，在外地读书。母亲的身体一日不如一日。家里家外，全凭了父亲独力支撑。我记得，父亲在油榨坊做过，承包过面粉厂，干过皮革加工，总之，那些年，父亲勤勉，辛劳，为了这个家，他用尽了心力。这其间，父亲辉煌过，经历过很多艰难，可是从来不曾落魄。父亲是个要强的人，他爱面子。有两年，刚兴起万元户的时候，他被人喊做老万。老万。父亲骂一句，也就笑了。有一回，整理旧书，发现了以前的账本作业。一下子想起了当年。父亲的算盘，也不知道丢在哪里了。那些流逝的岁月，父亲他，还记得么？

　　旧院也不一样了。怎么说呢，这些年，我舅一直不大如意。仿佛是一夜之间，人们都自顾朝前冲去了。只留下他，在原地，怔怔的，半晌省不过来。人心也散了。对于他，对于他的手艺的敬重，越来越淡了。这是个什么时代，物质如此丰盛，繁华，到处是商场，超市，什么买不到？只要你有钱。天气晴好的日子，我舅立在院子里，看着头顶树叶缝隙里的天空，发呆。他是这样一个人，聪明，灵活，擅长处理各种关系，人与人的，事务的，他还识文断字——这一点，我一直没有来得及说。早在来旧院之前，我舅在村子里的小学教书，民办教师，很多村里的子弟，都曾是他的学生。后来，到了旧院以后，就不教了。有人说，是学校里裁人，裁下去了。也有人说，是民办教师也须得考试。我舅的说法是，没意思——钱又不多，又操心。现在想来，可能我舅的话是真的。没意思。在我舅眼里，什么是有意思？我舅喜欢侃。我至今仍记得他当时的样子，穿着假军装，口若悬河，那神态，那语气，有一种很特别的吸引力。在村子里，他有着别的男人少有的见识和风度。我想，大概当初五姨就是看上了他的这种少有。还有桂桂。可是，这一生，我舅似乎总是耽于想象和清谈。他几乎从来都懒于实践。或者是怯于。当村子里的人都如火如荼地赚钱的时候，他照常守着旧院，守着旧院的寂寞和清贫。孩子们渐渐大了。姥姥姥爷也老了。家里，花钱的地方越来越多。五姨也发愁，更多的是埋怨。我舅，眼见得一日日消沉了。几个姨父，当初都被他贬损过的，如今都过得比他好了。尤其是小姨父，那个月夜的青年，一直被认为配不上小姨，老实，木讷，几锥子扎不出一个屁，用我舅的话说，这两个人，一辈子怕都翻不了身了，现在，竟也做起了生意，而且，越做越大，直至后来，自己开起了工厂，方圆几十里的村子，都在他的手下谋生活，也包括我舅一家。甚至，帮旧院的两个孩子盖房娶亲。当然，这都是后话了。现在，我舅立在院子里，一只黄蜂，环在他身畔，营营扰扰地飞。他也不去管它。阳光静静地绽放，院子里寂寂的，微风把树影摇碎，零乱了一地。一朵枣花落下来，栽在他的肩上，只一会，就又掉下来，掉在水瓮里，悠悠地打着旋儿。我舅盯着那朵枣花，失神了很久。当初，来到旧院的时候，他也许再没想到，怎样一种命运，会降临到他的头上，他这个意气风发的青年，旧院的娇客，会经历怎样的生活的碾磨，其间，虽有不甘，挣扎，却也渐渐学会了隐忍和屈从。在时代的风潮中，他渐渐被湮没了。

　　姥爷去世以后，旧院愈发寂静了。姥姥坐在枣树底下，看着地下白金的影子，煌煌地晒着，仿佛整个院子，都是阳光的荒漠了。孩子们去上学了。五姨，给人家钉皮子。这地方的人，这些年，几乎家家户户做皮革加工。算起来，还是我父亲开的风气之先。之后，渐渐普及了。村子里，到处弥漫着一股皮革的臭味。从人家院子的水道里，流出一股股的污水，汇在一起，在街上肆意淌着。然而，人们久在其中，不闻其秽，相反，倒是情不自禁的喜悦。弄皮革，和弄地相比，简直是天上地下。机器訇訇响着，巨大的转鼓隆隆滚动，难闻的气味中，人们分明辨出了硬扎扎的钞票的气息。只有旧院，一如既往的安静。钉皮子是一桩苦差。烈日下，旷野里，蹲在地上，不停地钉啊钉，猛然站起来的时候，脑子轰的一声，太阳都是黑的了，眼前却是金灯银灯乱走。想来，五丫头也是四十好几的人了，这份苦，怎么受得了。可是，又能怎样呢。原指望，招个女婿，顶门立户，遮风避雨，谁想到，竟是这样一种性子。世事难料啊。

　　如今，姥姥是老了。有时候，夜里，睡不着，想起这么多年，种种艰辛，磨难，不堪，像一场乱梦，她都不愿去想了。早在五姨生老大的时候，她就知道，她的时代，是过去了。自此，旧院是年轻一代的天下。女儿女婿，也变了。人前倒不怎么样。没人的时候，对她却是淡淡的，有时候搭讪一句，也待理不理的，自己的一张脸倒先自涨红了。这么些年，她也不知道，怎么就到了这样一种光景。没有理由。他们没有理由。尤其是，姥爷去世以后。她更孤单了。这一辈子，她最后悔的事，就是嫁给了姥爷。这个男人，她恨他，怨他，轻视他，简直咬碎了牙。可是，如今，他去了，她整个人却迅速枯萎下来。自此，再没有人让她这样切齿的伤心了。然而，终究还是恨。姥爷安闲了一生，到最后，自顾拂袖而去了，带走了大半生的岁月，独把她留在这个世上，继续煎熬。姥爷的丧事，是姥姥一手操办的。她坚持要我舅作为孝子，披麻戴孝。这是当初入赘的条件。管事的人磨破了嘴，僵持了几日，终于没能如愿。一个折中的办法是，我舅的大儿子亮子，也有十岁了，个头也高，替父亲给爷爷送终，总算不得特别难看。在乡村，儿子这个角色，在这种时候，在父母百年之后的丧事上，格外触目。那些日子，姥姥一直沉默。她是一个老派的人，她看重这些。然而，她还是妥协了。夜里，睡不着的时候，她看着黑暗中的屋顶，为自己的妥协感到羞耻。然而，终究是无奈。有时候，她也会想起姥爷，这个狠心人，他的种种好处。想起年轻时候的一些事情，青草碧树一般的年华，想着想着，就恍惚了。怎么一下子，还来不及怎样，就都过去了。她叹一声，翻个身，骨骼在身体里嘎吱响着。

直到如今，姥姥才明白，她可以任意地对待姥爷，但是，她不能任意地对待儿女。比如，我舅和五姨，比如我父亲和母亲。父亲和母亲是极孝顺的，可是，她却无法坦然接受他们的孝心。当年，她总觉得亏待了他们。

孩子们倒是对她很亲厚。他们是她抱大的。在她身上尿过，拉过，吸过她干瘪的奶。现在他们长大了。像小鸟，扑棱棱飞出旧院。在他们面前，她再也不提起儿时的趣事。她怕他们难为情，怕他们烦。都是陈年旧事了。满堂儿女，她还是感到孤单了。她这是怎么了，真是身在福中，不知福了。

我的姨们也回来。都是匆匆的，带着各自琐碎的烦愁和伤悲。她们陪她坐着，说说家常，说着说着就沉默了。早些年，过年的时候，旧院里最是热闹。女儿们都回来了，拖家带口的。男人们在屋子里喝酒，女人们在院子里，坐着凳子，说话。姥姥穿着大襟的布衫，梳着髻，抱着个坛子，给人们分醉枣。孩子们跑着，锐叫着，一院子的欢声笑语。我姥姥看看这个，瞅瞅那个，脸上是藏不住的心满意足。她喜欢这种气息，太平，安稳，欢乐，这是旧院的盛世。人这一生，还能有什么奢望？可是，后来，都不同了。她老了。耳朵也背了。她盘腿坐在炕上，看着孩子们兴头头说得热烈，却是听不真切了。偶尔，插一句嘴，也全是错。倒把人家的兴致扰了。姥姥望望地下的儿孙，又望一望墙上的像框，那是她坚持留下来的。玻璃已经很模糊了，不是不擦，是擦不出来。里面，全是孩子们的照片，影影绰绰的，看不真切了。这一晃，多少年了。

那时候，我已经在很远的城里读书了。寒假回来，少不得要到旧院，看姥姥。我和几个姨们说话，讲起城里的趣事，都笑了。姥姥很惊讶地抬起头，看着我们，不知道发生了什么，然而很快就释然了。孩子们在笑。她张开没牙的嘴，也笑了。我心里一酸。我们都以姥姥的名义，聚到旧院，可是，我们却把姥姥忽略了。我们明知道姥姥耳背，她听不见，我们还是照常说笑。下午的阳光照过来，温暖，悠长，让人昏昏欲睡。无数的飞尘在光线里活泼泼地游动着。姥姥坐在炕上，沉默地看着我们。我们这些儿孙，冷酷，自私，竟舍不得放弃一时口舌之快，走过去，坐在姥姥身旁，摸一摸她老树般的手，她苍老的面容，她的白发，俯在她的耳朵边，说一句她能够听清的话。我们把年迈的姥姥，排除在外了。

多年以后，我从京城回到村子，回到旧院，姥姥是越发苍老了。我舅一家，早已离开了旧院，他们到新房安居了。旧院，在儿时的记忆里，宽阔，轩敞，青砖瓦房，有一种说不出的气派。可是，如今，在周围楼房的映衬下，却显得那么矮小，狭仄。这是当年那个旧院么？在这里，有我的迷茫的童年岁月，我的姨们，盛开的青春，我父亲和母亲，我舅和五姨，这两对年轻人，携着手，在旧院走过了他们的苦乐年华。当然，还有我的姥姥姥爷，他们一生的艰辛，困顿，微茫的喜悦，漫无边际的伤悲，都在这里了。

那棵枣树还在。据说，有好几回，我舅要刨掉它，遮了半间房子，粮食都不好晒。都被姥姥劝阻了。枣树更茂盛了。开花的时候，如雪，如霞，繁华一片。引得蜜蜂在院子里飞来飞去，一不小心，把我舅的孙子蜇哭了。姥姥茫然地看着他，这是谁家的孩子？秋天，枣子挂了一树，风一吹，熟透的枣子落下来，啪嗒一声闷响，倒把昏睡的老猫吓了一跳。醉枣，姥姥早已不做了。那个坛子，也不知道，到哪里去了。这么多年，走了这么多的路，我却再没有吃到那么好的醉枣了。香醇，甘甜，那真是旧院的醉枣。而今，都远去了，再也寻觅不到了。

罗曼司

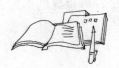

虚构一种

下了班，于芳菲先去了趟超市。家里没有牛奶了。餐巾纸也要买。还有水。其实楼下就有纯净水站，叫做深泽的，可是于芳菲宁可舍近求远，去超市买小桶装的农夫山泉。于芳菲是个谨慎的人，一个人住，就又格外加了几分小心。陌生人，尤其是男人，她向来不给他们进门的机会。回到家，于芳菲照例是打开电脑放音乐，然后做饭。于芳菲厨艺不错，心情好的时候，也会慰劳一下自己。吃完饭，已经八点了。于芳菲就边听音乐边写东西。有一篇小说还没有结尾，她写了删，删了写，总感觉不那么满意，心里就有些烦。

算起来，于芳菲在北京，总也有五年了。五年，只是一眨眼的工夫。多快。当年，她是铁了心要从家乡的小城考出来，考到北京。其实，现在想来，小城里的生活还是不错的，舒适，安逸，当然也慵懒。可是，她顶害怕这种日子。有时候，在大街上走，看见神情倦怠的男人，迎面过来，手里牵着小孩子。小孩子顽皮，用脚把地上的石子踢得一路滚，做父亲的只作看不见，目光茫然，眉心却是拧着；或者是女人，穿着睡衣，蓬着头，在菜场粗声大气地同小贩讨价还价，为了一角钱，简直要同人家拼命。逢这个时候于芳菲心里就一凛。她才二十多岁，然而，却似乎在这些人身上，看到了自己的一生。这不是她想要的。

可是，她究竟想要什么呢？

于芳菲是从去年才开始写小说的。起步绝对是迟了。如今都该九零后千禧宝宝了，她这个七零后，横竖都是不合时宜。可是，她又不想做评论家。有句话是怎么说的？所谓评论家，就是后宫的太监。知道怎么做，看过怎么做，懂得怎么做才好，可就是自己不会做。当时她们几个都笑翻了，路小鹿捂着肚子说，绝，真他妈的绝。后来路小鹿就总是自称本公公。路小鹿做文学研究，兼事批评。读了这么多年书，怎么说也是一介文学博士，不做点什么，总觉得对不住自己十年窗下的青春年华。路小鹿说，你就写小说。你写，我评，珠联璧合。杀遍文坛无敌手。于芳菲就笑。

其实，今天这个小说，她是酝酿了很久的。这不是她的习惯。她向来是坐在电脑前，才肯考虑小说的事。可是这回不一样。这一回，她想来一回真的。百分之二百的真实。主人公就是她自己。这个想法令她兴奋，还有那么一点紧张。把自己的事情写成小说，怎么说也是一个激动人心的游戏。

洗完澡，把头发吹干，于芳菲歪在床头看杂志。看着看着就有了睡意。这时候手机响了，她吓一跳，拿过来一看，是短信。休息了？他在短信里问。她不想回复。这家伙，肯定又是无聊了。过了一会，她才拿过手机，回道，没有。他的短信马上过来了，在京？她说在。若在京，见吗？她忽然有些生气。他老这样，总是作这些很无聊的假设。

真在。想见。

在哪里?

北海后门附近宾馆。来见?

她的心怦怦跳起来。

三月底的北京,夜里还很有几分凉意。于芳菲把风衣领子竖起来,后悔没有戴上那条丝巾。街灯昏黄,她在十字路口站着。苍茫的夜色里,偶尔一辆出租车驶过,在她身边逐渐慢下来,摁一下喇叭,再摁一下。看她没反应,就又迅速远去了。有两个面目模糊的男人走过,回头很奇怪地看了她一眼。一个年轻女人,深更半夜在街头独自徘徊,这本身就给人无限想象。她莫名地烦乱起来,转身往回走。

对于这个开头,于芳菲还是满意的。她用的是纯现实主义手法,把原生态的生活赤裸裸亮出来。黑是黑。白是白。

算起来,于芳菲和他认识,还是两年前的事。

那时候于芳菲刚到现在的单位。有一回,到北戴河参加一个会议。大家吃完饭去唱歌,于芳菲没有去。她不大喜欢这种热闹场合。跟大家在饭店大厅分手的时候,另一帮人也出来了,都是一个圈子里的,大家互相打着招呼,寒暄,握手,交换名片。于芳菲就听路小鹿在她耳边低声说,警醒点,指不定这些人里面就有你的那条肋骨。于芳菲心里笑了一下,这个路小鹿,典型的剩女心态。

在回宾馆的路上,她收到一条短信,说认识她很高兴,以后常联系。于芳菲看了看那个号码,不认识。也许是刚才给人家发名片了。就犹豫了一下,客气回复了。

回来以后于芳菲就把这事给忘了。

单位的工作很忙,尤其是这段时间,所里连着有好几个活动,于芳菲管宣传,这一块任务最重。手下的两个女孩子又不得力，平时叽叽喳喳的，关键时候就成了缩头鸟。这些天，她真的有点分身乏术了。

有一天吃完午饭，于芳菲靠在沙发上小憩。阳光不错，透过玻璃窗照进来，让人昏昏欲睡。这时候于芳菲收到一条短信。还记得我吗？是一个陌生号码。于芳菲想了想，没想起来。本来这种莫名其妙的短信她是一概不理会的，可是今天，她倒想跟这人聊两句。阳光落在她身上，像一汪春水，把她整个人包围起来，这样的情境，闲，且慵懒，跟一个陌生的人聊聊天，也是一件很不错的事。不好意思，哪一位？北戴河。于芳菲心里笑了一下，北戴河。她想起来了。还好吧？还好。忙吗？比较忙。这样一来一去，不咸不淡的，几个回合下来，于芳菲忽然感到没意思。最后一个短信她不急于回，等他的话都放凉了，才回了一个字，就明显有敷衍的意思。下午还有一个会，她得准备准备。

开完会于芳菲长长舒了一口气。下午开的是总结会，一把手亲自参加了。于芳菲负责的这块工作表现不错，有诸多可圈可点之处。领导虽然嘴上没有多说，但神情显然是满意的。散会出门的时候，领导只说了一句，让于芳菲一下子感到如沐春风。领导说，小于啊，好好干。

下班后于芳菲决定去逛商场，她高兴的时候总是喜欢去逛商场。买了一条裙子，一套化妆品，于芳菲找了个地方坐下来，吃冷饮。冰淇淋不错，香滑，细腻，口味纯正。她边吃边隔着窗子看来来往往的人群。一个女人，烫着很时尚的卷发，乳白色短衫，咖色长裙，施施然走过。旁边是一个男人，拎着大大小小的袋子，微笑着，不时地侧头对女人说些什么，热切而殷勤。于芳菲想，这一对，绝对不是夫妻。她咬了一口冰淇淋，让冰凉的奶油在舌尖上一点一点融化。

他的短信就是在这个时候发过来的。做什么呢？于芳菲说吃冰淇淋。

好吃吗?

嗯。

比你呢?

于芳菲看着这个短信,愣了那么一会,心想这人,太放肆了。才一面之交,过分。于芳菲把手机放回包里,不打算理他。

不远处,一个女孩子在化妆品柜台前挑唇膏。女孩子坐在高高的凳子上,正对着她。于芳菲注意到她长着一张狐狸脸,举手投足之间,有一种慑人的妩媚。旁边有个男人凑过去,涎着一张脸,搭讪着。于芳菲心想,好戏开场了。

这时候手机响了,是他的短信。生气了?她想了想,回道,无礼。他的短信很快就回过来了。

不是无礼。是非礼。

于芳菲很恼火,却笑了。这人,有点意思。

想我非礼吗?

于芳菲深深地吸了一口气。对面,那个狐狸脸的女孩已经跟那个男人很熟稔了,她嘟起涂了绯色唇膏的性感嘴唇,给男人看。商场里的冷气开得很足,于芳菲却莫名其妙地感到燥热。于芳菲对着那个短信看了一会,回道,敢吗?

手指刚摁下发送键她就后悔了。可是晚了。手机屏幕上显示着几个字,正在发送。于芳菲感觉背上出了一层毛茸茸的细汗。她很生自己的气。她把发信箱里的那条短信翻来覆去地看了几遍,不敢确定这是否出自自己之手。

于芳菲对着电脑呆了半晌。然后,她慢慢地把这个细节删去。她不能这么写。尽管这是事实,确凿的事实。可是,有谁说过事实就不容修改?路小鹿不止一遍地说,小说,就是虚构,是呈现一种可能。路小鹿搞评论,她的话一定有道理。可是,于芳菲的道理是；她不想让自己在小说里太暴露。她想把小说里的自己乔装打扮一番。她是一个女作家，她很知道，对于女作家，尤其是年轻的女作家，读者有一种潜在的阅读期待。他们总是想在作品里找到作家本人。还有一层，于芳菲一直不肯承认。在她和他的故事里，她想按照自己的想象，对关键的细节和细节的关键部分，做一些篡改，或者叫做纠正。

后来他的短信就老是不定期地拜访。有时候，于芳菲也想，自己这是怎么了？跟一个只有一面之交的男人，调情？她不想承认这是调情。可不是调情，又是什么？

窗外大雨，心事浩渺。

愿伴君左右，红袖添香。

多美好。写作，递茶。

然后，相视一笑。

再然后呢？

你说。

拥你入怀。

轻怜蜜爱。

极尽缠绵。

想你在。

你和他，好吗？

一般。你呢？

我也一般。

我会让你不一般。

会彻夜吗？

当然。

哦……和他时，想着我，好吗？

于芳菲把这段话看了一遍，又看了一遍，踌躇着它们的去留。她想起了当时发短信的情景。仿佛一条河流被打中了心脏，猛烈地荡漾了一下。路小鹿看了，一定会笑她吧。于芳菲这么一本正经的人，真看不出。于芳菲脸上热热的。其实，有很多的细节，她都没敢写。她只是把它们藏在心里，让谁都看不见。小说，究竟是什么呢？生活永远走在想象力前面。再精彩的小说，在浩大无边、生机勃勃的生活面前，都是苍白和无力。她在心里轻轻叹了口气。

　　至今，于芳菲都无法辨析自己彼情彼境的内心真实。她想，她一定是疯了。怎么可能。这真是不可思议的事情。他们在短信里你来我往，热烈，缠绵，不可开交。情感的烈焰，把每一个汉字都炙烤得滚烫，仿佛是燃烧的炭粒，灼灼的金红的心子，勾着乌亮的黑边。他们把这灼人的炭粒子当做兵器，在手机上厮杀，你不让我，我不让你，直到把手机的电量全部耗光了。这个时候，于芳菲摩挲着微微发烫的手机，手掌心里湿湿的全是汗，心里的潮水一浪接着一浪，身体里的潮水也一浪接着一浪。在大多数人眼里，于芳菲不是一个活泼的人。用路小鹿的话说，她长了一副贤妻良母的模样。于芳菲对这个评语很恼火。她很知道，大凡男人，都是一类。他们喜欢的，是那种娶不得的女人。比如路小鹿。路小鹿人生得并不是多么的惊艳，可是她迷人。对男人，她有着百分百的杀伤力。活了将近三十年，从小到大，无论做什么，路小鹿遇到的，不外总是男人。这让她既得意，又有些气馁。大家嘴上不说，却在心里暗暗把她作为人生的榜样。一个女人，再好，倘若得不到异性的青眼，也一定难以赢得同性的敬意。然而，路小鹿也终于沦为"剩女"。这是大家没有料到的。

　　其实，于芳菲不是一个刻板的人。至少不是表面看起来那样。恋爱也是谈过的。那还是在大四，毕业在即，大家都想在这个时候努力抓住一点什么。那个男孩子，吻了她。甚至试探着把手伸进她的衣服里。她只是颤抖。身子僵硬，冰凉，脸颊却是烫得吓人。那一次感觉并不好。两个人都是生手，忙乱，羞怯，有一点慌不择路的意思。篮球场后面的小树林很安静，有虫子在不知什么地方唧唧叫着，叫得人心慌意乱。

后来，于芳菲无数次努力回忆初次相见的场景。大厅。纷乱的人群。他走过来。闪亮的眼神。微笑。于芳菲常常想，真是奇怪，一见钟情这个词，看来不是杜撰的。

一见钟情。这是于芳菲给他们的故事加的冠冕。如果不是，那又该如何解释？于芳菲是这样一个人——聪慧，却老实，在女博士这个群体里，长得也算是"略具姿首"。有了这两条，于芳菲就不允许自己太放纵。任何事情，她都要师出有名。

对于他，于芳菲的了解并不多，只知道他是南方人，大学老师。他是什么性格，有什么爱好，他的家庭是怎样的，这一切，在于芳菲这里，都是一片未知。据他说，他有老婆。当时，他在短信里问，丫头，嫁人了吗？她本来想说没有，可是手指却摁下了另外几个字，罗敷有夫。于芳菲不知道自己为什么要撒谎。是反击，还是一种自卫？有时候，于芳菲会忽发奇想，他是在一种什么样的情境下给自己发短信的呢？在卧室里？在书桌旁？还是躲在卫生间的马桶上？他发短信的时候，他老婆在吗？如果在，在做什么？

于芳菲照常地上班，下班，听音乐，写作。也约会。和男人约会。她今年二十九岁。她至今也弄不明白，怎么就一下子到了二十九岁。一下子。让人都来不及惊讶。伤感也来不及。她总以为，青春是那样一种无边无际的光阴，一眼望不到尽头。可是，就像一个贪玩的孩子，漫不经心地赶路，偶尔一抬头，却发现眼前的路断了，脚下只是万丈深渊，把懵懂的人惊出一身的冷汗。

剩女。于芳菲不喜欢这个词。发明这个词的，一定是个刻薄的人。这两年，于芳菲顶恨遇上一些好心人，见了面，两句话不到，便拉着她的手，半是怜悯半是忧愤，谆谆地劝嫁。逢这个时候于芳菲就恨不能找个地缝藏起来，惭愧得紧。害人家平白替自己担着心事，真是罪该万死。

　　于芳菲不是不想嫁。可是，这么多年，她硬是遇不上想嫁的人。当然，也有情况相反的时候，是人家不想娶。年纪越长，于芳菲倒是越发畏缩了——或者叫做谨慎也好。再不像年轻时代的莽撞和任性。是谁说的话，女人，唯有一桩事是最该忌讳的，那就是，你爱人家，而人家不爱你。或者是爱了你，而后把你扔掉。一个女人的身子骨，哪里禁得起这一扔。于芳菲很知道，到了自己这种年龄，更是禁不起。

　　怎么说呢，于芳菲是一个矛盾的人。外表是现代的，骨子里却是传统的；或者说，外表是传统的，骨子里却是现代的。她渴望浪漫，在生活中，却比谁都对现实看得更清楚。她是世俗的，时时处处屈从于尘世的秩序和规则，内心深处，却比任何人都想往精神的越轨和逃逸。路小鹿的话往往一针见血。路小鹿说，作家都是内心狂野的人。现实中的缺憾和不圆满，他们要在作品中去实现。于芳菲不置可否，只是拿指关节一下一下地敲着书本，笑。

　　他的短信很多。他们用文字缠绵。他是热烈的，坦率，直白，步步为营，像一只强硬有力的手，把于芳菲揉捏得欲罢不能。相较之下，于芳菲是含蓄的，柔情满怀，却不露声色。每一回都是于芳菲满脸潮红地讨饶，或者强行关机才算了事。有时候在夜里，于芳菲看着窗外的夜色，摸着发烫的手机，心里会忽然涌起一种难言的虚无感和荒诞感，心想自己这是在做什么呢？在恋爱？可是，他们的对话里从来没有出现过一个爱字。他说过他爱她吗？而自己，对他的感情，叫做爱吗？于芳菲很困惑。可是她的这种困惑也就是在某个失眠的夜晚倏忽浮上心头，很快就过去了。于芳菲忙。她是单位的业务骨干，时时事事都是挑大梁的。可是，这似乎也不是最主要的理由。也许是距离。空间上的距离，使于芳菲感受不到这场短信恋情的切肤之痛。两个人，一南一北，天各一方，这本身就是一个问题，一个悬念。有时候，说到热烈处，于芳菲说，来吧。他就说，太远了。于芳菲说，不怕。他说，你不怕，我怕。火车要一天一夜。想想都恐惧。于芳菲盯着手机屏幕上的这些字，心里感到有一种凉意漫过。她想，再浪漫炽热的思念，也经不起现实哪怕是轻轻的一击，就像美丽的肥皂泡，刚才还好好的，完满，诱人，转瞬间就破了，裂了，不见了。

这个时候于芳菲就会猛然凛一下，仿佛一个发高烧的人，忽然被兜头蒙上了一块湿冷的毛巾。这个男人，像贪玩的孩子在做一个诱人的游戏。他迷恋这个游戏，在很大程度上，是源于这游戏本身的虚幻性。游戏使他得以从现实的桎梏中抽身而逃。他热衷于在虚拟的世界中做白日梦，沉浸其中，乐此不疲。是游戏，就应该有游戏规则。谁不守规则，就会被淘汰出局。这是一个连小孩子都懂的道理。

于芳菲一遍一遍地告诫自己，不要当真，更不要掉进去。这世间的事，最怕的是看破，一旦看破，就什么都能放下了。有时候于芳菲会故意来点小阴谋，不给他回复，让他急得如坐针毡。或者采取迂回战略，王顾左右而言他，不跟对方形成回应。于芳菲能够想象出来他气急败坏的样子，她在心里笑了一下，却忽然有点难过。她不知道这难过是从哪里来的，就只好闭上眼睛，仿佛要把这难过赶走。

于芳菲回到家里，站在阳台上，看着阑珊的夜色发呆。她不想让他看见她在等他。她要他等。这不一样。就像今天晚上，他来，而不是她去。这本身就是一种姿态。她是女人，她知道其中的微妙之处。有一回，他发短信过来，说，前天去京了，刚回来，没敢联系你。她猜不出这话里的虚实，也许，这只是一种试探。可是她心里还是掠过一种隐隐的失落，同时又如释重负，仿佛虚惊一场的样子。

于芳菲是矛盾的。从内心里，她不想让他来。来了，会发生什么，她拿不准。她宁愿就这样远远地看着，慢慢享受着甜蜜的折磨。距离上的难以逾越反倒成全了思念的深度。仿佛把这份相思之苦放在文火上慢慢熬煎，越来越浓，直到浓得都化不开了。

这一次，难道他果真来了？

夜色中，于芳菲在前面走得很快，仿佛是在逃跑。他在后面，跟着。他们不说话。上楼，开门，锁门，然后，他就一下子抱住了她。她没有挣扎。他的嘴唇迅速覆盖下来，她几乎要窒息了。他拥着她向床上倒下去，压迫着她，气喘吁吁。想让我压着吗，想吗？想象过无数次，这样压着你，把你分开。他把手探进她的裙子里。她这才惊醒过来，奋力挣扎，却挣不脱。她说，别这样，我们。你想怎么样？他把她的腿分开，天鹅绒丝袜很光滑地在他的手里掠过，这样的姿势，肯定很刺激。她忽然愤怒起来。他这算什么。来了就直奔主题，而且，这么直接，直接得让人难以接受。他，把她当成什么了？

这时候他已经除掉衣裤，在钻进被子的一刹那，他冲她一吐舌头，笑了一下。那样子真像个孩子，淘气，天真，让人不忍责备。于芳菲的心在那一瞬间又柔软下来，没有了形状。

四下里一片寂静。只有键盘上泼泼喇喇的声音，间歇处，还有电脑的微响，仿佛是一只黄蜂，在身边营营扰扰地飞。于芳菲想起了那天晚上。她的心怦怦跳起来。

那天晚上，他是在凌晨三点多离开的。

于芳菲坐在床上，看着满床的狼藉，有一种做梦般的不真实感。坦率地说，她也曾无数次地想象过他们见面的情形，想得很具体，很细节化，可是，她却没有想到这一点。在于芳菲的想象中，他们的相见应该在优雅的西餐厅，红酒，隐隐的音乐，他们轻声交谈，对视。那一刻，他们远离尘世。他们应该凝视，拥抱，慢慢倾诉相思之苦。应该有眼泪。那么缠绵的思念，当然应该有泪水的滋润。他们应该小心呵护着这次相见。正因为来之不易，这相见显得尤其珍贵。他们应该捧着它，慢慢享受。怎么会这样呢？就那么一下子到了床上。她都不记得是怎么一回事了，她完全乱了方寸。只记得，他在她耳边一直热热地呢喃着，他叫她傻瓜，宝宝，傻妹妹，毛手毛脚地爱抚她。我就是来伺候你的。他气喘吁吁地说，想让我伺候吗？想吗？

晨光慢慢染白了窗子，屋子里的家具一点一点显出朦胧的轮廓。于芳菲把手边的一个靠垫狠狠地向对面的墙上扔去，鱼缸里的鱼们受了惊吓，四散逃逸。

第二天上班，于芳菲一直恍恍惚惚的，像是在梦游。快下班的时候，领导找她。于芳菲站在领导面前的时候，看着镜片后面那双寒气逼人的眼睛，才呼啦一下，从梦里醒来。她努力打点起精神，专心对付领导的长篇大论。

整整一天，他没有一个短信。于芳菲本以为他会来短信的。他喜欢短信。有那么两回，于芳菲把手指头都按麻了，就想通话。结果他没说两句就挂了。他的说法是，他受不了。他说，你的声音软软的，让人疯。于芳菲靠在床头，看着依然凌乱的被子，她忽然感到这也许不过是一场乱梦。确有此人吗？确有此事吗？

快十点的时候他来了个短信，说喝醉了，头痛。于芳菲知道他此行是来京参加一个重要的学术会议，会后晚宴，当然是不可少的。这种会议，打着学术的幌子，究其实，是散落在全国各地的学者们找个名目聚一聚，彼此之间，联络联络感情，或者巩固巩固关系，这种机会，他当然不能错过。于芳菲看着旁边那个乱七八糟的枕头，心里有个地方恻恻地疼起来。什么叫玩火自焚，什么叫自作自受，她如今算是领教了这话的真实含义。她把手机关掉，想好好睡一觉。月光透过窗帘的缝隙一点一点流进来，房间就笼在薄薄的月色里了。于芳菲睡不着。她想起了他的那些短信。想起了那个夜晚。慌乱，热切，销魂蚀骨。他在她耳边追问，他们是不是一对？是不是很好？是不是？

于芳菲把手机关掉。一直以来，手机是他和她之间的唯一纽带。现在，她要把这纽带割断。他休想再找到她。直到这个时候，于芳菲才知道，自己原是并没有看破的。否则，她的愤怒和伤痛也就无从解释。于芳菲有点恨自己。明明是一场游戏，怎么一来二去就当了真呢？

阳光软软地铺下来，已经有了几分热力。春天来了。

是上班时间，街上车水马龙，一片喧嚣。于芳菲下了公交车，在人行道上慢慢走。街道两边的店铺已经挂出夏装，五色缤纷，在风中招展着。于芳菲从包里掏出手机，看短信。金风玉露一相逢，便胜却人间无数。于芳菲看一遍，又看一遍，然后慢慢把它们删去。

于芳菲站起身，心头掠过一种很凛冽的痛快。她给自己冲了一杯咖啡，端着，却并不喝，只是让那热气一点一点扑上脸颊，湿漉漉地痒。其实，这个短信，是她发给他的。那个夜晚，她忘不了。也许只是几个月。也许几年。也许，一辈子。用路小鹿的话，于芳菲这个人，优点是，认真。缺点是，太认真。路小鹿。于芳菲想象着路小鹿看到这篇小说的神情。她会猜破吗？这里面的女主人公，竟然是她自己。路小鹿是个犀利的人。但是再犀利，也得在生活面前机锋暗敛。

是个月夜。月亮挂在天边，透过毛玻璃，四周是模糊的一圈，昏黄，黯淡，把树木的影子淡淡地印在窗子上。于芳菲躺在床上，想着结尾。该让这个故事如何收尾呢？题目是早有了的。叫做《虚构一种》。

罗曼司

有时候，蒲小月想起来就很茫然。怎么一下子，只不过一霎眼，就快三十了。

蒲小月二十九。用她母亲的话，她像她这么大的时候，已经是两个孩子的妈妈了。蒲小月顶怕听母亲说这种话。心虚得要命，嘴上却还是硬的，什么年代了都，真是。这话更勾起了母亲的新仇旧恨，说着说着火气就大了。逢这个时候，蒲小月就只有不吭声。她最知道母亲的脾气。

怎么说呢，蒲小月人生得不算漂亮，可也不难看。眉眼紧俏，自有妩媚处。最难得的是，她身材好，又会穿衣服，走在街上，还是十分地令人瞩目。有时候，也有男人过来搭讪，不过是最俗套的手段，问她几点了，或者是，几路车的站牌在哪里。蒲小月好脾气地敷衍着，也不戳穿他们，心里却是不免有些得意，得意之余，自己也觉得索然。这样的人，在街上同陌生女孩子搭讪，未免太轻浮了一些。当然，更多的时候，人家的目光只是看过来，在她身上略略停一下，也就过去了。蒲小月心里恨恨的，一本正经的样子！打量别人不知道肚子里的心思！

说起来，蒲小月也算是谈过几场恋爱。都是人家追她。大三的时候，那个男孩子，竟然还为她同别人打架——他们称之为决斗的——曾经轰动一时，成为校园里的一大新闻。这些事，当时倒不觉得怎样，越到后来，随着年纪渐长，越觉得那男孩子痴情的珍贵。蒲小月不是一个浅薄的人，这种事，绝不会像樊敏她们那样，时时挂在嘴上，赢得旁人的一片唏嘘，自己也满足了小小的虚荣心。蒲小月常常提及的，倒是一些无关紧要的人物。至于研究生时代的那场单恋，她更是绝口不在人前提起。

那时候，是研一吧，蒲小月爱上了自己的导师。导师当年四十多岁。四十多岁，正是一个男人最有魅力的时期。脱去了青年的生涩，老年的暮气远远没有到来。成熟，自信，像一棵青壮的大树，枝繁叶茂。蒲小月最喜欢导师讲课的样子。他站在讲台上，侃侃地讲，始终并不看讲义，也不看下面一群眈眈的女孩子的眼睛，他赏玩着宋词的凄美意境，他的眼神穿越时光的尘埃，不知道到哪里去了。蒲小月坐在下面，简直要流泪了。为了导师，蒲小月很是吃了一些苦。她买来他所有的著作，勤勉地攻读。她要读懂他。她的论文，费尽了心思，她想引起他的注意。她学会了化妆，每逢上他的课，她都要仔细把自己收拾好，然而，却从来没有勇气坐在前排。她只是在角落里远远地看着，心神激荡。夜里，她做梦。梦见和他在一起。飞翔，眩晕，痛楚，她把指甲深深陷入棉被的布纹里，枕头湿漉漉的。她哭了。导师的夫人，她是见过一回的。她原忖着一定是一个神仙般的人物，然而，她失望了。那不过是一个极平凡的妇人，已经开始发胖，有着中年女人惯有的神态，慵懒，满足，因满足而生的倦怠。她替他感到委屈。在校园的林荫道上，他们夫妇两个，肩并着肩，慢慢走着，偶尔，导师偏过头，也不知说了什么，身旁的女人就笑起来，弯下了腰。蒲小月躲在一旁，静静地看着，只是绞心地痛。四下里寂寂的，阳光盛开，蝉声落下来，像雨点，砸在她的身上。莫名其妙的，她认定，这一对夫妇，他们不幸福。他们的幸福，是做给人看的。

现在想来，这场感情最让蒲小月伤筋动骨。毕业之后，她再也没有回学校看过。有一回，在一次会上，作为发言人，蒲小月坐在台上，一眼看见下面坐着当年的导师。她以为自己会临阵脱逃，可是，很奇怪，她竟然是平静得很。几年不见，导师是显见得老了。在一群衣冠楚楚的学者中间，显得那么黯然。他穿着西装，端正地坐着，偶尔同邻座的人聊两句，脸上的神情，温和，疲沓，平庸。蒲小月的心不知为什么就疼了一下。他实在是不适合穿西装的。领带的颜色，也太怯了一些。她还发现，他的两鬓，明显添了白发。或许早就有的，只是她不曾注意罢了。那次会议以后，他们又恢复了联系。典型的师生之间的，纯粹，淡然，宁静，安全。这令蒲小月很满意。很多事情，人做不到的，时间能做得到。这话，蒲小月深信。

周五，刚下课，母亲打电话来，说是周末蒲小宁他们来家里吃饭，吩咐她没事早点回去。母亲向来这样，蒲小宁他们又不是外人，每一回必得搞得特别隆重。蒲小宁也是，总是一副心安理得的样子。从小，蒲小月就看不惯她这副德性。仿佛就因为她小，她不如意，一家人就欠了她，就必得哄着她。岂有此理！对这个妹妹，蒲小月心里总有那么一点看不上。从小到大，蒲小月就是蒲小宁的榜样。蒲小月功课好，懂事听话，总是被老师拿来当做蒲小宁的参照物。母亲也动不动就说，看你姐姐——蒲小月一路走过来，小学中学大学，一直到硕士毕业，正欲考博，被母亲劝住了。顺风顺水地进了一所高校，安心做起了别人的老师。蒲小宁呢，职校毕业以后，在一家酒店做前台。这样一来，姐妹两个，虽是一奶同胞，如今，差别就很明显了。蒲小月父亲，当年是一位文化官员，在京城这个地方，不太显赫，可也算是体面人家。母亲呢，是一所中学的校长，平日里被人捧惯了的，讲起话来，都是一套一套的理论。同亲戚邻里说起大女儿，总是埋怨的口气，说这孩子，从来都是一心念书，把自己的终身大事倒都耽误了。眼光又高——说到这里，却又止住了，把话锋一转，要说呢，也不能总依着小孩子家。我的意思，条件差不多就行了——像我们小宁的朋友——只要人好——蒲小月正在屋里看书，听见这话，把书啪的一下扔到桌上。待她母亲进来，同她说起邻家儿媳妇的厉害，婆婆的隐忍，进而宽慰地总结道，这辈子，我是不会受儿媳妇的气了。蒲小月咣当把一句话扔过去，那就等着受女婿的气吧。母亲再想不到女儿会这样拿话噎她，一时气结，抓起那本书就朝她掷去。蒲小月也不躲，任凭书脊砸在她的肩上，火辣辣地痛。眼泪却已经下来了，热热地流了一脸。母亲哭着数落起来，我养你这么大，供你吃供你穿，供你上大学读研究生，却养了个白眼狼在家里——蒲小月拧过身子，一下子扑倒在床上，心里有凉有热，有酸有痛，烦乱得紧。

四月的北京，很有些春天的意思了。积水潭桥旁，护城河畔，一树桃花开了，在阳光底下，灼灼的样子。蒲小月正把额角抵在窗玻璃上，怔怔地往外看，忽然眼前一亮。刚想细看，车子已经当当驶过去了。蒲小月蓦地想起同事成教授的那句话。成教授年逾半百，对易经颇有研究，开会的时候，女老师们常常凑过去，请他看相。据说，成教授最擅手相，却并不有求必应。大多数时候，只是浅浅地点上两句，待被看的人心悦诚服，孜孜追问的时候，却住了口，只是微笑，说此乃天机，不可多言，不可多言。对于成教授的相术，蒲小月始终半信半疑。在学院里，成教授不是特别得志，至今，教授前面还要加一个副字。有时候，看着成教授一脸玄机的样子，蒲小月不免想，他自家的命运，也不知道勘破了不曾。今天下午，在走廊里碰上，成教授却把她给叫住了，说小蒲，今年桃花泛滥啊。旁边有个同事就开玩笑，小蒲，乱花渐欲迷人眼——正胡思乱想，车停了，蒲小月这才省过来，拎了包，慌忙跳下车。

厨房里一片混乱。仿佛刚刚经历了一场恶战，锅碗瓢盆，到处都是，母亲听见动静，转过身来，见是大女儿回来了，马上欢快地说，小月，你来得正好。蒲小月悄悄耸了耸眉。怎么说呢，在她的印象里，在厨房里忙碌的，似乎总是父亲。很小的时候，她就看惯了父亲扎着围裙的样子。母亲却是属于客厅的，悠闲地喝着茶，同客人滔滔地谈话，间或纵声笑起来，爽朗得很。在蒲小月看来，对母亲，父亲是太宠爱了一些。母亲不善厨艺，嘴巴却是刁得很。即便在饭桌上，吃着父亲做的饭菜，也不忘了指点江山。逢这个时候，父亲就只是好脾气地笑，至多不过嗔一句，这么多好吃的，也堵不上你的嘴——对于父亲和母亲，私心里，蒲小月还是偏向父亲多一些。作为女人，母亲似乎是太过刚硬了。权力这东西，仿佛天生就是雄性的冠冕，而女人，一旦有了权力的渗透，总会或多或少损伤她的阴柔之美。当然，对于父母之间的感情，蒲小月不敢妄下断语。谁知道呢，在父亲面前，母亲究竟是一个什么样的女人？母亲人生得漂亮，当年也是有名的美人。母亲的美，有一种咄咄逼人的锋芒，凌厉，飞扬，甚至跋扈，让人不敢逼视。父亲呢，温文尔雅，一派士大夫风度，虽说是官员，却不曾沾染丝毫的官气，倒更像是一介斯文书生。父亲去世以后，这两年，母亲眼见得沉寂下来。退了二线，在单位挂了个闲职，安心在家，莳花弄草，侍候两个女儿。厨房是每日必不可少的了。有时候，蒲小月不免想，母亲在厨房手忙脚乱的时候，是不是会格外地怀念起父亲。

蒲小宁他们回来的时候，饭菜已经端上了餐桌。蒲小月在厨房里打扫战场，水管忒啦啦流着，只听客厅里一片寒暄。蒲小月把嘴巴撇了撇。她顶看不惯母亲这个样子，见了江南，简直不知道如何是好。蒲小月知道，私心里，母亲喜欢男孩子，这一生，却偏是命中无子。如今，眼看着一个高大结实的年轻人进了家门，一下子就乱了阵脚。江南头一回上门，蒲小月想起来都是要笑的。母亲携了人家的手，问三问四，直问得人家满脸通红，蒲小宁在一旁碰她的手肘，她方才醒悟过来，依依地放了手。事后，蒲小宁跟母亲抱怨，母亲怫然变色，我还不是为了你——没有心肝的东西。母亲的意思，蒲小月明白。她是担心女儿配不上江南。怎么说呢，当初一见之下，蒲小月也是吃了一惊，这个江南，是太俊朗了一些。南方人，却是南人北相，生得高大健硕，一身休闲装，更显出一种洒脱风度。蒲小宁呢，单看还是好的，可是，凡事都怕比较。同江南两个人站在一起，就显出蒲小宁的不够了。公正地讲，蒲小宁还是很清秀的。可是这种清秀，倘若没有修养做底子，到底是嫌清浅了。腹有诗书气自华。这话看来是对的。同蒲小月比起来，蒲小宁身上，确实少了那么一种书卷气。更重要的是，江南的家境也好，自己又是一家报社的老总，也算是书香门第。这样一个男孩子，却看上了蒲小宁，这让母亲怎能不操碎了心。

吃过饭，大家在客厅里闲坐喝茶。蒲小月和母亲坐一端，一对情侣坐另一端。电视机开着，正在演《倾城之恋》。因说到张爱玲，江南笑笑，说我也是个张迷。江南说这话的时候，眼睛盯着电视，蒲小宁却只顾埋头看手里的时尚杂志。母亲咳了一声，说，这个电视，拍得不错。江南说，张的文字，是太苍凉了些。蒲小月就有点听不下去。她最知道，对于这个话题，母亲无能为力。而蒲小宁，注意力永远在那些流行风尚上面。江南他凭什么？他以为自己的学问大，还是蒲家没人？一念及此，蒲小月的心里那股小火苗一下子就着了。她把杯子慢慢送到唇边，细细地呷了一口，说，小江对中国现代文学，似乎颇有心得。江南说，心得谈不上，一点皮毛罢了。正打算向专家请教呢。蒲小月笑说，什么专家——我也是半瓶子醋。不过，对张的文章，倒是十分喜欢。唯独这一篇——蒲小月努起嘴巴朝电视点一点——倒是嫌讨巧了。江南趁机求教，一脸的兴致。蒲小月嘴上谦虚着，心里暗想，不施展一些颜色，只怕你也不知道深浅，因而从容讲起来。正谈得兴起，偶然间一抬眼，只见江南双手捧着杯子，一双眼睛从杯子上端遥遥地看过来，隔了薄薄的水汽，不甚分明。蒲小月心里一震，及时把话头截住了。这才注意到，蒲小宁早已经把时尚杂志丢在一旁，抱着双肩，把身子靠在沙发背上，眼睛一眨不眨地看着蒲小月。母亲端了一盘草莓走过来，招呼大家吃水果。江南拿一根牙签叉了一颗草莓，一边吃，一边扭头对蒲小宁赞美，这草莓真甜。蒲小宁寒着一张脸，说，是吗——我怎么觉着像是酸的。

透过薄纱的窗帘，可以看见月亮的影子。本该是满月，此刻，却失去了边缘，模模糊糊地印在帘子上，昏黄，缥缈，有一种寥落之美。蒲小月睡不着。今天，她是把蒲小宁得罪了。蒲小宁当面就让她这个做姐姐的下不来台。她知道，这就是蒲小宁的风格。如果蒲小宁不露声色，只把这怨恨藏在心里，那倒不是她蒲小宁了。可是，天地良心，蒲小月不过是想把江南的气焰镇一镇，不致使自己的家人露出短来，谁成想，反倒弄巧成拙了。蒲小月看着窗户上月亮的影子，心里乱纷纷的，左右理不清。她想起江南说话时的样子，还有茶杯上面的那双眼睛，心里忽然就没来由地恨起来。

醒来的时候天已经大亮了。蒲小月把两只手背放在一起，慢慢地搓着护手霜，一边往蒲小宁的房间张了张。房门紧闭。母亲踱过来，披着睡衣，看了一眼桌上的早餐，叹了口气。蒲小月正待开口，母亲说，小月啊，上回冯姨提的那桩事，你也拿个主意，我也好给人家回话。蒲小月低头只管擦着护手霜。冯姨是母亲的老同事，曾经拍着胸脯发下愿，小月的事情，包在我身上。对于这个冯姨，说心里话，蒲小月有点烦。她周围，尽是一些这样的女人，热心，絮叨，最见不得待字闺中的女孩子。冯姨统共给蒲小月提过三个人，用她的话说，那都是百里挑一的人物。蒲小月顶恨她这种口气，仿佛倘若她说出半个不字，一定是她蒲小月不识抬举了。可是蒲小月偏是一个不识抬举的人。譬如说这第三个，上个周末，他们是见过一面的。在一家西餐厅，幽雅，宁静，音乐流淌，烛光摇曳，颇有几分情调。蒲小月看着对面的男人，很希望他能够说些什么。可是，没有。一顿饭下来，他只是埋着头，一心一意地对付盘中的牛排。偶尔抬头问一句，够吗——还要什么？仿佛这次约会的主要目的就是吃饭。蒲小月心里笑了一下，转念一想，也就把自己劝开了。话少好，总不至于像上一回那个，见面不到半个钟点，就恨不能把她弄到床上。吃毕出来，两个人肩并着肩，慢慢地走。路旁的椅子上，一对情侣正纠缠在一起，吻得不可开交。蒲小月正欲快步走开，却被他捉住了。她感觉他的手心里湿漉漉的，全是汗，热热的让人不快。刚要挣扎，一个趔趄，倒被他揽在怀里。蒲小月失声叫了起来。回来以后，蒲小月心里恨恨的，她老是想起那个人惊慌失措的样子，搓着手，两只眼睛只是不知道朝哪里看才好。骨子里，蒲小月不是一个特别守旧的人，尤其是到了这般年纪。这个时候，她倒宁愿他把她抱住，用嘴唇把那声尖叫堵住。她想，那种情境下，她该是无力拒绝的。他倒落荒而逃了。这是什么道理。三十六岁的男人，竟然像一个青涩的毛头小子。谁会相信呢。后来，这个人就再也没有给她打过电话。短信倒是有的，藏首露尾，期期艾艾，话里话外，全是拐弯抹角的试探。蒲小月看着看着就有些烦。她把手机一扔，索性不再理他。这一个——到底怎么样啊？母亲小心地探着她的脸色。蒲小月懒懒地打了个哈欠，说不怎么样。母亲说，你呀——让我说你什么好呢？蒲小月说，我的事，您就甭瞎操心了。母亲叹了一声，说，没办法，我就是操心的命。我跟你说蒲小月，老大不小了——蒲小月一下子剪断母亲的话，说，我知道自己的年龄，用不着您老是提醒我。母亲火了，那你自己就争点气——蒲小月说，这个家里要是多嫌我，我走。我出去租房住。母亲气得浑身乱颤，把一根指头指住了她，女大不中留，留来留去成对头——砰的一声，蒲小宁的房门开了，蒲小宁蓬着头发立在门口，很冷漠地看着她们。母亲的泪水一下子流出来。儿女是冤家啊——冤家——

　　校园里，该开的花都开了。空气里有一种微甜的气息，让人醺然。阳光照下来，恍恍的，全是春天了。蒲小月夹着讲义去学院。她很想停下来，在某个地方流连一时，一树花，或者，一棵草，然而，她没有。在这个校园里，她是老师，说不定在什么地方，就有听过她课的学生。她必得注意一些才是。路旁的草坪上，一个女人弯着腰，正在逗童车里的婴儿。婴儿张开没有牙的嘴，笑着，毛茸茸的小脑袋仰起来，看着母亲。母亲很年轻，嘴里叫着妞妞，妞妞。蒲小月看着这一对母女，心里忽然就疼了一下。她想起那天早晨，母亲的眼泪。在她的记忆里，母亲一向是一个刚强的人，即便是父亲过世的时候，也没有像别的女人那样，号啕大哭。可是，不知从什么时候开始，母亲竟然喜欢流泪了。

　　这一周，蒲小月总是有些心不在焉。那个男人，再没有发短信过来，想必是就此死了心，断了念想。蒲小月很奇怪，内心里，她竟然生出了几分遗憾。怎么说呢，这个人，冯姨口中的精英男，她未必要把自己的人生和他联系在一起，然而，她还是想让他爱上她，为她折磨，最起码，在漫长一生的某个时候，会想起她，并且感到淡淡的惆怅和感伤。蒲小月心里叹了一声，暗骂自己的坏，同时，也为自己的决绝隐隐有些悔意。一株桃花斜斜地伸过来，横在她眼前，冷不防吓她一跳。她忽然又想起成教授的话，心里是越发烦乱起来。

午休的时候，陈曲发短信过来，说晚上见一面。蒲小月回复说好。陈曲和她是闺蜜，算起来，总有二十年的交情了。陈曲大学毕业后没有读研，进了一家名气很大的外企。恋爱，结婚，一切都是按部就班。陈曲的口头禅是，我老公——蒲小月顶烦听见陈曲谈老公。这么多年的朋友，她们真是贴心贴肺了。然而，蒲小月在听到陈曲的口头禅的时候，心里还是有隐隐的不快。她倒不是嫉妒。陈曲的老公，她是见过的。在一所中学教书，典型的中学教师的神态。同活泼大方的陈曲站在一起，简直是不般配得厉害。听着陈曲一口一个我老公，蒲小月就很为她不平，同时也感到暗暗的宽慰。

晚饭只有她们母女两个。蒲小宁一定是有约了。照例是蒲小月下厨，她最看不得母亲在厨房的样子。母女俩一边吃饭，一边看电视。还是那个《倾城之恋》。母亲看得入神，一面看，还一面点评。蒲小月心里就笑了一下，不过是传奇罢了。一笑可也，做不得真的。插了一段广告，母亲这才恋恋地把目光收回来，说，这一个——怎么样？蒲小月知道她说的是谁，冯姨提的第四个人，叫做曾凡的。说起来，这个曾凡，也算是一个中产，有房有车，在一家私立医院做院长，这些，冯姨并没有夸大。只是有一条，蒲小月是在后来才知道，曾凡结过婚，丧偶。好在没有孩子。母亲看着她的脸色，宽慰道。蒲小月心里恨恨的，什么时候，都沦落到这个境地了。丧偶，用陈曲的话说，还远不如离异。一对夫妇，既走到了离异这一步，那其间必得有解不开的疙瘩，迈不过的关坎。什么时候想起来，都是一腔的是非恩怨。可是，丧偶就不同了。不是别的，是死亡——这不可抗拒的力量，把一对人分开了。这就很难办。而往往是，失去了的，总是最好的。人就是这样的贱。陈曲说，一辈子，你都得同一个离开人世的人争短长比高下，累不累？关键是，在这场较量中，你注定是

失败者。蒲小月慢慢喝着咖啡，直听得心惊肉跳。怎么样——这
一个？母亲拿筷子在桌子上点了点。蒲小月这才省过来，茫然地
看着母亲。蒲小月。母亲把饭碗放下。母亲在谈到很严肃的话
题的时候，总是叫她蒲小月。连名带姓，仿佛是在叫她的学生或
者部下。蒲小月，母亲清了清嗓子，你也不要太挑了——不待
她开口，母亲又说，江南，人不错，难为他那么喜欢小宁。你这
个妹妹，也是傻人有傻福——蒲小月说，他们，怎么不见来家
里吃饭？母亲叹口气，说，年轻人，正是黏的时候——在家里，
碍着旁人，倒不自在了。小月——母亲把电视音量调低，看着她
的脸，小月，你是姐姐，凡事要疼你妹妹——蒲小月探身揶了一
块芙蓉鸡片，放在饭碗里，看着汤汁慢慢地把米饭染成淡黄色。
她心里冷笑一声，手就抖得不成样子。原来如此。碍着旁人！
这个旁人，就是她这个做姐姐的了。原来如此。母亲看起来不动
声色，天知道她在心里怎么想！她二十九，马上就三十了。这个
年龄，她还没有嫁出去。甚至，她都没有男朋友。难怪她们防着
她！自己的母亲和妹妹，这世上最亲的两个人，竟然防着她。像
防贼一样，防着她。蒲小月把筷子慢慢在碗里掣动着，半晌，挑
起一点米饭，放在嘴里，细细地嚼着，嚼着，直到把腮帮子都嚼
酸了。

　　接下来的一周，蒲小月天天黏在网上，找房子。她在单位
附近租了一居室，贵是贵了些，却很合意。干净，方便，一个人
住，再好没有了。搬家的时候，她督着工人抬东西，书，衣服，
零零碎碎的小玩意。母亲立在一旁，脸上讪讪的，插不上手。几
番开口，都被女儿的神情堵回去了。蒲小月镇定地指挥着，里里
外外地忙，却是一丝都不乱。淡淡的，甚至还有一分笑意。母亲
从旁看着，忽然就发了脾气。蒲小月，好，你长大了，成人了，
翅膀硬了，今天出了这个家门，就永远别再回来。

　　阳光透过窗子，把半间屋子晒得懒懒的。绿萝的叶子青得耀眼，在墙上投下清晰的影子。蒲小月歪在床头，把一本书盖在脸上，似睡非睡。这些日子，她硬是狠下心来，没有给家里电话。一个人的日子，自在是自在，却未免落寞了。陈曲来过一回，在屋子里来来回回逡巡了一遍，坏笑着说，这回，倒方便了。蒲小月知道她话里的意思，把床头的一只绒毛熊掷过去，骂道，一肚子坏肠子。陈曲漏勺嘴，跟蒲小月，简直无话不说。陈曲那位中学老师，看起来其貌不扬，其实，还是有过人之处的。陈曲说到此处，总是眉飞色舞。逢这个时候，蒲小月就捂住耳朵，说陈曲，你要不要脸——要不要？陈曲就笑，蒲小月，让我怎么说你呢，简直是，简直是年华虚度。蒲小月的脸埋在书本底下，窗子开着，她闻到一股植物的味道。窗子前是一棵胡杨树，很茂盛，开着淡绿色米粒样的小花。蒲小月叹了口气，正待欠身起来，却看见旁边坐着一个人。蒲小月吃了一惊，细看时，竟是江南。蒲小月说，你怎么来了？江南说，我来看看你。蒲小月说，小宁呢？江南说，不说她——说着，一双眼睛紧紧地看住她。蒲小月心里一跳，想，这个江南，原来也是个花肠子。正想着，江南一下子把她抱住，不容分说，两个人就倒在床上。蒲小月急了一身细汗，想挣，却是软软的，动弹不得。心说这算怎么回事。这个混蛋！混蛋！她感觉自己仿佛躺在一条河流之上，汹涌，动荡，眩晕。她叫了起来。男人在她耳边喃喃低语，这声音好耳熟，她睁眼一看，竟是导师。她刚要开口，只听很远的地方传来钟声，当当当，有一种旷野般的荒凉。蒲小月一下子惊醒过来。

　　蒲小月照常地上班，下班。有时候，也会想起那天的梦。荒唐。简直是岂有此理。她抬起手，把掉在额前的一缕头发掠向脑后，一个学生迎面走来，叫她蒲老师，她赶忙把容颜正一正，敷衍着，走过去了。

这一向，单位里事情很多。蒲小月整日里忙得不可开交。陈曲约了她几次，未果，就有些不满。我警告你蒲小月——陈曲在电话里说，没有哪一个男人喜欢工作狂。蒲小月嬉皮笑脸地说，那我就孤老终身。陈曲在那头错错牙，恨了一声，挂了电话。

课间的时候，手机响起来，是短信。蒲小月掏出手机，看了一眼，就笑了。这个曾凡，倒是殷勤得很。一天里，短信都要来无数条。在蒲小月面前，更是体贴周到。为了她的缘故，买了很多古典书籍，唐诗宋词，百忙中恶补。有时候，蒲小月看着他的短信，那些吟风弄月的诗词，仿佛一只只小手，把她的一颗心揉捏得渐渐软下来。他们约会，吃饭，听音乐会，到郊外踏青。只是有一条，蒲小月从来没有请他来房间坐坐。在蒲小月，这是一个界限。她也不知道，同这个男人，最终会走到哪一步。可是，如果打算走向未来，她倒宁愿这段时间稳妥一些。细究起来，曾凡倒是一个很好的结婚对象。至于爱情，蒲小月叹口气，谈何容易。她是早就没有什么奢望了。

关于曾凡，蒲小月破例没有在陈曲面前提起。至于为什么，蒲小月也说不清楚。总之，这一回，她是自作主张了。对感情，曾凡显然是有经验的。他最知道其中的曲折和起伏，波澜跌宕，种种微妙，他心中有数。不鲁莽，也不怯懦。他懂得分寸。这一条，蒲小月嘴上不说，心里却是喜欢的。

蒲小宁和江南终于宣布要结婚了。母亲打电话来，这本身就是一种暗示，或者叫做妥协也好。蒲小月把话筒夹在脸颊与肩头之间，很细心地修剪着脚指甲。这一向，她倒是想回去看看，然而，她总是想起母亲那句话。这么些日子，双方都僵持着，谁也不肯放下身段，给对方一个台阶下。蒲小宁也没有。看来，那天晚上看电视的事，她是真吃到心里去了。为了一个男人，嫡亲的姐妹，竟然都闹僵了。这么多年，真是白疼了她。还有母亲。蒲

　　小月再想不到，母亲会这样对她。如今，那一对儿就要结婚了，她可以回家了。一切都过去了。小月，母亲在电话里说，你一个女孩子，单身住外面，说起来，总有些不好。蒲小月的手一抖，指甲刀剪深了，钻心地疼。她把话筒丢在一旁，两只手捧起自己的脚，仔细地查看着。话筒里传来母亲的声音，小月，小月，你在听吗——怎么不说话——

　　天到底是热了起来。北京的春天，总是不可琢磨的。往往是，还没有开始，就已经结束了。蒲小月坐在车上，看着窗外。满街的阳光一掠而过。有办婚礼的人，穿着华服，双双站在饭店门口，脸上，有幸福，也有茫然。忽然就笑了，有客人来了。蒲小月把目光跳开去，护城河的水，在阳光下，像金子流淌。

　　一进家门，母亲就迎出来。接过她手里的包，嘱她洗手，先吃些芒果。蒲小月拿眼睛瞥了一下客厅，不见有人，母亲忙说，去看婚纱了——说晚会来。蒲小月洗好手，待要去厨房，被母亲按住了。说不用沾手了，都差不多了。蒲小月就坐下来吃芒果。沙发上放着一本相册，是一对新人的婚纱照。蒲小月把相册端在膝上，一页一页地看。现代的，古典的，婉约的，豪放的，彩色的，黑白的，或立或卧，或文或野，或静或动，或嗔或笑，真是极尽妍态。其中有一幅，让蒲小月的目光停下来。蒲小宁一袭旗袍，略低了头，回眸一笑，娇媚得很了。江南侧身掀起盖头的一角，看不见他的神情。蒲小月深深吸了一口气，把酸麻的膝头动了动。母亲在厨房里喊，小月，你在干什么——电话响了半天也不接——

　　整顿饭，都是婚礼的话题。下个月的婚期，说话间就到了眼前，当然要仔细议一议。蒲小月专心地吃着饭，偶尔，很适时地补充一些细节方面的建议。众人都说好。谈到热烈处，母亲忍不住碰碰蒲小月的胳膊，低声说，你呀——让我怎么说——蒲小月把一口汤咽下去，含笑说，也快了——

吃完饭，蒲小宁抢着去洗碗。母亲从旁帮着收拾残局。蒲小月在沙发上靠着，看电视。江南捧着一份报纸看。有一时，客厅里只剩下他们两个人。蒲小月说，看什么呢，这么专心。江南说，参考消息。蒲小月叹一声，说，《倾城之恋》，到底演完了。江南从报纸上抬起眼睛，看住她，是吗？蒲小月正待开口，母亲走进来，把茶几上的果皮收起来，拿出去。

也不知道，还会不会再播。蒲小月说。

不过是个传奇——这是你说的。

有时候，人生就是传奇。我们就是传奇里的人物。

江南定定地看着她。我们？

蒲小月也看着他，四只眼睛衔在一起。我们。

一时无话。屋子里一下子空旷起来，仿佛荒野一般。蝉在很远的地方鸣着，隐隐约约，震耳欲聋。

江南——蒲小宁在厨房里喊，江南——你来，帮我把围裙紧一紧。

叫你呢。蒲小月含笑说。江南把牙齿错了错，恨道，你这个坏人——坏人——我把你这个坏人——

墙上的钟当当响起来。蒲小月一下子睁开眼，茫然地看着四周，心头突突跳起来。阳光静静地爬上半面墙，四下里寂寂的。蒲小宁的房门紧闭，想必他们在午休。母亲歪在一旁，抱着一本杂志，已经盹着了。蒲小月的手机震动起来，是曾凡的短信。相见争如不见，有情何似无情？蒲小月看了一遍，又看了一遍，她轻轻地笑了。她的泪水慢慢淌下来，在阳光下，很璀璨。

如果爱

一下飞机，柏一成就收到了小娆的短信。小娆问他到了没有，大概几点到家。小娆说，想你。紧跟着这两个字，还有一个女人的红唇，一张一翕，作飞吻状。柏一成对着那个红唇看了一会儿，笑了，这个小娆！

进了九月，到底有些秋天的意味了。天空干净，高远，阳光很好，风掠过树梢，轻轻地，发出飒飒的声响。柏一成坐在出租车里，看着窗外一掠而过的城市。阳光透过车窗，在他的脸上跳跃，他不由得闭了闭眼。

怎么说呢，同武洁相比，小娆简直就是一个小孩子。撒娇，耍赖皮，使性子，让柏一成爱不得，恨不得。当然了，小娆小，比柏一成小一轮。记得第一回，柏一成问小娆年龄，小娆翘着兰花指，把杯子里的红酒晃来晃去，歪着头，反问道，你猜呢？当时柏一成心里就怦然一跳。不知道为什么，这个女孩子身上，有那么一种东西，令柏一成莫名的心动。有时候，柏一成心里也纳罕。这么多年了，柏一成也算是经历了种种情事。至于女人，更是阅尽春色。怎么这一回，倒被一个黄毛丫头乱了阵脚。柏一成把手机拿出来，翻出那条短信，对着那红唇看了一会儿，有些蠢蠢欲动了。出差一个星期，第一回，他知道了什么叫做归心似箭。

正是周末。小区里人来人往，很热闹。柏一成摁了门铃，嗒的一声，楼门便开了。对方甚至都不问一问他是谁。柏一成忽然有些生气。武洁向来都是这样。当然，她知道柏一成大概四点一刻到家。事先，柏一成已经发短信告诉她了。然而，柏一成还是压不住心头的愠怒。难道，他就不能临时有事？或者，他应该先到花园路，去找小娆？走出电梯，柏一成一眼看到，家里的门也半开着。屋子里传来电视的喧哗。柏一成想都没想，扭头就按了电梯下行，叮的一声，里面却是柏非走出来，见了他，很惊讶地问，爸，刚回来？柏一成说，可不是，这一路堵的。

冲完澡出来，武洁已经开始往餐桌上端菜了。柏一成看了一眼那些盘盘盏盏，说，我可能得出去一下——晚上有点事。武洁正把一盘腰果虾仁摆上桌，听了一愣，抱怨道，这刚回来，又要走？柏一成揽住她的肩，在她的背上拍了拍，说，你们吃——我早去早回。武洁一下子就柔软下来，拿下巴指一指桌子，嘟哝道，都是你的菜——柏一成看了一眼那些菜，把嘴巴俯在她耳边，悄悄说了一句，武洁的脸就红了，照着他的胸膛就是一巴掌，骂道，没正经——

暮色渐渐笼罩下来，远远近近，渐次亮起点点灯火。柏一成摸出烟，点燃了一支，深深吸了一口。在家他不吸烟。倒不是怕武洁生气。他是怕她唠叨。这几年，也不知怎么回事，武洁越发唠叨了。他不明白，女人一上年纪，怎么都变成了这样。柏一成看着那团烟雾在眼前慢慢缭绕，消散，长长地吁了一口气，把烟蒂碾灭，丢进旁边的垃圾桶里。他在楼下的对讲门前站了一会儿，伸手摁了门铃。

屋子里窗明几净。柏一成坐在沙发上，CD机里放着音乐，热烈，奔放，是小娆喜欢的风格。怎么说呢，小娆这个女孩子，看起来文雅安静，长发，穿衣服也是淑女的范式，然而，骨子里，却有那么一种灼人的热力，一旦靠近，简直要把人融化了。记得第一回，柏一成看着小娆疯狂的样子，心里既惊诧，又十分欢喜。小娆的呻吟和尖叫，仿佛淋漓的春雨，密密地落下来，床上床下，湿漉漉的都是。柏一成慢慢闭上眼睛。浴室里传来哗哗的水声，隐隐约约地，还有小娆的歌声。那只花猫跳到他怀里，柔软的头在他的手背上蹭来蹭去。这家伙，一星期不见，大约是想他了。柏一成伸手把它揽过来，花猫温柔地叫了两声，在他怀里扭动着身子，有点撒娇的意思了。

床头灯重新亮起来。小娆把头埋在他的怀里，长发有些凌乱。柏一成摩挲着她的背。小娆的背光滑细腻，有着美好的弧线。柏一成的手慢慢摩挲着，回味着方才那一场恶战。小娆简直就是一只小兽，咬他，掐他，又狂暴，又温柔。柏一成心里长长地叹一口气。身体里的潮水还没有完全平复，一波又一波，袭击着他，激起他一阵阵甜蜜的眩晕。柏一成最喜欢的，是小娆迷醉的样子。他喜欢开着灯，看她。小娆一次一次把灯关掉，他一次一次把灯打开。他们喘息着，纠缠不休。他喜欢这种纠缠。

他想起第一次见到小娆的情景。那一次，他在B大有个讲座。本来，B大金融学院他是去过的，可是那一回，莫名其妙地，他却在偌大的校园里迷路了。一幢幢灰色的教学楼千篇一律。看看手表，马上就要迟到了。正焦虑间，一个女孩子飘然而至。那是他第一次见到小娆。后来，他们一次次回忆起那一天的邂逅。设想着种种可能，或者不可能。小娆一遍又一遍地逼问他，第一回见面，是不是就喜欢上了她？他说是，当然是，第一眼看到你，就想抱住你，然后——然后——她嘟起嘴，一脸的嗔怨，一对小拳头毫不留情地落在他的肩上，胸前。他享受着这种捶打。内心里仿佛流淌着一条河，饱含春汛，温柔而动荡。真他妈的。五十多岁的人了，简直又回到了三十多年前，像一个毛头小伙子，又急躁，又汹涌。这种感觉，真是久违了。看着小娆的小模样儿，他心里暗暗叹了一口气。其实，他说的不全是实话。怎么说呢，这么多年，在官场上，莺莺燕燕，花花草草，他是早就见惯了。这么多年，各种各样的场面，他什么没有见过？那一回，他记得，正是初春，小娆穿一件奶白色短衫，牛仔裤，一头长发束在脑后，有一种俏皮的朝气，一眼望去，就是一个稚气未脱的女学生。可是，她笑的时候，却不一样了。她的嘴角翘起来，弯弯的，牙齿白得耀眼。他喜欢牙齿好的女孩子。他惊讶地看着眼前这个女孩子，一时怔住了。这个女孩子，笑的时候，整个人仿佛绽放开来，灿烂，明艳，有一种惊人的光芒。正怔忡间，那个女孩子一转身，跑开了。后来，他也就把这件事忘记了。每天，他都有那么多公务要忙。仕途险恶，到处都是钩心斗角，尔虞我诈，在他这个位置上，更须得时时处处，如履薄冰。他这个人，最大的长处，就是知道行止，知道进退。他懂得分寸。轻与重，缓与急，他胸中有数。比如说，他的婚姻。

怎么说呢，当初，他同武洁，是有那么一些门不当户不对。他是农村出身的穷小子，来到这座城市，无非是凭借手里的一支笔，一路厮杀，过五关斩六将。最终挤进来的时候，发现自己竟依然一无所有。在这个陌生的城市，他只能白手起家。而武洁呢，是这座城市的土著，尤其重要的是，武洁的父亲，是这座城市的当权派，二号人物，一人之下，百万人之上。他知道这一点的时候，已经是大学快毕业的时候了。当时，他利用大学时代的最后几个月，一举攻下了武洁这座堡垒。公正地说，武洁的容貌是太平凡了一些。然而，更让他绝望的是，作为女人，武洁过于呆板无趣。在闺帏之中，武洁简直令他无可奈何，令他有苦难言，令他对人生常常生出一种莫名的气馁和绝望。而柏一成自己，却是一个精力旺盛的男人。后来，同小娆在一起缠绵的时候，柏一成总是情不自禁地暗自感叹，女人和女人，竟然是如此的不同。当然，感叹归感叹，柏一成清楚，对武洁，对自己的婚姻，他只能认命。至少在两年之内。武洁的父亲，他的老岳父，还有两年才能到点。而且，即便是退下来，老爷子门下生徒众多，遍布各要害机关，余威犹存，几年之内，他决不可轻举妄动。

小娆的身子侧过来，把自己的脚勾出他，手有些不安分起来。柏一成一个鹞子翻身，一下子把她压在身下。小娆尖叫起来。那只花猫站在卧室门口，瞪着一双绿幽幽的眼睛，看着床上两个不可开交的人，一时惊讶得忘了叫唤。

客厅里静悄悄的。一线灯光从卧室的门缝里泄露出来，在茶几边缘拐了一个弯，静静地落在地板上。柏一成蹑手蹑脚地走进浴室，轻轻开了灯。他重新冲了个澡，洗漱，把换下来的衣服扔进洗衣机里，放好水，泡上。他是担心身上的味道。小娆的香水，实在是太特别了。他曾经试探着建议她另换一款，小娆听了，当时就笑了，一双眼睛直看到他的眼睛里去，从压扁的嗓子里挤出一句话，是不是让我们两个用同一款啊？这个小娆！

他在浴室里磨蹭了很久，才慢吞吞地进了卧室。灯已经关了。他心里暗暗松了一口气，料想武洁一定是睡着了。他悄悄地上床，躺下，不想，武洁在黑影中说话了。回来了？他吓一跳。只好打点精神，慢慢把手伸过去，把身边的女人揽住。武洁穿着宽大的睡衣。也不知道为什么，似乎从一开始，武洁就喜欢这种睡衣，中性的色彩，中性的样式，没有丝毫女人味道。柏一成想起小娆那一衣橱千姿百态的睡衣，每一回都令他意乱情迷。正胡思乱想着，武洁把身子碰一碰他，他正待有进一步动作，却听见武洁说，非非的成绩单，你明天看看吧——快要把我气死了。他知道自己方才会错了意，心里有些懊恼，又有些释然，一面掩饰地把手握住嘴巴，打了个长长的哈欠，一面问道，怎么回事？这小子——武洁说，你在家，他没敢拿出来——明天，你跟他好好谈一谈吧。高三了都，正是较劲的时候。

柏一成赶到会议室的时候，大家已经在等他了。柏一成在桌子的一端坐定，环视了一下他的部下。真皮大转椅宽大舒适，面前是打开的文件，茶已经沏好，袅袅地冒着热气。柏一成往椅子深处靠了靠，又环视了一下他的部下。他们都屏息凝神，望着他。柏一成喜欢这种感觉，这种居高临下掌控一切的感觉。都说男人是权力动物。这话真是对极。权力本来就是雄性的某种符号，某种象征，是题中应有之义。谁不热爱权力？尤其是，男人。男人一旦有了权力的冠冕，无论容貌如何，无形之中就平添了某种气质，或者叫做气势也好。中央空调细微的声响时隐时现。房间里温度适宜。柏一成一面听着下属的汇报，一面把一支铅笔在手里慢慢旋转着。这是小娆喜欢的动作。小娆能把一支笔在手里玩得花样百出，而决不会让它掉下来。他想起儿子写作业时，也喜欢玩笔。为此，武洁都不知费过多少口舌了。这个小娆。简直就是一个孩子。小娆刚大学毕业，可不就是一个孩子。可是，谁会相信呢，小娆这样一个顽皮的孩子，竟然有着那么令人销魂的一面。想起小娆的某个神情，柏一成的一颗心就纷乱起来。

下了班，柏一成开车去东方购物中心。下周六是小娆的生日。为了给她准备礼物，他早在一个月前就开始动脑筋了。本来，柏一成不是一个心细如发的人，在一些生活琐事上，尤其不拘小节。他自己的生日，从来都是武洁提醒。他们母子的，他倒是在武洁的强烈抗议下，渐渐记牢了。儿子的生日，他应该记住。武洁的呢，他是不得不记住。他最烦武洁上纲上线。为了一个生日，不值。因此上，每逢这两个日子，都是秘书事先提醒，并代他去办妥相关事宜。于是，武洁相当满意。于是，天下太平。柏一成喜欢天下太平。

然而，小娆就不一样了。那一回，他忘记了小娆的生日。小娆是怎么惩罚他的？小娆不哭，也不闹，小娆只是不给他开门。电话也不接。小娆对他实行了全线封锁。整整一个星期。柏一成如何受得了？那一天，他躲在走廊的拐弯处，等小娆回家。楼梯上，人们上上下下，都忍不住回头看他一眼。一个衣冠楚楚的男人，躲在角落里，一脸的紧张和惶恐，怎么说，都让人心生诧异。小娆的高跟鞋敲击地面的声音，由远而近，每一声都敲在他的心上。趁她开门的时候，冷不防进行了袭击。小娆让他进了门，却依然不理他。自顾吃饭，沐浴，更衣。柏一成看着她芙蓉出水的样子，湿漉漉，粉白脂红，简直让人发疯。他知道这个时候是不能用强的，就只有软下身段，刚要在她面前跪下来，小娆却一下子扑进他的怀里，两条胳膊绕住他的脖子，吊在他的身上，两条长腿环住他的背。他们就那样站着，激烈而恣意。他的手机铃声一遍一遍响着，不厌其烦。后来，只要一听见那种铃声，他就不禁会想到那一回。晚霞满窗，像女人脸颊上洇染的红晕。柔软的地毯在脚下沦陷。梳妆镜里的世界，在幽暗的光影中节节败退。繁花似锦。芳草遍地。那可真是一个难忘的傍晚。

　　商场里人不多。这种商场，华丽空旷得惊人。当然，这里的东西也贵得惊人。柏一成慢慢走进珠宝区，早有一个服务生走过来，向他微笑，颔首，请他坐下，问他要茶还是咖啡。他在那种高高的椅子上坐下来，慢慢品着茶，看服务生把戒指一款一款拿过来，请他过目。他知道，他脸上的神情震慑了这个笑容甜美的姑娘。她的殷勤小心中带着一种无法言说的敬畏。这么多年，他习惯了这种感觉，并且，享受这种习惯。小娆却是一个例外。想起小娆，他的心里跳了一下。小娆。小娆是一个懂事的女孩子。她从来没有主动向他提出过任何要求。包括婚姻。这一点，令他心里又疼惜，又有些失落。有时候，他甚至希望小娆求他，或者，跟他闹，哭得梨花带雨，要他娶她。可是，没有。小娆甚至从来没有同他一起畅想过未来。虽然，她在情急之中会喊他老公，亲老公。然而更多的时候，她喊他哥哥，好哥哥。喊他叔叔，坏叔叔。喊他流氓，大流氓。小娆的喊声又娇柔又甜美，让他真想做一回勇士，在她的桃花树下从容赴死。真是一个小可人儿。他把一枚戒指放在掌心里，眯起眼睛看。这是一枚钻戒，细巧，秀气，简约。他想象着小娆修长的手指戴上它的样子。那个笑容甜美的姑娘侍立在一旁，不用抬头，他就能够猜出她此刻脸上的表情。

回到家的时候，武洁正在厨房里忙碌。砂锅里炖着鸡汤，咕嘟咕嘟响着，白色的水汽夹杂着诱人的香味，在房间里弥漫。电视里正在播新闻。柏一成一面换拖鞋，一面把包挂在衣帽橱里。武洁从厨房里探出头来，拿下巴指了指儿子的房间，努努嘴巴。柏一成知道是儿子又出状况了。他叹了一口气。这个柏非，从来都不肯让父母省心。

儿子的门上贴着一张骷髅头。也不知怎么回事，这小子热爱骷髅头。他的房间里，到处都是这种贴画，一眼望去，很是恐怖。不仅如此，他的书包上，T恤上，鞋上，也都是骷髅头的世界。为此，武洁都抱怨过多少次了。然而，无效。柏一成却开玩笑说，由他去好了。骷髅怎么了？那才是生命的本相。

儿子正坐在电脑前。他看了一眼电脑屏幕，是桌面。想必是听见动静紧急关闭了窗口。桌面上，是儿子去年在海南的一张照片，皮肤晒得黑黑的，笑得很放肆。他在床上坐下来，看了一眼对面的儿子，一时竟不知该说些什么。儿子酷肖他。用武洁的话，简直就是一个模子刻出来的。武洁说这话的时候语气复杂，仿佛是抱怨，又仿佛有一些骄傲，还有那么一些无可奈何。他看了一眼儿子，忽然发现，儿子变了，变得有些陌生。父子两个站在一起，几乎一般高了。儿子的喉头已经鼓起来，嘴唇上也冒出了毛茸茸的小胡子。正在变声期，嗓音扁扁的，像一只小公鸭。他看了一眼儿子骨节粗大的手，心里计划着该怎样同他谈一谈。高三，冲刺的阶段到了。

柏一成靠在床头看杂志，心里却在盘算着这个周六的事。刚

才武洁在饭桌上说，二十五号是武洁父母的金婚纪念日。她让柏
一成抽时间准备礼物，老爷子喜欢茶，老太太呢，热衷于厨事。
武洁同他商量，就送父亲一套紫砂茶具，还有那种特供的龙井。
送母亲一套德国进口整体橱柜，他们厨房里那一套，也该退休
了。当时，柏一成一面吃饭，一面呜呜啊啊地应着。此时，他在
心里掰着指头算了算，不好，二十五号正是本周六。而周六是小
娆的生日。妈的，怎么会这么寸。最近忙着同小娆约会，有一阵
子不去拜见岳父大人了。

武洁坐在梳妆镜前敷面膜，一面絮絮地说起了儿子柏非，
说他这回考试成绩又跌了五名，老师要约家长谈一谈。武洁把声
音压低，说，这小子，不是早恋了吧？这一阵子，特别爱在镜子
面前臭美。柏一成说，不会吧——再说，也没有这种遗传基因。
武洁慢慢转过身来，说是吗？有很多东西，根本不用遗传，也不
用老师教——无师自通——柏一成看着她那张黑绿的面具，忽然
感到一种莫名的寒意。手机响了，有短信进来。柏一成担心是小
娆，故意慢吞吞地从睡衣兜里掏出来，一看，果然。小娆从来不
在他不方便的时候跟他联系。也不知道今天是怎么回事。小娆的
短信只有一个字，念。柏一成的心跳起来。一面回复道，疼你。
一面说，现在垃圾信息真讨厌。看来，有必要立法惩治了。武洁
正专心剪指甲，哼了一声，没再搭话。柏一成把手机里的短信删
掉，心里回味着小娆那一个字，有些心猿意马了。

小娆毕业后没有找工作。不是找不到，是他劝阻了她。他
喜欢一进房间就看到她慵懒的样子，穿着舒适的家居服，或者，
睡衣。小娆拥有那么多睡衣，风情万种。他喜欢看她穿睡衣的样
子。他说，女人是属于卧室的，属于睡衣，属于夜晚，属于男
人。当时小娆听了这话格格笑起来。我可是个女性主义者。她说
的是实话。她的毕业论文题目就是《论中国当代女性文学的伦理

叙事》。柏一成看着她的样子，有些按捺不住。小东西。他愿意
把这小东西养起来，金屋藏娇。他愿意。这么多年，在女人方
面，他几乎所向披靡。只要他愿意。可是，他也是谨慎的。他从
来都不会让自己陷进去。他从容，决断，进退自如。对感情，或
者说，对女人，他胸中有数。

然而，事情到了小娆这里，似乎不一样了。

柏一成把手里的杂志扔在一旁，看武洁还在梳妆镜前忙碌，
心里忽然就莫名地烦躁起来。

天气不错。这个城市，秋天算是最好的季节了。街道两旁，
种的都是银杏树。金黄的树叶，经了阳光的照射，格外耀眼。柏
一成在十字路口下了车，吩咐小毛回去。小毛看着他的脸色，说
柏局，什么时候来接您？柏一成摆摆手，今天周末，你回去陪陪
老婆。怎么说也是新婚嘛。小毛连连哈腰，说谢谢柏局心疼。柏
一成看着他的样子，微微蹙一蹙眉，却笑了。他是想起了自己年
轻的时候。那时候，刚刚大学毕业，大约也是小毛这种年纪吧。
青涩，拘谨，对谁都是一张笑脸，咧着嘴，一口牙齿都笑得酸凉
了。当然，那时候，他已经同武洁恋爱了。可是，他心里依然没
底。不是武洁。是武洁的父亲。武洁的父亲军人出身，雷厉风
行，单单坐在那里，就有那么一种不怒自威的意思。记得第一次
到武家，他站在堂皇的客厅里，简直是手足无措。武家的客厅，
装饰得简洁，却大气，让人莫名地感到自己的小。当时，他站在
客厅里，看着一个高大的老人从楼梯上下来，穿着家常的衣裳，
叼着一只烟斗。武洁像只小鸟一样，飞过去，挽住他。他任由她
挽着，脸上是那种父亲对女儿的疼爱和顺从。见到客人，请他
坐，吩咐阿姨沏茶，一面同他闲聊。柏一成小心应答着，他注意
到，老人目光犀利，常漫不经意地从他身上扫过。后来，他常常
想，老人饱经沧桑，阅人无数，在他锐利的眼睛里，自己是怎样

一个人？武洁一直陪在身边，给他们削水果，时时插上一两句，一成长，一成短，眼神柔软，眼波明亮，是那种恋爱中的女孩子特有的神态。那一天，武洁的母亲留饭，被柏一成婉辞了。出了武家，他感觉背上已经被汗水湿透了。浑身的肌肉，由于紧张，僵硬，酸麻，仿佛不属于自己了。这些，他从来没有对武洁讲过。当时，他只是为了自尊，为了面子。他怕武洁嘲笑他。他是在后来才慢慢知道，有些事情，还是不说的好。尤其是，在夫妻之间。后来，他又有几次到武家，每一回都是如履薄冰。武家那座奶黄色小楼，在他心目中，简直就是一座火焰山，是一座碉堡。他得飞蛾扑火。他得像战士一样，攻克，并最终占领。谁都无法想象，在武家堂皇的客厅里，他这个乡下出身的穷小子，经历了怎样的一种磨砺和考验，即便他自己，想起来的时候，都觉得是一场梦，不堪回首。后来，终于有一回，武洁学着父亲的口气，一种山东风味的普通话，说，孺子可教。一年后的某一天，才是最关键的一句话，可堪大用。当时，他看着武洁那调皮的样子，第一次，觉得眼前这个女孩子，真是可爱极了。

　　马路南侧，有一个街心花园。柏一成在花园的长椅上坐下来，慢慢点燃一支烟。小毛的车子早已经看不见了。小毛是他的司机，人倒朴实，可是，他还是不愿意让他对自己的私生活介入太深。世间的事情，往往是在最忽略的地方，让人猝不及防。这样的例子太多了。或许，别的事情可以。但小娆这件事不行。小娆。他深深吸了一口烟，慢慢吐出来。小娆。想起小娆，他的心里摇曳了一下。刚才，在路上，他本来是要给小娆短信的，用他一贯的口气，亲爱的美羊羊，灰太狼要来了。在对小娆的称呼上，他常常是灵感迸发。他叫她傻孩子，坏宝贝，小色女，大屁妞——小娆有一枚丰美的屁股，同细细的腰肢搭配在一起，效果简直是强烈到令人眩晕。然而，鬼使神差地，他最终没有把那条短信发出去。他把它存到草稿箱，打算给她一个惊喜。今天周五。通常情况下，他周日来。从早到晚，整整一天，都属于他和小娆。他们大多时候待在家里。冰箱里有足够丰富的食物。有时候，他们也叫外卖。偶尔，拗不过小娆，他也会开车带她出去兜风，购物。两个人都带着宽大的墨镜，仿佛神秘的刺客。走在街上，他感到小娆的指甲深深陷入他的手掌里，这个傻孩子！他被她的情绪感染了，一颗心怦怦跳着，在滚滚的人潮中，感受到一种隐秘的快乐。本周六，武家是一定要去的。金婚纪念，一生只有一回。而生日，每年都有，去了，还回重来。更重要的是，最近，单位人事上有些风声，他正好借此机会，去找老岳父探探口气。当然，这样恐怕小娆会不高兴。所以，今天这个突然袭击，就显得格外关键。他摸了摸衣兜，那个小盒子，温柔地硌着他的腰。深紫色锻面心形首饰盒，精巧，华丽，高贵。更让人喜爱的，是它的内容。那枚钻戒静静地躺在黑色天鹅绒的背景上，放射出迷人的光芒。他想象着小娆看到它时的表情。小娆一定会惊呼吧，用她那软软的声音，然后，扑到他的怀里，撒娇，咬他的耳朵垂。他最受不了她咬他的耳朵垂。当然，也许，小娆会漫不经心地看一眼，平静地道谢，像她以往收到礼物的时候那样。也许。小娆这个女孩子，总是令他琢磨不透。这么点儿的小人儿，也不知道哪里来的那么大的定力。她几乎从来不主动联系他。电话，或者短信。每次都是他在忍无可忍之下愤然出击。逼问起来，只是一笑，轻轻地说一句，傻。他喜欢这个字。他愿意在她面前做个傻瓜。

夕阳在天边静静地燃烧。整个城市被笼罩在绯红色的霞光里。街心花园里，三三两两的老人，安闲地散步。一位母亲，推着婴儿车，一面走，一面跟车里的婴儿咿咿呀呀地说话。不知道婴儿做了什么有趣的表情，年轻的母亲格格笑起来，引得不远处的一对情侣回头朝她看。这条街叫花园路。想必是因为这个街心花园吧。小娆所在的小区就在花园路，六号。六是他的幸运数字。当初，买房的时候，他是特意挑选的。如今，也不知道怎么回事，年纪越长，越容易相信一些年轻时候不屑一顾的东西。比如说，幸运数字。比如说，爱情。爱情。这真是一个奢侈的词。柏一成摇摇头，有些难为情地笑了。他和武洁之间，是谈不上的。可是，他和小娆，是不是所谓的爱情呢？至少，他可以确信，有了小娆，这一生，也算是不枉此世。

对讲门可能是出故障了。他站在楼下，摁了两遍，都没有应答。这个时间，小娆应该不会出门吧。或许，她正在浴室洗澡，出不来，或者，不方便出来。小娆喜欢随时洗澡，最多的时候，一天沐浴五次。柏一成开门进去。他有钥匙。虽然，房产证上写的是小娆的名字。当他站在防盗门前的时候，他略微犹豫了一下，照例是摁门铃。还是没有应答。他忽然有些慌乱起来。

屋子里一片安静。不见小娆。一条热带鱼，摇曳着斑斓的尾巴，在水里活泼泼地游来游去，不时地吐出一串气泡。他站在客厅里，正怔忡间，那只花猫噌地一下跑过来，在他的脚边缠绵不休。他下意识地朝卧室的方向看去。门关着。但他分明感受到一种浪潮汹涌而出，整个屋子都在这浪潮中微微摇晃，摇晃。他感到口干舌燥。他甚至可以听见血液在血管里奔突的声音。他一下子把花猫掀开，走过去，一脚踢开卧室的门。空无一人。他愣了足足有十秒钟，才听见自己的声音，小娆——

夕阳已经慢慢坠落下去了，在楼房的那一侧，投下淡紫色的影子，夹杂着几许金红。柏一成坐在长椅上，茫然地看着眼前这个世界，这个正在慢慢降临的黄昏。暮色一点一点笼罩下来，街心花园里，远远近近的树木，花草，都渐渐模糊了，黑黢黢的，仿佛隐藏着无尽的秘密。向晚的风吹过来，他激灵灵打个冷战。

这才发现，背上竟然全是汗水。深秋的夜晚，究竟是有了一种凉意。他抱紧双肩，回味着方才的梦，心里突地跳了一下，然而，还是难为情地笑了。妈的。真是不可思议。

花园路六号。他站在门前迟疑了一下，慢慢地掏出钥匙。

一切都恍如梦境。

柏一成在卧室门口，停住了。他看到了一双鞋，黑色的耐克，很大，看上去，有些笨拙，然而彪悍。他的身体忽然颤抖得站立不稳。花猫在他脚边纠缠，他蹲下来，安抚着它，另一只手把那双鞋掂起来。鞋底上，贴着一张骷髅头。

柏一成蹲在那里，浑身乏力。

爱情。骷髅。

世事

小刁

从菜场回来，小刁心里还有些跳。这怎么可能。她把菜从购物袋里拿出来，一样一样放进冰箱。心里却想着方才那一幕，越想越觉出心头的恨意。怎么可能。一只鸡蛋挤破了，她仔细挑出来，准备晚上做菜。

太阳从窗子里晒过来，煌煌的，把半间屋子都晒热了。小刁起身把纱帘拉上，这才觉出背上出了一层薄汗，痒刺刺的难受。毕竟是五月的天气了。要是在老家，两场干风吹过，麦子就该泛黄了。老家。小刁叹了口气。电风扇嘤嘤转着，把迎面墙上的一架风铃抚弄得泠泠响。风铃是苏教授从国外带回来的，据说是给戴芬的情人节礼物。逢家里来客，谈话间，戴芬总是喜欢提起这架风铃，说别看小，价值不菲呢。客人就赞道，唔——到底是异国情调。这时候戴芬就笑得格外矜持。苏教授也笑，说喝茶喝茶，别光顾说话。一边就借故走开去。小刁看着苏教授的身影，心想这人，倒不好意思了。

　　苏教授在一家很厉害的大学教书，只听那名号，就让人心头一震。当初，表姨介绍小刁来苏家做工，小刁一口就答应下来。小刁也是念过书的人，多多少少做过一些不着边际的梦。后来，这梦就慢慢地破了。但小刁是知道这家大学的。苏教授，就在这家大学教书。真想不出。通常，苏教授一周去学校两趟。大多都是在家，把自己关在书房里，一关就是大半天。对于苏教授的书房，小刁一直很好奇。他在里面做什么呢。在这个家里，有两个地方，对小刁来说充满了神秘。一是苏教授的书房。第一回进去，小刁就震了一震。满屋子的书，煌煌地摆在那里，令她感到一种莫名的威压。还有一个地方，就是卧室，苏教授和戴芬的卧室。这是一套小复式，书房和主卧，都在楼上。小刁住楼下阴面的一小间，算是佣人房。苏教授夫妻的卧室，小刁轻易不进去。戴芬吩咐过，卧室一周做一次清洁好了，平时，她自己来做。这一周一回的清洁通常在周末。小刁做，戴芬从旁督着。卧室很大。跟小刁那间比起来，尤其大。葡萄灰天鹅绒窗帘拉开着，旁边是白色镂空纱帘。小刁半低着头，只看见一张大床，很触目地摆在当中，大得有些夸张，床头是繁复的雕花铁艺，斜倚着两只硕大的枕头。床上一派乱世的光景。小刁不敢细看，偏头却又瞥见床头的一幅油画，一个裸体的女人，斜斜地躺在那里，体态丰满，简直称得上肥胖了。小刁的脸腾的一下就飞红了，一双眼睛只是不知朝哪里看才好。

　　客厅里的那只落地式钟表当当响了。小刁一下子从沙发上直起身来，才知道方才自己是盹着了。太阳已经慢慢沉到楼房的那一侧了。钟表还在当当敲着，在这寂静的屋子里，竟有了一种古庙般的荒凉，是寸寸斜阳的意思。小刁呆了一呆，茫茫地看着周围。半晌，才清醒过来。该做饭了。

　　摘着青菜，小刁又想起了菜场上那一幕。怎么可能。或者是自己看错了。小刁在心里同自己争辩着。苏教授是从来都不去菜场的。可是，那套铁灰色西装，分明就是自己刚从洗衣房取回来的。还有那只公文包，赭红色的软羊皮，苏教授每回出门必带的。小刁把头摇了一摇，仿佛要把苏教授的影子摇走。当时，苏教授旁边，走着一个女人。那女人手里拎着购物袋，几棵蔬菜从里面探出头来，一颤一颤的。小刁刚要叫，只看见苏教授从女人手里接过东西，不知说了句什么，女人侧脸冲他笑了一下，苏教授也笑了，一只手把女人的肩揽一揽。小刁赶忙躲进人丛里，一颗心就怦怦乱跳了起来。

　　吃饭的时候，电视里正放着新闻联播，这是苏家的一种习惯了。苏教授慢慢喝着汤，偶尔歪过头同戴芬说一句。戴芬忙着啃猪手，嘴里呜呜嗯嗯应着。小刁只是进进出出地忙，趁机把厨房里的战场打扫干净。戴芬叫了几回，见她始终不肯坐过来，就不叫了。临出来的时候，娘仔细叮嘱过了，在人家里，要有眼力架儿，做在前头，吃在后头。小刁牢记了这一点。娘还说，多做事，少说话。这一句，小刁也刻在心里了。苏教授夫妻是南方人，在吃饭这件事上，就讲究得多。小刁人不笨，凡事肯动脑子，几个月下来，已经把饭菜做得有模有样了。小刁把料理台仔细擦拭干净，烧水，把茶具烫一遍。饭后，苏教授是要喝茶的。戴芬，则喜欢咖啡。小刁把咖啡壶洗好，取出两匙咖啡豆，在一旁候着。咖啡豆是苏扬从国外寄回来的，用戴芬的话说，到底是原产地，国内就买不到这么地道的东西。苏家的公子苏扬，在国外留学，已经两年了。小刁尖起耳朵听一听，客厅里的新闻已经结束，正在播天气预报。通常，这时候，苏家的晚餐也就接近尾声了。德国进口的整体厨具，到处闪着凛冽的光。只有窗玻璃是模糊的，经了方才蒸煮的热气，雾蒙蒙的不甚分明。这时候却一点一点冷下来，慢慢显出明净的脸。正怔忡着，听见戴芬喊她，赶忙把手往围裙上擦一擦，应声出去了。

晚上，小刁睡不着。她的房间里没有电视。枕边是几本杂志，叫做都市主妇的。有一回，戴芬让她把家里的旧杂志整理一下，卖掉。小刁见这杂志漂亮，就留下来两本。小刁把杂志胡乱翻了一回，又放下了。杂志里都是花样的人物，严妆，华服，鲜衣怒马，满眼都是光华，让人都不敢确信是天上还是人间。人和物也都是靡丽的，奢华的，弥散着远离俗世的高贵气息。小刁看着看着，心头就起了薄薄的气恼。房间里很静。她听得见楼上浴室传来忒啦啦的水声。周末，苏教授和戴芬照例是要晚睡的。小刁屏住呼吸听了一会，仿佛还有音乐，隐隐的，从天边迤逦而来。小刁关了灯。

周末，整个城市仿佛比平日慢了一拍。风悠悠掠过，把小刁的衬衫鼓起来。头发也吹乱了，她抬抬手，把它们捋到耳后。空气里有一种湿润清凉的味道，仿佛是老家院子里，竹竿上，晾着的成阵的衣裳。小刁把鼻子使劲吸一吸。小时候，她顶喜欢在娘的衣裳阵里捉迷藏。棉布的柔软，肥皂的香气，蹭在鼻尖上，湿漉漉的痒。一颗心怦怦跳着，正得意间，一双脚却泄了密。老马家的早点摊子已经摆出来了。小刁排着队，心里盘算着中午的饭菜。昨天戴芬吩咐过了，说是有客人来。小刁抬眼看了看天，太阳正一跳一跳地上来，把整条街照得明晃晃一片。

苏教授

书房里很静。苏教授把自己深深陷在转椅里，手中慢慢转着一支没开过刀的铅笔。昨晚睡得太迟了。头有点昏。戴芬难得好兴致，坚持要一起看完那张碟片。苏教授无法，只有陪着。戴芬穿一件苔绿的睡袍，是苏教授喜欢的那件，在他旁边偎着，安静得像只小猫。苏教授就有点过意不去，想了想，抽出一只胳膊来，把身边的女人围住。

说起来，苏教授和戴芬算是顶般配的一对儿。同学，又是同乡，一切都是顺理成章的。可是慢慢就不对了。究竟有哪里不对，苏教授也说不出。怎么说呢，苏教授是个极会应酬的人，北方人叫做打生场的，不论是什么样的场面，他都能够如鱼得水，在人情世故的拐弯抹角处，栩栩地游。相形之下，戴芬在这方面就基本上没有天赋。后天又不肯长进，自然就有了差距。家里缺少一个活泼大方的主妇，苏教授很少把朋友们带回来。他是体谅她的短处。人家只说是苏家夫妻不好客，苏教授就解释，家里地方窄——外面方便。还有一点，苏教授不说，只把它藏在心里。闺房中，戴芬也是少有闲情的。早在儿子苏扬出生之后，他们这方面的心思就渐渐淡了下来。有时候，看着戴芬那张波澜不惊的脸，苏教授就忍不住一腔的怒火。怒归怒，想一想，也就把自己劝开了。

阳光慢慢移过来，落在他身上。他把那支铅笔扔在一旁，这才感到口渴了。刚想叫小刁，又忍住了。小刁方才出去买菜了。家里要来客人。小刁这姑娘，踏实，能干，安静。这后一点是顶重要的。苏教授喜欢安静。第一次看见小刁，苏教授就有那么一点意外。小刁是戴芬找的，南方人，这一点，在他们夫妻两个是共识。可是，苏教授没想到，戴芬会找这样一个女孩子，年轻，也就十八九岁吧，新鲜得像是四月的草莓。他知道戴芬。在女人方面，戴芬对他是有戒心的。有一回，他的一个女学生来家里，谈论文的事。女学生长得标致，又正是好年纪，鲜花一般。一进门，戴芬的脸色就不大好看。女学生低着头，恭敬地叫师母好，戴芬只是很矜持地颔了颔首，十足的师母架子。谈话期间，戴芬不好从旁陪着，只是进进出出个不休，把一双绣花软底拖鞋踩得啪啪响。女学生走后，苏教授就发了脾气，把茶几上的一套紫砂茶具掀在地下，豁朗朗跌个粉碎。戴芬躲在楼上，到底没敢跑下来撒泼。苏教授站在那里，看着一地的狼藉，心头掠过一种很凛冽的痛快。碎了。碎了好。都碎了，才好。

这些日子，苏教授一直为学校里的事烦心。系里刚成立了研究中心，主任的位子，铁定是他的。从大学毕业，硕士，博士，留校任教，硕导，博导，一路走过来，也算是学校的元老级人物，资历都摆在那里，谁都奈何不得。可偏在这时候，从外校调来一个老邹。说是老邹，其实比苏教授还小一岁。这个老邹，江南才子，少年得志，在圈子里是早有盛名的。据说被学校千方百计挖过来，是要委以重任的。苏教授知道这个消息的时候，心里就匐的一下，想真是来得早不如赶得巧，这话看来是对的。其实，苏教授是什么都有了。职称，头衔，名望，车子，房子，从物质到精神，该有的都有了。按说，他不应该再为这么一个研究中心主任计较了。可是，他不计较，有人计较。旁人见了他，都是一副谨言慎行的样子，仿佛在陪着小心。这小心里有同情，安慰，也有那么一点幸灾乐祸——至少苏教授这么认为。这些年，他是太顺了。太顺了就会招人忌恨。平日里，人们都把这忌恨藏在心里，露出的只是笑脸，只是恭维，那是时机未到。时机一到，这帮孙子就变了嘴脸。人这东西，真是可怕。

苏教授重又把那支铅笔拾起来，在手里慢慢转动着。他不能坐以待毙。大家都看着呢。不说旁人，单是自己那一帮硕士博士，也咽不下这一口恶气。

书桌的一角，几枝百合开得正好。纯净的白色衬了暗绿的陶器，有一种远离尘世的美。小刁这女孩子，倒真是不简单。先前，戴芬只知道把一大捧鲜花买回来，枝叶交错，插在花瓶里，繁华中处处透出一股富丽的俗气。一个文艺学的教授，竟然比不上一个乡下来的女孩子。说出去，只怕都说是杜撰。一小片阳光落在百合的花瓣上，那白色中就透出隐隐的青，简直要透明了。苏教授眯起眼睛看了半晌，心头忽然就躁起来。

戴芬

戴芬坐在床边，把一只脚跷在梳妆杌上，很耐心地修指甲。窗帘低垂，只亮着壁灯。有一面墙壁是青砖砌就的，暗青的色调配上粗粝的质感，透出一股子特别的风味。这是苏教授的意思。当初装修的时候，两个人还为这个起了争执。戴芬是喜欢堂皇的，她早看中了同事家卧室的那种壁纸，淡金的底子，上面一亮一亮地闪出无数的梅花桩，说不出的典雅高贵。可是苏教授偏说是太俗，就要最简单的青砖，再好不过。墙上是麦秸编的壁挂，金黄的色调，一个戴斗笠的女子，线条夸张，有一种惊心动魄的美。旁边是一盏灯，木质的框子，乌沉沉的，年代久远的风尘，都在里面里了。这也是苏教授的意思。不知从什么时候开始，在这个家里，苏教授的意志，就是一切了。戴芬心里愤愤的，却又奈何不得。她很知道，在苏教授那里，自己的分量有多重。墙角的那张古筝，是戴芬的旧物。算起来，戴芬也是有家世的人，祖上是江南一带的望族，算得上诗书传家的门第。到了戴芬这一代，虽说是家道没落，却也处处流露着大家的遗风。当年，戴芬的古筝在学校里是有名的。女孩子，容貌之外，倘若再有诗琴书画的才情，就越发平添了几分颜色。其实，戴芬的追求者，绝不止苏教授一个。论起来，苏教授的出身，倒是最提不起来的。苏教授来自南方一个偏远的小镇，全凭了自己的上进，一步一步走到今天。按说，这样的两个人，是最不该走到一起的。可是，这世上的事就是这样不讲道理。戴芬喜欢苏教授的勤奋和才学，他背后的那个家乡小镇，倒也成了吸引她的一个神秘的世外桃源。在苏教授这里，戴芬自然是另外一个世界的人物，是站在云端的，远在天边，却又近在眼前。待真的触摸到了，倒常常生出一种做梦般的不真实。戴芬清楚地记得，第一次随了丈夫去苏家，阖家大小那一种惶然。小镇上的人，世面识见也浅，只是说苏家的儿子读书出息，不单中了第，还娶了个天仙样的媳妇，大户人家的千金。如今从京城回来，就有些衣锦还乡的意思。苏教授那一回喝了很多酒，脸上是志得意满的神情。

事情是什么时候开始发生变化的呢，戴芬想不出。她只知道，自己让丈夫受了委屈。戴芬是一个守旧的人。戴家的家教很严。尤其是女孩子，近于苛刻了。端正，是首要的，在男人面前，更要既端且凝了。性子里，戴芬原不是一个活泼的人物，如此，就更加了几分拘谨。女孩子的时候，这种拘谨倒有少女的羞涩在里面，反平添了动人的味道。待年纪渐长，这一点就慢慢显出它的短处了。苏教授又是这样一个长袖善舞的人，交游极广，场面上，最是能收能放。有了对比，更显出了戴芬自己的不够。这些年日子越好，换了大房子，苏教授呢，声名日炽，本该比从前好一些的。可是，却更不够了。

刚搬新居的时候，苏教授一帮朋友来家里，北方人叫做暖房的。苏教授请了一位女同事过来帮忙，说是怕戴芬太操劳，忙不过来。其实戴芬清楚，无非是担着她的心，怕她出丑。女同事人既漂亮，性格也大方，在戴芬的家里，倒有十足的女主人风度。那一天，女同事一身素色休闲装，简单，随意。倒是戴芬，早在几天前就为了那天的衣服伤脑筋。她知道苏教授，最是要人前的面子。戴芬挑了一袭纯黑的旗袍，银色滚边，戴芬皮肤又白，穿在身上，把苏教授都看得呆了。戴芬心里暗自得意，心想总算给自己争了口气。席间，女同事像一只燕子，端进端出，灵巧地在客人间飞来飞去。相形之下，戴芬反成了客人，穿着出客的衣服，很生涩地坐在原地。这时候戴芬才深深后悔了。在自己家里，穿什么旗袍。旗袍这东西，本就宜于轻歌曼舞，不染人间烟火的，却必得配了高跟鞋方才出类。可就更不便于一个主妇的角色了。戴芬偷眼看一看苏教授，能明显感到丈夫脸上的寒意，虽说他一直是在笑着的。戴芬坐在那里，看着一屋子的灯红酒绿，心头忽然就漫上来一重很深的怨愤。

那时候，小刁还没有来。小刁是戴芬托人从老家找来的。一则是因为这两年戴芬身体老是不好。戴芬生苏扬的时候，月子里落下了毛病，早年间倒不显什么，最近，却老是腰酸。二来呢，也是无聊的缘故。戴芬交际少，同事之外，少有朋友。这也是家教的影响。苏教授也不鼓励她出去交游。一是体谅她的短处，再就是担心她有同性间的对比，更加清楚她在家里的地位。当初找阿姨的时候，戴芬着实费了一番脑筋。年长的吧，自己这一关先是过不去。不说中年妇人太过圆滑世故，她不愿意清静之外再费精神跟一个阿姨周旋。单有一点，戴芬心里就不愿意，在她的感觉里，中年妇人总是有着不清洁的气息，不比年轻的女孩子，幼稚是幼稚了一些，可年轻就是年轻，单纯，干净，仿佛一张白纸，怎么描画都来得及。戴芬原是打定主意要找一个年轻女孩子的。这女孩子既是年轻，则一定要丑一些才好。至少要比戴芬丑。这个标准，是戴芬暗暗在心里定下的。托人的时候，又不好明说，结果一连看了好几个，都不如意。

小刁被领来的那天，正是个周末，苏教授也在。小刁很拘谨地站在客厅里，等着戴芬下楼。介绍人是一个同乡，踱到阳台上接手机，这时候门铃响起来，小刁愣了一愣，就跑去开门。只见苏教授从一楼的卫生间里出来，刚要制止，门却已经打开了。是苏教授的一个快件。苏教授交割完之后，上楼来，朝正在化妆的戴芬说，看你找的这人！快去楼下打发她走。戴芬问怎么回事，苏教授说，也不问是谁，冒冒失失就开了门。这怎么得了。戴芬看他动了气，嗓音老高，生怕楼下的人听到，那个同乡一片好心帮自己忙，倒把人家给得罪了。就说这点小事，至于吗？苏教授说，小事？真要是哪天放进来一个入室抢劫的，就好了。戴芬看他嗓门越发高了，心里有些不快。刚要堵他几句，想到楼下还有人等着，就把心头的恼火捺住，下楼来。一见小刁，就不觉呆了一呆，觉得好像在哪里见过。一面同那位同乡寒暄着，一面在心里盘算着找个理由把她推辞掉。刚要开口，小刁却说话了。声音低低的，都是道歉的话，大意是自己太疏忽了，以后不敢了。戴芬看着她那可怜的样子，倒不好再把自己的理由端出来了。想必是那位同乡已经训过她了也未可知。刚想说什么，苏教授打电话的声音从楼上传下来。戴芬看了一眼那个同乡，心想也不知方才他们夫妻的争执是否给她听去了。心头强按下的那簇火苗就霍地一下着起来。她看了一眼面前的女孩子，说，就留下来，试试吧。

戴芬是在后来才后悔自己太任性了。怎么说呢，小刁这个女孩子，勤快是够勤快，人也伶俐，什么事情，一点，就透了。这很让戴芬满意。只是有一点，当初来的时候，戴芬并没有看出小刁有多么的好看。乡下来的女孩子，在北京这样的城市，再大方，也总是有一种寒缩。旧衣旧衫，难免又带着乡下的村气。当时，戴芬也是憋着气，有报复苏教授的意思。可是现在，隔了一段日子，这小刁竟然出落得让人不敢认了。有时候，看着小刁忙进忙出的身影，戴芬心里就有些隐隐的不安。

电话丁丁响起来，戴芬扔下那套修指甲的兵器，用脚在地上摸索到了拖鞋，跑去接电话。是苏教授，说晚饭不回来吃。戴芬挂上电话，回头看了一眼床边杂志上那堆剪下来的指甲，一弯一弯的，像极了红的月亮。

小刁

　　吃过晚饭，小刁收拾停当，准备把浴室里那一堆衣服洗了。苏家的衣服一定要用手洗——戴芬说洗衣机到底是机器，怕洗不干净。大宗的床单被罩，原来都是送洗衣店的，现在有了小刁，就在家洗了。戴芬一个人吃完饭，把餐厅里的电视啪啦啪啦换了一过，就扭身上了楼。今天的晚饭，苏教授又没有回来吃。这些天，苏教授似乎一直都很忙。小刁把苏教授的一件衬衣拎出来，翻出领口袖口，刚要搓，忽然闻到一股细细的香气。她把鼻尖凑上去，仔细闻一闻，果然是香水味。苏教授一向不用香水。戴芬的香水味道，小刁是熟悉的。小刁心里突地一跳，忽然就想起那天菜场上的事。

　　来苏家这么久，对于苏教授夫妻的关系，小刁也看出了一些头绪。通常，在家里，苏教授是沉默的，只有在接电话的时候，或者是来了客，家里的空气才活泼起来。这时候，小刁才发现，苏教授其实是一个很风趣的人呢。他朗声说着话，谈论着时局，学术，间或就纵声笑起来，露出一口耀眼的牙齿。在人前，戴芬也同平日不一样了。苏教授同她说话，她会做出不耐烦的样子，或者两句话把他堵回去。逢这个时候苏教授就好脾气地笑一笑，不同她计较。小刁看了，心里很替她担着一份心事，想戴芬这是何苦，当着外人，平白地把一个泼悍的名声扬出去。苏教授也是可恨，人前十足一副好丈夫的样子，待关起门来，却又不知如何光景。对于他们夫妻之间的事，小刁向来是一眼睁一眼闭的。在这样的人家做事，自己一个女孩子，该谨言慎行才好。人家终究是夫妻，自己一个外人，又是这种身份，时时事事，都要知道本分。小刁低头奋力搓洗着衣服，那股香气淡淡地还在，她又想起了菜场上的事。那个女人，看样子总有四十岁了。一眼之下，好像还不及戴芬身材高挑，剪着短发，衣服也未见得多么时尚，仿佛是一件石绿的开衫，倒是同苏教授的铁灰色西装很协调。当然也许完全是她的胡猜。或者就是他的一个女同事，也可能是亲戚，也未可知。正胡思乱想着，听见戴芬在楼上叫她，就匆忙擦了手，出去了。

戴芬在床头歪着，听小刁进来，就从枕上把头侧过来，说是胃不舒服，让小刁给她灌只热水袋来。小刁知道戴芬有胃寒的毛病，家里本来有一种电热宝，苏教授特为买回来的，可是戴芬只抱了一回，就丢在一旁。说是一开始太热了，受不了。降温也太快，一会工夫就凉了。还是热水袋好，一向用惯了的。小刁就灌了只热水袋送上来。戴芬抱着热水袋，依旧躺在那里。说口渴，让小刁拿一盒酸奶来。小刁心想，为了胃寒，抱着热水袋，现在又要酸奶，算怎么回事。酸奶从冰箱里拿出来，一定是冰凉的，又不能热。就劝她说，还是喝点热水吧，酸奶太凉了。戴芬只是坚持要酸奶，小刁无法，就拿了来，在微波炉里用低火稍稍热了一分钟。戴芬躺在床上，听见外间微波炉丁的一声，就说，叫你不要热——我就想喝凉的。小刁心想，这人，真是不知好歹。就赌气跑到厨房从冰箱里再拿出一盒冰凉的来，递到戴芬手上。戴芬用吸管慢慢啜着酸奶，吸一下，在口里含半天，才皱着眉细细地咽下去。小刁从旁看着，心里想，这又是何苦。就转身下楼洗衣服。刚搓了满手的肥皂，就听见戴芬又在楼上喊她。她忙把手上的肥皂冲一冲，张着两只湿淋淋的手，上楼去。

戴芬已经坐起来了，那盒酸奶放在床头，不知道喝完没有。戴芬把手抬一抬，指指自己的太阳穴，说，头疼。你帮我捏一捏。小刁把手擦干净，慢慢地帮戴芬捏头。戴芬是一头卷发，染成浅浅的栗色，随着小刁的手的动作，一颤一颤地摇着，小刁闻到一股洗发水的香气，一蓬一蓬地从卷发的深处升起来。小刁心

想，戴芬今天怎么回事，这一晚上折腾几回了。莫不是同苏教授
吵了嘴，还是在单位受了闲气。即便是这样，也不能拿她出气
啊，她只是他们家的阿姨，说好只干家务的，现在倒好，成了她
的出气筒不算，还兼着按摩的活儿。戴芬闭眼半躺着，脸上没有
一丝表情，也不像从前那一回，小刁一捏，她就口里哎哟哎哟愉
快地呻唤。捏了半晌，小刁感觉手指都酸疼了，戴芬也没有让她
停下来的意思。她心里着急，浴室里还有一堆衣服泡着，一会
苏教授回来，万一要用浴室，可怎么办。她看了一眼戴芬的脸，
说，好些了吗？要不我一会再过来，楼下还有衣服没洗完，苏教
授——戴芬并不睁眼，说，你倒把苏教授很放在心上。小刁一下
子气结，心里却全明白了。这个女人，是在吃她的醋。刚要开口
辩驳，楼梯上有皮鞋声橐橐响起来，是苏教授回来了。

　　月亮透过窗帘，一点点漫进来。小刁躺在黑暗里，看着那昏
昏的月光发呆。在乡下，想必是很好的月色吧。月亮又大又白，
斜挂在中天，整个村庄都仿佛是洗过了，静谧，纯洁，只偶尔有
几声狗吠，零零落落的，过后，又是一片宁静。村子里的一切，
都在梦中了。小刁盯着那月光看了一会，心里什么地方就恻恻地
疼起来。想起自己一个人离乡背井跑到北京来，原是想多挣些钱
给母亲治病。母亲是个病秧子，家里弟妹又多，只靠父亲一个
人，日子的艰难是可以想见的。本来，小刁是一心打算读书，父
母也打定了主意要把女儿供出去，在那一个乡里，小刁的念书好
原是出了名的。念到高中的时候，小刁的母亲住院了，需要一大
笔钱，亲戚邻里都借了一遍，竟还是不够。小刁就一个人悄悄把
行李搬回来，退了学。学校方面一趟一趟地力挽，父母也苦劝，
小刁始终不说话，心里却是拿稳了主意。这是命。谁敢说这不是命？

　　月亮一点一点坠下去了，也许是沉到了窗子的另一侧。小
刁把两只手抱到胸前，慢慢捏着自己的指关节。今天泡水太久的

缘故，她手上的皮肤皱起来，指甲也有些软了。她想起戴芬的那一张脸，心头又是一片悲凉。凭什么，戴芬她凭什么呢。自己的丈夫，防贼似的防着就是了，凭什么要把她小刁牵进去？自从进苏家以来，小刁自认是最知道行止进退的。不该说的话，决不多说一句。不该走的路，也决不肯多走一步。饶是这么着，竟还是惹来了戴芬的猜忌。说千道万，还不是因为小刁只是他们家的阿姨，一个外地的女孩子。要是换了二人，量她也得多一层顾忌。

月亮是完全沉下去了，窗子上却微微泛起了青白。小刁在黑影里躺着，感觉腮边凉凉的一片，手一触，枕上竟全湿透了。她深深叹了口气。

苏教授

书房里弥漫了一片墨汁的味道。苏教授正站在案前，埋头练字。旁边的地上是写过字的宣纸，一张一张摆开来。苏教授一向喜欢书法，兴致好的时候，会一连写上两个钟头。在圈子里，他算是多才多艺的一位，古典的，现代的，都能够拿出那么一手。就有人说了，苏教授这人，懂情趣，不像那些做死学问的冬烘先生。苏教授听在耳朵里，知道人家是在恭维他，但还是十分的受用。

小刁走过来，踮着脚绕过地上的宣纸阵，来到书桌边，站在一旁看。苏教授并不理会，只是专心写字。看了一会，小刁说，教授，中午，吃什么？苏教授这才停下来，说，怎么，戴姨不在？小刁说是，戴姨单位有事，中午不回家吃了。苏教授两只眼睛看着宣纸上的字，似乎在思忖着小刁的问题，半晌，却说，你看，这首词——你知道吗？小刁看了一眼上面的那首词，知道是李后主的句子，就说，模糊记得一些。因慢慢念了出来。小刁说一口南方普通话，又糯又甜，已经完全没有了初来时的乡音。苏教授看着她一张一翕的两片红唇，心里想，这女孩子，倒是有那么一股子灵气。

吃完中饭，苏教授照例是看一会午间新闻，小刁出出进进地收拾碗筷。电视里正在讲高校的学术腐败，苏教授心里说，幼稚。凡事都要追根溯源，如今高校里那一套机制，不滋生腐败，倒怪了。苏教授如今是该有的都有了。可是那些初出茅庐的新人，就难了。弱肉强食，这几乎是一条铁律。在北京这种地方，尤其如此。他又想起了老邹。据说，老邹是魏院长的亲戚，而魏院长又是一个手眼通天的人物。不仅是钱校长的红人，还跟上面有着千丝万缕的联系。老邹。苏教授盯着电视上女主持人的嘴，皱了皱眉。看来，这件事并没有他想象的那么简单。

厨房里飘过来一阵草药的味道。苏教授近来睡眠不好，朋友介绍了一位老中医，开了个方子，这些日子正在服中药。苏教授抬眼看了看表，关了电视，上楼。经过厨房的时候，看见小刁正站在炉子前。炉子上放着一只砂锅，正咕嘟咕嘟煎着药。苏教授说，小刁，不急，午睡起来才吃。小刁回过头来，吃了一惊的样子，眼睛里雾蒙蒙的，可能是蒸汽薰着了。苏教授并没有等她的回答，笑了笑，上楼去了。

一床的阳光，软软地铺过来，把整个人都给包围了。苏教授躺着，暖暖的有了些困意。仿佛有一只老猫，毛茸茸的在身侧拂来拂去，喉咙里有呼噜呼噜的响动。也不知过了多久，门嗒的一声，戴芬回来了。戴芬似乎刚洗过澡，湿漉漉的头发，穿一件柠檬色吊带装。苏教授微微睁了睁眼，就又闭上了。只一会，就又被摇醒了。眼前的戴芬竟然把睡裙除去，只穿了黑色蕾丝胸罩和三角裤，衬了粉琢一般的肌肤，身后的阳光竟一下子黯淡下来。苏教授不觉就呆在那里。戴芬笑着，并不说话，幽幽地，一直看到他的眼睛里面去。苏教授的半边身子就先自酥软了。戴芬把身子腻过来，苏教授闻到一股细细的香气，丝丝缕缕，在他身畔蜿蜒游动。他一把把她揽过来，一边心想，这倒是百年不遇的事情。什么时候，戴芬也懂得略解一些风情了。屋子里的光线慢慢黯淡下来，有一种雾样的柔情一点一点把他们包裹起来，丝绸一般，闪着温柔的光泽。苏教授低头看着怀里百媚千娇的女人，胸中的感慨像潮水一样汹涌不已。看着看着，苏教授就怔住了。怎么，是小刁。小刁的眼睛闪闪发亮，像浸在寒水里的星星。苏教授结舌了半晌，刚要开口，只见小刁把一只手掩住了他的嘴，自己却吃吃笑了。苏教授越发说不出话。小刁花瓣一样的唇就依了过来，苏教授眼前一片乱云飞渡，整个人就忽悠一下飞上了云端。

一地的斜阳。床头的闹钟克丁克丁走着，在这寂静的黄昏，每一声都格外地惊心动魄。苏教授半闭着眼睛，这才觉出背上毛茸茸地出了一层细汗。梦里的情景，一忽清晰，简直就如在眼前；一忽模糊，仿佛隔了一层雾，越想细看端详，越是看不分明。窗子半开着，新夏的风吹进来，桌上的一本杂志自己就一页一页地翻着，啪啪直响，听上去十分的清脆可爱。苏教授把一只手慢慢地在床罩上画来画去。床罩是米白的底子，撒满了浅咖色的小提琴，干净中有一种说不出的雅致。苏教授把近旁的小提琴都画遍了，才忽然发现，他画的竟然是两个字，小刁。苏教授陡地吃了一惊，手就停了下来。

周末，又是大扫除的日子。小刁里里外外忙碌。戴芬从旁督着，一边抽空看两眼那个没完没了的电视剧。苏教授在书房里看书，看来看去，竟然不知道在看什么。他知道自己是走了神，心里恨恨的，却又不知道该恨谁。小刁像只蝴蝶，在屋子里停停落落，苏教授感觉自己是被那翅膀拂到了，毛茸茸地痒。这几天苏教授老是想起那个梦，想着想着，心就跳起来。天地良心，对小刁，他真的不曾有过什么非分之想。一个是教授，学者，男主人，另一个则是乡下来的女孩子，家里的小阿姨。这之间隔了千山万水，岂是一步两步能够轻易跨越的。苏教授把手里的书沙拉沙拉翻着，眼前密密麻麻的字竟都变作一群黑色的蝌蚪，惶惶地游来游去，令他一个都把捉不到。耳朵里，尽是戴芬的声音，间或夹杂着电视剧里人物的对话。看得出，在小刁面前，戴芬似乎是另一个人了。从容，镇定，威严，举手投足之间，都有那么一种女主人的气派。她很慵懒地坐着，把小刁支使得脚不沾地。逢这个时候苏教授心里就轻轻一笑。平日里，在苏教授面前，戴芬倒还是温顺的。大凡在人前，特别是有小刁在，戴芬总是不肯有半点容让，仿佛必得跟丈夫争个长短高低，并且，专意要把胜利的成果摆给人看。这一点，苏教授格外地看不顺，却并不同她计较。她偏要在人前显示做妻子的不贤惠，也就随她去。正胡思乱想着，小刁进来了，手里拿着拖把。小刁把头发绾起来，扎了一块粉色头巾，穿着同色的围裙。擦到苏教授身边的时候，苏教授翘起一双脚，把手里的书卷起来，在另一只手上一下一下托托地敲着，等着小刁擦地。初夏的季节了，天气一天一天热起来。经了一番的劳动，小刁整个人热气腾腾的，散发着新鲜湿润的气息。偶尔一抬脸，也是粉白脂红的光景。苏教授心里就跳了一下。正恍惚间，只听客厅里传来戴芬的笑声，想必是电视上有什么趣事。苏教授把那本书展开来，又卷上，卷得紧紧的，在另一只手上继续托托敲着。

戴芬

这一阵子，戴芬休了假，专门在家陪苏教授的母亲。儿子结婚以后，苏老太太一直没有来过。即便是戴芬坐月子，也只是寄了一些东西来。小孩子的棉裤棉袄，虎头鞋，都是老太太亲自缝的。当时戴芬看着那一包袱花花绿绿的东西，嘴上不说，心里却暗暗记下一笔账。按照家乡的风俗，坐月子这件事，最是要紧。此时儿媳妇是家里的功臣，任是再旧式的婆婆，也必得鞍前马后地服侍这一个月。可是苏家这婆婆没有。戴芬的母亲早在她结婚之前就病故了。戴芬没有姊妹。嫂子倒是有，可这种事，怎么好麻烦嫂子？现在想来，戴芬的月子还真全亏了苏教授。苏老太太这次来北京，是看病。据说是肩膀疼。用苏教授的话说，他母亲生养多，落下了毛病。戴芬听了心里就冷笑了一下。原来，老人家也懂得生孩子不易，坐月子是女人的关口。苏教授看了一眼她的脸色，就醒悟自己说错了话。他早该知道，戴芬这个人，最是记仇的。

　　有位婆婆在家里，戴芬心里不免有些惴惴的。其实，从苏教授母亲进门那一刻开始，戴芬就感觉出了老太太的变化。怎么说呢，按理，戴芬嫁到苏家，算是下嫁。苏家人应该小心呼应着才是。可是，也不知道从什么时候，这气氛就变了。戴芬想来想去，也想不出个因果。后来，有一回，戴芬随苏教授回老家过年，忘了是为了什么，两个人就争执起来。本来夫妻口角也是常事，可是当了苏家一家老小，戴芬就很是下不来台。偏苏教授一句都不肯容让，倒把戴芬给弄哭了。尽管背地里苏教授赔了不是，次日苏家人也都当是什么都没有发生的样子。但是戴芬坚持认为，就是苏教授在人前不给留脸，才由此让外人看轻了她。当时两个人还算是新婚燕尔，在外人眼里，正是说不尽的柔情蜜意，倘若是真心疼惜，怎么也不至于如此。后来，戴芬一直对这件事耿耿于怀。

　　婆婆在儿子的家里前前后后巡视着，脸上虽则在笑着，戴芬却从中看出了挑剔的神气。客厅的窗帘倒是雅致，只是太寒素了。书房的光线有些暗。浴室的地砖还不错，浅米黄的底子，只怕是不经脏。戴芬从旁陪着，心里说，都说婆媳是天敌，看来这话是对的。吃饭的时候，老太太尽着给儿子夹菜，问寒问暖，倒像是儿子在戴芬这里受了多年的委屈。苏教授却是一副受用不尽的样子，脸上的神情乖得如同含乳的婴儿。戴芬心里恨恨的，却不知道向哪里发泄，一眼看见小刁站在旁边，笑眯眯地看着这一切，心里不知什么地方就冒出一簇火苗，说，傻站着干什么，去，烧壶开水。

吃过晚饭，戴芬借故早早上了楼。苏教授母子这一向不见，想必是有很多体己话要叙。就让他们叙好了。自己正好趁机躲个清静。戴芬躺在床上，拿了一本杂志，有一搭没一搭地看着，耳朵却是尖起来，听着楼下的动静。楼下隐隐有说话声传来，偶尔是若有若无的音乐。戴芬疑心楼下的母子一定是在说她。而那电视里的音乐，不过是幌子罢了。小刁也不知道跑到哪里去了。也许是在洗衣服，也可能是在生闷气。今天，自己是对她太凶了一点。

也不知过了多久，戴芬感觉身旁有人在动，就惊醒过来。这才知道，方才自己是盹着了。苏教授在她一侧斜依过来，背着灯光，看不真切他的脸。正纳闷着，苏教授的一只手已经蛇一样游过来，倒是把她吓了一跳。这是怎么了。她心里忖着，他们之间，不这样已经好久了。难不成是做母亲的暗中教导了儿子，还是苏教授忽然良心发现，也未可知。戴芬刚要推拒一番，只见苏教授伸手关掉了台灯。屋子里一片黑暗。苏教授先还是从容的，渐渐就有些按捺不住。戴芬觉出了丈夫的不寻常，还没有想好迎拒，就一下子失脚跌进了这个温柔之夜的万丈深渊。

后来戴芬老是回忆起那个夜晚。那个难得的夜晚。每一次，她都想得很入神。想来想去，她总想不出其中的缘故。可是，对婆婆，她只有比先前更殷勤了。每日里端茶送水，把老太太敷衍得风雨不透。无论如何，婆婆终究是长辈，在这里住着，也算是客。得容人处且容人。在这一点上，戴芬不是不明理的人。

可是有一点，令戴芬心里不大痛快。婆婆居然和小刁很谈得来。苏老太太的娘家，据说和小刁的老家离得很近。不知从什么时候开始，她们之间说起了家乡话。常常是，一老一小正热烈地说着话，等戴芬走过去，两个人就停下来，不说了。这让戴芬很不舒服。仿佛是被她们两个合伙算计了。小刁呢，有什么事也都去问老太太的意思，比如说，鱼是清蒸还是红烧，素什锦里要不要加香菇——老太太对香菇有些过敏。逢这个时候老太太总是说，天热，还是清蒸素淡些。香菇，少放一点，也没什么大碍——是不是戴芬？戴芬嘴上应着，心里却是百种滋味。仿佛自己倒不是这个家里的女主人了。尤其是，有时候，苏教授也在，小刁里里外外地收拾妥帖，就停下来，在苏老太太的背后站着，慢慢地帮她揉肩膀。苏教授拿一张报纸翻着，三个人闲闲地聊着天，不知说到什么，都笑起来。戴芬看在眼里，心头就愤愤的，他们，倒真像一家人了。

这一天，是个周末，吃过早饭，一家人出门。附近有一家商场新开业，他们陪着老太太去转一转。戴芬今天穿了一件奶白色麻质衬衣，窄腰，七分袖，下面是一条咖啡色长裙。戴芬对自己的装扮还是很满意的。出门前颇费了一番心思。及到见了小刁，心里就有些后悔了。小刁照例是T恤衫，牛仔裤，一头长发用皮筋挽起来，简单，随意，走在五月的阳光里，溢出一种逼人的青春。偏苏教授这天也是一身休闲的装束，倒显得戴芬过于郑重其事了。商场里人很多，戴芬在女式内衣专柜前延挨了很久。"爱慕"新品上市，款式和颜色都好。价格也好，贵得有些惊人。戴芬看也不看身旁人的表情，吩咐售货小姐包了两套。后来又去老年服装区，为老太太挑了一套真丝缎睡衣，也是贵得简直无理。至此，老太太的脸上才慢慢融化开来，嘴里却一直唏嘘不已。戴芬把脚上的高跟鞋踩得登登响，拿着小票去收银台交费，一面心里想，自己这是何苦，倒好像跟谁赌气。真是。

小刁

电话铃响的时候小刁正在给鱼缸换水，戴芬在卫生间，迟迟地出不来。小刁只好把手头的活儿放下，跑过去接电话。听筒里的人踌躇了一下，才开口说，请问是苏教授家吗？是个女声，低低的，很柔软。小刁不知为什么，一下子就想到了那天在菜场看见的情景。鱼缸里扑棱一声，两只热带鱼在做游戏。小刁看着清水哗哗流进鱼缸里，激起一个个水泡，一闪一闪，转眼间就破了。戴芬从卫生间出来，两只手背互相搓着，护手霜清冽的香味就淡淡弥漫开来。小刁说，是苏教授的朋友。找苏教授。小刁没有说苏教授的这位朋友是个女的，当然也没有说自己的联想。戴芬说噢，也没有再问。小刁看了一眼她的脸，也看不出什么，眼睛却是肿着，有些红。昨天夜里，小刁是被一阵乒乒声吵醒的。她侧耳听了听，是楼上，拿脚摸索了鞋就往外跑，跑到门口的时候，她才省过来，收住脚。街灯透过窗帘漫进来，屋子里一片昏黄，仿佛是笼了薄薄的轻烟。小刁站在当地呆了半晌，才懵懵懂懂地回到床上。楼上隐隐传来低低的声音，像是饮泣，又像是窃窃私语。小刁在枕上听了一会，听不出个因果，就又沉沉睡去了。

苏老太太前天已经走了。老太太一走，家里的空气马上就不一样了。怎么说呢，正仿佛一根绷得太久的橡皮筋，猛地松弛下来，轻松中有一种微微的战栗。戴芬也似乎变了。这一向，戴芬的脾气忽然变得古怪，阴晴不定的样子，让人难以琢磨。对小刁，却是更加冷淡了。小刁不笨，这一点，怎么会看不出？有时候，小刁就想，这个戴芬，心眼简直针尖大，亏得还是大学教授，一肚子的书，也不知都念到哪里去了。婆媳不睦，本是世间的常态，好在有个时间表摆在那里，此番苏老太太只是小住，这就不至于让人太绝望。可是，戴芬凭什么要把矛头指向她小刁？小刁一向认为，指桑骂槐的本领，似乎只有在乡间才盛产，如今想来却是错了。戴芬常常就冒出那么一句，让人还嘴不得，心里却堵得要命。有一回，小刁正在洗衣服，戴芬闲闲地踱过来，探头往洗衣盆里张了张，伸手拎起几件衣服。小刁定睛一看，原来都是苏教授的内衣，正不知怎么回事，戴芬就开口了，往后，这种衣服，你就不用管了。看着小刁疑惑的样子，又补了一句，留给我好了——小刁的脸腾的一下就红了。她站在原地，看着戴芬转身走开，一边慢慢甩着手上的水珠子。小刁心里清楚，戴芬是把自己当成敌人了。弄不好还是情敌——这让小刁很不安。在人家做工，怎么会弄到这种田地。出门前，娘都细细叮嘱过了，说女孩子一定要端正。在男人面前，尤其如此。在苏家，自己有什么不端正吗？想来想去，似乎是没有。那么，戴芬她为什么呢？苏老太太喜欢自己不假，这些日子，背着人，也没有少在她面前说体己话儿。比如说，大女婿的不忠，二女婿的窝囊，戴芬的懒，苏教授的操劳和辛苦。这个时候小刁只是听着，不附和，也不反驳。清官难断家务事。何况她一个保姆，终究是外人，深浅厚薄都不是。在苏老太太面前，小刁从没有说过戴芬半个不字。对苏教授，小刁更是敬而远之。苏教授是一个很开朗的人，朋友又多，应酬也忙。自从来了小刁，苏教授在家请客的机会就多了。说是客人们都喜欢小刁做的菜。小刁听得出这里面称赞的意思，只有更加勤勉地做事。有一回苏教授从外地出差回京，吃饭的时候，谈起旅途见闻，感慨道，在外面，最想念的就是小刁做的剁椒鱼头。当时小刁并没有在意，不过一句无心的感慨罢了。现在想来，只这一句，也许已经被戴芬吃到心里去了。在厨艺方面，戴芬的天赋基本为零，后天又不肯努力，抓不牢苏教授的胃，也是情理之中的事。

下午来了几个客人，都是苏教授的朋友。小刁给他们沏了茶，端来几色干果点心，就在靠近厨房的角落坐下来，候着苏教授的吩咐。戴芬不在。小刁知道，即便在，她也顶多只是下楼打个招呼。对这一点，苏教授似乎是早已经习惯了。呆坐了一会，小刁想起该把冰箱里的三黄鸡拿出来，晚上做黄芪汽锅鸡，是苏教授一向喜欢的。客厅里传来一阵笑声，不知道谁说了什么有趣的话。对于他们的话，大多时候，小刁听不太懂。苏教授的客人都是不得了的人物，他们似乎什么都知道。他们知道的真多。他们坐在苏家堂皇的客厅里，喝茶，吸烟，高谈阔论。小刁在一旁听着，心里既欢喜，又有些惆怅。这些人，一定是读过很多书了。他们喝着她沏的茶水，剥着她亲手挑选的开心果，间或，拿起她准备的湿毛巾擦一擦手。他们离她这么近，可是，他们又是那么遥远。他们是另一个世界的人。那是一个陌生的世界，小刁永远也无法进入。苏教授在客厅里喊她，她呆了一呆，才醒过来，一边应着过去。客厅里气氛热烈，见了她，却一下子静下来。小刁顿时感到浑身不自在，疑心自己的头发毛了，或者是脸上有什么东西，刚想伸手整理一下，却又怕是让人觉得搔首弄姿了，只有随它去，心里却是惴惴的。苏教授让她续些水，顺便把他上次从日本带回来的一套瓷器拿出来。回到厨房，小刁马上伸手掠了掠头发，对着不锈钢的厨具照了照，并没有发现什么不一样，心下才稍稍宽一些。那套瓷器小刁是见过的。玲珑的形状，光滑细致的质地，零落盛开着几朵青色的小花，说不出的清雅可喜。当时戴芬就想摆在博古架上，苏教授却说，不行，这是给别人带的。没想到如今还没有送出去。客人一直到傍晚时分才散。送完客，苏教授上楼小憩，小刁把客厅里的残局收拾妥当，准备晚饭。

戴芬回来了，一面换鞋，一面皱着眉头在空气里嗅了嗅，高声叫着小刁，要她把窗子打开换换气。戴芬可能是刚做过皮肤护理，脸上又亮又滑，一眼望去，倒像是戴了假的面具。小刁跑过去开窗，苏教授却从楼上下来，穿戴齐整，在玄关的衣帽架上找皮包，一面转头说，晚上不在家吃——有点事。

晚饭后，小刁把阳台上的衣服收进屋，支了熨衣板，专心熨衣服。戴芬在客厅里打电话。听上去，好像是打给她那个女同学的。那个女同学小刁见过，来过家里几回。这时候，戴芬在说评职称的事，声音愤愤的，说有什么了不起，大不了不要了，又怎样？对方不知说了什么，这边又高兴起来，说他倒是——我跟你讲，我现在是家庭第一，什么时候，生活才是最重要的——什么呀，他也是盛名之下——咳，我跟你讲，这一点，我倒是绝对放心——男人——没错，倒是难得——什么呀，不过，也算是难为他——把我当女儿宠着——瞧你，又笑话我——小刁透过半开着门缝望过去，戴芬歪在沙发上，翘着腿，脚上勾着一只拖鞋，一下一下轻轻晃着。心想，戴芬口中的他，就是苏教授无疑了。小刁心里轻轻笑了一下，不知道这又是哪一个版本。对于家庭生活的描述，戴芬总是充满着想象力。有时候，这想象力简直是惊人。小刁能够想得出，电话那边的女同学，对戴芬嘴里的婚姻是怎样的又妒又羡。因为，记得戴芬说起过，这个女同学的丈夫，也是一个名头很响的人物，一向在外面花花草草，原是出了名的。小刁清晰地记得当时戴芬说这话时的表情，同情，又有几分压抑不住的喜悦——至少在小刁看来是这样。这时候戴芬忽然停下来，对着话筒，把嘴巴握住，低低地说了句什么，就吃吃笑起来。脚上的那只鞋子，此刻终于掉下来，呱嗒一声，格外地响。小刁看了一眼那只歪歪扭扭的鞋子，忽然想起吃晚饭时，戴芬问她的话。戴芬问下午家里来客人了吗，来了几位，都有谁。小刁一一回答着，只是这最后一问，小刁答不出——那些人，她哪里认得。戴芬说噢，都是男的吧。小刁这才明白，戴芬是在问有没有女客。刚说没有，就被戴芬截断了。我说也是，这一屋子的烟味——

　　夏天说走就走了。过几天就是国庆节，平日里忙着上班的人们都有些心神不定，盘算着去哪里放松一下。戴芬也在饭桌上提过几回了，说是要去云南丽江。苏教授随口应着，到底是未置可否。小刁也有过回家的打算，可是很快就否定了自己。她掰着手指，列出了一条条的理由。首先，假如苏教授和戴芬出去度假，家里总要有人照看。再有，这种公休假，车票难买不说，还特别拥挤。还有，往返车费，也不是一个小数目。况且，说起来，她在北京工作，这次回家，怎么也要给亲戚朋友带些东西才像样——小刁的父母，向是很要面子的。这又是一笔。小刁把这些理由一条一条翻过来，翻过去。当然，这最后一条，还是决定性的。小刁对自己说，这次，不回家了。就在北京，也好。待苏教授问起来，小刁只把前两条理由说了，苏教授说，春节吧，春节回去，多在家待几天。这时候，戴芬老家来电话，说是戴芬的侄子结婚，希望戴芬回去吃喜酒。戴芬就这么一个哥哥，侄子是戴家的独苗，结婚这件事就显得格外庄重。戴家规矩大，这个时候，戴芬自然要偕夫归宁。苏教授却忽然想起一件事，他的一本书，说好了要跟出版社签合同。还有，某高校的人文大讲堂，请他去做一次讲座，当然有不菲的酬金。小刁从旁听着，知道这不过是苏教授的托辞。戴芬也是满脸的不痛快，却没有再说什么，自顾忙着上楼收拾行装。

还是苏教授

清早，苏教授站在浴室里洗漱。他把一口清水含在嘴里，仰起头来，听那清水在喉头泼啦啦响着，盘旋半晌，方才慢慢地把它们吐出来。水管哗哗流着，他掬了一捧捧的水往脸上泼，只觉得神清气爽，说不出的痛快。洗脸，剃须，把下颌上的一颗包仔细擦了酒精——这一向有火，内热。来到餐厅，小刁已经把早点准备好了。

吃过早饭，苏教授破例没有到书房里去。窗子半开着，可以听见清脆的鸟鸣。这个地方确实不错，闹中取静。当时买房的时候，他可是下了一番决心的。按照现在的房价，那无疑是一个英明的决策。苏教授在沙发上坐下来，眯起眼睛，养神。隔壁人家的电视在唱京戏，是梅兰芳的段子。苏教授不觉就跟着哼出来。他原是京戏票友，只是近年来，忙着在事业上攻城掠地，把这戏瘾却渐渐淡了。对他这一样爱好，戴芬的态度是，不屑，而且，不满。说唱戏是下九流，他堂堂一个教授，当心失了身份。戴芬。苏教授把嘴边的一句收住，依旧不肯睁眼。戴芬。戴芬是走了。家里的空气都不一样了。直到这个时候，苏教授才弄清楚了好心情的根源。好。好极。隔壁人家的京戏断断续续地飘过来，把苏教授的一条嗓子听得越发痒起来。

小刁回来的时候，苏教授已经在书房里敲电脑了。其实，他跟戴芬摆出的那两个理由，也是事实。只不过时间上经过了杜撰和想象，没有他形容得那么十万火急。小刁的脚步声穿过客厅，径直到了厨房。过了一会，传来砰砰的斩肉的声音。小刁早上说过了，要给他做腐乳肉。苏教授的手在电脑上怔了半晌，竟是一个字都敲不出，索性就停下来，看着屏幕一角那个瑞星杀毒的小东西出神。

　　最近，学校里的事总算是尘埃落定。那个外来户老邹，到底是没有斗过他这个老土著。争了这么久，真正到手的时候，苏教授竟然感觉不出有多么高兴。人这东西，真是奇怪。当然，终究还是得意，吐尽了胸中的那一股浊气。这段日子，他是太压抑了。世态的炎凉，经了这件事，他算是彻底领教了。门下的几个研究生闹着要聚一聚，以志庆贺，被他喝住了。到底是年轻人，少年轻狂，不吃些苦头，怕是不会懂得如何面对这个艰辛复杂的世界。

　　四下里很静，只有电脑发出嘤嘤的微响。屏幕一角的那个小东西舞也跳累了，此时在呼噜呼噜打着鼾。苏教授在椅子上长长地舒了个懒腰，哈欠一声，眼泪就出来了。这一回，戴芬是不高兴了。这没有办法。她高兴，他就高兴不了。两个人，总得有一个不高兴。小刁敲门，提醒他吃药。苏教授应着，把电脑关掉。

　　小刁已经把药温好，放在茶几上。苏教授看了一眼那碗褐色的草药汤，仰头喝了，早有一杯温水送过来，调了蜂蜜和薄荷，清凉中有一种沁脾的微甘。苏教授服了药，靠在沙发上小憩，小刁从旁边拿过一只靠枕，抵在他背后。温热的草药在他的身子里慢慢荡漾开去，苏教授心头有些暖，又有些酸，待细细回味，却都不像，只有蜂蜜薄荷饮丝丝缕缕的甜意。苏教授心里轻轻叹了口气。小刁里里外外忙碌，衬衫袖子高高卷上去，露出两段滚圆的胳膊，俏生生嫩藕一般。苏教授不敢细看，只一眼，心里便如同打鼓，一下下跳起来。

　　午饭后，苏教授上楼休息。歪在床头，脑子里却尽是小刁的影子。他恨了一声，心想这是怎么回事，在大学里，女学生像春韭，一茬一茬，总没有穷尽的时候。作为颇有名气的博导，周围少不得莺莺燕燕，女硕士女博士，自是春光无限。如今，却被一个乡下来的女孩子——怎么说——魔住了。苏教授把手搭在眼睛上，透过手指缝，看着墙上的那幅壁挂发呆。看着看着，那个戴斗笠的女子竟是越发有几分像小刁了。苏教授心里叹了一声，他想起那一回，晚上，一进卧室，迎面看见这女子在灯影里冲他嫣然一笑，他当时就乱了。戴芬到了都没有省过来。第二天早上，看着床上床下兵荒马乱的光景，他心下便有些惭愧，也不看身旁的女人，径自出去了。

还是小刁

这些天，戴芬不在，小刁照常忙里忙外。苏教授几乎天天呆在家里，并不见他有什么应酬。往常，戴芬在的时候，小刁时时事事都要请她的示，一天的菜谱都是要请她过目的，到超市的购物单子须得她来开，哪些衣服该送洗衣店，月初的时候记着交电话费和燃气费。总之，家里的一切琐事，都要经过戴芬。戴芬又是这样一个人，比这些琐事还要繁琐。每每小刁这里都一清二白了，她那边还是一团乱麻，总也纠缠不清。这回好了。小刁拿一只打蛋器嗒嗒地打着鸡蛋，这种鸡茸蘑菇汤，苏教授顶喜欢。这些天，小刁操持着家里的一切，相比之下，苏教授倒成了小孩子。他央求她给他做一次梅菜扣肉——苏教授血压偏高，平日里是很少吃的；还要她蒸一回八宝豆沙糕——这是一道家乡的甜点，苏教授嗜甜；早晨，他把煮鸡蛋的蛋黄吃掉，蛋白留给小刁——此前他是只吃蛋白的，蛋黄胆固醇高；晚饭后，他靠在沙发上，点上一支烟，闲闲地翻一回报纸，偶尔想起来，才慢慢地吸上一口——戴芬讨厌烟味，据说是呼吸道过敏。小刁都一一依了他。男人，有时候简直就是孩子。苏教授这样一个人，性子好，朋友那么多，学问又这样大，在太太面前硬撑着，如今，在她小刁跟前，可就是一个宠坏的孩子了。小刁心里笑了一下，忽然想起戴芬的话，就不笑了。戴芬。戴芬临走的时候，说小刁，我不在，好好照顾苏教授。当时小刁没觉出什么，如今想一想，越想越觉出戴芬脸上的高深莫测。汤锅里的汤溢了出来，嗞嗞叫着，小刁赶忙把一碗蛋洒进去，汤锅马上沉寂了一刻，然后眼看着一锅的蛋花就丝丝缕缕浮上来。

晚上，苏教授出去了，说是一个老同学来京，聚一下。小刁一个人马马虎虎吃了饭，坐在沙发上百无聊赖。打开电视，端着遥控器换了几过，也觉得无味，心想怪了，平日里只是忙，恨不能坐下来好好看一回。真有闲空了，却又没有了闲心。索性把电视关了，靠在沙发上，发呆。偌大的家一下子静下来，只有那个落地钟表滴滴答答走着。钟表旁边，立着一只二尺来高的景泰蓝方樽，斜斜地插着几枝干花，深深浅浅的紫。客厅的一角，却是一个壁炉，原色的木柴，干净，干燥，清晰的纹理，仿佛能够嗅到原始森林里泥土和阳光的味道。木柴堆叠整齐，在这个季节里，倒成了一种朴野的装饰，然而也令人感到没来由的温暖。这就是家的气息了。在北方，在这个城市，也只有在这里，小刁第一次感到这种熟悉的气息。城市的灯光闪闪烁烁，映了一窗子，像是繁星，又像是迷离的眼。小刁站起身，把窗帘拉好，然后，抱着肩，在屋子里慢慢地走。四下里一片寂静，只有她的拖鞋在地板上发出空洞的响声，拓拓，拓拓。玄关处的衣架上，挂着戴芬的一条披肩。是那种典型的波西米亚风格，玫瑰红的底子，图案缠绕，长长的流苏垂披纷落，有一种神秘妖娆的异域风情。小刁把披肩摘下来，在肩上裹住，让一端从颈后绕过来。她往镜子里张一张，不觉就呆住了。镜子里的那个人，是谁呢，她都不敢认了。小刁把身子旋了一圈，又一圈，心里就叹了一声。女人和衣裳的关系，怎么说都不为过。她记得，这条披肩，是苏教授从国外带来送给戴芬的。苏教授这人，有一样，逢出国，必带东西。对这条披肩，戴芬很是珍爱，出客的时候常常围起来，说不出的雍容与优雅。可是，小刁还是觉得，这条披肩，于自己更为相宜。这两年，戴芬是明显胖了。

小刁把披肩用一手扶着，慢慢地走，从一个屋子，到一个屋子。真是奇怪，这个平日里走熟的家，忽然就有了一种别样的感觉。小刁在鱼缸前立住，撒了些鱼食，逗惹得那几条小家伙立刻放肆起来。屋角的一盆墨菊开得正盛，小刁拿起旁边的喷壶，给它浇浇水。浴室里的芳香剂快用完了，小刁打开橱柜，拿出一盒新的，换上。厨房里整洁明亮，这是她停留最多的地方，她的战场。她站在门口，用目光把这战场逡巡一回。吧台上放着一只橘子，青色逼人，小刁拿在手里，捏一捏，仿佛能感到饱满丰盈的汁水，小刁觉出嘴里酸了一下。刚要剥开，电话却冷冷响起来。小刁赶忙去接，却是打错了。小刁拿着话筒愣了一时，才又慢慢放下了。小刁是来北京以后，才有了手机。戴芬说，有手机方便些。小刁有了手机，老家里却没有电话。小刁打电话，总要打到村长家，央人家去叫。叫了几回，村长女人的语气就不大好听。有时候，碰上人家忙，小刁就不好再放下脸来央求，匆忙说两句，就挂了。这样一来，小刁往家打电话就颇费踌躇。这个时候，她却忽然想给家里打个电话。正好，家里没有人，她可以跟娘多说几句。小刁刚拨了一个数字，想起了戴芬常用的长途卡，四下里看了一遍，没有找到，就去楼上。戴芬喜欢歪在床上煲电话粥。小刁开了台灯，自己的影子疃疃地映在对面的墙上，给这寂静的屋子添了几分繁华。电话是拨通了，等着人家去叫，却是迟迟不来。小刁心里悬悬的，怕是娘在路上跌了跤，晚上，村子里的路坎坷。正心神不定，楼梯上有脚步声，是苏教授回来了。小刁心里一惊，刚要起身，却又放心不下电话那头的人，就又在床头坐下来。心想看来今天是不成了，白白让娘跑一趟。苏教授进来，一眼看见小刁，愣了一下。小刁刚要说话，却发现苏教授只是立在门口，不进来，也不出去。小刁把话筒拿到耳边，听了一听，还是没有声响，就索性放下了，一面说，我给家里打个电话。苏教授还是不说话。小刁心里就有些奇怪，难不成是怪自己这个电话了，因解释说，也没有打通——说着就起身往外走。苏教授兀自站在门口，也不避让。小刁这才觉出他的不寻常，心里竟慌乱起来。落地台灯斜斜地照过来，苏教授的半边脸就隐在一团灯影里。小刁心头撞撞的，正不知该如何是好，转脸看见梳妆台上戴芬的照片，抬着脸，很倨傲地看着她。小刁把怦怦乱跳的一颗心捺住，迎着门口人的目光，直直地把他看住。四下里很静。空气仿佛正在一点一点变得黏稠。光阴也慢下来，一寸一寸，迟迟地，简直要凝滞了，只留下艰难的迹子，凌乱，却异常清晰。电话丁丁响起来。屋子里的两个人都吓了一跳。电话依然响着，像一串冷的雨点子，凌厉，激烈，把粘稠的空气慢慢打出千疮百孔，不成样子。两个人都站着不动，仿佛脚下被瓷住了。电话顽强地坚持着，不依不饶的架势。小刁低了头，径直往外走，却被苏教授拦腰抱住，再也动弹不得。

　　第二天早上，小刁起得很迟。她把枕头竖起来，支在身后，靠着，半阖着眼。四下里静悄悄的。床头的闹钟很耐烦地走着，不疾不徐，永远是没脾气的样子。这一回，她是把苏教授给得罪了。她咬了他。小刁忽然轻轻笑了一下。她想起了他当时甩着手呻唤的样子，既吃惊，又有些委屈，巴巴地看着她，倒真像个小孩子了。小刁叹了口气。何至于此。真是。她模模糊糊记得，苏教授抱住她，嘴唇就热热地覆盖下来。小刁当时一定是昏了，她极力躲避着，却终是挣不脱，一急之下，照着那一只捉着她的手背咬去，苏教授哎呦一声，就松了她。小刁气喘喘地靠在自己房间的门上，一颗心直要蹦出来，颊上湿漉漉的，摸一把，竟都是汗，手掌心却冰凉一片。直到这个时候，小刁才肯承认，即便对自己，她也并不是那么胸中有数。

餐桌上摊着一张当天的报纸，旁边有零星的面包屑。并没有碗，也许是苏教授已经把碗洗了。小刁站在餐桌旁怔了一时，坐下来，把饼干筒打开，挑来挑去，也没有挑一块合意的出来，就又把盖子盖上，看着桌上的报纸发呆。金融危机。以军战机轰炸加沙。银行货币新政出台。一女博士坠楼自杀。苏教授。苏教授想必是独自用过早餐了。小刁心里有些愧愧的，忽然又有些气恼。她重又把饼干筒拿过来，打开，翘着指头拣了一块杏仁酥，刚要吃，就又放下了。她是一点胃口没有。索性就把桌上的残局统统收拾好，一边想着苏教授去哪里了，也许出去了，或者就在楼上，也未可知。方才在自己房间里，她设想了种种见面的情景，直到把头都想痛了，也没有想出。平日里，对苏教授，她是有些仰视的——不说别的，单是那一屋子的书，煌煌的，就让人的一颗心不由得低下来，低到尘埃里。谁能有这么大的学问？小刁是不曾见过。苏教授人也谦和。对小刁，简直是彬彬有礼。在苏教授面前，小刁觉得自己不是小阿姨，而是——是女孩子，即便是干活，也有那么一种女孩子的矜持。比起戴芬，私心里，小刁还是喜欢苏教授多一些。可是，经了昨天晚上的事，苏教授，还有她，总归是不一样了。正胡思乱想着，只听门吱呀响了，接着是踢踢踏踏的脚步声。是回来了。小刁把水管拧开些，水声就撒刺刺打在不锈钢的洗碗槽里，喧嚣成一片。小刁把手里的一只碗来来回回地洗着，忽然就莫名其妙地飞红了脸。这时候，一阵鞋声扑托扑托过来，在厨房门口停住了。小刁低了头，只管专心做事。默了一会儿，却听见一声哈欠，拖得长长的，从客厅那边传过来。小刁的心颤了一下。老苏——你干嘛呢？叫小刁烧壶水——

小刁手里的碗一滑，当的一声掉在水槽里。戴芬的声音在客厅里扬起来，怎么了——小刁？

蓝色的火苗伸出长长的舌头，把不锈钢的壶底舔住。小刁把一只手按在壶盖上，壶身一耸一耸，微微撼着，仿佛在窃窃地笑，又仿佛，一个人把脸埋在掌心里，止不住的哭泣。水汽一蓬一蓬地漫出来，扑上她的脸，湿湿热热的一片。从窗子里望出去，层层叠叠的灰色的楼顶，再后面，是一条街。小刁笑了一下，怎么以前没有注意到。竟然就是菜场。小刁忽然就想起了从前菜场上看见的一幕。秋日的阳光静静地晒着。街上的人都匆匆的，来了，去了。也不知道他们在忙着什么。一个卖橘子的，挑着担子悠悠走过。世间的欢乐和烦忧，都被他挑在肩上了。

一片梧桐的叶子从容落下来，极慢，极慢。小刁踮起脚，再怎么，也看不到它掉在地上的样子。

秋已经很深了。

桃花误

一

按照芳村人的眼光，小桃是攀上高枝儿了。

而且，这高枝儿高得有点离谱。男人是城里的干部，不论大小，在芳村人的眼里，那是衙门里头，吃皇粮的朝里人。咸的淡的，村里人说什么的都有。有的说凭什么？就凭她小桃一个土生土长的丫头？有的说，也就人家小桃——满村子找吧，再没二人。这些话传到小桃耳朵里，她镇定得很。也就那么一笑。人们就说了，瞧人黑奎家的大闺女，没白喝墨水，就是不一般。

小桃念的是师范。这在当时是不得了的事情。村子里，庄稼汉像一茬一茬的庄稼，再多，也不稀罕。可出个读书人就不一样了。金贵。尤其金贵的是，这读书人还是个闺女家。那阵子，小桃穿着粉色的花裙子，骑着锃亮的自行车，在芳村通往县城的小道上来来去去，惹得村前庄后的后生们心乱如麻。这个时候，小桃是得意的。也不光是得意，还有那么一点傲慢，一点居高临下，一点扬眉吐气。黑奎家俩闺女，没小子。小桃在很小的时候就听懂了一句话，绝户。人们说，黑奎是个绝户头子。小桃听得懂这句话里藏着的轻慢和侮辱。小桃的特别之处是她能绷得住，心里面翻江倒海，脸上却风平浪静。

也不知从什么时候，来家里串门的人多了起来。她们跟小桃她娘嘀嘀咕咕鬼鬼祟祟，一双眼睛却直往小桃的脸上身上看。小桃是何等聪明的人物，脸上笑着，把这些人敷衍得风雨不透，心里却是冷笑一声。待到没人的时候，小桃跟她娘就说了，怀里揣笊篱，捞（劳）不着的心——我是死也不会待在芳村的。小桃娘听了这话先是吓了一跳，她是在后来才慢慢琢磨出了闺女的心思。小桃娘觉得闺女的野心大了点儿，大得简直无边无际。

小桃的梦想破灭是在毕业分配的时候。

从这种中等师范学校出来，是要到各个村小学的。小桃很自然地被分到了邻村小学。知道了分配结果，小桃把自己关在小东屋里，三天三夜没出来。爹娘吓坏了，守在门口寸步不敢离开。到了第三天的晚上，小桃推开门走出来，辫子编得乌溜溜的，脸上却是平静得很，看不出一点点悲伤或者难过，她冲着她爹黑奎说，爹，跟我做个伴儿，去村南来进家串个门儿。来进是村里的支书，一个放个屁也能让芳村抖三抖的人物。黑奎有点纳闷，看着闺女好看的背影发呆，脚下却没有挪出半步。小桃回头冲她爹嫣然一笑，说走呀爹，去串个门儿。

九月，小桃到芳村小学报了到。

芳村小学在芳村的最西头。一个院子，两排平房。平房后面有块空地，算是操场。小桃教一年级，数学语文体育劳动，还带班主任。芳村小学的老师都是代课老师，这些人大都跟村干部有些沾挂，亲戚，或者本家，念过几年书，当然也识些字。在芳村人看来，这无疑是个美差。不用风吹日晒，不动一刀一枪，月月有活钱。多么便宜的事情！对于小桃的到来，代课老师们心情复杂。在他们眼里，小桃是落架的凤凰，简直连鸡都不如。你小桃是在城里念过书见过世面，可如今怎样，还不是照样灰溜溜地回芳村？命里有时终须有，命里无时枉费神。人哪，什么时候，都得认命。唏嘘之余，人们又有那么一点点得意，你小桃再能，还不是跟我们混在一处？谁比谁，能差几里地？能差出去一个芳村？

芳村小学的小桃老师，似乎是变了。又似乎，一点都没有变。小桃跟谁都是笑的。不近，也不远。听着代课老师们满嘴的错别字，并不声张，也只是那么微微一笑，就过去了。私下里，人们都说，这小桃，究竟是读过书的，通达。

小桃做事一向是认真的。教书也是。小桃知道，什么事，就怕个认真。认真起来，天下没有做不成的事。小桃的课，学生们顶喜欢上。小桃教"香"这个字，说，有了日头照着，禾苗才能长出香香的大米呀。学生一下子就记住了。教聪明的"聪"，小桃说，我们只有多用耳朵听，用眼睛看，用嘴说，用心想，才会变得越来越聪明。小桃一面在黑板上一笔一画地写，一面慢声细气地讲。学生们看着小桃老师好看的脸蛋儿，听着小桃老师好听的普通话，觉着他们的小桃老师简直就是电视里走下来的人物。小桃的课堂从来都是最安静的。小桃班上的成绩从来都是全校第一。小桃的名声又响了起来。黑奎的话也稠了，说闺女咋啦？一样壮门面。

有一天，校长找小桃谈话了。

校长臧拥军四十多岁，是小桃之前唯一一个正式教师，也是芳村目前最有学问的文化人。据说臧校长原是城里人，读过大学，不知道为了什么，却来到芳村这个穷乡僻壤。其实，小桃早就注意臧校长了。确切地说，第一天报到的时候，小桃就注意到了臧校长的不寻常。报到那天，臧校长向代课老师们这样介绍小桃，他说各位老师，各位同仁，这位是小桃老师，安县师范学校的高材生，我们芳村的骄傲。欢迎你小桃老师。当时小桃就晕了。那种晕像喝多了酒，有点飘。又像冬天在炉子旁烤久了，有点恍惚。她注意到臧校长讲的是普通话，他的嗓音很好听，让小桃一下子想起了曾经的城里生活。小桃微笑着，点头，她感到心里什么地方细细地疼了一下。小桃还注意到，臧校长的牙齿很白，笑的时候，简直有些耀眼了。只这一点，就不像芳村人，小桃当时想。

　　小桃站在臧校长面前的时候有点莫名其妙的紧张。她很生自己的气。臧校长招呼她坐下，问了她一些班上的情况，问得很细致很具体。臧校长说话的时候一直整理着手里的一摞资料。他把它们顺一顺，然后竖起来在桌上戳一戳。顺一顺，再戳一戳。戳了这边戳那边。戳了那边再戳这边。小桃注意到，臧校长的手指甲修剪得很整齐，很干净，随着动作，闪着清洁的光泽。这一点，也跟芳村人不一样。这个时候臧校长忽然说，小桃老师，是这样，鉴于你的出色表现，学校决定授予你先进个人的称号，已经上报乡学区，估计这个月底县教育局的批文就下来了。小桃在听到县教育局这几个字的时候心里忽悠颤了一下，这时候她听见臧校长说，小桃老师，你的综合素质很不错。芳村小学有你这样的老师，真是孩子们的福气啊。我前些天去县里开会的时候碰上老廖，哦，就是咱们县教育局的廖局长，老同学，多聊了几句，说起农村基础教育，他也忧心忡忡啊……小桃的心又是忽悠一下子，她感到自己的手心里潮潮地出汗了。这时候，上课铃响了。小桃站起来，冲着臧校长微微一笑，说谢谢校长，我还有课。

　　当天晚上小桃就睡不着了。她在回味臧校长的话。今天臧校长说了很多话，可是小桃清楚，最关键的是最后这一句。从臧校长的这句话里，小桃似乎隐隐约约看到了什么。她有点兴奋，又有点紧张。小桃闭上眼睛，开始回忆今天自己的一举一动，每一句话，每一个眼神，甚至每一个词语的选择语气的停顿，它们是不是恰当，是不是有分有寸。小桃想得很认真，直到把脑袋想得丝丝缕缕疼起来。可是有一点小桃明白，最后那个微笑，是再恰当不过的了。嘴唇抿着，并不张开，就那么微微一笑，一对酒窝若隐若现。小桃知道自己这样的微笑是最好看的。师范时代有个男同学给她的情书里就这样说过。那个男生的原话是，小桃，你的微笑是最具杀伤力的武器。小桃当时恼火得很，脸涨得血滴子相似，恨不能把那封信撕碎，心里却麻酥酥轻飘飘，十分的受用，为此她私下里偷偷照着镜子研究了半天，结果令她吃惊不小：镜子里那个又甜又糯的姑娘，是谁？月光透过窗子照进来，大半个炕仿佛浸在水银里，一漾一漾的。小桃心也随着白花花的月光跳跃不定。她的眼前一会儿是臧校长雪白的牙齿，一会儿是臧校长指甲清洁的手。这雪白的牙齿和指甲清洁的手交替出现，把小桃的夜晚搞得支离破碎。

往年六一儿童节的时候，芳村小学从来都没有什么特别的动静。顶多不过是放假一天，让拘束久了的孩子们出去放放风透口气。今年不一样了。上师范的时候，小桃琴棋歌舞都见识过一些。小桃灵透。稍用一些心思，这些事情，简直不在话下。小桃费了很大的周折从县城同学那里借来了一架手风琴，借了服装道具，芳村小学的六一节目排练开始了。乡下孩子缺乏乐感，身体协调性差，小桃一遍一遍地示范纠正软硬兼施苦口婆心，小桃眼见得瘦了。小桃的嗓子喊哑了。小桃的心血没有白费，芳村小学在县里汇报演出的时候拿了一等奖。人们都知道了安县有个大谷乡，大谷乡有个芳村小学，芳村小学有个小桃，能歌善舞，简直是下凡的七仙女。村子里人们说，黑奎家这闺女，是块材料。

小桃倒是冷静得很。照常上课下课，批作业改卷子，忙得一板一眼头头是道。她等着臧校长找她。她知道臧校长肯定找她。

那天演出的时候，她注意到了臧校长坐在最前排。虽然在台上，小桃还是看清了臧校长的目光，她甚至看清了那目光里的自己轻歌曼舞的样子。小桃懂这种目光。她太懂这种目光了。她在这种目光里更加从容自如百媚千娇。那一个瞬间她忽然想起了综合素质这几个字，这是臧校长那天找她谈话的时候说的。小桃在心里说臧校长，这一回，我倒要你看一看我的综合素质。

教室后面的空地上生长着一片野瓠子，紫色的小花开得正闹。几棵野蒿泼泼辣辣纠缠在一处，绿得有点没心没肺。小桃从那个简易厕所走出来，看见这脂白粉红的光景，不由叹了口气。阳光不错。几簇麦子在角落里犹犹豫豫地长出来，像是还没有拿定主意，又像是有着无限的决心。麦子这东西就是命贱，不小心沾上点泥土，就落地生根，就开花结果。小桃对着那几簇长得趔趔趄趄的麦子发了会子呆。臧校长没有找她。这有点出乎她的意料。她想可能是臧校长太忙，顾不上。上周臧校长去乡里开会。这周又到县里开会。臧校长一向总有很多开不完的会。小桃的一颗心像气球，涨得满满的，一下都碰不得，一碰，就飞走了，或者，就爆炸了。小桃知道她得把自己的气球管好，可是胸口又仿佛压着一块石头。她对自己说小桃你一定要耐心，一定。学校后面是庄稼地。正是麦子扬花灌浆的时候，空气里弥漫着一股子青涩的植物汁液的气息，还有花粉毛茸茸的香味。小桃鼻子痒了几下，一个喷嚏打出来。她感觉心头的气球马上就要破了。

臧校长终于找小桃谈话的时候已经是放麦假了。

这地方的小学不放暑假，放麦假。麦假正是麦收的大忙时节。秋熟一时，麦熟一晌，庄稼人都知道这其中的厉害。学校里代课老师们当然也知道。代课老师们家里都有地，早在麦假前，他们的心思就从课堂上飞到自家的地里了。麦假时期的芳村热火朝天，火烧火燎，汗味儿尘土味儿夹杂着熟透的麦子的焦香味儿，在六月的空气里迅速发酵，膨胀，熏得人头昏脑涨醉醺醺像喝高了酒。

小桃踩着满街喧腾纷乱的花秸去村西的小学。这地方人管脱过粒的麦秸叫花秸。新花秸柔软光滑，干燥干净。麦收的时候，村子里满眼都是花秸。花秸垛像一朵朵蘑菇，在白花花的太阳地里热烈地盛开。小桃光脚穿凉鞋踩在簌簌作响的花秸上。她开始走得有点急，后来就慢了下来。凉鞋是匆忙换上的。刚冲过的新鲜白嫩的脚丫上沾满了细碎的花秸屑和薄薄的尘土。小桃盯着自己的脚看了一会，暗暗后悔自己的不沉着。

这个时候的芳村小学寂寞，空旷，还有一点人去楼空的荒凉。少了喧闹的孩子们，一切都忽然变得陌生而新鲜，让人心生恍惚。一只麻雀飞过来，落在树枝上，眼睛一眨不眨地盯着人看。小桃同这小东西对峙了一时，叹口气，挥一挥手，到底把它吓跑了。

小桃走进去的时候臧校长正在看书。看见小桃他一下子从椅子上站起来，那样子仿佛已经等了很久，仿佛有点等不及。臧校长站起来的时候把桌上的一支铅笔带下来。小桃看着断了的铅笔头在地上摆出一个大大的感叹号，她的心里有什么地方也轻轻感叹了一下。臧校长说坐吧小桃老师。小桃没有坐。臧校长的老婆孩子在外地，除了过年难得回去一次。小桃悄悄打量了一下这间单身宿舍，干净清爽，一尘不染，小桃心里的感叹又大了一些。这时候臧校长问小桃忙不忙，家里麦子收清了没有。小桃说正收呢忙得要死。臧校长的话头就止住了，仿佛觉得这个时候把小桃叫来谈话，耽误了人家的麦收很不应该。臧校长忽然就没有了话。小桃也不说话。她低头看着自己脚上的花秸屑。身上的小汗衫没有来得及换，胸脯上有一块云彩似的汗渍，汗衫旧了，也小了，女儿家蓬勃的身子在里面简直藏不住。臧校长还是不说话。房间里的空气忽然就凌乱起来。小桃把七上八下的心拼命摁住，她想这个人，算怎么回事。她想你臧校长不说我得说。小桃就说了。小桃说校长，找我来，有事吗？臧校长仿佛一下子从梦里醒过来，有点茫然，有点不知所措。然而也就是那么一刹那，臧校长很快就端稳了自己。他说是这样小桃老师，今年秋季县里有个师资培训班，我打算让你代表芳村小学去参加，时间是一个月，我想征求一下你个人的意见。小桃的心又是忽悠一下子，脸上却并不显山露水。她没有说自己的意见，而是弯腰去捡地上那支断了的铅笔。小桃弯腰的时候屁股高高地翘起来，一段白花花的腰身藏也藏不住。忽然间她感到一片阴影朝她覆盖过来，她眼前一黑，臧校长在后面抱住了她。小桃没有动，也没有喊。她感到仿佛有一种东西忽然在这一瞬松弛下来，这东西绷得太紧绷了太久，小桃简直就要撑不住了。小桃半阖着眼睛，不动，身子却是僵硬的。她不知道这个时候该怎么办。她只是用自己的小手很努力地去掰臧校长的大手，掰的结果是那双大手抱得更紧更不要命。小桃的脑袋里像飞进了一群马蜂，嘤嘤嗡嗡闹得厉害。她感到臧校长的鼻息热辣辣地喷到她的后颈窝里，喷得她一阵阵眩晕。小桃小桃小桃……她听到臧校长模模糊糊叫着她的名字，仿佛是在说梦话。臧校长的声音很奇怪，听起来跟平时开会的时候一点也不一样。臧校长慢慢地吻着她的耳垂，吻得她的身子一点一点软了下来，不知从哪里涌出的热潮一波又一波起起落落。小桃说校长，别别——小桃说第三个别的时候她的嘴被臧校长的嘴堵上了。小桃想挣脱，身子却软软的像一团棉花拾不起来。等到臧校长的手开始笨拙地解她的衣扣的时候，她才忽地一下子省过来，小桃睁开迷离的眼睛说，校长——不能。臧校长喘息着说听话小桃你听话。小桃说不能——校长。小桃的声音很轻，但像铁板上钉钉子一样相当斩截。这时候臧校长的手停下来，他看到小桃脸上有白有红有粉有水，亮亮的眼睛像噙水的星星一样闪着湿漉漉的光。臧校长呆了，傻了。屋子里一下子静下来，蝉声仿佛在一瞬间铺天盖地汹涌而入，把炽热的空气搅得零落不堪。

臧校长说小桃我喜欢你。

小桃慢慢地整理了一下自己，开始往外走。

小桃我会对你好。

小桃打开门，毒花花的太阳光呼啦一下扑进来。

小桃你不属于芳村——我知道的早就知道。

小桃开门的手慢慢垂下来。她站在门槛旁边，看着满院子的阳光和树影，一跳一跳。

我会帮你的小桃。

小桃忽地一下子转过身来，勾着头，并不看臧校长的眼，泪水欢快地流下来，淌了她一脸一身。谁要你帮谁稀罕你帮你这个坏蛋你……她身子一软就倒进了臧校长的怀里。

二

地里的庄稼收完了秋天也就完了。

有一天，臧校长说，小桃，这个周末跟我去趟县城吧。小桃问去开会还是买教材，臧校长说都不是，过了一会儿又说，去了你就知道了。小桃就噘起嘴说你不说就不去。臧校长看看四周没人就在她的脸蛋上捏了一把，说小样儿，难不成还卖了你?

芳村人有句话叫做难啃的骨头才香。话糙理不糙。现在，小桃就是臧校长的骨头。这骨头新鲜饱满，正悬在臧校长的鼻子上方。臧校长这样一个斯文有礼的人，有时候，在小桃面前，简直就是一个贪嘴的小孩子，不遂意的时候，闹一闹脾气，使一使性子，甚至，一连几天不跟小桃说话，这种种情形，都是有的。怎么拿捏这个分寸火候，小桃都细细琢磨过了，其中的轻抚重按慢捻细挑，她明白得很。

这回去县城，臧校长葫芦里到底卖的是什么药呢？小桃就不明白了。

到县城的时候正是中午。中午的小城在阳光下兀自繁华着。这繁华曾经离小桃那么近，近得伸手就能够捉到，可是一夜之间却又倏忽一下远了，远到天边，再也摸不着。如今，这一切又在眼前了。小桃想起了一个词，恍然如梦。小桃感到心里有什么地方又细细地疼了一下。

拐过一条街，小桃跟着臧校长走进一处小院。这是一处很清静的小院。老石榴树上果实累累垂挂。树下是一个硕大的鱼缸，阳光照彻水底，几条金鱼活泼泼地游戏，通体鲜红透亮。廊檐下，是一个缤纷的花圃，菊花开得正盛，吐着新鲜的蕊子，惹得几只蜜蜂流连不去。台阶很高，一级一级攀延上去，五间青砖瓦房高大轩敞，宁静中透着一股藏不住的气派，还有那么一点傲慢和满不在乎。小桃正在心里把这院子同芳村的院子比较着，一个男人从屋里出来，一边走下台阶一边说失迎失迎。小桃看着两个男人握手，寒暄，她看得出这握手和寒暄有些潦草，她甚至感觉到了这潦草里面的敷衍。这时候臧校长转过身来说介绍一下，小桃老师，我们芳村小学的当家花旦。男人说噢，我樊大勇——屋里坐吧。

阳光透过宽大的玻璃窗照进来，把一屋子的家具照得满眼辉煌。小桃坐在这片辉煌里，心情一点一点黯淡下来。臧校长说去局里办点事，先走了。小桃心想这人，连个谎都不会撒，什么去局里，大礼拜天的。樊大勇又给自己的杯子里续了水，然后端起来，专心致志地吹着上面漂浮的茶叶。樊大勇似乎口渴得厉害，他一直在喝茶水，喝得慢条斯理从容不迫。他的嘴巴一直被茶水占着，话就显得格外金贵。小桃掰着指头想来想去，也就想出来樊大勇说过的那几句。他让她坐。让她喝茶。让她随便吃些水果。小桃心说这叫怎么回事。其实，一见樊大勇，小桃就猜出了臧校长的意思。臧校长借故离开以后她心里就更加明镜似的。小桃在满眼辉煌的屋子里掂量着这件事和眼前这个从容不迫地喝茶水的男人，心想臧校长竟然想出了这个路子。真难为他。

说实话，调动，确实不是一件容易的事情。从乡下往城里调动，更是山一重水一重，难上加难。臧校长一再说要耐心啊小桃这件事急不得你知道。小桃当然知道。小桃还知道的是，这些日子对臧校长的火候必须得把握好。这是关键。对臧校长，小桃心里有数。小桃认为，对男人，必须得做到心中有数才行。可是对眼前这个樊大勇，小桃却雾里看花一般，怎么看也看不清楚。年龄也看不准。樊大勇长得实在让人看不出年龄。也许有的男人就是长得模棱两可含糊其辞。樊大勇就属于这样的男人。小桃看着樊大勇的脸在茶水的热气中若隐若现，她甚至都看不清他的表情。小桃想这哪里是什么矜持，简直就是傲慢无礼。樊大勇是揣着明白装糊涂呢还是对她小桃不屑一顾？当樊大勇再次起身倒水的时候，小桃就有点坐不住了，她站起来说不早了我该走了。樊大勇把茶杯端在手里说慢走啊。小桃心里压了很久的一簇小火苗噌的一下冒了出来，她站住了，没有拿自己的包，她心里有个主意迅速生长起来，她被自己的这个想法吓了一跳。她斜过身子冲着端茶杯的男人微微一笑，说樊老师，也不留客人吃饭啊。小桃叫樊大勇樊老师，这是今天见面以来她第一次称呼樊大勇，她这声樊老师叫得委婉曲折百转千回。樊老师终于慢慢把手里的茶杯放在茶几上，他看了小桃一眼，说，在家吃还是出去吃啊，我们？

夜晚的芳村像一条小河缓缓流淌。小桃立在村口，看着樊大勇的摩托车一下子就淹没在这河流里，不见了。她掐了一下自己的胳膊，慢慢往家走。今天樊大勇不但请她吃了饭，还请她看了电影。吃饭的时候樊大勇话明显多了，小桃不知道是不是酒的缘故。樊大勇说他结过婚，老婆去年得急症死了。有一个孩子。他抽了一下鼻子说，这些——老臧都跟你说了吧。饭馆里嘈杂的人声一下子退潮了，小桃孤零零地立在岸边，仿佛听见什么东西轰隆一声倒塌了，尘土飞扬起来，一点一点，把她整个人慢慢淹没。她看见对面的樊大勇嘴巴还在动，她费了很大的力气才听明白，原来樊大勇是廖局长的内弟，原来樊大勇是县工商局的干部……这两句话像一道闪电，把小桃混沌的脑子炸开了一条裂缝，把小桃内心里的犄角旮旯都照亮了，但也就是那么一眨眼，又黯淡下来。看电影的时候，樊大勇在黑暗中忽然捏住了她的手。他把小桃的手捏来捏去，捏得不容分说理直气壮，好像小桃在一百年前就和他好了，好像小桃生下来就是他樊大勇的老婆。小桃斜过脸看了一眼樊大勇，樊大勇很舒服地靠在椅子上，眼睛盯着电影屏幕专心致志。小桃心里就像塞了一团棉花堵得要命。小桃想你以为你是谁呀你这个老男人，秃顶啤酒肚酒糟鼻子还有口臭，你的西装革履也许能唬住别人可是要想蒙我小桃那你就是白日做梦。小桃正在光线昏暗的电影院里咬牙切齿，樊大勇却哧啦一声笑了，想必是电影上发生了什么好玩的事情。小桃感到她的手像面团一样被他使劲儿揉搓了两下。小桃把手用力往外抽的时候樊大勇才很诧异地转过头来看了她一眼，他说怎么了你——不好看吗这电影？小桃不吭声。樊大勇问第二遍的时候，小桃歪头把身边的男人斜了一眼，轻声说傻样儿，你把人家都捏疼了。

　　小桃调到县中附小之前找了臧校长一次。臧校长喝醉了，醉得一塌糊涂。他说小桃你走吧芳村留不住你我早知道的留不住你——小桃看着臧校长修剪整齐的手把自己的头发揪得乱七八糟像个鸡窝，她不知道该说什么，结果就什么也没有说。她把桌上的酒瓶子拎起来仰着脖子喝了两口，她一下子被呛得咳嗽起来，止也止不住。

冬天是芳村最清闲最安逸的季节。黑奎一家却忙得人仰马翻。小桃要出嫁了，好日子就定在腊月二十八。芳村有闺女的人家都显得心情复杂，他们一边背地里把小桃挑剔得鼻子不是鼻子眼睛不是眼睛，一边数落自家的闺女，吃一块地里的米，喝一条河里的水。看看人家小桃！

三

洗完脸，小桃坐在镜子前面梳头。早晨的阳光照进来，落在梳妆台上，一跳一跳地。樊大勇去开会，一早出了门。镜子里的人朝霞满面，令她简直都认不出了。地板擦过了，反射着湿漉漉的清洁的光泽。床也已经整理好，风平浪静。大红的床罩，绣着鸳鸯戏水。樊大勇喜欢红罗帐。小桃看着那张宽大的双人床，心里忽然就疼了一下。

关于新婚之夜，小桃是充满想象和期待的。没人的时候，小桃把这件事想了一遍又一遍，想得脸蛋子都红透了，能滴出血来。经了臧校长，小桃的心思就越发稠密了。她想起看过的一篇小说，名字忘了，却记住了里面的一个情节：女人怕新婚的丈夫看出破绽，用荷包裹了鸡血，藏在褥子底下，关键时候拿出来。丈夫信以为真。这个办法小桃不是没有想过，可是很快就推翻了。小说到底是小说。说起来容易，这里面的细节可是个技术问题，是不是具有可操作性，小桃拿不准。拿不准的事情小桃不做。也想过在外面，趁黑，稀里糊涂完事，也就过了关。这倒真是个主意。机会也不是没有。有一回樊大勇送她回村子，在一片花秸垛后面，樊大勇抱住了她。小桃听出樊大勇的呼吸像火车一样轰隆隆响，他的大手一把捉住了她的奶，像捉住一只颤巍巍的小鸽子。小桃暗暗叹口气，心想机会来了。樊大勇的手向下滑的时候，小桃却忽然改变了主意。不行。这样泥里水里不清不楚。不行。她不能让樊大勇以后想起来秋后算账，她得让樊大勇落个明白。更重要的是，樊大勇是自己要嫁的人，所以一定要端得稳。端得越稳，日后在他那里才越有分量。

结婚的日子是小桃掰着指头算出来的。

那天夜里，樊大勇显得有点迫不及待，可是他还是拿出一块素色的单子铺上。床单是乱花的图案，花红柳绿，闹得不可开交。小桃看了一眼那块淡粉色的单子，心里凛了一下，背上就起了一层毛茸茸的细汗。樊大勇到底是过来人，不好对付。完事以后樊大勇扭开灯，在那块素色单子上找，然后就一把抱住了小桃，心啊肉啊地叫。小桃的一颗心扑通一声落了地。

阳光从梳妆台上慢慢流走了。小桃把那些瓶瓶罐罐打开，往脸上抹。按照小桃的意思，房子已经重新装修过了。满堂的桃木家具，深栗色，显得庄重大方。芳村人的讲究，桃木辟邪。也不知道为什么，这个院子，小桃总觉得要有什么东西来镇一镇。院子里也变了样。重又用方砖漫了地，只在西墙下留出来一片，用矮矮的篱笆扎起来。樊大勇说，这篱笆真是多余，又不养鸡鸭。小桃白了他一眼，嗔道，谁说我不养？心里却恨恨的，这个人！只知道实用，连一点基本的审美都不懂。鱼缸没舍得动。还有那株桃树。枝繁叶茂，最丰满的时候，能够荫蔽半个院子。桃树好。小桃喜欢桃树。关于桃树和桃木的事，小桃跟谁都不曾提起。跟樊大勇，更不曾。小桃知道，樊大勇这个人，忌讳多。有的话，刚到嘴边，想一想，就不能说了。有一回收拾屋子，小桃

看见过他们从前的全家福。照片上的樊大勇比现在瘦，显得格外
精神焕发。旁边的女人端庄娴静，把婴儿抱在怀里，一副贤妻良
母的神态。小桃端详着这张全家福，心里有什么地方就掣痛了一
下，酸酸凉凉的滋味复杂。她把那张全家福收起来。坐着发了会
子呆，重又把它翻出来，想了想，悄悄把它藏在衣橱的深处。过
了一会，重又拿出来，想了半晌，到底把它藏在梳妆镜后面的夹
层里。当天夜里，小桃像一只妩媚的小银狐，格外的活泼动人。
樊大勇看着灯光下小桃的妖娆模样，心里越发感叹女人与女人的
云泥之别。

　　冬天天短，一天三顿饭，显得尤其密了。做饭的时候樊大
勇打电话来，说不回家吃饭了。正是寒假，小桃闲着没事，吃完
饭就锁上门出去转转。这是县工商局的家属院，平房，一色的青
砖蓝瓦，显得干净整齐。小桃走出胡同，才发现自己没有目标。
这几年县城的变化挺大，简直都认不得了。正犹豫间，忽然听见
有人叫她，回头一看，就哎呀一声，原来是师范时候的同学田
雪。田雪把小桃上上下下下仔细打量了一番，说小桃，越来越漂
亮了。田雪家在县城，是班上女生中唯一一个城里人，在一群农
村来的土丫头中间，显得格外的鹤立鸡群。小桃说哪儿呀，哪有
你会穿衣服。两个老同学就推心置腹地说了会子话。交流了彼此
的近况，又说起一些同学的去向。师范的学生大多是从哪里来，
到哪里去，留在城里的大概也只有她们两位。田雪少不得感叹一
番。小桃听得出这感叹里成分复杂。因说起自己，越发的平淡低
调，可越是如此，越是让人感到藏在后面的波涛起伏。小桃的服
饰，小桃的神情举止，小桃的微笑，让人感到小桃已经在这幸福
的波涛里淹没了。冬天的太阳淡淡地照下来，把两个人的影子拉
得很长。天气真冷。小桃却觉出身上热烘烘地出了汗。她看着两
个人呼出的热气慢慢弥散开来，仿佛一道白幕，把两个人远远地

隔开。其实小桃这个时候很愿意碰上个熟人。碰上田雪，是她更乐意的事情。小桃说有空到家里坐吧，我就住这里。说着她抬手指了指那一片家属院。后来小桃一直回味着当时田雪的表情，想着想着小桃就绷不住了。她想，谁笑到最后，谁笑得最甜。这话说得太实在了。

　　开学以后小桃就忙碌起来。城里学校不比乡下，规矩多，各种考核制度也完善。制度无非就是条条框框，把人框里面，让人中规中矩，不敢乱动作。小桃的一颗心就始终揪着，生怕走错一步路，说错一句话，惹人耻笑。一个月下来，就上了火，嘴上生了明晃晃的水泡。樊大勇看了就劝她，不就是个工作吗，大不了在家歇着，我养你就是了。小桃嘴上撒着娇，心里却想，工作还是要工作的，要不然岂不是白念了这些年的书。况且，手心朝上跟人要钱，滋味未必好尝。

　　过了四月庙，春天的意思就愈发浓郁了。小桃把西墙下那片园子松土，浇水，施肥，撒上各种菜籽，西红柿，黄瓜，豆角，芫荽，边边角角的地方，还栽了羊角葱。这羊角葱是春葱，鲜嫩适口，用不了几天，就是饭桌上的时令菜。小桃还搭了丝瓜架，葡萄架，豇豆角到时候也得搭架子，不然长不好，就疯了。樊大勇看着小桃爬高爬低的样子，笑道，买菜吃就行了，这么辛苦。小桃斜他一眼，说，我就是受苦的命。樊大勇最见不得她这一脸嗔怨的样子，一把从后面把她抱住，惹得小桃张着两只沾满泥巴的手骂道，坏人，你这个坏人——看给人看见。樊大勇在她耳朵边说，我偏要让人看见，小桃老师怎么欺负她男人。小桃啐他一口，咬牙恨道，大小也是个干部，这么没正形。樊大勇被她惹得越发兴起，正纠缠间，听见隔壁的冯婶隔了墙头喊小桃，小桃应着，把樊大勇推开。冯婶在墙那面说，小桃，我这毛衣就要收针了，麻烦你有空帮一下。小桃冲着樊大勇眨眨眼睛，应道，好啊冯婶，我种菜呢，洗洗手，这就过去。便自顾去洗手，全不理会樊大勇在旁边冲她吹胡子瞪眼。

冯婶的男人是县工商局一把手，樊大勇的顶头上司。又是近邻，因此小桃对冯婶一家敷衍得特别周到。冯婶娘家在城东关，自小优越惯了，又嫁了这样一个男人，在小桃面前，简直就是居高临下。当然了，冯婶人圆通，见人不笑不说话。对小桃，更是一口一个妹子，不知情的人竟真以为是嫡亲的姐妹。可是，小桃还是从这亲热中觉出了那一种凌人的盛气。小桃脸上不动声色，心里却想，你敬我一尺，我敬你一丈。你给我投桃，我给你报李。你要是给我针尖，我就给你麦芒。冯婶的男人冯局长，人倒十分和蔼，生得白白胖胖，笑微微的，简直像一个弥勒佛。见了樊大勇，顶爱开玩笑，说老樊现在是春风得意——说得小桃就很难为情，她明白这话里面曲曲折折的意思，佯作听不见，只管同冯婶热络地说着家常，心里却暗想，这个冯局长，倒没有架子。冯婶呢，听了这话，就说，瞧我们老冯，人老心不老呢。大家都笑。冯局长把手捏住后脖颈，一下一下捏着，笑得尤其烂漫。在县工商局的家属院，冯局长的惧内是出了名的。据说，冯局长原本是一介穷书生，娶了城里的小姐冯婶。全凭了冯婶叔叔的提携，才一路青云直上。当然，也有人说，冯局长的官运亨通，是因为梅书记的重用。梅书记是一个老女人，刻板严正。冯局长是梅书记跟前的红人，这在安县是人所共知的秘密。家属院，最是传播各种流言蜚语的地方。听得多了，小桃也渐渐地不以为奇，把这些看得平常了。有时候，看着冯局长为冯婶细心地吹眼皮的时候，小桃不免想，海水不可斗量。这冯局长，看上去其貌不扬，说不定倒真是工于内媚呢。

从冯婶家出来，小桃弯到近旁的菜市场，心里盘算着买一条鱼，再买一些豌豆。正是新鲜豌豆下来的季节，小桃打算多买一些带壳的，周末左右无事，就剥一剥豌豆。迎面不时碰上院里的人，很热络地打着招呼。买菜啊？买菜。这天，要热起来了。可不是，这天。小桃脸上一直笑着，笑得一口牙齿都酸凉了。院子里的人都说，樊大勇这个小媳妇真好，人长得俊，又随和，笑起来，一对小酒窝，不知道有多甜。樊大勇听到耳朵里，就把这话学来给小桃听。小桃就横他一眼，说，我，好吗？樊大勇说，好。小桃说，真好？樊大勇说，真好。小桃说哪里好？樊大勇说，哪里都好。说着就有点按捺不住。小桃却忽然就滚下泪来，黯然道，就算好，也换不来人家的一颗真心。樊大勇就急了，好好的——这又是怎么了？小桃柔声哽咽着，只是不开口。樊大勇就把她抱住，小心翼翼地赌咒发誓，方才慢慢止住了。

学校里的事，渐渐也就理顺了。小桃是个要强的人，在任何事上，都不愿意让人家说出半个不字。从领导到学生，上上下下，都喜欢小桃。有时候，课间，小桃伏在楼栏杆上，张着两只满是粉笔灰的手，入神地看着操场上潮水一样喧闹的孩子们，心思就不知道飘到哪里去了。上课铃骤然响起的时候，她才猛省过来，把心神定一定，准备上课。

有一天下班回来看见门口站着一个人，仔细一看，是妹妹小水。小水手里提着一捆春韭菜，头发有些凌乱。小桃说你怎么来了，水？小水不说话，只是低头看着手里湿漉漉的春韭菜。小桃把小水让进屋，嘱她把拖鞋换了，洗把脸，小水却只是站着不动。小桃就有点恼了。怎么说呢，平日里，她顶看不上这个妹妹，脾气犟，人又不灵透。她说怎么了你，水？这时候小水的眼睛里泛起了泪花，小桃的心就跳起来，说娘病了？小水摇摇头。是爹？小水还是摇头。小桃说你哑巴啊你。小水哇的一声哭起来。

樊大勇回来的时候小桃已经把饭菜做好了，姐妹俩在桌前等他。看见小水，樊大勇吃了一惊。小桃说回来了，一边就推了小水一下，说你姐夫回来了。樊大勇看了一眼小水那双桃子一样红肿的眼睛，说你们吃，你们先吃。自家人，别见外啊。吃完饭，说了会子闲话，小桃安排小水洗漱完，把她领到西厢房睡觉，临出来的时候她说水儿，别急，咱想想办法。

樊大勇靠在沙发上看报纸，看着刚洗浴过的小桃，新鲜得像一穗嫩生生的玉米，就有点按捺不住。小桃看着他那一副馋样子，说去洗洗。樊大勇就赶紧去洗了。小桃歪在床上想小水的事。小水比她小两岁，小学没念完就不念了。爹娘也不劝说，就由了她。如今，爹娘想把小水留家里，招个倒插门女婿，给爹娘养老送终，小水一听就哭了，跑来找姐姐，说死也不留家里。小桃心里明白，倒插门，实在是万不得已的事情。在女方，但凡有一个男孩子，哪怕是聋的，哑的，甚至缺心少肺的傻子，也是撑门面的男丁，逢婚丧嫁娶，好歹有人出头。把闺女留在家里，固然比媳妇贴心，可是这上门女婿难找，谁愿意把养大的儿子白白送给人家，除非穷得实在揭不开锅了。村子里倒是有两家这样的例子，都是外地人，家里穷，孩子又多，养不活了，就狠狠心把儿子送人做女婿。小桃知道小水难，爹娘也不容易。绝户，她脑子里又蹦出了这两个字。

樊大勇像一只泥鳅一样钻进被窝里，一下子抱住小桃，在她耳朵边说，想我吗？小桃没理他，只是闭着眼。樊大勇的一双手就不老实起来。小桃仍旧闭着眼，由他去。老实说，樊大勇不大行，尤其是跟臧校长比，更显得不行。这一点，新婚之夜小桃就发现了。樊大勇人生得倒排场，可是夜里却总是虚张声势，外强中干得厉害。当时，小桃躺在黑影里，听着樊大勇震耳的呼噜声，心里空落落的，身子却像热气球一样，膨胀得要命。这时候樊大勇的呼吸渐渐急促起来，小桃推开他的手，说瞧你，就把脑袋缩进被窝的深处，樊大勇哎呀一声叫出来。被窝里的温度慢慢升高了，好像划根火柴就能哗啦一下着起来。半晌，小桃把脑袋探出来喘着气，说小水的事真难办。樊大勇还在哼哼唧唧地叫着，见小桃停止了工作，恳求道，心肝儿，有话明天说。小桃看了一眼他那张喝醉了似的脸，说小水的事，你得管。樊大勇说小水是我小姨子，我当然得管。小桃说你可要说话算话。樊大勇就有点急了，一下子把小桃按在底下，说你这个小妖精，我让你不听话，让、让、让、让你不听……

　　吃完早饭，樊大勇去上班，小桃跟着把他送出院子，说小水的事，你操点心。樊大勇一只脚踩着脚蹬子，说，难啊。小桃看了看周围没人，就照着他的腿踢了一脚，说你个没良心的。樊大勇看着小桃的脸被早晨的阳光镀上一层毛茸茸的光晕，忍不住俯在她耳边，说昨晚好不好？小桃又飞起一脚，骂道，缺德。

　　小桃回到院子里的时候，小水已经把碗筷收拾好，正蹲在门前择那把春韭菜。小桃搬了两个马扎过来，塞给小水一个，说晚上包饺子吧。春韭菜湿漉漉的，小水的手指头变成了黑绿色，小桃看了一眼那黑绿的手指头，说你的事，我跟你姐夫说了。小水这才抬起头来，姐夫咋说？小桃看了一眼妹子急切的眼神，把想说的话又咽回肚子里，别急，想想办法。

四

　　第二天，小桃带着小水去县城的幸福大厦。幸福大厦是城里最大的购物中心，小桃给小水买了一身新衣服，是眼下正流行的那种样式。又到地下超市给爹娘买了各种各样的食品，选食品的时候小桃很费心思。天越来越热了，家里没有冰箱，有些东西真不好放。小水跟在她身后，一个劲儿地说行了姐，行了。小桃不理她，只顾一样一样地仔细比较着。自己嫁到城里来，芳村人的眼光似乎一下子就变了。爹娘的腰杆也慢慢硬起来。她清楚这是怎么回事。村里人势利，她不怪他们。谁不势利呢？这年头，不势利倒不正常了。已经有一阵子没有回芳村了。小桃要让小水把自己的幸福带回去。

关于幸福这个话题，小桃已经很久没有想过了。小桃不知道自己是不是幸福。嫁到城里，男人是个干部，自己在城里教书，应该是幸福的。她没有理由不幸福。这幸福来得不易。这一点，只有她自己知道。正因为不易，她才应该感到更加幸福才是。

把小水送上车以后，小桃对着冲她摇手的妹子说，那事别急啊水，给爹娘捎个信，说我挺好。

其实自己这话说得有点多余，小桃心里清楚。在芳村人眼里，小桃是掉进了蜜罐里，一个字，甜。每次回村子，小桃都要在人们嘴边挂上好几天，芳村人都说，黑奎，老实巴交的黑奎，倒养了个好闺女。小桃回家的次数把握得很得体。不能太稀，她是有良心的人。也不能太稠，她得照顾樊大勇的情绪。倒不是樊大勇说过什么，相反，每次都是樊大勇在后面催着她说，桃啊，该回去看看了吧。在内心里，小桃感激他这种主动，每逢这时候她就想，自己的男人，还是不错的。可是嘴上偏说，噢，怎么觉着刚回去了的——这一晃。逢年过节，小桃也会让樊大勇一同去，不过她对这个频率控制得更严。她认为，作为芳村的女婿汉，樊大勇应该在适当的时候在芳村露露面，这很重要。对于芳村，这是一个姿态，或者叫做态度也行，表明在做干部的男人眼里，她小桃是有分量的。因此，小桃一家也是有分量的。这一点很重要。樊大勇和小桃一前一后从小汽车里走出来，指挥着小水往外拎大包小包的东西，这时候，昏昏欲睡的芳村被汽车的喇叭声惊醒了，惶惶然睁开眼睛。樊大勇的黑色皮衣在阳光下发出一种逼人的光芒，把整个芳村都照亮了。小桃走在男人身边，脸上的表情是平静的，还有那么一点漫不经心，这种表情也是一种姿态，一种暗示：对于眼前这个男人，这个城里干部，小桃胸有成竹。

私心里，小桃顶不愿意樊大勇回芳村，主要是不愿意看见爹娘在女婿面前诚惶诚恐的样子。为了这个城里女婿，黑奎把睡了多年的火炕拆了，刨了院里的那棵老柳树，请人打了一张双人床，给小桃他们预备着。又用青砖在院子里铺了一条甬道，防备阴天下雨的时候泥水脏了闺女女婿的鞋子。把原来的篱笆门推倒，安上了两扇黑铁门，过年的时候，贴了花花绿绿的门神，威风得紧。对于家里的这些举措，小桃看在眼里，疼在心里。这种疼很奇怪，平日里在心底什么地方潜伏着，不显山露水，逢到某个时候就出其不意地袭击她一下，让人没有一点防备。有一回夜里，樊大勇在那张老柳树变成的双人床上翻了个身，说腰疼。小桃知道他是想念家里的席梦思了。床上铺的是娘特意做的褥子，一色的新棉花，厚，而且软。小桃能想象出娘趴在炕上缝褥子的样子，针拽着细线在半空中一来一去，每一针都像扎在她的心上。这时候那种疼就来了，来得气势汹汹。乡下的月光漫过窗格子，一点一点流进来，双人床就浸在水样的月色里了。樊大勇的呼吸起起落落，一声疾一声徐，小桃静静地躺着，忽然就恍惚了，一时不知道身在何方。

送完小水回来，在门口正碰上冯婶。冯婶系着围裙，满手的湿面粉，见了小桃就说，正找你呢。小桃忙问怎么了，冯婶嘴角牵动一下，想做出笑模样，眼圈却忽然就红了。小桃心想，冯婶一向在人前不露半点软茬，今天这是怎么了，一面揽住冯婶的肩，说，咱们进屋，有话慢慢说。

冯家的客厅很大。黑色皮沙发很霸道地一字排开，墙上挂着古代四大美人图。小桃看着冯婶忙忙碌碌，张罗着洗水果，沏茶，还格外殷勤地把电视打开，心里就有几分明白了。冯婶这是后悔了。她悔不该在小桃面前流露自己的心事。两个人喝茶，吃水果，有一眼没一眼地看电视，东拉西扯地说了会子家常。冯婶的神态已经跟平时一样了。墙上的四大美人光彩夺目，在她们的光芒里，冯婶那张冬瓜脸，越发显得黯淡平庸，缺少颜色。小桃想，冯局长这一向绯闻不断，县城不大，又是这样撩人的情事，一时间闹得满天星斗。都说这种事情，最后知情的一定是家里的这一位，莫非，风声终于传到冯婶耳朵里了？正胡思乱想，冯婶把电视的声音调低，凑过来，伏在她耳朵边说，知道吗？老姜，在花园西路还有一个小窝——小桃一惊，哪个老姜？冯婶说，还有哪一个？斜对门那个老姜嘛。小桃说，你是说姜科长他——冯婶说，外面养了人呗。小桃心里一震。老姜的好，在家属院里是有口碑的。老实，能干，疼老婆顾家。谁家两口子拌嘴，女人总要把老姜拿出来作参照，看看人家老姜，看看人家！难道，老姜真的——冯婶说，外面都传开了，只瞒着老姜媳妇。这个老姜，原来也是个花肠子。小桃看着冯婶一脸激愤的样子，心里想，老鸹笑话猪黑。先把自家的一亩三分地管好，也不迟。嘴上却附和着，可不是，男人，没有一个好东西。

晚上，小桃就把冯婶的话学了。樊大勇靠在床头，眼睛盯着电视，说，女人家，没事乱嚼舌头。小桃说，冯婶说这事都传开了——你没听到？樊大勇说，这邻里邻居的，抬头不见低头见。别乱传闲话。小桃说，冯婶说的——我不过是在家跟你说说。樊大勇说，冯婶？她还是先管管她家老冯吧。小桃说，老冯是不是——樊大勇伸手捏了一下她的鼻子，说，吃一家的饭，操百家的心。小桃光脚跳下床，把电视关了，盘腿在樊大勇面前坐稳，说，那我就只操我们家的心——你说，你老实说——樊大勇一把把她摁倒在床上，说，你这个小妖精！有你这个小妖，就算是七仙女，我也顾不上了！小桃在下面急得嘤嘤乱叫，樊大勇被她叫得兴起，说，叫吧，叫得真好。我就喜欢听你叫。你看我怎么让你叫——

五

阳光很好。天空是那种浅浅的蓝，蓝得发白，像是一块洗了很多水的布，干净，柔软，简直要透明了。小桃站在院子里，一手扶着腰，一手轻轻地抚摸着隆起的肚子，她看着小水把自行车支好，说你姐夫来电话了，要晚点回，有个会。小水说噢，一边就去洗手。小桃看着她的背影，愣了那么一下。

怎么说呢，对这个妹妹，小桃是有那么一点看不上。疼倒还是疼的。自小，小水就是小桃的小尾巴，走到哪里，都甩不掉。小桃功课好，人又俊，人们提起来的时候，总是说，小桃如何如何。小水呢，从一开始，就在小桃的光芒里长大，充其量，她是小桃妹妹。小水怕念书，一念书就头疼。一回家呢，却又好了。爹娘骂过几回，也就把一颗心渐渐冷下来，叹道，人各有命。由她去了。小水倒是天天乐呵呵的，一副没心没肺的样子。不像小桃，心比天高。若不是这一回被爹娘逼着订亲，大概小水也没有想过到城里来。如今，小水在县城一家超市上班，樊大勇的一个哥们是这家超市的老板，正好趁此机会为樊大勇做点事。小水在县城有了工作，又有姐姐姐夫这棵大树靠着，爹娘也就放了心，不再提倒插门的事。小桃自然也高兴。小桃一高兴，樊大勇就享受到很多好处。夜里没人的时候，樊大勇抱着小桃丰饶的身子，心里的感慨像潮水一样奔腾不息，觉着女人这东西，真是妙不可言。小水洗完手，去厨房端锅盛饭。天热，小水穿了一条牛仔短裤，长长的腿，冰雪一般，走起路来一绞一绞的。上身是一件粉色T恤，小得不能再小，紧紧地包在身上，一对胸脯简直就要喷薄而出了。这时候小桃才发现妹子变了，从衣服到神态，到走路的姿势，变得都像一个城里人了。更主要的是，小水忽然变得有些陌生了，原来细细溜溜的一条，像根干巴巴的猪尾巴，现在，忽然就腰是腰，屁股是屁股，很有几分样子了。这样的小水让小桃很不习惯，她镇定了一下自己，开始慢慢吃饭。

家属院附近，就是县一中的操场。吃过晚饭，小桃总要去操场上走一走。医生说了，小桃的胎位不是太正，得多活动活动，让它自己慢慢顺过来。为此，小桃还学了几个矫正胎位的动作，天天晚上趴在床上练。樊大勇看了，就笑，说你对这小东西，比对我好多了。小桃不理他，继续练，咬着牙，才做了两遍，已经是满脸汗水了。樊大勇讨个无趣，就看电视。

操场上人很多。小桃捧着肚子，小心翼翼地走。迎面碰上熟识的人，问道，快生了吧。小桃就停下来，亲亲热热地说上几句。夜色中的县城格外迷人。小桃看着远远近近的灯火，心里忽然生出一种淡淡的惆怅。真是莫名其妙。小桃把头摇一摇，叹一口气，也就笑了。还有什么不满意呢。她算是什么都有了。如今，她的孩子，也要降生了。一生下来就是城里人。哪里像她。念了这么多年书，吃了这么多的苦。这小东西。真是人各有命。

星期天，吃完早饭，大家都各办各的事。小水回芳村了，看爹娘。自从在城里上班以后，小水就住姐姐家，周末才回去看看。樊大勇去看儿子。儿子跟姥姥姥爷，说是帮女婿减轻负担，其实是怕孩子受委屈。都说跟着当官的老子，不如跟着要饭的娘，况且还有这么年轻的一个后娘，虽说人还和善，可到底不是亲生的，终究隔了一层肚皮。这心思，大家都明白，也就不去说破。小桃心里先自松了一口气。后妈难当，谁都清楚。樊大勇呢，起初心里有点不舍，可慢慢也就想开了，每周去看一看，吃顿饭，父子俩亲亲热热的，倒也好，省了在一起过的种种摩擦。男人都是爱新妇的。况且，现在小桃又怀了孕，好日子一眼望不到边，长得很呢。

小桃在家看了会电视，就收拾了一下出了门。她想到附近的婴儿用品商店转一转。已经有些夏天的意思了，马路两边的洋槐都绿得不可开交，花圃里也是散紫翻红的光景，热闹得很。小桃走着走着，看见迎面一个人走过来，心里忽悠一下子。刚要躲开，那人已经看见她了，就硬着头皮打了声招呼，来赶集了？臧校长不自然地搓了两下手，一边说，县里有个师资培训，来了都快一个礼拜了。然后顿一顿，说，你——还好吗？小桃说，还好。停了一会，又问道，忙吗，学校里？臧校长说，还那样。一堆杂事。小桃说噢。两个人就没话了。阳光照下来，像一根根金线，密密地把两个人罩住。空气似乎凝固了。小桃把宽大的孕妇裙抻了抻，也不知道怎么回事，今天她的肚子显得格外的臃肿。小桃看着自己的脚尖，很后悔出门之前没有换件衣服。她下意识地拿手拢了一下头发，头发也剪得太短了。都怪自己耳根子软，一时糊涂，听了冯婶的话。坐月子方便。坐月子坐月子。小桃忽然间对这几个字生出莫名的恨意。一只蛾子过来，绕着他们两个人营营扰扰地飞来飞去。它大概是被小桃的黄裙子迷惑了。小桃觉得喉头硬硬的，有什么东西鲠在那里，上不去，也下不来。嘴唇却忽然干燥得厉害。也不知过了多久，臧校长说，那——我就走了，再见。小桃站在原地半晌没动。臧校长明显老了。才不过两年多。光阴这东西，厉害。风把臧校长的白衬衣鼓起来，一飘一飘。小桃的心也跟着飘起来，不知道飘到哪里去了。

怎么说呢，这几年，小桃一心忙着过自己的城里生活。家里，单位，还有这个是非丛生的家属院，都需要她心无旁骛地去应对。她得把脚跟立稳。她一直以为，她早已经把芳村给抛在脑后了，还有芳村小学，臧校长，还有他们之间那曾经的种种纠葛，丝丝缕缕，有甜也有苦。人往高处走。不是吗？人都得往前看，不能够一步三回头。一对情侣走过来，手拉着手。那个女孩子穿一件白色连衣裙，长长的头发垂下来。忽然不知道因为什么，女孩子举起小拳头朝着男孩子砸下去，娇嗔地撅着嘴。男孩子嘴里哎哟哎哟夸张地叫着，惹得女孩子格格笑起来。小桃冷眼看着这一切，一股酸酸凉凉的感觉就慢慢从鼻腔里涌上来。一个小贩从身旁经过，一路摇着铃，远去了。车把上系着五颜六色的气球，还有各种充气的动物玩具，挤挤挨挨的，在阳光下，格外耀眼。

回到家里，小桃花了很大的力气，才把一颗心从两年前的芳村拽回来，摁到肚子里。看着眼前的婴儿衣服，小围嘴，小兜肚，小鞋，小帽子，热热闹闹铺了一床，她的心就像被一只小手轻轻地捏了一下，有点痒，有点酸，又有点疼。

转眼就要生了。

小桃请了假，在家专心待产。人们都说，最好是个女孩，上面有个男孩，儿女双全，就圆满了。小桃私心里可不这么想。她想要儿子，亲儿子。从小看多了没有儿子的难处，这种想法早就在心里生了根，发了芽。如今，樊大勇也升了，单位的二把手，一人之下，天天被众人捧着，脾气见长。城里可不比芳村。况且又是这种单位，世风又不好，周围免不了莺莺燕燕，这一点，小桃早就料到了。因此对樊大勇格外肯敷衍。看得紧，可也想得透。心想等自己生下他的骨肉，就好了。男人是风筝，孩子就是线，风筝飞得再远，线还不是在自己手里，量他也飞不到天外去。中午的时光像是停滞了，漫长，黏稠，一点一点地缓缓流动。小桃靠在竹椅上昏昏欲睡，这时候肚子里咕咚一下，小桃就醒了，嘴里笑骂了一句，这淘气猴。

吃完晚饭天就黑下来了。小水在厨房里丁丁当当地洗碗，樊大勇进进出出地收拾着剩菜剩饭。天热，得赶紧放冰箱里。风吹过来，把头顶的葡萄架拂弄得沙沙响。小桃有一眼没一眼地看着屋里的电视，电视被樊大勇斜过来，正对着吃饭的门厅。这时候厨房那边传来啪的一声，什么东西掉地上，摔碎了。小桃说水儿，怎么回事？

没有人吭声。

周围一下子静下来，静得让人窒息，只有电视里的一个女人在咿咿呀呀地唱。夜色更浓了。

樊大勇进来的时候小桃已经睡下了。他蹑手蹑脚地躺下来，发现小桃其实没有睡，她侧躺着，眼睛看着某个地方，样子很专注。樊大勇顺着她的眼神看过去，除了对面墙上一张朦朦胧胧的结婚照，再没发现什么异常。他心里舒了口气，刚要重新躺下，腿就被小桃给勾住了，樊大勇说没睡啊。小桃不说话，把樊大勇的手拉过来，放在自己的肚子上，眼泪就下来了。樊大勇不敢动，任她哭。小桃把眼泪鼻涕都揉到男人胸脯上，哭得抽抽搭搭，梨花带雨一般。樊大勇就有点受不了了。正待开口，就听小桃说，睡吧，明天还得上班。樊大勇心里又舒了口气，心里想着厨房里的故事，想着想着就出了神。这时候小桃很艰难地翻了个身，在黑暗中说，后天中秋了，你回一趟芳村吧，我又动不了。樊大勇说噢。过了一会，小桃又说，带上小水，跟爹娘说说情况，就把前天见的那个对象定了吧。挑三拣四的。过日子，还不是图个人实在。樊大勇说噢。

窗子半开着，夜风吹进来，有点凉了。

夏天过后就是秋天了。又是一年。这真是没有办法的事情。

与子同袍

一

　　快过春节的时候，小让有点坐不住了。

　　北京的这个冬天格外冷。却没有雪。真是怪了。要在往常，一进冬天，雪就像春天的情书似的，一场又一场，把整个城市都给覆盖了。小区门口总有一些闲人，袖着手，穿得鼓鼓囊囊的，吸着鼻子，跺着脚，说说闲话，偶尔，仰脸看一看天色，说，这天。看这天干得。就有人搭腔了，听预报说，下周，怕是要有雪了？是商量的口气。有人嗤的一声，笑道，预报也敢信？如今的事，谁说得准？就都不说话了。

　　小让站在窗前，看着风把地上的枯叶吹起来，一扬一扬地，落在不远处的一个自行车筐里。一只麻雀在地上蹦来蹦去，倒是肥嘟嘟的，喳喳喳，喳喳喳，很是耐烦。这一个小区，都是上世纪八十年代的楼房，旧是旧了。树却多。大片的绿荫笼着，让人觉得安宁。当初，小让搬过来的时候，一眼就喜欢上了这里的树。房子不大，是一套小两居。老隋的意思，先过渡一下。过渡嘛，肯定是简陋一些。小让嘟着嘴，不说好，也不说不好，只顾低头玩手机。老隋说那什么，晚上，我们去喝老鸭汤，要不，先去新光天地？小让就不好再不说话了。小让知道，老隋这是讨好她。没办法，老隋会这个。小让觉得，老隋是那种会讨女人欢心的男人。这让小让喜欢之余，又有那么一点担心。

老隋并不算老。四十多岁。四十六？还是四十七？小让到底没有搞清楚。每一回问起来，老隋总是调侃，怎么，嫌我老了？要不就是自嘲，老喽，真老喽，奔五了都。小让就不好再问。管他！四十六，或者四十七，有什么区别呢。总之是，老隋比自己大。当然得比自己大。小让这个年纪的女人，二十八岁，按芳村的眼光，不年轻了。即便在偌大的北京城，也仿佛是一粒浮尘，茫然地飘来飘去，一眨眼的工夫，就被湮没了。有时候，从报社下班回来，走在喧闹的大街上，小让总是感觉特别的茫然。大街上那么多人，车，像潮水，一浪又一浪，是要流向哪里呢？

小让在一家报社做保洁。活儿倒是不累，从三楼到五楼，走廊，楼梯，卫生间，都是她的工作范围。不过是洒洒扫扫，和甄姐两个人，轮流值班，一周还有那么两天休息。小让对这份工作还算满意。

说起来，这份工作，还得感谢人家老隋。要不是老隋，小让做梦也想不到，自己还能够在这么堂皇的大楼里上班。刚来北京的时候，小让在一个老乡的小饭馆帮忙。饭馆的门面不大，专卖驴肉火烧。生意倒是十分的火暴。小本薄利，只雇了一个人，就是小让。另外一个，是老板娘。忙碌起来，简直是四脚朝天，没有片刻的闲暇。有一回，小让给旁边小超市送外卖，一进门，同一个低头往外走的人撞了个满怀。驴肉火烧滚了一地，驴杂汤也碰翻了，淋淋沥沥洒得到处都是。小让一下子懵了。那个人骂道，怎么走路，没长眼睛啊？小让一时气结，这人怎么不讲理？

正要同他理论，那个人却笑了，说真不好意思，你看这事——没烫伤吧？

小让是在后来才听老隋说，她生气的样子，真是可爱极了。这话小让听了有一些难为情，心里却是喜欢的。小让从来没有问过，老隋喜欢她什么，但小让知道，自己长得好看。在芳村的时候，小让就是让人眼馋心痒的小媳妇。为了这个，石宽的一颗心老是悬着，放不到肚子里。小让就逗他，干脆，你把我拴裤腰带上算了。石宽说，你当我不敢？

二

老隋第一回请小让吃饭，是在一家川菜馆。小让不能吃辣，一张脸红喷喷的，血滴子相似。嘴唇也是鲜艳的，眼睛里波光流转。老隋在对面都看得呆了。小让不停地举杯，大口喝啤酒。冰爽的啤酒，让她觉得痛快。来北京之前，小让没有沾过酒。喝酒从来都是男人们的事。芳村的女人们，有几个会喝酒呢？可是今天，她高兴。真的高兴。这么大一个馅饼，咣当一下砸自己头上了。说出去，谁会相信呢。老隋倒是不怎么喝。只是不停地给她夹菜，让她多吃些鱼。老隋说这家的湘水活鱼很地道，肉嫩，汤鲜，铁狮子坟附近，独此一家。小让看着老隋仔细地帮她择刺，把鱼肚子夹到她面前的小碟子里。老隋的手白皙肥厚，像女人。小让举起酒杯，说，谢谢，谢谢隋大哥。老隋把身子向后面靠一靠，呵呵笑，这话说的，见外了。小让说隋大哥，你是我的贵人。老隋说小让，看你，这么客气。小事一桩。小事一桩。

三

电话安静地趴在桌子上，没有一点动静。手机也一直静悄悄的。小让拿着一块抹布，不停地擦擦这，抹抹那。小让爱干净，用石宽的话，衣裳穿不破，倒让她给洗破了。阳光透过窗子照过来，像一个苍白的笑脸。暖气倒烧得还算好。可是小让只觉得屋子里清冷。原先，阳台是敞开式的，老隋请人做了一下改装，更严实了。小区里都是老北京居民，生活各方面都很方便。小区里有菜市场。周末的时候，小让经常买了新鲜蔬菜鱼肉，下厨给老隋做饭。老隋呢，对小让的厨艺总是赞不绝口。小让受了激励，菜做得越发好了。小让惊讶地发现，在做菜方面，自己是有天分的，怎么说呢，几乎是无师自通。每一回，老隋都吃得十分满意。也不知道是从什么时候开始，老隋就几乎不带她出去吃饭了。为什么要出去呢，家里有这样好的厨娘。还有，家里也方便。关起门来，就是一个安静温馨的小天地。老隋喜欢在饭后靠在沙发上，看着小让里里外外地忙碌。茶水早已经沏好了。老隋喜欢碧螺春。时不时地，老隋就拎过来几筒茶，都是礼品包装的上好茶。老隋是报社的二把手，大小也是一个副局，好酒好茶自然是少不了的。有时候，喝不过来，小让就自作主张了。给甄姐两筒，寄回老家两筒。老隋见了，也不在意，却说这东西有什么好寄的，寄点钱，啊，多寄点。小让就有点不好意思。老隋这个人，还是不错的。

楼下传来汽车的喇叭声。小让慌忙跑到阳台去看。不是老隋。老隋的车是一辆黑色奥迪。阳光照过来，把老槐树的影子印在窗子上，参差的枯枝，一笔一笔的，仿佛画在上面，很清晰。小让攥着手中的抹布，看得出了神。老隋在做什么呢？她想给老隋打电话，到底是忍住了。老隋跟她有过约定。老隋说，一般情况下，不要给他打电话。他会打给她。小让当时还开玩笑，说，那，二般情况呢？老隋看着她的小酒窝，忍不住在她的脸蛋上捏了一下，说，小傻瓜。

　　小让是在后来才知道，老隋有家室。老隋的老婆是大学老师，女儿上初中。有一回，小让在老隋的钱夹子里发现了一张照片，是他女儿的。小女孩生得清秀可人，不像老隋。想来，孩子的妈妈，模样应该也不错吧。

　　小让倒是没有拿了这张照片找老隋闹。在芳村，自己不是也有一个石宽吗？虽然，石宽的腿坏了，基本上就是一个废人。可石宽是她的男人，她是石宽的媳妇。她和石宽是两口子。这一条，能改变吗？石宽的腿是在工地上坏的。一块钢坯掉下来，砸断了。来北京打工，就是想多挣些钱，给石宽治腿。要不是遇上老隋，她怎么会有这样好的工作，又清闲，钱又多，比起在老乡的饭店里卖驴肉火烧，强多了。

　　小让把那张照片放好，一面洗衣服，一面劝自己。洗衣机訇訇响着，同客厅里电视的歌声交织在一起。厨房里炖着牛肉。阳台外，邻家的鸽子停在防护栏上，咕咕咕咕叫。有一种纷乱的家常的气息。老隋过来的时候，她早已经把自己劝开了。她让老隋洗干净手，帮她晾床单。老隋乐颠颠地去洗手，吹着不成调的口哨。

　　吃饭的时候，小让有些沉默。老隋照例是有说有笑，一点都没有注意到她的情绪。好在有电视。电视里，正在播着一个没头没脑的肥皂剧。男女主人公在吵架。女人的嘴巴像刀子，锋利得很，一刀一刀飞过去，把男人杀得只有招架之功，没有还手之力。小让端着碗，看得入了神。这个时候，老隋的手机响了。老隋犹豫了一下，踱到阳台上接电话。老隋的声音压得很低。小让张着耳朵听了听，一句也听不清。插了一段化妆品广告，一个明星信誓旦旦地说，你值得拥有。小让忽然感到莫名的烦躁。

　　老隋接完电话回到饭桌前的时候，电视里那一场战争早已经偃旗息鼓了。老隋说，单位的破事儿。烦。小让把饭菜从微波炉里端出来，没有说话。

饭后，照例是老隋的茶水时间。小让削水果。老隋一手端茶，另一只手从小让的腋下伸过来，揽住她的腰。小让没有像往常那样，把身子依偎过去。她低着头，认真地削苹果。长长的果皮从刀尖上吐出来，蜿蜒起伏，一跳一跳的，像甜美湿润的舞蹈。老隋的手跃跃欲试，看样子打算有些作为。小让两只手给苹果占着，只好用胳膊肘做些抵抗。怎么说呢，老隋那天有些急躁，平日里，大多数时候，老隋是镇定的。也或者是，小让的抵抗让他感到新鲜。小让从来都是温顺的。老隋喜欢温顺的小让。可是那一天，老隋喜欢抵抗的小让。老隋一把将小让抱起来，把她横在沙发上。小让手中的水果刀当啷啷掉在地上，削了一半的苹果，在地板上骨碌碌滚动。小让忽然起了满腔的怒火。后来，老隋不止一次回味起那个一夜晚，那一场沙发上的战争。老隋提起来的时候，神情惬意，口中啧啧有声。小让不理他。把脸却飞红了。也不知道怎么回事，那一回，她简直是疯了。

床头的闹钟克丁克丁响着。湿抹布攥在手里，冰凉。梳妆台上卧着一只小白兔，红裤绿袄，笑容满面，是老隋送她的。今年是兔年。老隋说，让这只小白兔给她带来好运。小让冲着那只兔子发了会子呆，不知为什么，总觉得它笑得有点高深莫测。小让把兔子来了个向后转，让它那根短尾巴的屁股掉过来。手机突然响了，把小让吓了一跳。是石宽。

石宽在短信里问她，票买上没有，几时回去。石宽说家里都忙得差不多了。扫了屋，挂了彩，糕也蒸了，肉也煮了，豆腐也做了，单等着她回去过个团圆年呢。小让不喜欢石宽这样噜里噜苏的短信。大男人，婆婆妈妈的。原先的石宽可不是这样。原先的石宽当过兵，念过高中，人生得也排场，在芳村，算是体面的小伙子。勤快，能干，对小让呢，也知道体贴。石宽没有在短信里说想她。可是小让怎么不知道，石宽恨不能给她插上翅膀，让她立刻飞回芳村，飞到他的炕上，飞到他的怀里。有时候，石宽这个人，怎么说呢，简直是！小让想起石宽那个死样子，心里恨恨的，轻轻骂了一句，飞红了脸。小让没有立刻给石宽回短信。回家的事，还没有定下来。

隔壁传来油锅爆炒的声音。老房子就是这一条，隔音不好。小让看了一眼闹表，十一点十分。隔壁的这位老太太，一日三餐都特别准时。老太太生得矮胖，人倒富态，有北京老太太典型的热情，在门口碰上了，总会停下来，搭讪两句。她问小让老家哪里，多大，在哪上班，这房子，一个月多少租金。小让都一一回答了，心里却不舒服。她没有说自己做保洁。只是说，在报社。她总觉得，老太太问话的口气，神情，话里话外，有一种掩饰不住的优越，还有狐疑，这让她感到难受。老太太一定是见过老隋了，而且，也一定猜测过她和老隋之间的关系。怎么说呢，老隋长得还算面嫩，只是秃了顶，看上去便显得有年纪了。不过，老隋的风度好。男人总是这样，成熟加上自信，风度便出来了。还有老隋那辆崭新的奥迪，在这个老旧的小区，还是很显眼的。怎么说呢，老北京，不过也是萝卜白菜地过日子。钻在鸽子笼似的楼房里，远不如乡下的高房子大院，又敞亮，又开阔。报社附近的胡同里，小让是经常去的。那些胡同深处的平房，传说中的老北京四合院，竟然是那么局促破旧。当年的朱门大户，如今早已经被许多人家瓜分了，围起简单的篱笆，各自为政。小让从敞开的门缝里，看到过那些锅碗瓢盆，鸡零狗碎，铁丝上晾着花被子，门楣上垂下来一辫紫皮大蒜，老石榴树下晒着一小摊绿豆。偶尔，有一个老太太出来，穿着家常的肥大背心，端着半盆淘米水，怀疑地看着门外的路人。谁会相信呢，这是在北京。过两条马路，就可以看见中南海。有时候，小让不免想，在这些老北京人眼里，祖祖辈辈住在皇城根儿，天子脚下，大约也都见惯不惊了吧。平民百姓，在哪里不是过日子？可是，为什么就有那么多人热爱北京呢，想留在北京，誓死不走。比方说，卖驴肉火烧的老乡。比方说，小让自己。不懂。真的不懂。

四

太阳挂在半空中，淡淡的，把人的影子投在地上，有点恍惚。空气里流荡着炖排骨的香气，高压锅吱吱响着，一阵疾，一阵徐。谁家的电视机正在唱京戏，是老生，铿锵亮烈。有小孩子的尖叫，夹杂着生涩的风琴声。是个周末。小让似乎从来没有发现，小区里的周末这么热闹。这个时候，老隋在做什么呢？扎着围裙在厨房里做菜？老隋似乎说过，在家里，他很少进厨房。他老婆是个贤妻良母。从来都是衣来伸手饭来张口的。那么，他一定是在辅导女儿功课了。或者，他们一家三口正坐在热腾腾的桌前，共进午餐？小让掏出手机，按了重拨键。无人接听。还是无人接听。老隋从来不这样。当然了，小让也从来不这样。小让从来不主动给老隋电话。短信也很少。小让懂事。小让还知道，老隋顶喜欢的，容貌之外，就是她的懂事。小让从来不问老隋家里的事，老隋的老婆，老隋的女儿，她从来不问。倒是老隋，偶尔提起来，说上一两句。老隋的手机，小让也从来不看。有时候，老隋洗澡，或者在卫生间，小让宁愿让手机在茶几上响个不停，也绝不会拿起来代老隋接了。老隋也抱怨。说她不管事。说她不贴心贴肺。小让也不分辩。她怎么不知道，老隋的抱怨中，只有一分是认真，余下的那九分，便尽是男人的撒娇了。

怎么说呢，老隋这个人，顶会撒娇。男人撒起娇来，像小孩子，又娇横，又软弱，那种赖皮样子，最能够激起女人汹涌澎湃的母性了。当然，老隋在单位的派头，小让是见过的。走到哪里，都是一群人簇拥着，众星捧月，一口一个隋总，那份恭敬谦卑，自不必说了。还有那些女编辑女记者，平日里像骄傲的孔雀，在老隋面前，都争先恐后地把屏打开，展示着美丽的羽毛。老隋脸上淡淡的，心里却不知道有多么受用。有一回，小让在走廊里擦地，就亲见记者部那个漂亮的女名记跟在老隋后面，替他把外套的衣领整理好，那神态，那举止，不像是部下，倒像是温柔贤惠的妻子了。老隋呢，也并不停下来，一脸的风平浪静，只顾昂首朝前走。小让就借故躲开，到开水间旁边的休息室里去。走廊里传来老隋爽朗的笑声，小让心不在焉地擦手，心里却是有些得意。老隋在外面再怎么叱咤风云，在她小让面前，也是一只温柔的老虎，懒洋洋地闭了眼，任她抚弄。凭什么呢。小让问自己。夜里睡不着的时候，悄悄地问，一遍一遍地问。小让怎么不知道，老隋喜欢她。是真的喜欢。老隋在她面前，可就不是人前那个老隋了。百炼钢成绕指柔，就是这个意思吧。有时候，小让就不免想，在家里，在他的老婆孩子面前，老隋会是什么样子呢。

从地铁里出来，小让站在十字路口，看着来来往往的人群，有点茫然。太阳明明就在天上挂着，却是十分的冷。风不大，像小刀子，一下一下，割人的脸。她也不知道是怎么一回事，竟然就跑到了这里。马路对面，那一片咖啡色和奶黄色交错的住宅楼，便是老隋的家。小让还记得，有一回，老隋开车带她经过这个十字路口，正是红灯。老隋顺手一指，说，那儿，看见了吧，我就住那儿。小让不说话。没说看见，也没说没看见。可是小让却暗暗记下了。她还记下了地铁口。A口。在北京这几年，小让最熟悉的，怕就是地铁了。真是神奇。人在地底下来来去去，穿越整个城市，说出来，芳村的人，谁会相信呢。小让上班，下班，购物，出去见老乡，都是坐地铁。有时候，小让也不免担心，担心北京城被那些纵横交错的轨道掏空了，忽然间陷落。小让常常站在车厢里，看着巨大的广告牌飞速地掠过，一面这样担心，一面笑自己。

　　走到小区门口的时候，小让才发现，自己是被眼睛欺骗了。看上去并不远的路程，却走了足足有二十分钟。靴子是新的，鞋跟又高，走起路来，更是格外艰难一些。她也不明白，自己怎么就穿了这么高跟的靴子，还有，今天，她把那件羽绒服换下来，穿上新买的大衣。羊毛大衣是老隋买的，酒红色，带着毛茸茸的兔毛领子。看上去像一团火，可这个时节，穿在身上，哪里比得上羽绒服？小让把两只手拢在嘴上，哈着热气，一面看着眼前的小区。黑色雕花铁艺大门，气势很大。不停地有人进进出出。还有私家车，嘀嘀地鸣着喇叭，出来，或者进去。那个高大的保安，很有礼貌地冲人们点头微笑，训练有素的样子。小区门口，已经挂上了大红的灯笼，还有彩旗，沿着甬道两旁，一路招展下去。是过年的意思了。小让远远地站在门口，感觉脚被硌得生疼。这双皮靴，精致倒是精致的，却有着新鞋子的通病，夹脚。冻得麻木的一双脚搁在里面，简直无异于一种刑罚。小让交替着把脚跺一跺，细细的高跟和水磨石地的摩擦声，让人止不住地牙根发酸。这便是老隋的家了。那一扇铁门，不知道老隋已经走过多少回了。还有那一个保安，侧面看去，微微有点鹰钩鼻，想必也是熟悉得很吧。风吹起来，那两只大红灯笼在午后的阳光中一曳一曳。还有那些彩旗，快乐地飘扬着。小让站在风里，鼻子被吹得酸酸的，脸蛋子冻得生疼。也不知道怎么回事，鬼使神差一般，就大老远跑到这里来了。自己这是来做什么呢。来找老隋？怎么可能。她甚至不知道老隋住哪一栋楼。老隋的手机一直都打不通。从昨天晚上，一直打不通。短信也不回。老隋从来没有这样过。这个老隋，不会出了什么事吧。

怎么说呢，其实，最开始的时候，对老隋，小让并没有太多的想法。只是觉得，老隋人还不错，也懂得疼人。同石宽比起来，简直是两个世界的人。老隋说话的时候声音很低，轻轻地，像耳语，温柔得都让人不好意思了。不像石宽。也不单单是石宽。芳村的男人们，个个粗声大气的，即便是再柔软的话，一到他们口中，便也显得硬邦邦的，有些硌人了。老隋人温和，又有学问，言谈举止，有那么一股子书卷气。小让虽然念书不多，却是顶景仰有学问的人。后来，老隋帮她找了工作。她的一颗心，才真的渐渐安定下来。还能怎样呢，一个人在北京，孤零零的，有一个老隋这样的男人依靠，也算是自己的好命吧。那一回喝多了酒，就是在川菜馆那一回。她是真的喝多了。她高兴。老隋许诺她，先委屈一些，做做保洁，等过一阵，有机会把她弄到资料室。资料室事情不多，薪水呢，就跟那些没有进京指标的大学生一样，是聘用，也算是坐办公室了。报社里年度竞聘的时候，他会把这件事认真操作一下。老隋说你这样一个娇嫩的小人儿，怎么可以老是跟拖把打交道呢。小让半信半疑，行吗，我一个临时工。老隋说，行。有什么不行？老隋说我是老总，有什么事情不行。小让真喜欢老隋这个时候的神情，有点跋扈，有点强悍，有点不容置疑。老隋说这话的时候，一只手揽住了她的腰。小让只挣扎了一下，就由他去了。

所有这些，小让都不曾跟石宽提起过。石宽的脾气，小让是知道的。石宽这个人，脸皮儿薄，耳根子软，又顶爱面子。自从腿坏了以后，脾气也渐渐变得坏了。倒都是小让，处处做小伏低，陪着一千个小心，为了不让他摔碟子砸碗。有时候，看着石宽拖着高大的身坯，在自家院子里蹒跚着走来走去，小让就难受得不行。一个硬铮铮的汉子，生生给拘在家里了。也难怪他脾气大，他是觉得憋屈。也许，慢慢就好了。天长日久，上些年纪，脾性就慢慢地磨平了。还有一点，两个人没有孩子。这让石宽更是放心不下。芳村人的话，过日子过日子，过的是什么？是儿女。没有儿女，过的还是什么日子！没有儿女的一家人，算是一家人吗？芳村人，大多是早婚早育。跟石宽年纪相当的，都是儿女成行了。两个人偷偷到医院看过。看过之后，石宽就蔫了。问题出在石宽身上。小让不说话，只是长舒了一口气。总算是，再不用喝那些苦药汤了。还有，婆婆的脸色，也再不用看了。婆婆心眼倒不坏。年轻守寡，苦巴巴地拉扯了独养儿子，到头来却落了个空。石宽出事以后，脾气变得更加暴烈了。倒仿佛是，小让欠了他的。贫贱夫妻百事哀。这话真是对极。小让再想不到，她和石宽的日子，会变成这个样子。想当初，他们也是甜蜜过的。是芳村让人眼红的一对儿。可是，这世间的事，谁会料得到呢？

　　刚来北京的时候，小让和石宽的短信，都是长长的，一篇又一篇，没完没了。小让告诉石宽，北京有多大。北京的楼有多高。北京的大街上，有多少人和车。北京的地铁，在地下四通八达，一顿饭的工夫，就能穿越半个北京城。小让在短信里用了很多感叹号。石宽最常用的一句话是，真的吗？小让最常用的一个词是，真的。小让还在短信里给石宽讲驴肉火烧店里的种种趣事。那个开店的老乡，石宽是认识的。两个人的短信里，因此更多了共同的话题。可是后来，后来小让认识了老隋，小让离开了驴肉火烧店，小让在外面租了房子，小让去了报社。这些，小让就没有再告诉石宽。短信呢，是照常有。可是却越来越短了。

　　一霎眼，在北京已经有两年多了。北京的一切，小让已经渐渐习惯了。想起当初的大惊小怪，小让有一点不好意思。现在，小让也是在北京的大楼里上班的人了。或许，要不了多久，小让还会调到资料室，跟那些神气活现的女编辑女记者一样，坐办公室了。这些，石宽怎么会相信呢？不要说石宽，就是她自己，有时候想起来，也总觉得仿佛是一场梦。掐一掐自己的胳膊，却是疼的，才知道，这的确是真的了。

北京的冬天，像是笼了一层薄薄的雾霭，灰蒙蒙一片。树木的枝干也是嶙峋的，映了淡灰的天空，也别有一番味道。太阳明亮，却一点都不耀眼。住宅楼旁边，是一家咖啡馆。很现代的装潢，设计也特别，是一只咖啡杯的形状，有点夸张，却趣味盎然。透过明亮的落地窗，可以看见里面的情形。身穿咖色滚粉边工装的服务生，盛开着职业化的微笑，静静侍立着。这个小区的环境不错，周边设施也齐全。想必，该是价格不菲吧。老隋是一个懂得享受生活的人。这家咖啡馆，还有旁边的书吧，饭店，都应该有老隋无数的脚印吧。老隋是和谁一起呢？当然不是和小让。和朋友？或者，和家人？通常，老隋什么时候出来消遣呢？老隋生活的另一面，对于小让来说，像冰块隐藏在水下的部分。她看不到。她所看到的老隋，只是在那间出租屋里。或者，在报社的走廊，惊鸿一瞥，总是浮光掠影的。小让忽然觉得，老隋这个男人，好了这么久，怎么竟像是陌生人一般，让人琢磨不定。老隋的生活，难道真的如他所描述的，一塌糊涂吗？不，老隋从来没有这样描述过。甚至，老隋对自己的生活，几乎没有过任何评价，更不用谈负面评价。老隋对自己的现状，从来没有说过半个不字。那么，一切都是出自小让的想象了。小让看着那大红的灯笼在风中摇曳，红得真是好看。明黄的流苏，动荡飘摇，有些凌乱。小让的一颗心也被风吹得乱糟糟的，一时收拾不起。

有汽车在后面摁喇叭，连续地，持久地，一口气摁个不停，是不耐烦的意思。小让方才省过来，慌忙躲到一旁。定睛看时，一颗心别别地跳了起来。奥迪A6。车牌号也熟悉。分明是老隋。车在大门口稍稍停滞了一下，便箭一般驶向小区的深处，只留下淡淡的汽油味，在寒冽的空气中渐渐消散。

看开车的气势，应该是老隋。车里坐着谁呢？莫非老隋一家，这是外出刚回来？看来，老隋的心情不错。当然了，也或许，正好相反。难道老隋竟没有认出是她？老隋为什么不接电话呢？如果不是故意，那么就是他不方便了。至少，短信应该回一个吧。小让算了算，一共给他发过九条短信。老隋他，究竟是怎么回事呢？

那一回，也就是上一周，周末。吃晚饭的时候，老隋喝完汤，说起了竞聘的事。老隋的意思，是想让小让进资料室。可是，资料室聘人，也是对学历有要求的。只这一条，就把小让排除在外了。老隋说，每年年底，报社总是会经历一场大乱。竞聘是自上而下，关系到方方面面，牵一发而动全身，也难怪大家都人心惶惶。小让听了不免有些担忧。说老隋，你——不会——老隋愣了一下，就哈哈大笑起来。我不会什么？你担心什么？你这个小傻瓜——老隋点上一支烟，深深吸了一口，又缓缓吐出来，说这帮兔崽子，都不是省油的灯。小让有些紧张，他们，要害你？老隋又深深吸了一口烟，看着灰白的烟雾在眼前慢慢缭绕，消散，说他们也敢！借给他们八个胆子。小让看着老隋的脸，在烟雾中忽隐忽现。那，学历——老隋说，别急。办法总比困难多。老隋问她怎么打算，过年？小让没有回答。汤有些淡了，没有滋味。小让埋头喝汤。只听老隋说，那什么，我得回一趟浙江。哦，是她老家。老爷子病了。小让说嗯。老隋说，我都好几年不回去了。小让说嗯。老隋说你呢？你什么时候回？

小让一面洗碗，一面留意着电热壶的动静。水是温水。老隋在厨房里也装了一个小热水器，专门洗碗洗菜的。有热水真好啊。小让想起乡下，在芳村的时候，冬天，水瓮里都结了冰。洗碗洗菜，都是冷水，带着冰碴子，冷得刺骨。小让的一双手，冻得红彤彤的，简直就是胡萝卜。人这东西，真是。有享不了的福，没有受不了的罪。温热的水流奔涌出来，泼刺刺的，十分受用。她提了电热壶，到客厅里沏茶。老隋正把烟蒂摁到烟灰缸里，一面摁，一面说，你把时间定下来，我找人给你弄票。小让说嗯，一面仔细地烫茶杯，老隋的手机又响了。老隋看了看手机，又看了一眼小让。小让不理会，依然专注地烫茶杯。老隋便把身子往后一靠，冲着手机说喂？哦，我在外面呢，噢，谈点事。小让起身到阳台上拿水果。

　　窗外黑黢黢的，是冬天的夜。透过窗帘，有灯光流泻出来，是寒夜中温柔的眼睛。老隋的声音一声高一声低，从客厅里传过来。小让听出来了，是家里的电话。老隋在跟他老婆商量回老家的事。风吹过树梢，发出呜呜的声响。窗棂上，有什么东西被挂住了，一掀一掀的，映在窗子上，像欲说还休的嘴唇。阳台上到底是冷的。小让觉得身上凉飕飕的，仿佛抱了一块冰。

　　回到客厅的时候，老隋的电话还在继续，看见小让进来，说先这样，等回去再细说——好了，好了，先这样——正谈事呢这——小让低头削水果。老隋凑过来，说这苹果不错，还有吗，回来再让他们搞两箱。小让不说话。老隋把手伸过来，替她接着弯弯曲曲的苹果皮。老隋说，苹果是好东西，得多吃。老隋说我这心脏就多亏了苹果，一天一个，特别管用。老隋说那什么，票的事，你别急。你定好了时间，我就让他们给你买。老隋说，怎么了，问你话呢——怎么了嘛这是——小让把水果刀一扔，忽然就爆发了。怎么了？没怎么！不就是想让我赶快滚回老家吗？我回老家！你好安心过你的团圆年！

　　积水潭桥下一片混乱。来来往往的人，还有车，潮水一般，在这里汇合，然后分流，流向北京的四面八方。小河上结着厚厚的冰。有小孩子穿着鼓鼓囊囊的羽绒服，在河边小心翼翼地试探。大人立在一旁，很紧张地叮嘱着，不时地喊两声。小让慢慢往回走。这一回，老隋怕是真的生气了。她也不知道自己是怎么回事，发了那么大的脾气。当初遇上老隋的时候，她从来就没有想过，要和老隋如何如何。可是，事情怎么会变成这个样子了呢？即便是后来，和老隋好了之后，小让也从来没有对未来有过任何野心。有时候，跟老隋缠绵的时候，小让也会问，喜欢我吗？愿意娶我吗？老隋总是气喘吁吁地说，愿意，当然愿意。小让怎么不知道，有些话，老隋不过是说说罢了。尤其是，床帏之间的甜言蜜语，更是作不得真。老隋这个年纪的男人，什么没有经历过？可是，那一回，自己怎么就没有忍住呢？说起来，老隋在她面前跟家里通话，也应该是习以为常的事了。通常是，她乖巧地躲开，等老隋过意不去了，会扔下手机来哄她。那之后的下午，或者晚上，老隋都会软下身段，极尽温柔谄媚之能事。老隋虽然嘴上不说，小让怎么不知道，老隋这是向她赔礼呢。禁不住他再三再四的央告，也就慢慢开颜了。然而那一回，究竟是怎么一回事呢？门在老隋背后碰上的时候，发出轻微的声响。小让却是浑身一凛。在那一个冬夜，那声音仿佛一声炸雷，令她顿时怔住了。

五

　　石宽的短信发过来的时候，小让正忙着搞卫生。年底了，单位要比平时杂乱一些。各个处室都在清理废品。报社，有的是报纸，各种各样的旧报纸，废弃了的报纸大样小样，稿件，成堆的废稿件。那两个收废品的人兴头头地忙进忙出，一头热汗，却是乐颠颠的，见谁冲谁笑。走廊里零零落落的，难免有一些废纸落下。小让就跟在他们后面收拾。手机在口袋里震动，小让就偷个空儿，到一旁看短信。

走廊的拐角处，三层和四层之间，是一盆肥硕的巴西木，枝叶葱茏，映着雪白的墙壁，十分悦目。小让看四周无人，便把那些短信翻出来。石宽在短信里问，快过年了，她什么时候回家。还有，这两天的一些琐事，他也都一一汇报给她。比方说，大舅家娶媳妇，是亲戚，绸缎被面之外，还有礼钱。斗子他爹七十大寿，斗子是村长，整个芳村的人家都随了礼，他们自然也不能落后。还有，彪三回来了，又招人呢，要是有看门的差事，他想去求人家给了他。当然了，求人也不是好张口的，总不能空着手……巴西木肥厚的叶子映在窗子上，静静地绿着。小让感到有一个人影一闪，她吓了一跳。却是甄姐。甄姐问她怎么了。小让赶忙把手机装进衣兜里，说没事。那什么，收废品的那边，你甭管了。甄姐说，我都收拾利落了，他们今天死活也收不完，先走了，说明天再来。甄姐问没事吧，看你的脸色不太好。小让说没事，昨天看一个电视剧，搞得晚了。说着和甄姐一块上楼。甄姐看着她，想要说什么，却什么都没有说。

甄姐是北京人，早年在服装厂，后来下了岗，到报社来做保洁了。怎么说呢，甄姐这个人，倒是极热心，老北京人那种特有的热心。又正是四十多岁，更年期，有点话痨。当然了，小让当然能够感受得到，甄姐的热心里隐藏着的那种居高临下的优越感。甄姐说话快，一口一个外地人，是正宗的京腔儿。说好好的北京，都让外地人给搞乱了；说外地人都皮实，什么活人都肯干；说要是没有那么多外地人，北京房价怎么这么高？虽然甄姐很快就会补充说，我可不是说你啊小让。你别往心里去。小让嘴上说没事，可是心里却还是不太舒服。听多了，就自己劝自己，本来就是外地人嘛，还能不让人家说。甄姐老公是出租司机，偶尔顺路，也会过来接她回家。甄姐总是说，我倒宁愿坐地铁——北京这交通，真的没治了。小让看着她那神情，心里暗笑。至于吗，都这么大个人了。有时候，小让在心中猜测，她和老隋之间的关系，甄姐应该不会想得到吧？甄姐倒是不止一回问过她，北京有没有亲戚？什么亲戚？亲戚干什么的？小让明白，她是不相信，或者说不甘心——凭什么小让一个乡下人进京城，居然能找到跟她甄素芳一样的工作？这是她的北京！刚开始的时候，小让说没有，后来，被盘问得多了，她有点恼火，索性就逗逗她。小让说亲戚啊，倒没有。认真算起来，应该是朋友。甄姐说朋友？小让说是啊，朋友。小让当然懂得甄姐的言外之意，一个乡下人，在北京还有朋友？小让故意含糊其辞，这个朋友呢，也算是个人物。心肠好，又仁义。甄姐的好奇心就被逗起来了，闲下来说话，总要有意无意地问侯小让的朋友。甄姐人胖，身材已经走了形，眉眼却是耐看的。想当年，大约也是一个美人。像所有这个年纪的女人一样，甄姐喜欢回顾往事，当然是青春时代的往事。甄姐最常说的一个词，便是想当年。想当年，甄姐是阀门厂的厂花，被众星捧月般地捧着。那是她的全盛时期。甄姐还会絮絮地说起自己的婚姻。年纪轻，不懂事，竟然以为爱情是可以拿来当作饭吃的。不管不顾地嫁了。哪里料得到，两个人双双下岗，日子会有这么艰难。这世上什么都有，就是没有后悔药。当初如果稍微清醒一点，怎么会落到现在这种境地。这一番话，小让听得多了。看甄姐的神情，是感叹自己的沦落。和一个乡下来的小让一起做保洁，恐怕让她更有一种落魄之后的感慨吧。如果，如果甄姐知道了她同老隋的关系，她会怎么想？那一回，她接过小让送给她的茶叶，仔细研究了一番，称赞道，好茶啊，好茶！小让怎么不知道，她的潜台词是，你怎么会有这样的好茶？

临近中午，走廊里渐渐热闹起来。报社的自助餐厅在顶层。人们都张罗着吃饭了。服务人员的饭是单开的，吃得早。小让拿了一块抹布，心不在焉地擦拭洗手盆。不断有人过来洗手，说说笑笑的，享受午餐前的放松和愉悦。洗手盆前面的墙上是一面巨大的镜子。来洗手的女人们，都情不自禁地在镜子面前流连片刻，整理整理头发，检查脸上的妆是不是需要修补，在镜子面前旋身一转，左右顾盼。小让闻到一股淡淡的香气，脂粉夹杂着香水，很好闻。老隋也送过她香水，小巧的一瓶，价格竟是惊人的。上班的时候，小让从来不用。一个做保洁的，身上香喷喷的，让人家笑话。只是跟老隋在一起的时候，小让才仔细用上一点。老隋喜欢这种香味。老隋喜欢就好。想起老隋，小让心里黯淡了一下。到底是怎么回事呢？老隋一直没有消息。本来想，今天上班，说不定会碰上老隋。可是到现在，她也没有见到老隋的影子。她在老隋办公室外面徘徊了半天，装着擦地的样子。老隋办公室紧闭着，也不见有人进出，看样子，好像是不在。又不好张口问人。再怎么，一个做保洁的临时工，跟报社的老总，都是不相干的。有人同她笑一笑，算是打招呼。小让赶忙回人家一个笑脸，嘴里说，吃饭啊。对于这一份友好，小让是感激的。她总是力所能及地，把人家这一份善意回报过去。比方说，看见人家提着热水瓶过来打水，却空着手回去，知道这是水还没有烧开，便替人家留了心。等水烧开了，替人家灌满。比方说，有人吃饭不小心弄脏了衣服，在洗手盆旁边束手无策的时候，她总是把自己的肥皂拿出来，给人家用。时间长了，大家都喜欢这个俊眉俊眼的保洁工。人长得好看，又热心。就有人同她闲聊两句，问她老家哪里，多大了，有没有男朋友。小让听出来了，这是人家要帮她介绍对象，就红了脸，说了实话。听的人嘴里就连着哦哦两声，是惋惜的意思。小让的脸更红了。她这个年纪，在北京，有多少人还没有朋友呢。哪里像她，早早地把自己嫁了出去。好好的人也就罢了，偏偏遇上了事。这不是命，是什么呢？想起石宽那些婆婆妈妈的短信，小让心里就烦得紧。想来，娘的话自有她的道理。嫁汉嫁汉，穿衣吃饭。如今可好。倒是得小让背井离乡的，撑起这个家。小让怎么不知道，娘是心疼闺女。天底下哪一个做娘的，不心疼自己的闺女呢？

整个午休时间，小让一直心神不宁。往常，老隋喜欢在午休的时候给她发短信。老隋在短信里问她吃饭了吗？做什么呢？想不想他？小让喜欢这样的短信。在北京，在报社，还有哪一个人像老隋这样牵挂她？也有时候，老隋的短信是另外一种，缠绵热烈，都是让人脸红心跳的句子。小让看一眼，便慌忙删掉了。这个老隋，该死！怎么说呢，老隋这个人，到底是念过很多书的。知情识趣，又温柔体贴，对小让，简直是贪恋得不行。倒是小让，常常软言劝慰着，像哄小孩子。私心里，小让也会忍不住想起石宽。心里便暗骂自己的坏，狠狠地骂。这个时候，她总是主动发短信给石宽。石宽的短信照例是那些鸡零狗碎的琐事，一个意思，左右离不开钱。小让也总是十分耐心地一一回复。手指头在手机键盘上飞快地摁着，摁着。摁着摁着，心里就起了一重薄薄的怨气，身上也躁起来，热辣辣地冒出了一层细汗。石宽的短信不断地发过来。小让看着那一堆鸡毛蒜皮，心里只觉得委屈得不行。当年的那个石宽呢，到哪里去了？

下午，报社里很热闹。甄姐打听来的消息，是在发年货。甄姐抱怨一社两制，正式工和临时工，一个亲生，一个后养，悬殊得太厉害。小让嗯嗯啊啊地敷衍着，有点心不在焉。老隋办公室的门依然紧闭着，门把手上塞满了报纸大样，小样。看来，老隋这是真的不在。走廊里人来人往，大家都喜气洋洋的，有点过年的意思了。外面兵荒马乱，她们正好可以偷闲缓口气。甄姐正在涂护手霜，局促的空间里溢满了淡淡的清香。甄姐说，刚才听见几个编辑聊天，有意思。小让说噢。甄姐说，知人知面不知心。小让说嗯。小让知道，甄姐这是有话要说。而且，她似乎在等着小让兴致勃勃地发问。小让却没有问。热水器发出轻微的声响，让人想起冬天炉子上坐着的水壶。温暖，家常，有一种没来由的安宁妥帖。甄姐把声音压低，说桃花眼，就是财务室那个出纳——你猜跟谁？小让说，这哪猜得出。跟谁？甄姐把手拢在嘴上，附在她耳朵边说，隋总。小让的一颗心别别跳起来。这话可不敢乱说。谁敢乱说？甄姐说都让人给亲眼看见了。我早就说过，那个桃花眼，一看就不是安分的。还有那个隋总——看上去倒还正派——男人真是，没有不吃腥的猫。

六

冬天的黄昏，总是来得早。暮霭越积越浓，仿佛怕冷的人，在冷风中微微颤抖。远远近近，有灯火次第亮起来，一闪一闪，是夜的眼神。从过街天桥上看下去，车流和人流，汇成一条璀璨的河，在北京的冬夜奔涌，浩浩荡荡。小让在天桥上慢慢走过。冷风吹过来，一点一点把她吹彻。过道两旁挤满了小摊贩，扯开嗓子，不屈不挠地向路人招揽生意。卖水果的，卖手套袜子的，卖碟片的，手机专业贴膜的，还有烤红薯的。行人们大都匆匆而过，像是躲避瘟神。也偶尔有人停下来，狐疑地看一眼那一地的零零碎碎，带着挑剔的神情。这就是北京的夜了。缤纷的，杂色的，斑驳的，仿佛是一个画板，谁都可以在上面涂抹几笔。只要你愿意。

路边有一家牛肉面馆。小让进去，拣了个暖和的位置坐下来。一个女孩子赶忙过来招呼，满脸都是小心翼翼的微笑。这女孩子二十来岁，模样倒算得上清秀。神情却是局促生涩的，一看便知道是乡下来的孩子。小让想起了当初，在驴肉火烧店的日子。那时候，她刚来北京。这一晃，都两年多了。也不知道，老乡的生意现在怎么样了。还有那老板娘。当初小让离开的时候，她简直羡慕得很。一迭声地哎呀呀，哎呀呀，说小让，哎呀小让，你怕是遇上贵人了。想来，那老板娘该不是看出了什么端倪了吧。当时，小让只是笑。也不便多说。弄不好，经她的嘴巴传出去，等传到千里万里的芳村，传到石宽的耳朵里，不知道会传成什么样子了。后来，一直到现在，小让一直没有跟他们联系。小让不是薄情。她到底是心虚。在偌大的北京，这两位老乡之外，剩下的人，全是不相干的。他们知道她什么？她是好是坏，是冷是暖，说到底，跟旁的人有什么关系？在人前，小让倒很愿意伪装一下，装一装大尾巴狼。就像刚才。小让进到这面馆里来，干净，体面，矜持，甚至有那么一点小小的傲慢。有谁能够猜出这个漂亮女人的来路呢？小让很斯文地吃面，一小口一小口，吃得很仔细。不断地有客人进来，夹裹着一股股冷气。那个女孩子跑前跑后，有些手忙脚乱了。一个胖女人立在柜台后面，冬瓜脸，口红鲜艳，看样子，应该是老板娘，目光像刀子，一下一下地剜在那个女孩子身上。吃完面，小让结账。那女孩子慌忙跑过来，伸手接钱的时候，却不小心碰翻了桌上的调料盒，红红绿绿地散了一地。女孩子吓呆了。老板娘走过来，刚要发作，小让摆了摆手，不关她的事。我赔。

　　回到家，小让洗澡。洗了一半的时候，仿佛听见电话响。小让赶忙把水关了。果然是电话。这个座机号码，几乎没有人知道。除了房东，也就是老隋了。石宽也不知道。小让担心石宽会不管不顾地把电话打进来，尤其是老隋在的时候。电话很执著，一直响个不停。小让匆忙洗好，跑出去接的时候，电话却不响了。来电显示是一个陌生的号码。小让看着那号码发了一会子呆。头发湿淋淋的，水珠子淋淋沥沥滴下来，把睡衣的前襟濡湿了一片。该不会是老隋吧。直到现在，她才忽然发现，跟老隋这么久，她竟然一点也不了解这个男人。她所认识的那个老隋，温柔，随和，体贴，善解人意，有时候，在她面前，有那么一点孩子气的赖皮和霸道。曾经，她对他是那么熟悉。可是，现在，她却觉得他竟像一个陌生人了。甄姐的话，也不知道是真是假。要是在以前，她听了这话，一定要找到老隋，当面问他，跟他使性子，闹脾气，撒娇，弄得他束手无措，只好软下身段百般哄她。虽然，她并不敢奢望，老隋会喜欢她一辈子。她也从来不敢奢望，老隋会离了婚娶她。可是，她是女人。她像天下所有的女人们一样，喜欢吃醋。然而现在，她却忽然没有这样的好兴致了。这真是莫名其妙。老隋跟她忽然玩起了失踪，大约不过两个原因。他烦了。或者是，他认真了。小让回想起他们最后一次在一起的情景，每一个细节，每一句话。难不成，老隋是想把这次吵架作为借口，趁机分手？或者是，老隋对她的吃醋认了真，他想把这个问题解决一下？不像。都不像。烦了，倒是有可能。认真是绝不会的。他怎么会认真呢？老隋这样年纪的男人，还有什么看不透？

　　睡觉前，小让做了面膜，歪在床头给石宽回短信。电话忽然响了，把她吓了一跳。是老隋。老隋的声音听上去有点含混，仿佛是喝多了酒。小让，我马上到楼下了。小让握着听筒，没有吭声。老隋说，小让，我没带钥匙。一会给我开门。小让不说话。小让，有话，有话见面说——

　　屋子里烟雾弥漫。老隋坐在沙发上，一支接一支地抽烟。小让几次被呛得要咳嗽出来，却都忍住了。老隋显然喝了酒，涨红着脸，舌头发硬，说起话来，有点语无伦次。可小让却还是听明白了。老隋是在向她诉苦。老隋老婆觉察到了他们的事。老隋老婆正在跟他闹。女人闹起来，你是知道的。老隋说，根本没有理性可言。老隋说他倒不怕她跟他离婚——要不是为了女儿，他们可能早就离了。他是怕她到单位去闹。报社的冯大力，就是一把手冯社长，他们两个一向是面和心不和，对他早有戒心，甚至杀心，一心想找他的软肋。这种事，一旦闹到冯大力那里，结果可想而知。不光是他的仕途从此埋下后患，就连小让的工作，都会受到影响。老隋说这些天，他一直在为这件事焦虑。他得想个万全之策。

　　暖气很热。小让感觉，刚刚洗过澡的背上热辣辣地出了一层细汗。墙上的钟敲了十一下，在寂静的夜里听起来有点惊心动魄。老隋说，思来想去，这件事，恐怕还得委屈你一下——小让说，我？老隋说，这也是万不得已。她那个人的脾气，我知道。要想让她不闹，就得委屈我们。我们假装分手。当然了，只是假装。这一段，我们最好少见面。小让看着老隋的脸。几天不见，老隋明显憔悴了。还有他的鬓角，星星点点的，是灰白的颜色。先前，怎么没有注意到呢？

　　一屋子烟味。小让打开窗子换气。冷冽的夜风吹进来，她静静地打了个寒噤。老隋一口一个她，是在称呼他老婆了。这些天，在他老婆面前，恐怕老隋是吃够了苦头吧。吵架之外，一定还有很多别的桥段吧。赌咒。发誓。表忠心。跪地板。写保证书。一把鼻涕一把泪。悔不该当初。自己呢，就是他老婆口中的狐狸精，贱货，野女人，混迹在她的口水中，被她任意辱骂。在老隋的陈述和辩白里，他们之间的故事，该是怎样一种情节呢。小让猜不出。小让能够猜出的是，老隋应该是个会编故事的人。

他一定最知道，什么样的故事才能让他老婆满意。

烟味渐渐散去了。原先温暖的屋子，已经变得冰冷。小让站在窗前，看着外面点点灯火，从一扇扇窗子里流泻出来。一点灯光，就是一个家吧。可是，温暖是别人的。她什么都没有。刚洗过的头发还湿着，现在已经冻上了，硬邦邦地顶在头上，她也不去管。奇怪的是，她竟然没有眼泪。找了老隋这么久，她焦虑，难受，为这个男人担心，生怕他出了什么事。她原以为，等到见了老隋，一定会抱着他，大哭一场，委屈，撒娇，释然，像小孩子，找到丢失的玩具之后，爱恨交织，倍加珍惜。可是没有。她倒是平静得很。在这个他们曾经的小窝里，她只是感觉冷，彻骨的冷。

七

是个阴天。天空灰蒙蒙的，太阳不知躲到哪里去了。风不大，却很冷。从树梢上掠过，发出低低的声响。路边，有报亭老板在分报纸。一张纸片不小心掉在地上，被风吹得一锨一锨。一辆自行车驶过，照直轧了过去。旁边路过的人便张大了眼睛，看着那浅白色的纸上留下清晰的轮胎的印子。路边的拐角处，是一家早点铺。炸油条的油锅支在外面，灶头师傅也不怕冷，一双红彤彤的手，啪啪地拍打着面团，头上却冒着热腾腾的白气。旁边，却是一家寿衣店。黑底白字的招牌，不大，却很醒目。食客们吃完早点，甚至不朝那招牌看一眼，即便是偶尔看到了，也是漠不关心的神情，只管匆匆地去旁边的公交地铁搭车。早高峰，正是拥堵的时候。人们都忙着心急火燎地赶路，暂时还顾不上别的。偶尔，抬腕看一看表，心里默默算一下时间，还好，差不多能够赶得上。

从地铁里出来，小让收到老隋的短信。这些天，他们很少联系。只是偶尔，老隋有短信过来，也是十分简洁，再不似先前的缠缠绕绕，浓得化不开了。老隋在短信里说，有事要跟她商量。晚上六点钟，京味斋。小让把短信又看了一遍。有事跟她商量。能有什么事呢？难不成，是竞聘的事？这些天，报社里兵荒马乱的，人心浮动。一把手冯大力看来是要大动干戈，重整山河了。改革的力度很大。部门之间优化组合，牵扯的人事众多。这种时候，有人哭，就一定有人在笑。几家欢乐几家愁，大约就是这个意思吧。小让不懂，也不多问。只是偶尔从甄姐那里听来一些小道消息，东一句西一句，全是作不得真的。小让心中惦记着自己的事，又不好深问。只有把一颗乱糟糟的心按住，耐心听甄姐八卦。跟老隋呢，又是如今这种状况。小让更不会把身段软下来，去问老隋。本来，当初来北京的时候，小让也没有什么想法。不过是打一份工，挣一份钱罢了。至于后来的事，她真的没有想过。老隋，还有老隋的许诺，都在她的想象之外，让她有点措手不及。怎么可能呢，全当是一个梦吧。这些天，她早想好了，等这边一放假，领了薪水，她就回老家。回芳村。快过年了。回去好好过年。至于和老隋，再说吧。能怎么样呢？她怎么不知道老隋。老隋再贪恋，也断不会下狠心娶了她。

中午的时候，小让在走廊里给那些盆栽浇水。远远地，看见老隋和冯大力从会议室出来，往这边走。小让拿着喷壶正要走开，只听见冯大力说，这绿萝长得不错——你是新来的吧？小让说社长好，拿着喷壶一时怔在那里，走开不是，不走开呢，也不是。正窘着，听见老隋说，老冯，这件事就这样，回头我们再斟酌一下。小让赶快趁机去走廊那头灌水。

京味斋就在小让住处附近。从前，也跟老隋来过两回。装修倒是古色古香，有老北京的味道。小让点了一壶菊花茶，一面喝，一面等老隋。老隋在短信里说，单位还有一点事情没有处理完，让她稍等。他马上到。小让看着对面屏风上那精致的雕花，心里猜测着，究竟是牡丹呢，还是月季？这是一个小包间，满堂的仿红木，墙上挂了一幅字，小让看了半晌，也没有看出名堂。据老隋说，他也喜欢写字，闲暇的时候，常常一个人关在书房里涂抹几笔。当然了，小让没有看过老隋写字。老隋。小让慢慢喝了一口茶。老隋家里的战争，也该已经平息了吧。老隋不说，她也不问。老隋这个人，她怎么不知道呢，最是懂得讨女人欢心。说不定，经过了这场战争，两个人又回到了从前的恩爱，也未可知。虽然，据老隋的讲述，他们夫妻，从一开始，就是被乱点的鸳鸯。怎么可能呢。小让又不是傻瓜。老隋，只不过是说给她听罢了。也不知道怎么回事，小让心里某个地方还是细细地疼了一下。仔细想来，跟老隋，算是怎么一回事呢。其实，私心里，小让也不免做过一些不着边际的梦。比方说，像老隋在缠绵之际所说的，小让是他的。他隋学志的。他要她。他要娶她。他要她做隋太太。这话听多了，小让就生出一些美丽的幻想。跟了老隋，在北京生活，做北京人。就像她那个老乡说的，做不了北京人，也要做北京人他爹。那么，她就做北京人他娘好了。至于石宽，她倒没有多想。石宽。有时候，小让觉得，芳村是石宽的。而她小让，却应该属于北京。她也知道，这幻想没有道理。可是，她还是忍不住。房间里暖气很热，她把外套脱下来，挂上。从单位回来，她特意弯回家里一趟，换了一套衣服。上班干活，她们是要穿工作服的。那样的衣服，怎么能见老隋呢。尤其是，在这样一家堂皇的饭店里。小让还淡淡地化了个妆。她很记得，老隋说过，晚上，灯光下，是应该有一些颜色的。今天这个约会，小让有点措手不及。她掏出小镜子察看了一下，还好。干净，俊俏，是从前的小让。

老隋急匆匆进来的时候，已经过了六点半了。老隋一面脱外套，一面一迭声地说不好意思，说单位里的破事儿，没完没了。燕莎桥又堵车——小让静静地听他抱怨，替他把杯子烫了，倒上茶。有服务生过来，请老隋点菜。看上去，老隋气色还不错，眼睛微微有些肿，眼袋似乎是明显了一些。低头看菜单的时候，秃顶在灯下闪闪发亮。老隋每点一道菜，都要抬头看一眼小让。是征询的意思。小让轻轻点头，说随你。小让不用照镜子就知道，自己的样子有多么温柔。小让还知道，温柔是她的杀手锏。跟老隋这么久，她怎么不知道他？小让穿了那件绯红色毛衣，是老隋喜欢的那件。等菜的时候，两个人默默地喝茶。小让不说话，她在等着老隋开口。玻璃茶壶中的菊花很好看，一朵一朵，满满地绽放开来。枸杞经了浸泡，红得可爱，有细细的哀愁的味道。老隋说，你怎么样？还好吧。小让说嗯。老隋说是这样，小让，有一件事，哦，还是那件事，我想跟你商量一下。小让说哪件事？老隋嘴巴咧了一下，说，就是，那件事——小让看着老隋欲言又止的样子，心中早已经揣测了八九分。老隋说，我也没有想到，哦，我也曾经想到的，她果然去找了冯大力。老隋说女人闹起来，你是知道的。她居然找了冯大力。没脑子！真是没有脑子！老隋说冯大力是什么好东西！现在好了，现在，最高兴的人，就是冯大力！这次竞聘，如果冯大力想在这件事上做文章，我一点办法都没有。老隋说所以，想来想去，他只好来跟小让商量。菜上来了。清蒸鲈鱼，蓝莓山药，木瓜雪蛤，都是小让的菜。这家京味斋，号称新京派，看来，也早已经名不副实了。老隋说，这个冯大力，我了解。心思缜密，生性多疑——当然，也不是刀枪不入——我没有别的意思，小让。我的意思是说，是说，如果，我是说如果啊——小让坐在那里，看着老隋吞吞吐吐。包间里灯光明亮，温暖，细细的音乐隐隐传来，是缠绵的梁祝。小让只觉得背上有寒意漫过，簌簌地起了一层清晰的小粒子，心中却如电闪雷掣一般，一时怔在那里。

八

一连阴了几天，到底是下雪了。雪不大，是细细的雪粒子，纷纷落落的，还没有到地面就化了。大街上湿漉漉的。汽车鸣着喇叭，脾气很大的样子。人们呢，急匆匆地赶路，偶尔抬头望一望天，皱着眉头，自言自语，这雪下得——也不知道是在批评，还是在赞美。可是无论如何，簌簌的雪粒子落下来，给这一冬无雪的城市带来一些新鲜的躁动。毕竟，快要过年了。这点小雪，来得倒是时候。过大年，怎么能没有雪呢。这是芳村人的话。也不知道，这会子，芳村下雪了没有。芳村的雪，那才叫雪。纷纷扬扬的，真的是鹅毛一般。整个村庄都被这大雪催眠了，还有树木，田野，河套，果园。大红的春联，窗花，灯笼，彩，衬了白皑皑的雪，真是好看。小让还记得，那一年，她刚嫁到芳村。也是大雪。她坐在炕头上，看石宽在地下忙个不停。炉子烧得旺旺的。金红的火苗，勾着淡蓝的边，突突地跳跃着，舔着壶底。水壶吱吱响着，白色的水蒸气不断冒出来。花生在炉口周围排着队，偶尔发出轻微的爆裂声。还有红枣，弥漫着微甜的焦香。大雪天，又是新人，她用不着出门。石宽也不出门，在家守着她。人们都说，石宽是个媳妇迷。石宽也不恼，嘿嘿傻笑。她却躁了。赶石宽出去，却总不成。少不得反倒又被他乘机欺负了。雪粒子落下来，落在她发烫的脸上，凉沁沁的。她也不去擦一擦。也不知道怎么回事，这些陈年旧事，她以为早都忘记了。如今，在北京，在这个雪纷纷的清晨，倒又想起来了。

　　甄姐迟到了一会，进门就抱怨这坏天气。抱怨了一会儿，看小让不大热心，就把话题换了。小让听她说起年底单位发奖金的事。三六九等，那是肯定的。年年如此。甄姐又抱怨了一会儿头儿。说这个冯社长，也不是等闲人物。才几年，把报社折腾得，红得火炭一般。那一句话怎么说的？不管白猫黑猫，抓到老鼠就是好猫。小让说噢，可不。甄姐压低嗓门说，听说，今年动静挺大。小让知道她说的是竞聘的事，正不知道怎么开口，看见甄姐朝她使了个眼色，回头一看，却原来是司机小马从旁走过。甄姐笑眯眯地说，今天领银子，下刀子也得来啊，这点儿雪！甄姐说这点儿雪算什么！

　　午休的时候，小让收到老隋的短信。老隋在短信里东拉西扯，顾左右而言他。老隋说，吃饭了吗？在做什么？老隋说，郁闷。争来争去的，没意思。老隋说，人活着，究竟是为什么呢？老隋说，牢笼。一只鸟困在牢笼里，什么感受你知道吗，小让？老隋说，人生有很多时候，不得已。老隋说，岂曰无衣？与子同袍。……小让把这些短信看了一遍，又看了一遍。有的话，她看不懂。老隋这个人，就这毛病。酸文假醋的。小让没有回复。

　　下午到财务室领奖金。年终奖。前面有两个人排队。桃花眼坐在办公桌后面，沙拉沙拉地点钞票，一面腾出一张嘴来，跟旁边的男同事调笑。看上去，桃花眼总有三十多岁了吧，是那种很丰腴的女人。一双眼睛，水波荡漾。老隋是什么时候溺在里面的呢？房间里到处都是盆栽，绿森森的，树林一般。桃花眼那火红的披肩，仿佛一簇火苗，把整个树林都灼烧了。空调很热。小让感觉手掌心里湿漉漉地出了汗。

　　火车站很乱。快过年了，外面的人们辛苦了一年，都急着往家赶。小让拉着拉杆箱，背着鼓鼓囊囊的行李，费了半天劲，总

算在候车室找到一个立脚的地方。她给石宽发了一条短信，岂曰
无衣？与子同袍。

　　石宽读过高中，石宽懂得这句话的意思吗？

　　小让不知道。

醉扶归

冤家
——旧院系列之一

怎么说呢，我姥爷这个人，在旧院，也是一个有意思的人物。我姥爷比我姥姥小。关于这件事，我姥姥总是不太愿意提起，有一些讳莫如深，我猜想，也有一些惭愧的意思在里面。其实，有什么可惭愧的呢。那个时候，在乡下，多的是这样的例子。女大三，抱金砖。乡下人，都信这个。其实，单从容貌上说，我姥姥长得娇小，我姥爷呢，高大健壮。两个人站在一起，倒是我姥爷胡子拉碴的一张脸，显得老相了。当然，从心性上，在我姥姥面前，我姥爷更像是一个小孩子。我说过，我姥爷是家里的独子，祖上呢，也曾经繁盛过，到了我姥爷的父亲这一代，已经衰落了。我姥爷的母亲，我已经记不起她的模样了。只是听我姥姥讲，是一个很厉害的婆婆。对我姥爷，管教极严，把家道中兴的心愿，都寄托在这棵独苗身上。然而，世间的事，往往就是这样奇怪。我姥爷的性情，怎么说呢，却是有那么一些破落公子的散淡和放任，也有那么一些看破红尘的意思。我不知道这是不是源于他曾经繁华的家世旧梦。当然了，这只是我的胡乱猜想

罢了。在旧院，我姥爷是一个很奇特的角色。我姥姥，包括六个
女儿，一门的女将，旧院，简直就是一个女儿国。我姥爷呢，因
为性别的优势，取一种超然物外的态度。他看着一帮女儿们叽叽
喳喳吵作一团，我姥姥，为了鸡毛蒜皮的事情，同女儿们生气，
他只是微微一笑，一脸的淡然。我姥爷全部的心思，都在他的那
杆猎枪上。那可真是一杆好枪。据说，这杆枪，颇有些来历，我
也曾经苦苦追问过，姥爷却总是神秘地一笑，想知道？我说想。
姥爷却忽然缄了口，沉默了，他的脸上，有一种辽远的神色。
这个时候，如果再问，我姥爷就会照例在我的头上轻轻敲一个栗
枣，叱道，小屁孩，刨根问底。

　　家里的事，我姥爷基本上是放手的。有我姥姥和几个女儿，
似乎也用不着他操心。即便是地里的庄稼，我姥爷也不是特别的
热心。你相信吗？一个庄稼汉，庄户人家的儿子，一家之主，一
个乡下的大男人，竟然对庄稼的事一知半解。这真是不可思议的
事情。我姥爷这一辈子，能够在乡村里活得优游自在，说到底，
都是一个奇迹。如果是识文断字的读书人，仗着满腹经纶，不事
稼穑，也就罢了，可是，我的姥爷，他竟然是目不识丁的粗人。
乡下人，尤其是，乡下男人，有谁不知道耕耙犁种的事，有几个
不懂得二十四节气，不擅长使牲口赶车？可是，我姥爷偏不懂。
关于乡村农耕，关于一个乡下人日常生存的这一套活计，他全不
懂。他不是愚笨。他是无心于此。我很记得，姥爷在地里锄草，
锄一回，歇一回，锄着锄着，竟然被一只黄鼬引跑了。我姥爷的
说法是，那只黄鼬鬼鬼祟祟，说不定，就是前天夜里偷走芦花
鸡的罪魁。还有，黄鼬的毛色极好，他正缺一顶御寒的帽子。对
此，我姥姥简直气得咬碎了银牙。怎么就嫁了这样的男人！她恨
恨地把锄头砍进地里，只觉得委屈得不行。她想起了每年春耕秋
种，人家的男人吆喝着牲口，在田野里如鱼得水，自在又神气。

可是，自己的男人，却从来不敢指望。我的姥姥，刚刚嫁过来，不满一年，便几乎学会了地里的全套活计。她耕耙，播收，像男人一样，驱策着高大的牲口，引来四野里一片叫好。后来，我的记忆常常回到芳村的田野上，那时候，我年轻的姥姥，俊俏，爽利，能干，她站在耙犁上，一手挥着鞭子，口里清脆地吆喝着。春天的阳光洒下来，有几点溅进她的眼睛里，她的眼睛湿漉漉，亮晶晶，她的鼻尖上也是亮晶晶的。她出汗了。三月的风，还有些寒意，把她的脸蛋子吹得透红。芳村的人，似乎从一开始，就看惯了这样的场景。田野里的男人们，我猜想，一定有怜香惜玉的汉子，然而，他们竟然也不敢贸然地上前来，帮我姥姥掣一掣牲口那暴烈的缰绳。他们只是远远地看着，看着，暗中为她捏着一把汗。这些大男人，他们是被这个小女子脸上的神情给震慑了。有时候，他们也会暗地里骂一骂我的姥爷。算什么男人！这么好的女人，他竟然忍心！然而，终究是沉默了，至多，不过是叹一口气。人家是夫妻。是苦是咸，旁人，谁能够尝得分明？

　　这个时候，我姥爷往往是在河套的林子里消磨。我们这地方，没有山，一马平川的大平原。这条河，据说早年间河水丰沛，只是，到我懂事的时候，已经基本干枯了。只留下一片大河套。这个河套，在我的童年时代，是一个神秘而诱人的所在。我至今记得，河套里，临近河堤的地方，种满了庄稼。多是花生和红薯。这种沙土地，最适合种红薯。红薯有白皮，有紫皮。白皮的，往往是红瓤。紫皮的呢，则一定是白瓤的。这两种红薯，红瓤的甜，软；白瓤的沙，面。是那个年代乡下离不开的食物。直到现在，我对红薯的感情，纠缠不清，暧昧难名，我想，这该是童年时代留下的暗疾吧。还有花生。河套里的花生，饱满结实，跟岸上田里的比起来，简直悬殊得厉害。再往里面走，是一望无际的沙滩。阳光下，银色的沙滩闪闪发亮，让人忍不住微微眯起

眼睛。我至今记得，姥爷第一次带我去河套的情景。我在前面撒
欢地奔跑，姥爷在后面慢悠悠地走，肩上，扛着他的猎枪。我赤
裸的小脚踩在柔软的沙滩上，沙子的细流从我的脚趾缝里不断冒
出来，温暖而熨帖。野花一片一片，散紫翻红，绚烂得无法无
天。我像一只惊喜的小兽，一头扎进这个神奇的世界，再也不愿
出来。后来，我常常想起那个河套。想起当时的阳光，微风，
还有植物和泥土微凉的气息，姥爷在后面喊，小春子——慢着
点——当然，还有那片树林子。那片林子，繁茂，深秀。各色树
木都有。杨树，柳树，刺槐，臭椿，枣树，还有许多，我叫不上
名字。林子里，有各种各样的野蘑菇，我姥爷对此，颇有心得。
哪一种能吃，美味；哪一种危险，有毒；哪一种看起来诱人，却
最是碰触不得。还有野物。林子里，不时飞过一只悠闲的锦鸡，
五彩的羽翅，漂亮极了。或者，走来一只肥大的野兔，神态安
闲，甚至，有几分雍容的意思了。这个时候，我姥爷总是不理会
我心急火燎的暗示，他把猎枪靠在一棵树上，慢悠悠地吸一口旱
烟。他的眼睛望着林子深处交叉的小径，一眨不眨。我立在他身
旁，忽然感到，河套里的姥爷，河套林子里的姥爷，忽然不是旧
院里的那个姥爷了。阳光从树叶的缝隙里落下来，夹杂着喧嚣的
鸟鸣，落在姥爷的肩头，落在姥爷的脸上，落在姥爷的眼睛里。
姥爷长长地舒一口气，他的神色里，有一种很陌生的东西。姥爷
他，究竟在想什么呢？

　　在旧院，姥爷几乎是可以忽略不计的。按照姥姥的吩咐，偶
尔，他也去地里拔一筐草，拉一车柴，或者，去挑一担水——那
时候，村子中央，有一口井。我姥爷挑着扁担，扁担两端，两只
空水筲荡来荡去。人们见了，就说，大井，你还用挑水吃？我姥
爷也不反驳，笑一笑，走过去了。我姥姥在家里苦等。一大家子

的衣裳，得在上工前洗出来。左等不来，右等不来，我姥姥只得叫年幼的母亲和四姨去挑。两个孩子用一根木棍抬着半筲水，终于跌跌撞撞走回来的时候，我姥姥忽然就流泪了。她看着自己隆起的肚子，恨道，就是把那口井背回家，也该有个影子了——更多的时候，我姥爷沉浸在他自己的世界里，不问世事。小时候，我性子顽皮。因为是家里最小的孩子，自然得到大人们额外的偏爱。姥爷最喜欢逗我。常常是，逗着逗着，我们就打起了嘴仗。姥爷喊我丑八怪，喊我多多。要知道，我是一个臭美的小姑娘，最怕人家说自己丑。至于多多，我是家里的第三个女儿，可不就是多多么？姥爷在我面前，伸着脖子，一句一个丑八怪，一句一个多多。笑着，声音故意压得很低，然而，在我看来，那声音里却充满了挑衅和嘲弄。我拼命还击着，急得浑身是汗，有些声嘶力竭了。喊着喊着，眼看着赢不过，就哇的一声，哭了。我姥姥闻声赶过来，一把揽过我，一面回头横了我姥爷一眼，恨道，哪里像做姥爷的样子。我姥爷难为情地挠一挠后脑勺，自嘲地笑了。我躲在姥姥的怀里，从她胳膊的缝隙里偷偷观察我姥爷的窘态，心里暗自得意，却回头看到我姥爷冲着我做鬼脸，我忍不住格格笑起来。现在想来，或许，姥爷不是一个喜欢孩子的人。在旧院，那么多的孩子，还有后来的孙男娣女，他竟然都是淡然的。我是说，至少，表面上看起来如此。可是，我知道，他是真的喜欢我。多年以后，回到老家，回到旧院，姥姥还会偶尔提起此事。你小时候，跟你姥爷，可没少打嘴仗。姥姥说这话的时候，神情柔软。她是想起了那个狠心人吗？

　　在我姥姥面前，我姥爷简直就是一个孩子。常常使一使性子，怄一怄气。有时候，为了一点小事，我姥爷就把脸拉下来，不肯吃饭。我姥姥多半先是不理，后来，到底还是拗不过，就把饭碗端过去，百般譬解，慢慢地把他劝开。姥爷的口味极轻，平日里，都是迁就他，菜做得清淡，饶是这么着，他还总是吃着吃着，就放下筷子，抱怨菜咸。有一回，我姥姥做菜忘了放盐，饭桌上，朝大家使个眼色，故意问姥爷咸淡。姥爷尝了一口，皱眉怨道，太咸了——莫不是打死了卖盐的？大家都忍不住大笑起来。我姥爷以为自己说话风趣，越发得了意，俯身对姥姥说，怎么样——你这手重的毛病，得改一改了。大家简直笑翻了天。后来，这件事成了一个典故，在旧院广为流传。只要谁皱着眉头说一句，太咸了。众人便都会意地笑起来。这个时候，姥爷往往是不好意思地把手捏住脖子后面那一块，捏一下，再捏一下，自己也难为情地笑。很尴尬了。

姥爷胆子小。这是姥姥常常抱怨的。姥爷牙疼，会大喊大叫，惊动一条街。有时候，对姥爷这一条，姥姥简直是痛恨得很。一个大男人，没有一点担待忍耐。自己喊得痛快，倒教旁人跟着受煎熬。然而，一旦好了，姥爷也绝不掩饰，立刻就安静了，甚至，谈笑风生起来。姥爷终是死于喉癌。后来，姥姥说起这些的时候，总是神色黯然。想，也是平日里他太作怪了，这痛那痒，喊得轻易。这一回，他喊了这么些日子，竟然大意了。也是忖度他这种脾性，从来不知道忍耐。谁知道，这一回，竟然是真的了。等到姥爷不再喊痛，筋疲力尽的时候，才慌忙送了医院。然而，已经是晚期了。姥爷病重的时候，我在外地上学。等我闻知噩耗，赶回旧院的时候，我看到的，是满院子乌鸦鸦的人群，带着白的孝帽子，白色的灵幡在寒风中飘来飘去，我的母亲，我的几个姨们，满身重孝，在灵棚外跪迎前来吊唁的乡人。我一下子跪倒在姥爷的灵前，失声恸哭。我不知道，病中的姥爷，是不是还能够喊出他的疼痛，是不是还会想起我，他这个顽劣的外孙女，从小跟他打过无数次嘴仗，仗着他的疼爱，欺负他，骑在他的脖子上，把他当马骑。我的姥爷，他终是等不及了。等不及这个被他唤作丑八怪的外孙女，这个多多，长大成人，在他膝下尽孝了。灵前的一对白烛，摇摇曳曳。院子里，传来唢呐的呜咽。鞭炮响起来了，是那种乡下丧事常用的二踢脚，一声近，一声远，带着凄切的回声。我长跪不起。

在姥爷的丧事上，姥姥表现出一种异乎寻常的镇定。她一身黑布衣衫，坐在那里，在满眼缟素的人群里，显得格外沉静有力。她按照芳村的习俗，指挥着一切，从容，笃定，有条不紊。这个时候，我舅，包括我的母亲，还有我的几个姨们，都仰着脸，望着我姥姥的脸色行事。这样大的排场，他们还不曾经历过。只是有一条，我姥姥坚持让我舅披麻戴孝，充当孝子的角色，这也是当初入赘的承诺。我舅哪里肯依。双方陷入了僵局。五姨的哭声从东屋里隐隐传来。我舅蹲在院子里，默默地吸烟。苍白的太阳照过来，在地上投下黯淡的影子。二踢脚的爆裂声，清脆，悲戚，在寒冷的天宇中慢慢旋转，旋转，终是远去了。我姥姥盘腿坐在炕上，紧闭着双眼。管事的人一趟一趟地过来，催促道，时辰不早了——都是看好了的——唢呐的呜咽潮水一般涌进来，鞭炮声，哭声，震得窗纸簌簌响。我姥姥长叹一声，慢慢睁开双眼，说，起灵——

最终，我舅的大儿子，充当了孝子的角色，为姥爷披麻戴孝，举幡摔盆。我姥姥眼看着白茫茫的丧队走出旧院，走出芳村，她一头跪倒在空荡荡的灵棚，大放悲声。

后来，我常常想，不知道，我的姥姥和姥爷，他们之间，到底是怎么一回事。我的姥姥，一生吃苦，为了姥爷的不争。在村子里，她尝尽了无助的滋味，带着六个女儿，受够了旁人的轻侮。她恨他。姥爷，这个狠心人。懦弱，懒散，无能，扶不起的软阿斗。而且，他还竟这样自私。在招赘了上门女婿，翟家有了香火之后，在她慢慢衰老，疲惫，忽然感到再也撑不住，正欲歇下来的时候，姥爷，这个狠心人，竟然自顾拂袖而去了。独把她抛在这荒冷的人世上，继续熬煎。她一生为他吃苦，他怎么可以这样待她？姥姥躺在黑影里，旁边的老猫打着呼噜，一声长，一声短。想必是已经睡熟了。她是这样一个极要脸面的人，满指望，把丧事办得风风光光，体体面面，让芳村的人们都看一看，旧院的事，从来都不比旁人错半步。因为是头一宗大事，也是立规矩的意思。然而，谁想得到呢？在这场对峙中，她是输家。或许，从一开始，就注定了这样的结局。她早该想到的。她这一生，费尽了心机，吃尽了苦头，到头来，全是枉然。院子里，寒风掠过树梢，簌簌地响。我姥姥感到腮边一片冰凉，伸手摸索一下，竟然都湿透了。恍惚中，她仿佛看见姥爷远远走来，扛着他那杆猎枪。她不由得恨道，到死都改不了的毛病。仔细一看，竟然是姥爷年轻时候的样子，白净的皮肤，一口的好牙齿，一双眼睛笑起来，不知道有多坏。年轻时候的姥爷，穿一件白色竹布汗衫，显得格外干净清爽。姥姥正要开口，却见姥爷一下子把手掩在脸颊上，连声喊痛。姥姥一时着急，上去把他的一只手拿下来，要看他的牙齿。却呆住了。年轻时代的姥爷不见了，眼前，是姥爷临终时的样子，被病痛折磨得越发苍老，一直喊痛，喊得嗓子都哑了。我姥姥拍着姥爷的背，哭道，你喊，使劲喊，喊出来，就不疼了。忽然就醒了。原来是一场梦。姥姥把手里的枕头松开，呆呆地望着黑暗中的屋顶。也不知道怎么回事，就做了刚才的梦。这个狠心人。走了，也让人不得安宁。姥姥有些难为情地笑了。

从姥爷离世，到如今，也有十几年了。这么多年以来，每年清明，寒食，七月十五上元节，十月一送寒衣，忌日，生日，都是姥姥督着，张罗着，我的姨们去坟上烧纸，祭拜。我们这地方，除去过年，上坟的事，都是女人。女人们提着香火，纸钱，锡箔元宝，走在村旁野间。一路上，说着家常。不知谁说起了什么，就笑起来。笑声清脆，在野风里轻轻荡漾。也有时候，说不清为了什么，小声争执起来，声音越来越大，有些面红耳赤了。到了坟前，却立刻噤了声。她们七手八脚地拔一拔坟头的野草，培一培松散的泥土，把周围的庄稼清一清——我们这地方，坟地多在人家的田里。她们郑重地做着这一切，神情肃穆。她们把刚才的玩笑和口角，大约都一并忘记了。

算起来，这么多年，我几乎不曾为姥爷上坟烧纸。只有一回，清明节，我回乡祭扫，在母亲的坟前拜完，我的小姨劝我回去。姥爷的坟地在村外，河套里。我懂得小姨她们的意思。一则是路远，她们担心我细细的高跟鞋。二则是，她们不想让我过度悲伤——当然，还有一层，这么多年了，在外游学多年的我，姥爷的外孙女，在姥爷的坟前，是不是还会有应有的悲伤？

四月的阳光无遮拦地照下来，已有些灼人了。麦田青翠，随着微风汹涌起伏。火光潋滟，照着我的泪眼。纷飞的纸灰仿佛一只只黑色的大鸟，在我们的头顶盘旋不去。我的几个姨们，她们跪倒在姥爷的坟前，默默地用木棍翻动着燃烧的纸钱。此时，她们已经没有了哭声。十几年了。在这十几年中，世事沧桑，她们经历了太多。当年，在旧院，描绣鞋垫的时候，可能她们再想不到，有一天，她们会在光阴中，在尘世的风霜中，慢慢堕落，堕落，一直到生活的最底部。她们是被碾磨得近乎麻木了。而今，她们从各自纷繁的生活中挣脱出来，偷得半日清闲，来给姥爷上坟，面对这个小小的土堆，她们也不知道，怎么会是这种情形。就在几年前，姥爷刚刚离世不久，她们，尤其是我的小姨，扑倒在姥爷的坟前，号啕大哭，那情形，简直就是一个在外面受了委屈的孩子。而今，我的姨们，她们揉一揉酸涩的眼睛，被我孩子般的呜咽弄得眼泪汪汪。她们哭了。

四月的大河套，已经是满眼缤纷了。我的姥爷，长眠在他生平最爱的河套，在那片林子近旁，也该感到宽慰了吧。他会看到他的儿孙吗？他的不孝的外孙女，小春子，从遥远的京城赶来，一路风尘，这仅有的一次，或许，也只是安慰一下她不安的良心。纸灰漫漫。我惊讶地感到，我的泪水汹涌而出。我的姨们慌忙架起我。她们是担心弄脏了我优雅的长裙。

我的姥姥，这么多年，从来不曾为我的姥爷上坟。她只是张罗着，不肯错过任何一个节气。那时候，乡下还没有现成的纸钱卖。那些纸钱，是姥姥一张一张印出来的。我记得，有一种木质的模版，上面涂上蓝色的墨水，把裁好的白纸罩上去，来回用力按几下，一张纸钱就印好了。还有锡箔，元宝，我姥姥捏得又快又好。后来，我常想，我姥姥不去看望姥爷，大约也有她自己的矜持，乡村女人特有的矜持，还有羞涩。两个人，怨恨了一辈子，在儿孙面前，她到底不愿意对那个狠心人太儿女情长了。然而，她知道，姥爷身旁的那个位置，终究是留给她的。百年之后，终是长相厮守。她又何必计较这一时一地呢？

光阴慢慢流淌过去了。而今的旧院，又是一片喧哗。然而，这喧哗已经不属于姥姥，更不属于姥爷了。孩子们都长大了。五姨和我舅，也是做爷爷奶奶的人了。当年的那个哇哇哭叫的新生儿，旧院里迎接来的第一个男婴，而今，也是有家有业的人了。他站在旧院的枣树下，两只胳膊抱在胸前，看着他的儿子骑在一只板凳上，嘴里嘟嘟叫着，玩开火车。他微微皱着眉头，脸上，是成年男人特有的威严，还有些淡然。他的妻子走过来，问了一句什么，他看了一眼她蓬乱的头发，皱了皱眉。他有些不耐烦了。

我姥姥在炕上坐着，院子里的喧闹，她是听不太分明了。也不光是耳背。她坐在昏暗的屋子里，昏昏欲睡。也不知道怎么回事，这几年，精神是越来越不济了。孩子们是偶尔来。他们住在村北的新房里了。她也很想出去，逗一逗小孩子，看看他们，同他们说一说话。然而，却有些力不从心了。勉力撑着要起来的时候，却被小孩子的锐叫声吓了一跳，终于又坐下了，不留神倒把炕沿上的一个簸箕弄翻了，簸箕里面，是黄灿灿的金元宝。姥姥掐指算了算，要不了几天，就该送寒衣了。寒衣倒是有现成的。这金元宝，可得一个一个亲手捏。真是老了。眼睛花不说，手也抖得厉害。捏一个，歪歪扭扭的，倒出了一身的汗。哪像当年。姥姥叹口气，很黯淡地笑了。

外面喧闹起来。是小孩子顽皮，做父亲的在训斥他。姥姥坐在炕上，张了张口，想要劝阻，到底还是沉默了。

娇客，或者江湖
——旧院系列之二

在芳村，有谁不知道我舅呢。

我舅其实不是我舅。按理，我应该称他姨父。我的五姨嫁给了他。他是我的五姨父。然而，从一开始，我姥姥就告诉我，他是我舅。因为，我舅是旧院的上门女婿。对于这件事，我一直弄不大懂。为什么上门女婿就要改口叫舅呢？我忘了我是不是问过姥姥。也许是问了，我姥姥没有说。总之，这个人，这个高个子的年轻男人，在那个遥远的秋天的下午，便是我舅了。

我舅和五姨的婚礼，是在一个秋天。这令我记忆深刻。我们芳村这地方，凡有婚嫁，多在冬日。腊月里，正是农闲，年关也近了，迎新和娶新，在乡下，都是隆重而喜庆的大事。可是，我舅和五姨，却有些不同。我很记得，有一天，正在街上疯玩，被我母亲叫住，她拉着我的手，到旧院去。一面走，一面帮我把额头上的汗擦一擦，轻声呵斥着，也不怎么认真。我偷偷看了一眼她的脸。我看出来了。母亲的脸上荡漾着喜色。我高兴起来。旧院的门前，挤满了人。我母亲拉着我，一路同人招呼着，步履轻盈。院子里，屋门前，一个年轻男人正站在那里，向人们散烟。看到我们，就走过来，俯下身，问，二姐，这就是小春子？仿佛是在问母亲，却又分明是在问我。我惊讶极了。这个陌生人，他竟然知道我的名字。我仰头看着他，忽然从心底对他生出莫名的好感。我姥姥从旁笑着催促，还不叫舅。我犹豫了一下，就叫了。大家都笑起来。我舅摸了摸我的小辫子，也笑了。我注意到，我的五姨，穿着枣红条绒布衫，海蓝色裤子，脖子里系了一条粉底金点的纱巾。她站在人群里，羞涩地笑着。我忽然灵机一动，恍然道，五姨，你是新媳妇——众人都笑起来了。

在我舅新婚的那段日子里，我几乎天天到旧院去。他们是旅行结婚。为此省去了很多繁文缛节。在那个年代的乡村，旅行结婚，还是一个极新鲜的事物。一对新人出去玩一趟，回来，就算成了大礼？这未免有点太简单了。尤其是老派的人，就有些看不惯。怎么也是三媒六证的姻缘，总得要在亲友面前，拜了祖宗天地，拜了高堂双亲，才能入洞房点花烛的吧。更不要提那些自古传留下来的老风俗。比方说，照妖镜，迈马鞍，翻年糕，这些新媳妇进门的种种规矩，而今，倒都省了。后来，我常常想，旅行结婚，一定是我舅的主意。在这场婚姻中，每个人的角色都发生了变化，这变化因为微妙，更不容易应对。在旧院，五姨是女儿，也是媳妇。我舅呢，是女婿，也是儿子。至于我姥姥和姥爷，角色当然也是多重的了。亲戚本家，族人乡邻，此间种种复杂关系，就更深究不得了。索性就来一个旅行结婚。这真是一个好主意。我说过，我舅是一个通达的人，精明，敏锐，对人情世故的体会和谙熟，仿佛是一种与生俱来的本能。在旧院，我舅很快地就自如起来。在姥姥姥爷面前，他是儿子的角色，亲厚倒是亲厚的，然而也家常，也随意。有时候，在话头上，也顶撞上那么一两句，不轻不重地，像天下所有的儿子们那样。对我的姨们，一口一个姐姐，很亲昵了。姐夫们来了，则完全是小舅子的做派，殷勤有礼，也有那么一点骄傲和任性的意思在里面。当然，我小姨除外。在旧院，我小姨最小。我舅跟着大家，叫她少。少是我小姨的小名。对我小姨，我舅是把她当成了妹妹。甥男弟女的来了，也都是一把揽过来，把他们扛在肩上，或者举上头顶，让叫舅。小家伙们格格笑着，一迭声地叫着舅，大人们都笑起来。

在芳村，翟家是个大姓。旧院里，因为少男丁，显得格外萧条冷清。我姥爷呢，又是这样一个性子的人，凡事都必得我姥姥从旁督着，点拨着，提醒着，时时处处，稍不留意，就不免短了礼数。我姥姥简直为此操碎了心。然而，我舅来了就不一样了。你相信吗，在乡村，真的有这样一种人，他们似乎生来就是属于乡村的，他们聪敏，能干，在乡风民俗的拐弯抹角处，栩栩游动，他们如鱼得水。他们是乡间的能人。我说过，我舅厨艺好，做得一手好饭菜。尤其是，乡村酒宴上的种种规矩，礼数，繁文缛节，他全懂。在那个年代的乡村，手艺人颇受尊重。更重要的是，我舅人随和，又热心，最得人缘。红白喜事，满月酒，认干亲，下定，人们都喜欢请我舅。我舅戴着高高的白帽子，穿着连腰的白围裙，坐在那里，说不出的干净漂亮，他接过主家递过来的烟卷，悠闲地叼在嘴上，完全是胸藏百万雄兵的神气。乡下人，虽然日子艰难，却极要脸面。人这一辈子，活的是什么？是脸面。因此，凡有大事，人们对我舅便格外地倚重。我舅呢，从来都是笑眯眯的，不慌不忙的神态，吸着烟，心里却早已经盘算好了。他总是有本领让宾主尽欢。翟家本院的事呢，就更不用说了。用我舅的话说，都是自家的事——放心好了。主家就把一颗心放回了肚子里。怎么会不放心呢，凡事，有我舅斟酌呢。

现在想来，那些年，是我舅一生中最好的年华。他年轻，有手艺，有才干，人家都求着他，敬着他，在村子里，算是有头有脸的人物了。整日里，穿得干净，体面，泥点不沾，草籽不挂，从东家的宴席，到西家的宴席，好酒，好烟，奉承，尊敬，满满的心意，厚厚的人情，什么都有了。在翟家院房，人们更是对他亲厚，称兄道弟，那情形，倒不像是外来的上门女婿，竟真是嫡亲的兄弟手足了。我姥姥从旁看着这一切，心里又悲又喜。欢喜自然是欢喜，然而，夜深人静的时候，想起来，怎么就莫名地涌起一股辛酸，还有悲凉。真是没有道理。在旧院，我舅是东床，是娇客，是我姥姥的接任者，是旧院的脊梁骨和顶天柱。我舅是旧院的门面。

尤其是，我舅的大儿子降生之后，旧院里一片欢腾。这是这么多年以来，旧院迎来的第一个男婴。一时间，旧院简直是乱了阵脚。我舅立在院子里，不慌不忙地吸着烟，看着我姥姥她们进进出出，忙忙碌碌，他微笑了。这一回，他总算是放了心。他有儿子了。其实，私心里，如果是个女孩，他或许倒更喜欢些。他喜欢女孩子。然而，怎么说呢，生了儿子，毕竟是好事。尤其是，尤其是在旧院。我舅吸一口烟，看着蓝色的烟雾在眼前升腾，弥散，叹了一口气。他怎么不知道，这么多年了，旧院早就盼着抱孙子了。关于我父亲的故事，他也是听说了一些的。他一直不肯相信，那样的命运，会降临在自己的头上。他想起了他小时候，随母亲嫁到芳村，在那一个大家庭里，他早早学会了看人的脸色。他吃过很多的苦。也曾经暗地里咬牙，发誓，他要出人头地。他常常想起他母亲的泪水。当年，他就是受不了母亲的泪水，还有她眼睛深处的哀求，才默默点了头，来到旧院。直到现在，他才肯承认，这两年多，他的一颗心，其实是一直悬着的，悬着，颤抖着，时时挣出一身的细汗。老天有眼。他终是没有蹈了我父亲的旧辙。

东屋里传来婴儿的哭声，很柔弱，也很嘹亮。我舅侧耳听了一时，又慢慢吸了一口烟。我母亲端着一只大海碗走进来，颤巍巍的，热腾腾的蒸汽从碗里浮起，把她的一张笑脸遮得模模糊糊。我舅看着她的背影，心里叹了一声。这几天，恐怕是把我母亲忙坏了。只是，不见我的父亲。当然，这种事情，男人们多有不便。然而——我舅又慢慢吸了一口烟，半晌，才让烟雾从鼻孔里徐徐飘出来。

我说过，在同我父亲的关系上，我舅一向是通达的。在我父亲面前，他是显见的胜利者。他不能够太在乎。我父亲的偏执，狭隘，愤恨，种种不恭处，他都付之一笑，一一海涵了。村西的刘家，他是势不能回去了。而今，旧院就是他的家。而父亲，素受自家兄弟们排挤，他们连襟两个，怎么能够再反目呢？还有一点，我父亲虽然性子暴烈，爽直，但心地纯良，人也仗义，耳根子又软，脸皮又薄，一旦好起来，是可以割脑袋换肝胆的。那几年，正是我们家最好的时候。我父亲在生产队任会计，掌握着一个队的财务大权，我母亲呢，还没有生病，健康，活泼。三个孩子，都还小，在父母的羽翼下，无忧无虑。后来，我常常想，在我舅和我父亲的关系上，似乎从一开始，我舅就占据了主动的位置，他时时观察着，揣摩着，斟酌着，在种种细微处，进退，迎据，远近，亲疏，其中的分寸与火候，怕是我父亲一辈子都琢磨不透的。当然了，我舅心热。在旧院的诸姊妹中，同我母亲，尤其亲厚。他常常到我们家里来。如果遇上吃饭，也不用人让，坐下就吃。那份自然与随意，完全是亲弟弟的做派了。逢我父母吵嘴，他也总是弹压我的母亲，言辞里，话锋却是向着父亲的。连我都听出里面袒护的意思了。对我舅，我母亲也是格外地疼爱。同我父亲吵架的时候，她的一句口头禅是，你呀，让我怎么说，连她舅一个小手指头都赶不上。我不知道，这个口头禅对父亲的打击有多大。我常常猜想，在我舅同父亲的关系中，我母亲的这句口头禅，恐怕也暗中起了不小的作用。

多年以后，我母亲病重，在医院里，我舅一趟一趟，跑前跑后，跟医生沟通，求人家用好药，但最好不是太贵；去找我表哥，央他托关系，找主治医生探探底。到附近的饭馆里，买了手包的韭菜馅饺子，端进病房来——他知道，我母亲爱这个。而我的父亲，那时候，早已经愁苦得近于麻木了。他蹲在地上，呆呆地望着病床上的母亲。这么多年了，母亲的病，把他的暴烈脾性都生生揉捏得温软下来了。他顺着她，处处加着小心，生怕哪里忤逆了她的意思，让她不痛快，让她犯病。然而，怎么最终还是落到了今天？他真是不懂。

夕阳从窗子里照过来，落在我母亲的枕边，我父亲看着我舅进进出出的身影，心里计算着这几天的药费。这城里的医院，怎么说，简直是拿小刀子割人。太快了。简直是太快了。

那时候，我已经在城里上中学了。暑假里，我舅用自行车带着我，去坐长途车，到省医院看母亲。正是玉米吐缨子的时候。早晨的阳光洒下来，微风拂过，空气中流荡着植物和泥土的腥气。我舅一面蹬着车，一面同我说话。说了一些别的，就说起了父亲。也不知道从什么时候开始，只要同我舅单独在一起，话题总是转向父亲。自然是围绕母亲的病。这一向，我舅因为日夜不离左右，在这件事上，最有发言权。一路上，我舅说了很多关于我母亲的病的事，现在，我都记忆模糊了。后来，我常想，在我母亲病重的日子里，在她即将离开这个世界的时候，我，作为她最疼爱的女儿，竟然一直是置身事外的。我为此感到羞耻。我在忙什么呢？所谓的学业，前程，在那时候，像一座山，压在我的头顶。我的目光，短浅，自私，冷酷。那时候，我还看不到别的。仅仅为此，对我舅，我充满了感激。这是真的。那一天，我舅说了很多话，当然，后来，他说起了父亲。在他的描述里，对母亲的病，父亲难辞其咎。而如今，在母亲病重的时候，我的父亲，仿佛一直是袖手旁观的。尽管我舅的话说得尽可委婉，我还是听出来了，我的父亲，甚至，希望病人早走。这怎么可能！我的心怦怦跳着，两只手紧紧攥着车后梁，由于用力，都酸麻了。这怎么可能！我的父亲和母亲，我怎么不知道！我舅照例慢慢踩着脚蹬子，他看不见我的脸。他叹一口气，说，久病床前无孝子——更何况——我感觉身上热辣辣地出了汗，却又分明感到一阵寒意，忍不住静静地打了个寒噤。太阳越来越高了，明晃晃的，灼人的眼。我把眼睛眯起来。那条青草蔓延的小路，霎时模糊了。

　　后来，我常常想，我的父亲，在愁苦煎熬中，或许难免说过一些气话。这么多年，他是看够了母亲在病榻上备受折磨的样子。他不忍看她遭罪。他恨命运不公。这么多年，为了母亲的病，他咬紧了牙，把方圆几十里的药铺都踏破了门槛。可是，到头来，终是一场空。面对着强大的命运，他是气馁了，还有绝望。然而，我舅，他为什么要断章取义，把我父亲的气话讲给我听？直到后来，我才不得不承认，我舅对我父亲的芥蒂，是根深蒂固的。他怎么能够忘记，当年，父亲给他的难堪。那时候，在旧院，他初来乍到，我父亲年长于他，竟然在人前，让他这个新人没脸，让他下不来台。幸好，他心眼灵活，凡事，他都劝自己看得开些。在人屋檐下，哪有不低头的？他就低了这个头，在众人面前，只能落个大度，宽宏，顾大局，识大体。然而，这么多年了，他们处得那么好，简直就是亲兄弟了。他也不知道，这是怎么一回事。他竟然还是忘不了。这真是没有办法的事。

我说过，我舅喜欢女孩。在旧院，众多的孩子当中，我舅最喜欢的，就是我了。据说，很小的时候，我就很会疼人。有一回，我舅病了。当然，也不是什么大病，或许是感冒，或者发烧。我在旧院里玩，不知听谁说了一句，就跑到东屋里去。我舅躺在炕上，虚弱，无力，半空中悬着一个瓶子，装满了水。我看到一条细管弯弯曲曲地绕过来，通向我舅的一只手。那只手背上，粘了胶布，鼓起一个包。我不知道，那是在输液。我走过去，摸了摸我舅的手，我的眼泪就淌下来了。我哭了。我舅一把拉住我的手，说，小春子——后来，这个情节，常常被我舅重提。小春子看我生病，心疼我呢。这孩子——如果我父亲在，就会微微笑一下。我猜想，他心里一定在说，我的闺女，我怎么不知道。我母亲则轻轻叱一句，小春子这丫头，小嘴像抹了蜜——语气模糊，听不出是夸奖还是责备。

在旧院，我舅喜欢逗我。比起姥爷的孩子气，我舅更多了一种长辈的疼爱。见到我，常常就抱起来，举一举，就放下来，微笑着看着我跑开。也有时候，走过来，拉一拉我的手，摸一摸我的小辫子，说，小春子，别走了——跟着舅。这话听得多了。可我还是歪着头，认真地想了一回，不说好，也不说不好，笑着跑走了。我知道，这种话，我舅也跟我父母提起过。当时，他们第二个儿子还没有出世。而我呢，又是家里的多多。我母亲听了这话，只是笑。我父亲呢，先是笑着，后来听多了，就不怎么笑了。我父亲是一个认真的人。最开不得这样的玩笑。背地里，我母亲就笑他，还当真怕人家把你闺女要了去啊——真是榆木疙瘩。后来，我忘了是哪一回了，在旧院，我舅见了我，照例要抱起来，我却把身子一扭，挣开了。我不知道，我是害羞了。我舅立在原地，两只手张着，有点尴尬，他把手放在另一只肩上，慢慢地捏了捏，自嘲地笑了。从那以后，我舅便很少抱我了。见了我，顶多过来，摸一摸我的小辫子，说一句，小春子，又长高了。

那一年，我到县城里上中学。因为住宿，行李之外，带了很多东西。我记得，其中，有一只搪瓷碗，是我舅送我的。那时候，在乡村，这种搪瓷碗，也是稀罕物。我至今记得它的样子。白地，勾着浅蓝色的边，碗身上，是豆绿色的图案，水纹的形状，一波一波，仿佛在微风中荡漾起来了。我很喜欢这只碗。它一直陪伴着我，走过三载少年读书的懵懂时光。后来，这只搪瓷碗，也不知道丢到哪里去了。然而，我还是常常想起它，想起我当时捧着它，排队打饭的情形。想起我舅，想起旧院，还有旧院里的那些人和事。

那些年，在芳村，有谁不知道我舅呢。公正地讲，我舅是一个仪表堂堂的男人。高高的个子，白皙的皮肤，眼睛不大，却很明亮。头发又黑又密，梳着分头——只这一点，就跟芳村的其他男人区分开来。他站在那里，莫名其妙地，有那么一种文质彬彬的气质。这是真的。我忘了我是否说过，我舅当过老师，那时候，叫做民办教师。当然，这都是来旧院之前的事情了。我至今记得，我舅年轻时候的样子，穿着假军装，说起话来，微微眯起眼，像是在思考，有些口若悬河的意思。我的五姨，进进出出地忙碌着，偶尔看一眼自己的男人，心里骂一句，也就笑了。我猜想，对我舅，五姨是有那么一些崇拜的。她总觉得，这样一个男人，来旧院倒插门，是有一些委屈他了。然而——自己也是一个——好女人，并且，家里人对他也这样亲厚，他自己呢，在旧院，也算是如鱼得水，比她这个做女儿的，倒更自在了。在翟家，在芳村，他说话做事，处处得体，处处有分寸。凡事都不用她操心。只这一条，同姥姥比起来，她就该知足，就该念佛。然而——我五姨看一眼我舅的背影，心里忽然竟烦乱起来。

我是在后来才慢慢知道，我舅的那一桩风流韵事。怎么说呢，芳村这地方，在这种事上，态度暧昧。乡下人，朴直，却也多情。常常有这样那样的艳情段子流传开来，让人们津津乐道。那时候，我母亲还没有病，家里常有女人们来串门。她们挤在一处，嘻嘻哈哈地说着闲话。无非是东家长，西家短，说着说着，声音就低下来，很神秘了。我躺在炕上，紧紧闭着眼，装睡。忽然，母亲就轻轻咳一声，嘀嘀咕咕的声音就停止下来。我猜想，母亲一定是朝越来越忘形的女人们使了个眼色，指一指炕上的我。她是在警告了。我闭着眼，心里像有一支羽毛在轻轻拂动，痒梭梭的，很难受。我几乎要笑出声来了。

我记得，有一回，她们说起了我舅。说着说着，就住了口。一定是我母亲打酱油回来了。临近中午的时候，总有卖酱油醋的独轮车在村子里走过，敲着梆子，空空空，空空空，也不用吆喝，人们听到了，自然会跑出去。我母亲重新坐定的时候，女人的话题早已经变了，却还是离不开我舅。她们的语气里，有一种明显的赞美和钦慕。后来，我常常想，我舅这样一个人，这一生，倘若没有一两桩风流事，怕是老天都觉得委屈了他吧。这么些年，在旧院，在东屋，在姥姥的眼皮底下，在这个大家族里，他是越发自如了。然而，再怎么，也是在人家的屋檐下。这其中的滋味，他怎么不知道？至于五姨，她真是一个好女人。可是，终归是——怎么说呢，在自家做媳妇的种种尴尬，他怎么不懂？然而——我舅抬头看一看那棵枣树，都挂果了。他想起了某个人，某个细节，让人止不住地心跳。他有些难为情地笑了。

说不清从什么时候开始，世界就悄悄地起了变化。这是真的。这变化是那么迅猛，让人都来不及惊讶。我的父亲，是这变化里最早的觉醒者。怎么说呢，我父亲在这方面，嗅觉敏锐，同素日里的他，简直判若两人。那时候，生产队已经没有了。我父亲放下他用了多年的算盘，他开始做生意了。他勤苦，诚实，仁义，他成功了。算起来，那几年，是我们家的第二个盛世。虽然，其时，我母亲已经生了病，然而，还好。家里的境况越来越好，我母亲心情愉悦。她向我父亲提出，应该带上我舅。那几年，我舅的生活，日渐寥落了。仿佛在一夜之间，外面的世界，向芳村的人们掀开了一角，那满眼的光华，炫目，诱人，仿佛一束强光，把昏昏欲睡的人们晃醒了。渐渐地，人们见多识广，我舅的手艺，越发寂寞了。有时候，想来都觉得奇怪，一个人，他所依恃的一样东西，或者说，一种习惯，忽然间坍塌了，他会发生一些意想不到的变化。我是说，我舅整个人渐渐委顿下来了。他抄着手，在旧院里踱来踱去。一群麻雀在地上跳着，惊讶地看着他，唧唧叫着。他入神地看了一会，目光有些茫然了。他想起了什么？他是想起了他的好时光吧。我舅同我父亲合伙的时候，问题就来了。我舅是这样一个人，好胜，自信，被人奉承惯了，戴惯了高帽，时时处处，他怎么能屈居我父亲之下？他常常不顾我父亲的劝阻，自行其是。结果可想而知。我父亲暴怒了。我母亲从旁看了，知道这一对连襟之间的种种过节，而今，倘若非要把他们捆在一起，怕是最后都不得收场了。

　　后来，我舅也陆续同人家合伙过，做些小生意。往往是，最初的时候，一好百好。我说过，我舅是一个会处事的人，最善于打生场。然而越往后，分歧越大，终至散伙，各走各路。我舅先前的长处，此时，都成了致命的短处。他过分地爱干净，耽于清谈，却往往不付诸行动。他不肯吃苦。他喜欢指挥人。他爱听奉承话。可是，这年头，谁还会抱着那份闲情，坐下来奉承一个闲人？后来，我舅终于气馁了。他整天待在家里，什么也不做。周围热气腾腾的氛围，更衬托出他的落落寡合。在时光的河流里，他慢慢堕落下去了。

那些年，倒是我的五姨，默默地承担起了一切。能怎么样呢？孩子们都渐渐长大了。老人们也老了。花钱的地方，越来越多了。为了我舅的性子，她暗地里流过多少泪，同他吵过多少嘴？若是在刘家，也就由他去了。他一个大男人，正当盛年，日子竟然过成这等光景。然而，在旧院，在自己家里，她总不能眼睁睁地看着，袖手旁观。她不能让姥姥伤心。她再也想不到，自己的男人，竟然是这样一个人。她恨他。然而，看着他一脸的萧索，她又止不住地喉头涌上一股东西，酸酸凉凉，被她极力抑住，眼睛却分明模糊了。

那时候，我的几个姨们，都慢慢发达起来。尤其是，我的小姨。小姨父，那个月夜的青年，一向是被我舅不大看在眼里的。他憨厚，沉默，甚至，还有些木讷。当初，我舅为此没少在背后贬斥他，甚至，当着小姨小姨父的面，他向来不曾客气过。谁能想得到呢，这样一个人，这两年，竟然渐渐发达了。他忠直，无欺，讲信用，肯吃苦。他们开办了这地方的第一家工厂。汽车，楼房，简直过起了城里人的生活。我舅的两个儿子，媳妇，都在小姨父的厂里做工。我忘了说了，我舅的这两个儿子娶亲，多亏了我小姨父，当然，还有我的几个姨们。为此，我五姨同我舅闹，哭道，也多亏他们姓翟，要不然，我干脆让他们打一辈子光棍。

多年以后，我回到家乡的时候，说起我舅，父亲叹一声，说，如今，老了老了，倒卖起苦力了。听说，我舅到城里的工地上，做小工了。有好几回，我到旧院去，都没有遇上我舅。五姨说，前几天刚回来过，抓了些药，带走了。你舅的腿老疼。我忽然就沉默了。半晌，才说，你跟我舅说，别那么苦了。一出口，才知道这话多么苍白无力。五姨笑了一下，说，小春子，你甭心疼他。这人啊，总是这样。一辈子吃的苦，总是有数的。要么是先甜后苦。要么是先苦后甜——小春子，你信不信？

我不知道该怎么回答。姥姥在门槛上坐着，在太阳地里，昏昏欲睡。偶尔，她抬起头来，看我们一眼，一脸的茫然。我想起前些年，我回到家乡，在旧院，我挽了父亲的胳膊，悄悄说着闲话。我舅走过来，我父亲便有些忸怩了，叱道，看看，这么大姑娘了——我舅笑了，说，小春子回来，横竖不离你左右——我们都笑了。现在想来，那一回，我舅他，是吃醋了呢。有什么办法呢，人都老了。人老了，简直就是小孩子了。

我忽然特别想见到我舅。

锦绣年代
——旧院系列之三

我说过，在我的童年时代，我的表哥，是我唯一亲密接触的异性。我的意思是，年轻的异性。

我们家姐妹三个。旧院呢，又俨然是一个女儿国。表哥的到来，给这闺帷气息浓郁的旧院，平添了一种纷乱的惊扰。这是真的。我记得，那个时候的表哥，大约有十来岁吧。他生得清秀，白皙，瘦高的个子，像一棵英气勃勃的小树。表哥是大姨的儿子。我说过，我的大姨，在很小的时候，就被送了人。其实，也不是外人。我姥姥的妹妹，我应该叫做姨姥姥的，嫁得很好，可是，唯一不足的，是膝下荒凉，就把我大姨要了去。大姨一共生了三个儿子，我的表哥，是老大。小时候，表哥是旧院的常客。他干净，斯文，有那么一种温雅的书卷气。是的，书卷气，这个词，我是在后来才找到的。当然，现在想来，表哥念书终究不算多。初中毕业以后，他便去了部队。一去多年。怎么说呢，表哥身上的这种书卷气，把他同村子里的男孩子们区别开来。这使得他在芳村既醒目，又孤单。那时候，还有生产队。我姥姥常常带着表哥，下地干活。我表哥挎着一只小篮子，或者背着一个小柳条筐，跟在大人们后面，很有些样子了。生产队里的人，谁不知道我表哥呢？休息的时候，他们喜欢凑过来，逗我表哥说话。我表哥的村子离芳村不远，却有一些很有意思的方言，从小孩子的嘴里说出来，既新鲜，又陌生。还有，我表哥会唱《沙家浜》。人们干活累了，就逗他唱。这个时候，我姥姥总是不太乐意。她或许觉得，一个男孩子，唱戏，终究不好。然而，我表哥被人们奉承着，哪里看得见我姥姥的眼色？他站在人群中间，清清嗓子，唱起来了。人们都安静下来。我表哥唱得未见得多好。然而，他旁若无人。人们是被他的神情给镇住了。在乡间，有谁见过这么从容的孩子？直到后来，我姥姥每说起此事，总会感叹说，这孩子，从小就有一副官相呢。那时候，我表哥已经是家乡小城里的父母官了。

那几年，是我们家最好的时候。表哥常到我家来。我母亲总是变着花样，给表哥做吃食。我母亲喜欢表哥。曾一度，她想把表哥要过来，做她的儿子。这事情在大人们之间秘密地商谈了一阵，后来，也不知道为什么，不了了之了。在我的记忆里，母亲在厨房里喜气洋洋地忙碌的时候，十有八九，一定是表哥来了。食物的香味在院子里慢慢缭绕，弥漫，表哥坐在门槛上，同我母亲，一递一声说着话。阳光照下来，很明亮。现在想来，或许，我表哥的存在，对我母亲，是一种安慰。她命中无子，对这个外甥，自然格外地多了一份偏爱。后来，表哥参军，去了部队，常常有信来。信里，夹着他的照片。一身的戎装，英姿飒爽。我母亲捧着照片，笑着，看着，简直是看不够。笑着笑着，忽然就哽咽了。我父亲把手里的信纸哗啦啦抖一抖，警告道，还听不听念信了——挺大个人了都——我母亲便撩起衣襟，把眼睛擦一擦，不好意思地笑了。直到后来，我们家的相框里，都有很多我表哥的照片。我母亲把它们一张一张摆好，放在相框里，挂在迎门的墙上。在我的几个姨当中，表哥同我母亲尤其亲厚。甚至，超过了姥姥。甚至，超过了大姨，他的亲生母亲。我忘了说了，在家里，大姨是一个强硬的人物，生平最痛恨酒鬼。我的大姨父呢，又简直嗜酒如命。为此，两个人打打闹闹，纠缠了一生。大姨脾气刚硬，对孩子们，想必也少有柔情。心思细密的表哥，少年时代，有了我母亲的疼爱，或许也是一种依赖和安慰吧。

　　对于表哥，我的记忆模糊而零乱。那时候，我几岁？总之，那时候，在表哥眼里，或许，我只是一个懵懂的小丫头，淘气的时候，给一根绳子就能上天。安静的时候呢，跟在他的身边，寸步不离。那乖巧的样子，常常惹得他笑起来。表哥笑起来很好看，一口雪白的牙齿，灿烂极了。那些年，河套里还有水。表哥常常带着我，去捉鱼。我们把鱼放在一只罐头瓶里，捧着回家。村东，临着田野，有一带矮墙。表哥捧着罐头瓶，在矮墙上蹒跚地走。我在墙根下，紧张地跟着。我看着他的两条长腿在矮墙上小心翼翼地交替，身子左右摆动，极力保持着平衡。那一天，表哥穿了一双黑色塑料凉鞋，是那个年代里常见的样式。他忍住笑，故作严肃，眼看就要到头了，他一个鱼跃，跳下来。我惊叫起来。罐头瓶在他的手里安然无恙。几条细小的鱼，惊慌失措，四下里逃逸，终是逃不出我表哥的手心。表哥纵声大笑起来。至今，我还记得他当时的样子。十一岁的表哥，穿一件蓝花的短裤，黑色塑料凉鞋里，一双脚被泡得发白，起着新鲜的褶皱。

　　表哥当兵走的时候，我已经上了小学。可是，依然不知道当兵的含义。我以为，表哥是回了他的村子，过不了几天，就会回来，像往常那样。我再也想不到，此一去，山高水长。再见面，已经是多年以后的事情了。

有一天放学回家，一进门，看到屋里坐着一个青年。看见我，他连忙站起来，笑道，小春子——我的心怦怦跳着，不知该如何是好，只听母亲从旁呵斥道，还不快叫哥哥——是表哥！我看着表哥，他站在那里，微笑着，更挺拔更清秀了，只是，脸上的线条已经有了分明的棱角，下巴上，铁青的一片，他早已经开始刮胡子了。我站在地下，半晌说不出话。我母亲朝我的额上点了一下，轻轻笑了，这孩子——表哥也笑了，小春子，长这么高了。我忽然一扭身，掀帘子跑出去了。正是春天。阳光照下来，懒洋洋的，柔软，明亮。也有风。我看着满树的嫩叶，在风中微微荡漾着，心里有一种莫名的怅惘。母亲在屋子里叫我。我踌躇着，不肯进屋。我不知道，我是难为情了。

表哥到底是见过世面的。吃饭的时候，他已经非常从容了。比当年唱《沙家浜》的时候，更多了一种成熟和持重。他同我母亲说起部队上的事，说起他这次转业，小城里的新单位，说起来他的未来。我母亲认真地听着，微笑着，显然，有一些地方，她听不懂，然而，还是努力地听着，脸上眼里，尽是骄傲。她的外甥，终于回来了，要去城里吃皇粮，做官。这真是天大的好事。在我母亲简单而有秩序的世界里，上班，就是吃皇粮的意思，吃皇粮呢，自然就是做官的意思。这是乡村妇人最朴素的判断和认知。表哥在说起未来的时候，眼神里有一种光芒，是自信，也是憧憬。刚从部队回到地方，一切都是新鲜的。不同的环境，不同的规矩，不同的人事，在这个家乡的小城，他是决意要施展一番了。那时候，他还没有结婚。之前，我不知道，他是不是谈过恋爱。不过，那些日子，家里的门槛，早已经被媒人踏破了。大姨很着急。表哥呢，却是漫不经心，仿佛这事与他无关。后来，我才知道，我的表哥，心里曾经爱着一个人。那个人，不是别人。你一定猜不到，那个人，是我们隔壁的玉嫂。

　　对于表哥的这场爱情，我始终不明所以。我只是从大人们闪烁的言辞中，隐隐知道了一些模糊的片断。玉嫂是一个俊俏的小媳妇。你知道桔子糖吗？一种硬糖，色状如桔子瓣，上面撒满了白色的糖霜。在那个年代的乡村，这是我们最爱的零食。因为奢侈，偶尔才能得到。在芳村，玉嫂的好模样儿，是男人们含在口里的一瓣桔子糖，每每咂摸起来，都是丝丝缕缕的味道，甜甜酸酸，让人不忍下咽。那时候，我们和玉嫂家，一墙之隔。表哥常常被玉嫂唤去，帮她把洗好的湿衣裳抻展，帮她到井上抬水，帮她把鸡轰到栅栏里去。表哥总是乐颠颠地跑过去，听从玉嫂的吩咐。还有一回，我记得，玉嫂央我表哥把树上的一只猪尿脬摘下来。我们这地方，杀猪的时候，小孩子们把猪尿脬捡来，吹了气，当作气球玩。玉嫂指着挂在树上的猪尿脬，它在阳光中飘飘扬扬，仿佛是柳树上长出的一个大果子。玉嫂脸色微红，神情娇柔，想必是有些难为情了吧。一个小媳妇，在家里玩猪尿脬，这要说出去，还不让人笑断肠子。我表哥看了玉嫂一眼，又抬头看了看树上的大果子，他稍稍犹豫了一下，很快，他往手掌心里吐了一口口水，像村子里那些野孩子那样，他开始了笨拙的攀爬。现在想来，当年，我的表哥，那样一个安静斯文的男孩子，酷爱干净，在我为了躲避惩罚，身手敏捷地爬上树杈的时候，他也只能站在树下，仰着脸，低声下气地请求我下来。那一回，他居然为了一个猪尿脬，玉嫂的猪尿脬，毅然地学会了爬树，像村里那些他鄙视的野孩子那样。我不知道，是不是从那个时候，我的表哥，那个斯文的少年，就对俊俏的玉嫂萌发了爱情的尖芽。当然，如果那也可以称为爱情的话。然而，多年以后，我依然能够记起玉嫂当时的样子，她的淘气和羞涩，她孩子气的神情，她眼睛深处的纯净和柔软，在那个春天的下午，显得那么可爱动人。

　　当然了，也可能是更早的时候。当年，玉嫂刚刚嫁到芳村，

洞房里，少不得垂涎的男人们，说着各种各样的荤话，把新娘子
迫得走投无路。我表哥默默坐在角落里，看着羞愤的新娘子，像
一只惊慌的小鹿，在猎人的围攻下无力突围。灯影摇曳，表哥心
头忽然涌上一股难言的忧伤。多年以后，表哥从部队回到小城，
青云直上的时候，玉嫂还会跟母亲提起，感叹道，这孩子，就是
不一样呢。规矩。那时候，在我的屋里只是坐着，一坐就是一
夜。玉嫂说这话的时候，眼神柔软，她是想起了那个羞涩的少
年，还是追忆起自己如锦的年华？

　　我不知道，那么多年，表哥是不是一直想着玉嫂，那个俊俏
的小媳妇。那么多年，他是不是曾经喜欢过别人。总之，表哥对
大姨的热心张罗，一直置身事外。大姨无奈，托我的母亲劝他。
我母亲的话，表哥倒是听进了耳朵里。不久，他开始了漫长的相
亲。那一阵子，我们的话题，总是围绕着表哥的婚事。表哥很挑
剔。简直要从鸡蛋里把骨头挑出来。为此，委实得罪了不少人。
大姨的长吁短叹，常常路途迢迢地传到芳村，传到旧院，传到我
们的耳朵里，纷扰着我们的心。后来，我姥姥出面威慑，表哥也
不见动心。其时，我表哥已经在小城里干得风生水起。事业上的
得意，更加衬托出情场的落寞。人们都感叹，世间的事，到底是
难求圆满。也就由他去了。却忽然有那么一天，表哥带回旧院一
个姑娘。那个姑娘，后来成了我的表嫂。

　　那一天，是个周末。我趴在桌上写作业。院子里一阵摩托车
响，表哥来了。我迎出去，却看见，表哥的身后，带了个姑娘。
表哥没有向我介绍，只是笑着问我，小春子，你一个人在家？这
时候，我母亲从厨房里迎出来，两只手上满是面粉。她在和面。
我母亲慌忙把他们让进屋，吩咐我去小卖部买瓜子和糖。她自己
呢，忙着给客人倒水。看得出，我母亲是有些乱了阵脚了。我知
道，这慌乱，是因为那个姑娘。我表哥呢，倒是镇定得多了。他

坐在椅子上，同我母亲说着话，东一句西一句的，并不怎么看旁边的姑娘。我母亲敷衍着我表哥，极力劝那姑娘喝水，吃糖。她是怕冷落了人家。那姑娘坐在炕沿上，一直很温和地微笑着，抿着嘴。也不怎么嗑瓜子，只把一块糖仔细剥开，放在嘴里，静静地含着，偶尔，动一动，嘴角便隐隐现出两个深深的酒窝。公正地讲，这是一个好看的姑娘。圆润，甜美，像一颗珍珠，静静地发出纯净的光泽。然而——然而什么呢？我从旁看着，心里忽然涌上一股难言的忧伤。阳光从窗格子里照过来，懒洋洋的，半间屋子都有些恍惚了。表哥同母亲说着话，不知说到了什么，就笑起来。那姑娘也跟着笑了，露出一口雪白的牙齿。只这一瞬，我却发现了一个秘密。那姑娘的一颗门牙，少了一角。这使得她的笑容看上去有些奇怪。我在心里暗想，她的那颗牙，是怎么一回事呢？是小时候不小心摔的，还是天生如此？总之，这颗牙，实在是白玉上的一点微瑕，让人在惋惜之余，有些隐隐的悲凉。这是真的。就在这之前的几分钟，我还在暗暗挑剔着她的容貌，她的举止，她的一切，甚至，她的圆脸庞，也让我觉得有一些——怎么说——甜俗了。我的表哥，他是那样一个倜傥的人儿，温文尔雅，玉树临风。这世上，什么样的姑娘，才能够配得上他？然而，现在，我却已经暗暗原谅她了。原谅。我竟然用了原谅这个词。你能理解吗？你一定会笑我吧。阳光落在表哥的脸上，一跳一跳地，把他脸庞的棱角都镀上了一圈毛茸茸的金边。他铁青的下巴，微微向前翘起，有着很男子气的鲜明轮廓。我看着，看着，心里一阵难过。我是在替表哥委屈吗？

　　吃饭的时候，表哥一直在跟我父母说话。他甚至没有同那姑娘坐在一起。他坐在我母亲身旁。倒是我，同那姑娘紧挨着，我闻到一股淡淡的香气，跟母亲的好饭菜无关。那是姑娘身上特有的芬芳。我母亲不停地给她夹菜，那姑娘红着脸，谦让着。表哥端着酒盅，对饭桌上的推让不置一词，只顾同父亲聊天。他是在掩饰吗？我忽然感到喉头哽住了，鼻腔里涌起酸酸凉凉的一片。我端起碗，去厨房盛饭。

一院子的阳光。风把白杨树叶吹得簌簌响。芦花鸡无所事事地走来走去，偶尔，漠然地看我一眼。我立在院子里，只感觉喉头的东西硬硬的，横在那里，上不去，也下来。我的目光越过树巅，天很蓝，让人心碎。在那一刹那，往事像潮水，汹涌而来。生平第一次，我感到了那种心碎。我是说，那一回，表哥，还有那个姑娘，他们的出现，对我，一个十几岁的小女孩，是一种打击。这是真的。后来，我常常想起当年，那一个秋日的中午，晴光澄澈，我立在院子里，为失去表哥而伤心欲绝。真的。失去。当时，我以为，我失去我的表哥了。我的表哥，被那个姑娘抢走了。而且，她虽然好看，却有着缺了半角的门牙。

然而，你相信吗？两年以后，在我表哥的婚礼上，我已经很坦然了。那时候，我已经上了中学。在学校里，在书本中，我见识了很多。我长大了。有了女孩子该有的秘密。会莫名其妙地发呆，叹气，有时候，想到一些事情，也常常脸红。喜欢幻想。也喜欢冒险。却把这些小小的野心藏在心里，让谁都看不出来。表面上，我是一个文静的姑娘，懂事，听话，也知道用功。可是，有谁知道我的内心呢？那一天，我是说，我表哥的婚礼上，到处是喧闹的人群。我表哥和表嫂——我得称她表嫂了，他们站在人群里，笑着。新娘子笑得尤其灿烂，她时时不忘拿手背掩一下口，她是担心她的那颗牙齿吗？新郎呢，则要矜持得多了，他穿着雪白的衬衣，打着红领结，那样子，真是标致极了。我忘了说了，当时正是五一节。按说，乡下的风俗，婚嫁的事情，大都在冬月农闲的时候。表哥和表嫂，据说是奉子成婚。当然，这些，我都是隐约从大人们口里听来的。

　　表哥常到芳村来。在旧院看看姥姥，然后到我家看母亲。当然，有时候，尤其是过年的时候，表哥也会带上表嫂。那一回，是过年吧，正月里，表哥和表嫂到我家来。我母亲正和玉嫂在院子里说话，看见表哥他们，很高兴，从他们手里接过东西，招呼他们进屋。表哥却立住了。冬天的阳光照下来，苍白，虚弱，像一个勉强的微笑。空气清冽，隐约浮动着硫磺呛鼻的气味。这地方，过年的时候都挂彩。如果你没有在乡下生活过，你一定不知道什么叫做彩。红红绿绿的一种纸，剪成好看的样子，用细绳串起来，院子里，大街上，飘飘摇摇，到处都是。母亲牵着表嫂的手，很亲热地说着话。那时候，表嫂已经怀了孕，酒红色呢子大衣，下面却是肥大的军装裤子，我猜想，一定是表哥当年的军装。她站在那里，已经显山露水了。不知道我母亲问到了什么，她点点头，却忽然红了脸，很羞涩地笑了。玉嫂却是大方多了。那时候，她已经生过两个孩子，在这方面，显然有着丰富的心得。她同表嫂热烈地讨论着一些细节，说着说着，就笑起来，是那种妇人才有的爽朗的笑。表哥立在那里，一时有些怔忡。风把头顶的彩吹得簌簌响。他在想什么呢？或许，他是想起了当年，那个隔壁的小媳妇，俊俏，羞涩，还有一些孩子气的调皮。那个猪尿脬，在多年前的那个下午的树梢上，微微飘荡。那个爬树的少年，笨拙，却勇敢，他的心怦怦跳着，他拼命抑住，不让它蹦出来。阳光透过树叶的缝隙，落在他的脸上，他不由得眯起了眼睛。他的手心里湿漉漉的，火辣辣地疼。他出汗了。那个少年，他的喘息声，穿过重重光阴，在耳边回响。而今，却已经是一个成熟的男人了，稳重，镇定，握有一些权柄，在小城里，也算是有些头脸。娶妻，生子，中规中矩地生活。偶尔，也有幻想，然而，很快就过去了。街上传来一声鞭炮的爆裂声，很清脆。表哥这才回过神来，刚要说些什么，却听母亲说，快进屋——外头多冷——

　　那一天，我记得，表哥一直很沉默。当然了，很小的时候，表哥就是一个沉默的人。或者说，沉静。表哥的话不多，可是，一句是一句。这是我母亲的评价。母亲在训斥我的时候，总是把表哥拿出来作比较。小时候，我是一个话篓子。那一天，表哥一直同父亲喝酒，而且，竟然在父亲的劝诱下，也点了一支烟，夹在手指间，也不怎么吸。里屋，玉嫂正和表嫂说得热烈。炉火很旺，欢快地跳跃着。阳光透过窗纸照进来，细细的灰尘在光线里活泼地游走。女人们的笑声传出来，我表哥猛地吸了一口烟，大声地咳嗽起来。

　　吃完饺子，他们就要走了。自然又是一番推让。我表哥把带来的东西堆在桌上，罐头，点心，其中有一种，叫做马蹄酥的，状如马蹄，香甜酥软，我已经多年没有见过那种点心了。表哥他们的车筐里，也装满了东西，南瓜，红薯，小米，我母亲一样一样地塞过来，摁着表哥的手，有些气势汹汹，仿佛在打架。表哥一直微笑着，连连说，够了，够了，盛不下了——我一直想不起来，那一天，表哥为什么要带上我。只记得，我坐在表哥的身后，表嫂骑着车，在我们旁边慢慢走。冬天，衣裳厚，她已经很有些吃力了。夕阳照在她身上，酒红的大衣仿佛要融化了。路两旁是麦田。这个季节，麦田还在沉睡。不过，也许，在大地深处，正在一点一点萌动着，渐渐醒来。谁知道呢？毕竟，二月，即便寒意料峭，也算是早春了。表嫂忽然停下来，跟表哥轻声说了两句。表哥迟疑了一下，回头让我下来。

　　夕阳温软地泼下来，村路上，远远近近，浮起一片薄薄的暮霭。我跟在表嫂后面，往麦田深处走。不知谁家的洋姜，许是忘了收割，孤零零地在田埂上立着。表嫂踟蹰了一会儿，很费力地蹲下去。我背对着她，挡在前面。村路上，表哥的身影有些模

糊，然而依然挺拔。他背对着我们，站着，一动不动。他是有些
难为情吗？夕阳渐渐在天边隐去了。暮色四合。一群飞鸟从空中
掠过，仿佛一群流星。微风吹拂，带着田野潮润的气息。多年以
后，我依然记得那个黄昏。我站在表哥和表嫂之间，在某一瞬，
我的心忽然柔软下来。多年以来，对表哥怀有的那种静静的情
感，变得纯净，澄澈，轻盈无比。它在那一个黄昏，生出了翅
膀，飞进童年光阴的深处，在那里长久栖落。

在姥姥家，在旧院，表哥一直是大家的骄傲，怎么说，是
一种象征，象征着城市和权力。远亲近戚，谁家有了事，不去找
表哥呢？那时候，表哥已经在城里牢牢扎下了根须。一个小城的
父母官，在人们心目中，就是当朝的宰相，甚至，是朝廷。翻手
为云，覆手为雨，有什么事情能够难倒他？他们的女儿，已经上
了小学，聪明伶俐，是旧院里的小公主，有关她的种种趣事，在
旧院的亲戚中广为流传。其时，表哥已经有些发福，很气派的啤
酒肚，在皮夹克下隆起。先前浓密的头发，开始微微谢顶。一如
既往地沉静，却更多了一种志得意满的笃定和从容。他是旧院的
座上客。我父亲，我舅，甚至，我姥爷，都从旁陪着，有些诚惶
诚恐的意思了。这个时候，表哥往往把我叫过来，让我坐在他
旁边，问我一些学校里的事情。芳村这地方，有一些不成文的
规矩，通常，女人是不能上酒席的。女孩子，尤其不能。我却不
同。那时候，我已经在城里上大学。回到芳村，自然享有不一样
的待遇。而且，大家都知道，从小，表哥最是宠我。我坐在表哥
身旁，却忽然变得沉默了。我知道，我是感到性别的芥蒂了。当
然，还有一种莫名的陌生感。表哥端着酒杯的手，白皙，肥厚。
同我父亲他们粗糙的大手遭逢在一起，简直是鲜明的对照。我的
表嫂呢，已经是泰然自若的妇人了。雍容，闲适，早已没有了当
年的羞涩不安。她微笑地看着一旁鲜花般的女儿，接受着旁人的

奉承，很怡然了。我姥姥，还有我的母亲，一直极力逢迎着那骄蛮的小女孩，甚而，有些谄媚了。也不知道为了什么，小女孩哭了起来，大人们立刻慌作一团。我表哥皱一皱眉头，呵斥道，不像话！然而也就微笑了，语气里有着明显的纵容。

大学毕业后，我在城里工作。回芳村的次数，是越来越少了。同表哥，也有几年不见了。偶尔，从母亲的嘴里，听到一些表哥的事。据说，表哥的仕途一直通达，同所有事业辉煌的男人一样，在那个闭塞的小城，他也时时有绯闻流传。表嫂为此同他闹，眼泪，争吵，甚至威胁，也往往无济于事。关于表哥和表嫂，他们之间的一切，我都不甚明了。只有一回，表嫂忽然打电话来，同我说些家常。说着说着，就说到了表哥。忽然就饮泣了。我一时不知如何是好。那一回，我们说了很多话，大都已经忘记了，只有一句，我依然记得。你哥他——是变了——表嫂说这话的时候，我能感到语气里那一种悲凉和无助。我怔住了。多年前的那一个斯文的少年，从岁月的幽深处慢慢走来。面目模糊。那是我的表哥吗？

那一年，母亲故去。表哥连夜从城里赶回来。他不顾人们的劝阻，一头跪倒在母亲的灵前，扑在母亲身上，恸哭失声，仿佛一个受尽委屈的孩子。我的泪水汹涌而下。往事历历。我的表哥。我的母亲。

芳村有一句俗话，两姨亲，不是亲。死了姨，断了根。母亲故去以后，表哥难得来芳村一回了。当然，也来旧院，看姥姥。每一回，都是来去匆匆。母亲故去的那一年，中秋，表哥来看父亲。一进院子，表哥就哽咽了。他是想起了母亲吧。物是人非。表哥和父亲，两个男人坐在屋子里，艰难地寻找着话题。更多的，是长久的沉默。秋天的阳光照过来，落在墙上的相框里。那是母亲的相框。如今，已经落上一层薄薄的灰尘。然而，依稀可以看出，有那么多一身戎装的青年，英姿勃发。那是当年的表哥。

从省城到京城，一路辗转。离芳村，离旧院，是越来越远了。其间，经历了很多世事。有磨难，也有艰辛。一颗心，渐渐变得粗粝和坚硬了。不见表哥，总有五六年了。偶尔也听到他的一些事情。说是因为什么问题，免了职。姐姐们的话，因为不大懂得，总是含混不清。父亲已经老了。对很多事都失去了好奇心，或者说，失去了关心的能力。总之是，在他们的传说中，表哥是落魄了。我不知道，表哥和表嫂，究竟怎样了。他们过得好吗？他们，还算——恩爱吧？我一直想打电话过去。也不为什么，只是想说一说话。拿起电话的时候，却终于又放下了。我不知从何说起。后来，也就不了了之了。有时候，会想起表哥，总是他十一二岁的样子。穿着蓝花的短裤，黑塑料凉鞋，提着一罐头瓶小鱼，在矮墙上走着。忽然间，纵身一跃，把我吓了一跳。他笑起来了。

我悲哀地感到，有些东西，已经悄悄流逝了。滔滔的光阴，带走了那么多。那么多。令人不敢深究。真的。不敢深究。我不知道，从什么时候，我已经变得越来越懦弱了。我一直不愿意承认。可是，我知道，这是真的。

真的。表哥。

暗金色
——旧院系列之四

那时候，还有生产队。那个年代的乡村，有谁不知道生产队呢。我们家在村子的最东头。旁边，便是生产队的大院。那可真是一个大院。现在想来，简直像操场一样宽阔，空旷。紧挨着我家的东墙，是一架磨盘。可别小看了这磨盘。在那个年代，村子里的粮食，都得经了这磨盘，才能够最终落到家家户户的锅里，吃进人们的嘴里。在我的记忆中，总有人家在那里推磨盘。有时候是人，把一根木棍拦在胸前；有时候是驴，用布蒙了眼睛。磨盘碌碌响着。旁边，早已经排了长长的队伍。一簸箕玉米，一箩高粱，两堆红薯干，静静地候着。而它们的主人，早已经等得不耐烦，去偷闲做一些别的活计。也有的，并不走开，彼此之间就说起了家常。偶尔，驴咴咴地叫两声，倒把说话的人吓一跳。这才发现，已经换了下一家了。他们用脚把地上的粮食往前面推一推，继续说话。院子东面，是猪圈。猪圈很大，养了足有百十头猪。猪圈里的饲养员，叫做老四的，是一个光棍，长得白白胖胖，很富态，人们见了，都跟他开玩笑，说，四，每天吃多少猪肉？膘上得倒快。老四乐呵呵地，也不恼。他的绝活，不是养猪，而是杀猪。每年，一进腊月，猪圈旁边的空地上便热闹起来。那时候，家家户户都喂猪。春上，到集上挑一只小猪秧子买回来。挑猪秧子有讲究。芳村的男人们，最懂这一套。喂上一年，到了年底，人们把猪绑了，送到这里来，请老四杀。在我们这些小孩子，看老四杀猪，甚至比吃猪肉本身，具有更强烈的吸引力。猪吱吱叫着，热烈，绝望，周围站满了看热闹的人群。不知谁家性急的孩子，点了一只鞭炮。爆裂声穿过凛冽的空气，听上去格外清脆。老四立在那里，接过主家扔过来的烟，随手把它插在耳后。他看着那只拼命挣扎的猪，入神地看了一会，忽然，他操起手边的那把尖刀，在左手食指上试一试刀锋。他准备干活了。人群霎时安静下来。

院子最北端，是一排屋子。靠西头这两间，是牲口房。如果你知道生产队，那你一定会知道牲口房。一个队的大牲口，都集中在牲口房里，由专人侍弄。那时候，看牲口房，可是一件美差。白天，牲口们出去干活，看牲口房的人，便背了筐，到地里割青草。晚上，牲口们回来，干了一天的活，都是功臣，就须得好好侍弄了。料草早已经拌好了，清水呢，也已经倒上了。只等牲口们美美地吃喝一通，歇了夜。只有一条，夜里，睡不了囫囵觉。尤其是农忙的时节，牲口们辛苦，总得起来两回，给它们添夜草。马无夜草不肥。这话是对的。那时候，看牲口房的是槐叔。槐叔懂牲口，在芳村，原是出了名的。脾性多烈的牲口，到了槐叔手里，都变得服服帖帖，像低眉顺眼的小媳妇。槐叔最喜欢干的，就是侍弄牲口。每天晚上，他都要给牲口洗澡。他拿一把鬃毛刷子，蘸了清水，细心地把牲口的全身擦遍。牲口呢，这种时候，像疲惫的孩子，尽情享受着母亲的呵护。它们一改白天里的风驰电掣，鬃毛飞扬，它们变得温绵，乖顺。它们的眼睛亮晶晶的，在灯影里，闪着湿漉漉的光。槐叔是个邋遢人，他侍弄的牲口，却个个油光水滑，漂亮极了。乡间常有牲口先生，专门修理牲口，劁牲口，铲蹄子，剪鬃，还给牲口治病。这种牲口先生常在各村游荡。目标就是生产队的牲口房。牲口先生来的时候，槐叔就把他请过来。有时候，也并不做什么，只是蹲在地上，一边瞅着牲口们吃料，一边说一些闲篇。比方说，哪个队的牲口脾气暴，连人带车都翻了沟。哪个队的牲口温吞水，抽断了鞭子，也撒不开蹄子。说着说着，槐叔总是会把话题转向自己屋里的牲口。这个时候，槐叔的话就多了。那匹小桃红，整日里卖弄风情，简直是风流小媳妇，整个芳村，再找不到第二匹。那个灰灰，是个淘气包，干活却是伶俐得很。那头老黑，真是老了，神态安详，目光柔软，让人忍不住想多疼惜它。下午的阳光照进来，有一大片落在草苫子旁边的地上，映着水筲里的水，微微荡漾着，像柔软的绸缎。牲口们正在吃草，沙沙的咀嚼声，马嚼子碰在石槽上的撞击声，偶尔，不知哪个家伙打一声响亮的响鼻，一只鸡探头探脑地走过来，瞪着谨慎的眼睛，朝屋里看，这个时候，倒被这声音吓得哆嗦了一下，飞快地闭了闭眼。牲口房里弥漫着青草的腥气，混合着牲口们身上热烘烘的气息。墙上，挂着一杆鞭子。这可真是一杆漂亮的鞭子。我记得，鞭子的梢子由几股麻绳拧成，由于常年的磨砺，变得油亮。鞭子的柄，缠着各种颜色的塑料绳，密密匝匝，一段红，一段黄，一段绿，斑斓极了。当时，我们几个小女孩，简直眼馋得很。我们极渴望有一天，槐叔能够从上面拆下一段，我们拿来扎小辫。然而，一直没有如愿。槐叔是使牲口的好手。对于这杆鞭子，自然格外偏爱。他高高地把它悬挂在墙上，轻易不让我们近身。

我可能忘了说了，槐叔没有家室。似乎从一开始，他就常年待在牲口房。人们都说，这槐子，是个牲口迷。牲口就是他的女人呢。

怎么说呢，那时候，牲口房有一种很特别的吸引力。我们常常跑到牲口房去，蹲在地上，看牲口们吃草。牲口房里的牲口们，我们都熟悉极了，像亲人一般。我们熟悉它们每一个的脾气，秉性，它们的口味，它们的怪癖。当然，这些，大都是从槐叔那里得来的。玩累了，我们就爬上那铺平展展的土炕。土炕席子下面铺着厚厚的干草，蓬松，柔软，翻起身来，沙沙响。干草散发出浓郁的谷草的气息，有丝丝缕缕的芬芳，也有一点刺鼻。如果是冬天，牲口房的炉火燃烧起来，这里简直就是天堂了。你见过炉子吧？可是，你一定没有见过牲口房的炉子，用一个硕大的铁桶做成，里面，膛了黄泥。煤块在里面欢快地燃烧着，火苗跳跃起来，有金色，有蓝色，有红色，把炉边的人的脸映得闪闪发亮。我们这些小孩子，最感兴趣的，是炉口的那一块铁板。那可真是一块神奇的铁板。槐叔把花生、大枣放在铁板上，绕着炉口，密密麻麻摆上几圈，我们眼巴巴地瞅着，不时地帮它们翻一下身。槐叔就警告我们，小馋猫，当心烫了手。香气渐渐弥漫开来，还有红枣的甜味。我们的口水都流下来了。有时候，槐叔心情好，还会给我们变一些别的花样。比方说，焐红薯。把红薯放在炉口的铁板上，上面盖上一只大铁盆。这样焐出来的红薯，又软又甜，别有风味。也有时候，槐叔会用两只耳朵的铁锅，给我们炒黄豆，炒黑豆，炒芝麻，或者，用玉米粒，给我们做爆米花。那个时候，牲口房里常常流荡着诱人的香气。我们真是热爱那时候的牲口房，还有牲口房的大火炉，还有，火炉旁忙忙碌碌的槐叔。当然，我们也偶尔自己动手。你知道干粉吗？在我们芳村，干粉是寻常的吃食。村子里，就有粉坊。我们把长长的干粉从家里偷出来，拿到牲口房。当然了，干粉也可以生吃，咬一段，在嘴里反复咀嚼着，长久地填补我们嘴巴的贫乏和空虚。可是，我们更愿意把它们在火炉上烧熟。我们把干粉伸进火苗里，干粉干瘪的身子迅速膨胀起来，变得又白，又丰满。这个时候的干粉，酥松可口，是我们最爱的美味。多年以后，我依然会想起那个时候，牲口房里，炉火明亮，温暖，到处弥漫着香气。那香气，在我的童年岁月里久久流连，令我时时返顾，黯然神伤。

那时候，牲口房吸引的，决不止是我们这些小孩子。你一定猜到了，除了我们，除了那些吸着呛人的旱烟的男人们，还有女人。当然，来牲口房的女人们，都是在夜里，在整个村子沉入梦乡的时候，悄悄地潜来。牲口房的旁边，就是仓库。仓库的钥匙，就挂在槐叔的腰间。那个时候，在人们心目中，仓库，意味着很多。生产队的仓库，简直是一个宝藏。满囤的粮食，满瓮的油，成垛的棉花，像一座座小山，把仓库都给塞满了。槐叔腰间的那串钥匙，仿佛是一个魔咒，只要轻轻一念，就会有奇迹出现。那些来牲口房的女人们，谁的心里不牵挂着那个迷人的魔咒？你可能无法想象，那个年代的乡村，那种魔咒，对女人构成的强大的吸引，或者说诱惑。她们在夜的掩护下，潜入牲口房。

她们渴望得到那个魔咒。那个时候，牲口房的灯通常是熄灭的。只有炉火的光亮，在黑夜中闪着幽暗的眼睛。大铁壶里的水，咕嘟嘟响着，蒸腾出白茫茫的雾气。牲口们也都歇了，粗重的呼吸长长短短，在黑暗中起起伏伏。那张铺满干草的大炕，发出簌簌的呻吟，甜蜜，战栗，湿润，绵延不绝，无休无止。白天，人们见了槐叔，问道，槐，怎么样？槐叔正在铡草，他把铡刀高高抬起来，喀嚓一声，草就断了魂。槐叔不说话，只是憨笑。人们不甘心，又问，怎么样，槐？槐叔喀嚓喀嚓地铡草，手起刀落，那样子，又英武，又勇猛。人们就笑起来，槐，好样的——你小子——语气模糊，听不出是赞美，还是嘲讽。来牲口房的女人们，都没有得到那个魔咒。槐叔是个知道轻重的人。可是，她们依然来。怎么说呢，芳村这地方，在这种事上，态度暧昧。既拘谨，又放荡。既痛恨，又热爱。既苛刻，又宽容。乡间的人们，在漫长的艰难岁月中，还有多少东西令人欢腾？牲口房的风流韵事，在芳村，是一个公开的秘密。人们在茶余饭后，时时拿来回味。而槐叔，故事的男主角，往往置身事外，他沉默不语，给人们带来无边的想象。有人说，槐，你小子，比皇上还厉害，一个牲口房，三宫六院——你小子——

这种玩笑，我们是听不大懂的。我们只是从大人们的神情中，猜测出一些似是而非的意味。我们更感兴趣的，是别的东西。比方说，生产队的院子里，牲口房前面，有一片地，长着各种各样的植物，向日葵，蓖麻，洋姜，还有一些，我叫不出名字。我们喜欢在这里流连。抓蚂蚱，捕蜻蜓，逮蝉。我们跑来跑去，偶尔也停下来，看大人们在院子里忙忙碌碌。他们在运粪。生产队的猪圈旁边，有人挥着铁锨，装车，有人扶着车辕，等着。那时候，乡间多的是那种小拉车。在芳村，哪一家的院子里，没有停着这种小拉车呢？我记得，我们最喜欢的，是爬到小拉车上，让大人们扶着车辕，慢慢地颠。小拉车一上一下，把我们的笑声和惊叫，都颠碎了，散落得到处都是。也有装满了的，两个人一组，一个掌着车辕，一个在一旁拉纤。通常，是一男一女。人们嘻嘻哈哈地笑着，空气里弥漫着淡淡的粪肥的味道，很好闻。太阳照下来，院子里一片明亮，一辆辆小车从身旁驶过，碌碌地，和着杂沓的脚步声。不知道谁说了一句什么，一辆小车就停下来，拉纤的女人把绳子一甩，甩到掌辕的男人身上，一只脚就飞起来，吓得男人扔下车子便跑，跑着，嘴里依然是不肯罢休，直到旁边有女人上来，帮着把他按在地上，才开始讨饶。大家都笑了。我从旁看着这一切，内心里感到莫名的愉悦。多年以后，我常常想起这个场景。那种生产队的劳动，在当时，仿佛是一种集体的欢娱，它明亮，跳跃，欢腾。它的深处，有一种很复杂的东西，既甜蜜，又苦涩。让人在多年以后，隔了重重的光阴，重新打量的时候，有一种淡淡的温暖，遥远而动人。

那个时候，我父亲是生产队的会计。为此，我很得大人们的宠爱。休息的时候，常常有人把我叫过去，摸摸我的小辫子，或者，问我一些话。他们问我，小春子，谁给你做的花棉袄？谁给你梳的小辫子？也有时候，他们问的话，我听不懂。他们却眨眨眼，都笑了。就有然婶从旁边走过来，一把把我揽到怀里，安慰道，别理他们——这帮没正经的。然后，把问话的人横一眼，恨道，跟小孩子家——你们真——大家都笑了。问话的人就把我举起来，往空中扔。我尖叫着，格格笑起来。生产队的院子在阳光下慢慢旋转，旋转，忽然就恍惚了。一院子的树影。麻雀叽叽喳喳叫着。天很蓝。没有一丝云彩。

如果是秋天，生产队的院子里就格外热闹。人们提着各种各样的家什，分粮食。我父亲坐在桌子后面，把面前的算盘拨弄得噼啪响。这个时候，他的脸上，有一种东西，让人肃然起敬。我喜欢这个时候的父亲。人们轻声交谈着，彼此开着玩笑，耳朵却张起来，留心听着叫自己名字。分到东西的人，陆续走了。又有新的人不断加入进来，等候着。瞎朴子也来了。瞎朴子是村里的奇人。据说，生下来就看不见。却能够在村子里穿行自如，从来没出过差错。他最恨的，是人家喊他瞎，当着他，人们就把那个字省略掉，叫他老朴子。老朴子并不老。现在想来，也不过四十来岁。人生得倒是格外的周正，甚至，称得上标致了。却终身未娶。谁愿意嫁给一个瞎子呢？我们这些小孩子，远远见了他，都飞快地跑开。即便这样，瞎朴子也总能够敏锐地觉察，笑道，看你往哪里跑。我们跑得更快了。我们是害怕被他逮住，捏鼻子。瞎朴子最喜欢捏小孩子的鼻子。他的手很有力。食指和中指弯起来，形成一个坚硬的夹子。一旦被他捏住，没有一个不鬼哭狼嚎的。瞎朴子则哈哈笑起来，骂道，小崽子——不识逗。对于瞎朴子的铁夹子，我尤其害怕。小时候调皮，母亲常常这样威吓，再闹，看不让瞎朴子捏你的鼻子。这句话很奏效。然而，也有时候，我们会跟在他的身后，蹑手蹑脚地，半闭着眼睛，学他慢慢摸索的样子。学着学着，终于忍不住，笑出声来。瞎朴子猛一回头，一把逮住最前面的一个，大家哇哇惊叫着，飞快地跑开了。那一回，从生产队出来，瞎朴子端着一罐油，慢慢往家走。我们顽皮，在他家门口，他必经的地方，悄悄挖了一个小坑。我们躲在一旁，等待着惊心动魄的一幕。瞎朴子走过来了。越来越近。他的脚步声拖拖沓沓，每一步都仿佛踩在我们心上。我们的心就在嗓子眼悬着，怦怦跳着，只差一点，简直就要跳出来了。终于，瞎朴子走到坑前了。他略微犹豫了一下，竟然绕过去了。我们的心还是怦怦跳着，充满了惊讶和失望。

多年以后，瞎朴子死了。据说，是掉进村南的水壕里，淹死了。那一年夏天，连日暴雨。水壕的水很深。当我从城里回家过暑假，听母亲说起这件事，忽然涌上一种莫名的忧伤。我始终不明白，瞎朴子，在自己的村庄穿行自如的瞎朴子，怎么会失足掉进水里。

　　芳村的人，管菜园不叫菜园，叫菜畦。那时候，菜畦在村东。我们家，是离菜畦最近的人家了。菜畦里种着各色各样的菜蔬，小葱，莴苣，西葫芦，瓠子，芫荽，豆角……有一种蔬菜，碧绿的莛子，顶着细长的叶子，样子同芹菜相似，却没有芹菜那种特殊的香气，人们都它作根大。我至今都不知道，究竟是不是这两个字。通常，根大的叶子也是不吃的，捋下来，只留下碧绿的莛子，可以清炒，也可以凉拌，有一种细细的清香。后来，很多年里，再也没有吃过这种蔬菜。菜畦的空地里，搭了一架窝棚。看菜人就住在窝棚里。当然得有人看菜。饶是这么着，还总有人半夜跑到菜畦里偷菜。在北方，大白菜是饭桌上的主角。尤其是，漫长的冬天，没有大白菜，生活的大戏如何开场呢？第一场霜降过后，大白菜正是时候。心子鼓鼓的，硬硬的，瓷实得很，一棵棵有脸盆大，十分地招人。果然，它们把芳村的女人们招惹来了。女人们都是夜里来。正是晚秋时分，天气已经很凉了。田地里，风就更野一些。白菜生得结实，女人们呢，气力又弱，少不得要费一些功夫。窝棚里的人，早听见了外面窸窸窣窣的声响，可是，有谁舍得下那暖暖乎乎的热被窝呢？更何况，一个村子里的人，抬头不见，低头见，说不定就迎面碰上了院房里的人，若恰好是小辈，嘴巴又伶俐的，叫上一声大爷二伯，就让人不能黑下脸来。要是辈分大的，就更不成了。有谁竟敢从二娘的包袱里，硬生生地把白菜拽出来？因此，村东的窝棚，不过是摆设罢了。菜畦里夜夜热闹，上演着一出出偷菜的好戏。

　　分菜，自然是白天的事情了。村路上，来来往往的，是一个生产队的人。菜们被分成一堆一堆，插着一个纸牌，上面写着户主的名字。不认字的人，难免受到捉弄。待把菜收拾整齐了，正要装进柳条筐的时候，才知道是帮人家忙活了。旁边的人都笑起来。被笑的那一个，脸上讪讪的，心头却暗暗咬了牙，发誓要把那两个怪模怪样的字记住，刻在脑子里。

那时候，村子里到处洋溢着一种特别的气息，陌生，新鲜，蠢蠢欲动。生产队，是早已经没有了。那个大院子，也盖上了新房，一排一排，住满了人家。那扇磨盘，也早已经不见了。如今，人们都用电磨，磨出来的粮食，又快又好。猪圈也消失了。过年的时候，人们也不再找老四杀猪。喂猪的人家，越来越少了。人们嫌麻烦。做生意，赚了钱，不愁割不上好肉。槐叔的牲口房，也没有了。那让人怀念的炉火，明亮而温暖，也早已经熄灭了。还有，那些亲爱的牲口们，那个铺满干草的大炕，那些甜蜜而动荡的夜晚，都已经远去了，再也找不回来了。有一年，回到家乡，在街上看见槐叔。他正坐在墙根下，晒太阳。冬日的阳光照下来，把他的影子投在地上，淡淡的，有一些虚。槐叔老了。他眯起眼睛，茫然地看着我。他真的认不出我来了。

你一定难以想象，生产队，这个词，以及它所包含的一切，对于我，一个在乡村长大的孩子，有着怎样一种意味。它在我的童年岁月的深处，时时闪亮，微笑，发出静静的光泽，温暖而动人。当然，那时候，我还小。我的记忆模糊，零乱，似是而非。然而，我珍惜它们。像珍惜一件年代久远的玩具。它们是我生命里的一部分。我忘不了。